조해일문학전집 7

장편소설

지붕 위의 남자

상

일러두기

- 《조해일문학전집》은 한국문학사에 커다란 문학적 성취를 남긴 조해일의 작품 세계를 독자들에게 소개함과 동시에 문학적 의의를 정리하는 데 목표를 둔다.
- 《조해일문학전집》은 생전에 발표했던 중·단편과 장편소설, 그리고 웹사이트에 게시된 미발표 소설 등과 기타 작품으로 구성되어 있다.
- 《조해일문학전집》은 출간일(발표일) 기준 가장 최신 작품을 저본으로 정하였다.
- 맞춤법, 띄어쓰기, 외래어 표기는 현행 맞춤법과 표기법을 따랐다.
- 한글 표기를 원칙으로 하였고, 한자로만 된 단어는 '한글(한자)' 형식으로 수정하였다.
- 수정하면 어감이 달라지거나 문학적으로 허용되는 일부 표기(표현)는 원문대로 두었다.
- 간접 인용과 강조는 ' ', 대화와 직접 인용은 " ", 단편소설은 「 」, 장편소설과 잡지는 『 』, 미술 작품과 영화·연극 등은 〈 〉, 시·노래 제목은 ' '로 표기하였다.

지붕 위의 남자

상

간행사
– 조해일문학전집 발간에 부쳐

2020년 6월 19일 새벽, 조해일 선생이 우리 곁을 떠났다. 코로나19 바이러스의 창궐로 전 세계적으로 자유로운 이동이 멈춰 있는 가운데, 마스크를 쓰고 사회적 거리두기를 유지하던 시기였다. 그로부터 4년이 지났다.

조해일의 소설은 1970년대 한복판을 관통한다. 많은 사람에게 선생은 『겨울여자』(1976)를 쓴 1970년대 베스트셀러 대중 작가로 기억된다. 하지만 선생은 그러한 평가를 넘어, 등단작인 「매일 죽는 사람」과 「맨드롱 따또」, 「뿔」 등의 단편소설, 「무쇠탈」과 「임꺽정」 등의 연작소설, 「아메리카」와 「왕십리」 등의 중편소설, 『갈 수 없는 나라』 등의 장편소설 들을 지속적으로 발표한, 1970년대를 대표하는 작가로 활동하였다. 조해일은 감정을 배제한 객관적인 묘사와 절제된 문체로 산업화 시대를 살아가는 소시민의 일상성을 주목한 작가로 평가받는다. 특히 도시화·근대화의 과정에서 야기된 폭력성에 대한 성찰과 함께, 장편소설에서 보여준 우의(寓意)적 연애 담론이 대중적 교감을 형성한다. 선생의 작품은 '삶과 죽음, 도시와 인간, 노동과 소외, 여성과 남성, 폭력과 비폭력, 전쟁과 평화, 이성과 충동, 이상과 현실, 인간과 비인간, 억압과 저항' 등의 대립항을 주목하면서, 인본

주의적 상상력으로 산업화 시대 한국 사회의 풍경을 다채롭게 길어 냈다. 1970년대 한국 사회를 조망하고자 할 때 작가 조해일은 황석영, 최인호, 조세희 등과 함께 빼놓을 수 없는 '문학적 자산'이다.

문학사적 차원에서 조해일은 중편 「아메리카」로 미군 기지촌 풍경을 묘사하면서 제3세계적 시각의 획득과 반제국주의적 의식의 형상화를 성취한 작가라는 평가를 받는다. 장편소설 『겨울여자』 등은 대표적인 대중소설로서 상업주의적 코드 속에 파편화된 개인주의와 관능적 분위기 등의 대중적 요소를 함의하고 있다고 평가받는다. 또한 「뿔」의 지게꾼, 「1998년」의 우화적인 미래 공간, 「임꺽정」 연작의 역사 공간, 「통일절 소묘」의 환상적인 꿈 등에서 드러나듯, 새로운 소설적 기법과 비유적 장치, 주제 의식을 통해 함축적이고 다양한 세계를 주조한 것으로 평가받는다.

조해일의 소설에는 '역설(逆說)의 감각'과 '알레고리적 상상력'이 자리한다. '역설'은 세계의 복잡성과 다성성(多聲性)을 입체적으로 착목(着木)하는 방법이고, '알레고리'는 세계의 진실을 우회적으로 드러내기 위해 활용하는 대표적인 메타포다. 현실 세계의 표면적 양상이 감추어 둔 이면적 진실을 꿰뚫어 보기 위한 작가적 선택으로 '역설과 우의'의 방식을 선호한 것이다. 선생은 등단작인 「매일 죽는 사람」 이래로 말년작인 「통일절 소묘2」에 이르기까지, 50년 가까운 세월 동안 '자유와 민주, 평등과 평화, 인권과 노동'을 소중히 여기며 인간의 실존적 가치에 대해 탐색했다.

　많은 작가의 말년작들이 자신의 과거와 현재를 조망하고, 무의식에 자리한 작가적 원형을 재조명하면서 자신의 문학세계를 마무리하는 방식을 보여준다. 이번 전집에 포함된 미발표 유고작 「1인칭 소설」 연작은 고백체 형식의 자전소설로 '문인 조해일' 이전에 '개인 조해룡(본명)'의 실존적 생애를 회고하며 '소설의 진정성'에 대해 회의(懷疑)함으로써 문학의 가치를 되짚어 보게 하는 작품이다. 만주에서의 생애 최초의 기억을 떠올리는 것으로 시작하여 해방을 맞아 서울로 이주해 살다가 6·25 전쟁을 맞아 부산까지 피난을 떠났던 이야기로 마무리되면서, 작가의 구술사적 욕망이 모두 드러나지는 못한 채 미완으로 종결된다. 하지만 1970년대 대표 작가로서 1940년대로부터 2000년대에 이르기까지, 문단과 강단 안팎에서 전업 작가로서 마주했던 소설가적 진실 추구에 대한 원형적 자의식을 보여준다는 점에서 유의미한 말년작이다.

선생의 작품은 도시적 일상으로부터 기지촌 여성 문제 고발, 불합리한 폭력의 양상 폭로, 환상성의 활용, 역사소설의 전용 등을 거치면서 정치적 알레고리를 배면에 깔고, 비인간적 현실에 대한 무기력한 지식인의 대응을 통해 1970~80년대적 체제 저항의 수사를 형상화한다. 탄탄한 서사성을 내장한 조해일의 문학은 1970년대를 넘어 지금에 이르기까지, 현실과 가상의 경계를 넘나들면서 소외된 개인이 일상과 현실을 벗어나 환상과 무의식의 세계로 탐닉해 들어가는 문학 내외적 현실을 성찰하게 한다. 조해일의 문학은 지금 여기에서 여전히 한국문학을 대표하는 현재진행형 유산(遺産)이다.

이제 우리는 아동문학과 수필, 희곡 등 비소설 장르의 작품을 제외한 선생의 모든 소설을 가능한 한 원형 그대로 보존하여 문학전집을 발간한다. 이 전집이 선생과 선생의 작품을 그리워하는 사람들에게 선생의 향기를 추억할 수 있는 매개체가 되기를 바라며, 문학을 공부하는 사람들에게 풍요로운 문학적 영감(靈感)으로 활용되기를 기대한다.

끝으로 선생의 저서를 전집으로 출판하는 데 물심양면으로 도움을 아끼지 않은 모금 참여자들과 전집 발간에 암묵적으로 동의해 준 유족에 감사를 전한다. 특히 간행의 시작과 끝을 책임져 준 죽심(문학의숲)에 진심으로 감사를 드린다.

독자 여러분들의 많은 관심과 성원을 기대한다.

2024년 6월

조해일문학전집 간행위원회

고인환, 고찬규, 김중현, 박균수, 박도준,

박연수, 서하진, 오태호, 주춘섭, 한희덕

차례

조해일문학전집 7권

천애고아의 행복

이 갑작스런 행운을 어떻게 설명해야 할까.

동표, 그렇다. 우리들의 주인공 민동표(閔東豹)에게 찾아든 이 갑작스런 행운을 어떻게 설명하는 것이 요령 있는 설명이 될까.

당년 27세의 청년이 천애의 고아가 되었다는 사실, 그러나 언제나 들어가 쉴 수도 비워 둘 수도 있는 22평짜리 아파트 하나와 한 1년쯤은 빈둥빈둥 놀면서 까먹어도 될 만큼의 은행 예금을 가진 고아가 되었다는 사실, 그리고 무엇보다도 전화 한 통이면 쪼르르 그의 아파트로 달려올 애인이 있는 고아가 되었다는 사실을 어떻게 설명해야 할까.

그렇다. 미호(美浩)는 전화 한 통이면 쪼르르 달려와 줄 것이다. 물론 학교에 가 있는 동안만은 안 되겠지만 말이다.

자, 요령 있는 설명이고 뭐고 단도직입적으로 말해 버리기로 하자.

어쩌면 그것이 가장 요령 있는 설명이 될는지도 또 모르는 일이니까.

동표는 지금 공항에서 돌아오는 길이다. 동표네 식구들, 정확히 말해서 동표네 식구 네 명, 즉 동표의 아버지와 어머니 그리고 여고 1학년짜리 여동생과 초등학교 6학년짜리 막내 녀석이 함께 캐나다로 가기 위한 비행기에 탄 것이다. 외과의사인 동표의 아버지가 그곳의 한 병원과 장기 고용계약을 맺고 그 계약을 이행하기 위해 혼자서도 넉넉히 살아갈 수 있는 동표 한 사람을 제외한 식구 모두를 데리고 그곳으로 떠난 것이다. 식구들이 살던 아파트와 동표가 혼자 살아가는 데 도움이 되리라고 판단한 얼마간의 은행 예금을 남겨 둔 채.

동표로서는 일시에 천애의 고아가 된 셈이지만 내심 환호작약할 일이었다. 왜냐하면 그것은 그야말로 바라지 못했던 행운이었기 때문이다. 거추장스런 식구들이 없는 혼자만의 아파트와 1년쯤 손가락 하나 까딱하지 않고 놀면서 까먹을 수 있는 액수의 은행 예금이란 얼마나 매력적인 것인가.

그래서(라기보다 그것을 기대하고), 동표는 어머니의 함께 가자는 간곡한 권유를 물리치고 남기로 했던 것이다. 게다가 다행히 아버지는 동표가 남아 있겠다고 고집부리기를 은근히 기대하는 눈치였었다. 무어라고 할까, 뿌리 하나라도 남겨 두고 싶어 하는 눈치였다고나 할까.

공항에서 어머니는 눈시울을 적시면서 말했다.

"무슨 일이 있어도 끼니 거르지 말구 위험한 짓 하지 말구 직장 웃어른들 눈 밖에 나지 말구 술 많이 먹지 말구……."

"알았어요, 어머니."

아버지는 말했다.

"편지 자주 해라. 우리도 자주 할 테니. 혼자 지내 보는 것도 좋은 경험이 될 줄 안다만 자칫 방종해지기 쉬운 점에 주의하고."

"네, 아버지."

그리고 그들은 떠났다.

아파트로 돌아온 동표는 이 거의 믿어지지 않는 행운을 음미하기 위해 잠시 소파에 기대앉아 이제 자신의 소유가 된 아파트 실내를 둘러보았다. 틀림없는 어제까지의 그 실내였으나 지금은 새로운 의미로 비쳐 오고 있었다.

동표는 전화기 앞으로 다가앉았다.

송수화기를 들고 미호네 집 전화번호를 돌렸다. 신호가 갔다. 그리고 곧 귓속이 열렸다.

"여보세요."

미호의 목소리다.

"아, 미호? 난데, 나 동푠데 지금 좀 나올 수 있어?"

"지금?"

"그래, 지금."

"무슨 일이길래 잔뜩 흥분한 목소리로 이러지? 다 저녁때. 오라, 오늘 떠나신다더니 드디어 떠나신 모양이군? 그렇지?"

"그래, 떠나셨어. 와서 축하 좀 해 줘."

"축하?"

"응, 축하받지 않곤 못 견디겠어. 이 벅찬 자유를 말야."

"어마, 그건 좀 너무했다. 떠나시자마자 그러는 데가 어디 있어?"

"어디 있긴 어디 있어? 여기 있지. 나 지금 그냥 놔두면 어디로 날아가 버릴지 몰라. 몸이 마치 새털처럼 가벼우니까. 와서 좀 붙들어 줘. 와서 만일 내가 안 보이면 천장을 살펴보라구. 거기 붙어 있을지도 모르니까. 자, 올 테야? 안 올 테야?"

"그래, 갈게."

"택시 타고 와. 택시값은 내가 줄 테니까. 난 이제 부자라구."

"피이, 아무튼 알았어. 금방 갈게."

미호가 아파트에 나타난 것은 불과 20분도 채 지나지 않아서였다. 작은 풀꽃무늬의 원피스 차림이었다. 아마도 집에서 입던 차림 그대로 나온 모양이었다.

"어서 와, 어서 와. 이 집 주인은 이제 나야."

"난 또 천장에 붙어 있을 줄 알았더니 무사히 잘 있는데?"

그녀는 마루 위로 올라오면서 말했다.

"추를 달고 있었어, 추를."

동표는 제 허리띠의 쇠붙이를 가리켜 보이면서 말했다. 그리고 재빨리 그녀의 허리를 안았다.

"여긴 이제 우리들만의 장소야."

"어머?"

"우리 두 사람 이외엔 아무도 들어올 권리가 없는 장소야. 꿈에 그리던 장소지."

그러자 그녀는 가만히 그의 두 팔을 풀어 놓았다. 그리고 소파로 걸어가 앉으면서 말했다.

"그렇다고 함부로 굴면 나 갈 테야. 사람이 염치가 없어. 몇 시간 전까지만 해도 딴 식구들이 있던 곳인데."

"하하, 날 아직 이해하지 못하는구나. 지금 내 이 기분을 이해하지 못하는구나. 난 지금 발은 이렇게 멀쩡히 바닥을 딛고 있지만 실상은 공중에 떠 있는 기분이라구. 그래서 미호를 붙잡고 있고 싶은 거야."

"추를 달고 있다면서?"

"추만 가지고 모자라서 그래."

그러자 미호는 어이가 없다는 듯 웃었다. 그리고 곧 웃음기를 거두면서 물었다.

"농담은 그쯤 하구 앞으로 그럼 어떻게 지낼 거야? 자취할 거야?"

"미호가 와서 해 주지 않는다면 그러는 수밖에 없지."

"뭐라구?"

"아냐, 아냐. 자취할 거야."

"자취하면서 직장에 나갈 거야?"

동표는 미호의 두 눈을 장난스레 내려다보며 대답했다.

"아니, 직장은 그만둘 생각이야."

"뭐라구?"

"내일 아침에 사표를 낼 생각이야. 월급이 당분간 필요 없게 됐어."

"월급이 필요 없다구?"

"응, 한 1년쯤은 월급이 필요 없게 됐어. 유사시에 대비해서 아버지가 은행에 예금을 좀 해 주고 가셨거든. 그걸 찾아 쓰면 돼. 이 금싸라기 같은 자유를 쓸데없이 직장에나 다니면서 허송할 순 없잖아? 취직은 돈 떨어지면 다시 할 수 있는 거구."

"그건 부러운데?"

"부럽지? 하지만 염려하진 마. 혼자서 재미 보진 않을 테니까."

"나 어디 데려가 줄래?"

"원하는 곳이면 어디든지. 제주도건 울릉도건."

"야, 그건 신나는 얘기다. 어서 여름방학이 와 달라고 빌어야겠는데."

"여름방학이 아니래두 불가능한 건 아냐. 주말에 비행기 편을 이용할 수도 있으니까."

"점점 신나는 얘긴데."

"뭣하면 당장 이번 주말에라도 떠날 수 있다구."

"정말?"

"정말이지 그럼."

"그런데 좀 불안하다, 동표 씨."

"뭐가?"

"글쎄, 왠지."

"불안하긴 뭐가 불안해? 자유천지가 눈앞에 활짝 열려서 불안해? 자, 우리 이렇게 맹숭맹숭하게 있을 게 아니라 축배라도 들자구. 맥주가 몇 병 있을 거야."

그러며 동표는 부엌으로 갔다. 냉장고에서 맥주 두 병을 꺼내고 찬장에서 씻어 둔 컵 두 개를 꺼내 가지고 다시 응접실 소파로 돌아왔다.

미호와 마주 앉아 맥주병 뚜껑을 땄다. 두 개의 컵에 맥주를 가득 따랐다.

"자, 건배."

동표는 맥주컵을 치켜들었다. 미호도 맥주컵을 집었다. 두 사람은 두 개의 컵을 가볍게 서로 부딪쳤다.

"우리들의 새로운 삶을 위하여."

"동표 씨의 추를 위하여. 천장에 올라가 붙으면 안 되니까."

"하하."

두 사람은 맥주를 한 모금씩 마신 다음 컵을 탁자 위에 내려놓았다. 동표가 말했다.

"아, 이거 음악이 없어서 안됐군. FM이라도 틀어 놔야겠는데."

그리고 그는 일어나서 제 방에 있는 FM 라디오를 가져왔다. 라디오를 켜자 멘델스존이 흘러나왔다.

"아, 마침 미호 좋아하는 멘델스존이군."

"어마."

"모든 것이 마치 우리를 위해서 미소를 보내고 있는 것 같은데."

그것은 결코 과장해서 한 말이 아니었다. 동표에게는 실제로 모든 것이 그렇게 느껴졌던 것이다. 심지어는 그들을 둘러싸고 있는 공기까지도, 그리고 실내를 밝혀 주고 있는 전등 불빛까지도, 그리고 멀리 소음처럼 들려오는 자동차 소리까지도.

그 모든 것이 그에게는 어떤 축복의 징조처럼만 느껴졌던 것이다.

그의 이 불온한 행운을 위한. 동표는 이튿날 아침 직장에 나가 사표를 제출했다.

대학을 졸업하고 군대엘 다녀와서 입사한 지 불과 3개월밖엔 안 된 회사였으므로 사표를 받은 과장은 어리둥절한 표정을 지었다.

"갑자기 무슨 일인가? 어디 더 좋은 직장이라도 생겼나?"

"아뇨, 그저 좀 놀고 싶어서요."

동표는 싱글싱글 웃으며 대답했다.

"놀고 싶다니? 어디 몸이라도 아픈가?"

"아뇨, 몸이 아파서야 어디 놀 수가 있겠습니까?"

"그럼 그냥 무조건 그만두겠다는 건가?"

"그렇다고 하는 편이 무난할 것 같은데요."

"자네 마치 무슨 남의 일 얘기하듯 하는군. 아무튼 장난은 아니겠지?"

"장난이라뇨? 제가 과장님한테 장난을 할 리가 있습니까?"

"글쎄, 장난일 린 없구. 아무튼 알 수 없는 일이로군. 입사한 지 석 달밖에 안 된 사람이 이렇다 할 이유도 없이 불쑥 사표를 내다니."

"그럼 이유를 말씀드리죠. 실은 석 달 전하곤 제 사정이 좀 달라졌기 때문입니다."

"석 달 전하고 사정이 달라지다니? 어디서 무슨 일확천금이라도 했단 말인가?"

"일확천금은 아니지만 그 비슷한 경우라고 생각해 주십시오. 물론 더 자세하게 말씀드려야 할 의무는 없겠죠?"

"아, 그야……. 아무튼 그럼 알겠네. 잠깐 기다리게. 사장님한테 보고드리고 올 테니까."

그러며 과장은 마치 무슨 불가사의한 일이라도 당한 사람처럼 동표의 사표를 집어 들고 일어나서 사장실로 걸어갔다.

동표는 걱정했다. 번거롭게 또 사장실로 불려 들어가야 하는, 그래서 다시 한번 사표를 낸 이유에 대해서 설명해야 하는 번거로움을 겪게 되지나 않을까 하고.

그러나 잠시 후 사장실에서 되돌아 나온 과장은 다소 선망 어린 표정으로 그를 쳐다보며 말했다.

"수리됐네. 아무튼 축하하네."

그리고 악수를 청했다. 동표는 과장의 손을 마주 쥐었다.

"그동안 과장님한테 괜히 짐만 돼 드렸던 것 같습니다."

"천만에, 자넨 아주 유능한 사원이었는걸. 쭉 눈여겨봐 왔는데 아무튼 이렇게 헤어지게 돼서 서운하군. 짬 나면 가끔 놀러 오지."

"네, 놀러 오겠습니다."

동료들은 한결같이 부러운 표정으로 그에게 악수를 청해 왔다.

"축하해."

"어디서 노다지를 잡은 모양이지?"

"재벌 딸 하나 꼬신 거 아냐? 그 준수한 얼굴로 말야."

동표는 너털웃음으로 대답에 대신했다.

"하하, 글쎄."

그리고 그는 그들과 일일이 악수를 나눈 다음 회사를 빠져나왔다.

회사 정문을 빠져나오는 그의 앞에는 봄날 오전의 화창한 햇빛이 축복이라도 하듯 가득 깔려 있었다. 그는 잠시 걸음을 멈추고 서서 심호흡을 한 번 했다. 그리고 햇빛의 방향을 따라 하늘을 한 번 쳐다본 다음 다시 걸음을 옮겨 놓기 시작했다.

자, 이제 남은 일은 나에게 배당된 이 자유를 어떻게 보다 효과적으로 사용하는가 하는 것뿐이다. 마치 자신에게 배당된 자유의 분량만큼이나 넉넉한 햇빛 속을 내처 걸으면서 동표는 휘파람이라도 불듯한 기분으로 자신을 독려했다.

그리고 그는 곧장 자신의 돈이 예금된 은행으로 향했다. 당장 돈이 필요한 것은 아니었지만 그것이 확실히 자신의 돈인가를 실감해 보고 싶었던 것이다.

은행은 그에게, 그가 인출을 요구한 만큼의 돈을 정확히 내주었다. 의심할 바 없는 일이었지만 그는 돈을 받아 세어서 지갑에 넣으면서 다시 한번 자신의 자유를 실감할 수 있었다.

은행에서 나온 동표는 다시 한번 커다랗게 심호흡을 했다. 그리고 공중전화 박스로 향했다. 최근에 별로 만날 기회가 없었던 민규(珉奎)에게 자신의 행운을 알리고 싶었기 때문이다. 민규는 증권회사에 근무하고 있었다.

전화를 받은 민규는 대뜸 욕설부터 퍼부어 왔다.

"야, 이 의리 없는 자식아. 어떻게 된 게 전화 한 통 없다가 별안간 무슨 귀신이 씌었니? 내가 꿈에라도 나타났든?"

"야 인마, 그러는 넌 왜 전화 한 통 못 했어?"

"나야 인마 워낙 바쁜 몸 아냐? 게다가 전활 안 한 줄 알아? 모처럼 틈을 내서 전화 한번 걸면 자리에 안 보이는데요, 아니면 방금 퇴근 하셨는데요, 하기가 일쑤고 말야."

"하필 왜 그런 때만 골라서 전화를 거니? 아무튼 그건 그렇고, 너 지금 차 한잔 마시러 나올 시간 있니?"

"어럽쇼? 이 친구가 단단히 회개를 한 모양인데? 왜, 별안간 친구 낯짝 잊어버리겠단 생각이라도 드니?"

"실은 말야, 나 지금 회사 사표 내고 나오는 길이거든."

"뭐라구?"

"웬만하면 잠깐 낯짝이라도 보자."

"야, 인마 너?"

"그렇다고 쫓겨난 건 아니니까 안심해. 잠깐 나올 수 있겠지?"

"무슨 참기 어려운 일이라도 있었니?"

"글쎄, 그런 것도 아니구. 나와 보면 알아."

"아무튼 그럼 나갈게."

민규는 완전히 근심거리를 떠맡은 목소리가 되었다.

그리고 잠시 후 그의 증권회사 부근의 다방에 마주 앉았을 때 그는 완전히 고민거리의 의논상대가 되어 줄 준비를 갖추고 있었다.

"도대체 어떻게 된 거냐?"

그는 친구의 불행을 미리 단정해 버린 어투로 물었다.

동표는 빙긋이 웃었다. 그리고 자신에게 일어난 변화에 대해서 되 도록 국외자연한 태도로 설명해 주었다. 그러자 민규는 배신이라도 당했다는 듯한 성난 표정을 지어 보였다.

"에이, 인마. 그런 걸 가지고 난 또……."

그리고 그는 완연히 부러움이 담긴 눈길로 덧붙였다.

"자식, 너 완전한 남성판 신데렐라가 된 셈이구나."

"얘긴즉슨 그렇지."

민규는 완전히 손오공이라도 쳐다보는 듯한 표정이 되었다.

그리고 그 표정은 한참 만에야 정상으로 되돌아갔다. 헤어질 때 그
리고 민규는 친구로서의 배려가 담긴 한 가지 제안을 하였다. 즉 돈
을 그렇게 곶감꽂이에서 곶감 빼 먹듯 까먹기만 하기보다는 일부를
주식에 투자해 보는 게 어떻겠느냐고. 만일 그럴 의향이 있다면 자기
가 안전하고 착실한 배당이 따르는 주(株) 사는 법을 지도해 주거나
원한다면 대행해 주어도 좋다고.

물론 친구의 재산을 보다 유효하게 보전케 하려는 친구로서의 충
정에서 나온 제안일 터였지만 동표는 얌전하게 사양했다. 왜냐하면
동표는 재산을 보전할 생각은 추호도 없었으므로.

민규와 헤어진 동표는 잠시 무엇을 할까 망설였다. 어디로 갈까. 지
금부터 어디로 가서 무엇을 할까. 그리고 그는 곧 자신의 그 망설임
이 마음에 들었다. 그동안 얼마나 망설여 볼 기회조차 없었는가.

망설임을 좀 더 즐기기로 했다. 그리고 천천히 한눈을 팔면서 걸었다.

그러다가 그는 문득 자기가 갖고 싶어 마지않던 물건이 있다는 생
각이 떠올랐다. 카메라. 그렇다. 일제 아사히 펜탁스 한 대를 그는 얼
마나 갖고 싶어 애태워 왔던가.

동표는 다시 자신의 돈이 예금되어 있는 은행으로 향했다. 아까 인출한 금액으로는 그것을 사는 데 부족할 것 같았기 때문이었다.

은행에서 그는 얼마간의 돈을 더 찾았다. 그리고 곧장 카메라점으로 향했다.

카메라점에서 그는 아사히 펜탁스 신품 한 대를 아낌없이 샀다. 필름을 넣고 그리고 그것을 메고 거리로 나왔다.

우선 미호를 한 장 찍어 줘야겠다는 생각이 났다. 그러나 미호는 지금 학교에 있을 것이었다. 찾아가도 만나기 어려울 것이 분명했다. 왜냐하면 여자 대학은 젊은 남자를 잘 들여보내 주지 않으니까. 설사 무슨 수를 부려서 들어가는 데는 성공한다 하더라도 수업 중일 그녀를 무슨 수로 찾아내며 무슨 수로 불러낼 수 있을 것인가. 혹 오후에 학교 앞에서 기다렸다가 그녀를 붙잡는다면 또 몰라도.

동표는 일단 미호부터 한 장 찍어 줘야겠다는 생각은 포기하고 말았다. 어디 고궁에라도 한번 가 보자는 생각이 떠올랐다. 이런 평일 오전의 고궁이란 어떤 모습일까. 적어도 사람들로 붐비지는 않을 것이 아닌가.

가까운 덕수궁으로 갈까, 비원으로 갈까, 아니면 창경원으로 갈까, 그는 잠시 망설였다. 그러다가 창경원엔 동물들이 있다는 생각이 떠올랐다. 호랑이 사진을 한번 찍어 보자.

동표는 택시 한 대를 잡았다. 그리고 운전사에게 창경원으로 가 달라고 부탁하였다.

창경원에 도착하여 매표구에서 입장권을 사면서 동표는 자기가 그곳에서 입장권을 사 본 것이 몇 년 만인가 잠시 생각해 보았다. 삼사년은 족히 지난 것 같았다. 어쨌든 군에 입대하기 전이었을 테니까. 군에 입대하여 제대한 뒤까지는 한 번도 와 본 적이 없으니까.

창경원 안으로 들어서자 그는 그곳이 매우 넓은 장소라는 느낌을 받았다. 그전에도 그랬던가 하고 그는 잠시 기억을 더듬어 보았다.

전에는 그렇게 느끼지 못했던 것 같았다. 그렇다고 더 확장해 놓은 것 같지도 않았다.

잠시 후에야 동표는 깨달았다. 그것이 자신의 자유가 확장된 것과 관련이 있는 느낌이라는 것을.

그러자 그는 자신의 자유가 한결 더 고맙고 값지게 느껴졌다.

천천히 조류사(鳥類舍)들이 있는 철책을 따라 걸어 동물사 쪽으로 향했다. 관람객들의 모습은 띄엄띄엄 눈에 띌 뿐이었다. 한가롭고 여유 있는 걸음걸이들이었다.

하마의 풀을 지나 원숭이 우리 앞에서 걸음을 잠시 멈추었다가 그는 호랑이 우리 쪽으로 향했다. 그때 동표는 흰곰의 우리 앞에 서 있는 한 여자를 발견했다.

베이지색 바바리코트를 입고 머리를 짧게 커트한 여인이었다. 우리 안을 그저 별 관찰할 의사 없이 무심히 들여다보고 있는 표정이었다. 그 옆모습이 이상하게 고상해 보였다. 무어라고 할까, 무엇에 방심한 자의 고요함이라고나 할까.

동표는 그때 문득 그 고요함을 사진에 담아 보고 싶다는 충동을 느꼈다.

되도록 눈치채지 않도록 조심해서 카메라의 포커스를 그녀의 옆모습에 맞추었다. 그리고 마악 셔터를 누르려던 순간이었다.

무언가 낌새를 느꼈는지 그녀는 고개를 돌이켰다. 순간 그녀의 그 고요함이 깨어졌다.

동표는 누르려던 셔터를 멈추고 카메라를 얼굴에서 떼며 황망히 사과했다.

"아, 이거 미안합니다. 하도 옆모습이 아름다우시길래 그만 염치없이……."

그러자 그녀는 조용히 힐책하는 시선을 보내왔다. 얼핏 동표 또래의 나이로도 보이고 보다 조금 아래로도 보이는 얼굴이었다. 선이 단정하고 조금 전에 훔쳐본 것과는 달리 눈매가 명확한 얼굴이었다.

동표는 거듭 사과했다.

"이거 정말 미안하게 됐습니다. 실례를 용서하십시오."

그러자 그녀는 조용히 다시 고개를 우리 쪽으로 돌렸다.

동표는 부끄러움과 함께 슬며시 오기 비슷한 감정이 솟아올랐다. 말을 준비하느라고 시간을 조금 쓴 다음 그는 그녀의 옆모습을 향해 말했다.

"저, 허락하신다면 정식으로 한 장 찍고 싶은데요. 용서해 주시겠습니까?"

그러자 그녀는 조용히 다시 고개를 돌렸다. 그리고 역시 힐책하는 눈매로 동표를 바라보며 나직이 말했다.

"허락 안 하겠어요. 전 사진 찍히기를 좋아하지 않아서요."

부드럽지만 거부의 뜻이 분명히 담긴 목소리였다.

동표는 그러나 물러서지 않았다.

"하지만 제가 방금 전에 그대로 셔터를 눌러 버렸다면 도리 없이 찍히셨을 게 아니겠습니까? 기왕에 찍히신 걸로 생각하고 한 장만 찍도록 해 주십시오."

그녀는 다시 나직한 목소리로 말했다.

"그때 그대로 찍으셨더라면 전 몹시 화를 냈을 거예요."

"아, 그럼 화내실 걸 각오하고 이대로 한 장 찍겠습니다. 화내실 모습도 볼 겸."

그리고 동표는 다시 카메라를 얼굴에 갖다 댔다. 그러자 그녀는 두어 발짝 동표 쪽으로 다가섰다.

그리고 조금 목소리를 높여서 힐책했다.

"안 돼요. 그런 짓 마세요."

그 순간 동표는 앞뒤 가리지 않고 그대로 셔터를 눌러 버렸다.

순간 그녀는 동작을 멈추고 아무 말도 없이 동표를 쏘아보았다. 동표는 카메라를 내리며 말했다.

"자, 이제 제가 화내시는 걸 감당할 차례군요. 자, 준비되었습니다."

그러자 그녀는 조용히 동표 앞으로 다가섰다. 그리고 나직이 말했다.

"필름 빼서 저를 주세요."

동표는 한 발짝 뒤로 물러서며 말했다.

"그건 안 되겠는데요. 이 필름은 겨우 그 첫 장을 사용했을 뿐이니까요."

"그럼 그 대신 필름 한 통을 사 드리겠어요."

"역시 안 되겠는데요. 안 되겠습니다. 이건 제가 이 카메라를 산 후 처음 사 넣은 필름일 뿐만 아니라 첫 작품이 담긴 필름이기도 하니까요. 필름을 뺏으시는 대신 다른 걸 요구하시지요. 이를테면 절더러 땅에 엎드려 빌라든가⋯⋯."

"전 제가 찍힌 그 필름만 없애 주시면 돼요."

"글쎄, 그건 제가 양보해 드릴 수가 없습니다."

"그럼 전 선생님을 고발하는 수밖에 없겠군요."

"그보다 이렇게 하시는 게 어떻겠습니까? 제가 차 한잔을 대접해 올리기로 하죠. 저쪽 연못가로 가면 차 파는 곳이 있습니다. 아마 없어지지 않았을 겁니다."

그러자 그녀는 어이가 없다는 듯 잠시 동표를 똑바로 쳐다보았다.

"왜 제 제안이 부당하다고 생각하십니까?"

"너무 엉터리 같은 분이시네요."

"아, 그 말씀 잘하셨습니다. 엉터리에겐 엉터리 짓을 할 권리가 있지 않을까요? 그런 의미에서라면 전 제가 엉터리 같다는 말에 조금도 억울함을 느끼지 않겠습니다."

"정말 할 수 없는 분이네요. 좋아요. 그럼 제가 차를 사 드릴 테니까 그 필름은 절 주시겠어요?"

"아, 차는 제가 사겠습니다."

"그럼 필름은 절 주시겠어요?"

"좋습니다. 현상만 마친 후에 사진과 함께 드리기로 하죠. 그럼 되겠습니까?"

"정말 너무 엉터리 같은 분이시네요."

"그 말은 감수하겠다고 조금 전에 말씀드렸습니다."

"좋아요. 할 수 없군요. 그럼 나중에 사진과 함께 받기로 하죠. 그 대신 필름을 현상하는 집엔 저하고 함께 가서야 해요. 제가 직접 찾을 테니까요."

"면밀하시군요. 좋습니다. 그렇게 하시죠. 자, 남은 차례는 이제 제가 차를 한잔 대접해 올리는 일이군요."

"사양하겠어요. 어서 남은 필름이나 마저 사용하세요."

"아, 빨리빨리 남은 걸 찍어 치우고 어서 현상점으로 가시자는 말씀입니까? 그건 좀 곤란한데요. 아까운 필름을 그렇게 함부로 찍어 없앨 순 없으니까요. 혹 모델이 되어 주시겠다면 또 몰라도."

"정말 짓궂은 분이시군요. 좋아요, 그럼 제가 차를 사 드릴게요."

동표는 못 이기는 체하고 말했다.

"아, 그러시겠습니까? 그렇다면 기꺼이 얻어먹겠습니다."

"하지만 차를 마신 뒤엔 가능한 한 남은 필름을 빨리 사용하도록 해 주세요. 전 그렇게 시간이 많지 않으니까요."

"노력해 보기로 하죠."

그러자 그녀가 먼저 앞장서서 연못 쪽을 향해 걷기 시작했다. 동표는 걸음을 빨리해서 그녀와 나란히 걸었다. 그리고 짐짓 정중한 태도를 꾸미면서 물었다.

"몹시 불쾌하십니까?"

"유쾌하다고 대답해 드리길 바라시나요?"

"아, 이런, 역시 불쾌하심에 틀림없군요. 그렇다면 다시 한번 정중히 용서를 빌겠습니다."

"그 말 곧이들리지 않아요."

"그러실 테죠. 곧이듣게 해 드리려면 지금 당장 필름을 빼 드리는 수밖에 없을 테니까요. 하지만 용서를 빌고 싶은 마음만은 진심입니다."

"진심이길 바라겠어요."

"정말입니다. 그것만은 틀림없는 진심입니다. 그렇지도 않다면 전 그야말로 개자식이죠. 참, 실례가 안 된다면 성함을 좀 여쭤봐도 되겠습니까?"

"왜, 이름을 알아 두었다가 나중에 길에서 만나면 알은체하려고 그러시나요?"

"아, 그보다도 제 첫 작품의 주인공 이름을 알아 두고 싶어서죠. 좀 염치없는 욕심인 줄은 알지만."

"가르쳐 드리지 못하겠어요. 전 선생님이 찍으신 그 필름을 회수하려는 사람이니까요."

"필름을 회수하시는 데까지는 시간이 상당히 걸릴 텐데요. 그동안 좋든 싫든 저하고 함께 계셔야 할 텐데 제가 부를 적당한 호칭이 없군요. 그냥 아가씨라고 하기도 뭣하고 혹 미혼이 아니신지도 모르는데."

"퍽 복잡하게 생각하는 분이시군요. 그렇다면 선생님 성함부터 말씀해 주셔야죠."

"아, 제 이름은 동표라고 합니다. 민동표."

"전 경림이라고 해요. 안경림(安慶林)."

"아, 경림 씨. 미혼이십니까?"

"네, 아직 시집 못 갔어요."

"못 가시다뇨? 아직 안 가신 거겠죠."

"고맙군요. 하지만 저 시집가고 안 가고가 선생님하고 무슨 관계라도 있나요?"

"아, 물론 관계가 있죠. 저도 아직 총각이니까요."

"정말 너무 엉터리 같은 분이군요."

"하하, 그 말이라면 전 벌써 두 번씩이나 감수하겠다고 말씀드렸습니다."

그때 그들은 어느새 연못가 찻집에 도달해 있었다. 식당을 겸한 찻집이었다. 동표가 말했다.

"자, 들어가시죠."

그리고 그녀를 앞세워 안으로 들어가서 테이블 하나를 차지하고 마주 앉았을 때 동표는 물었다.

"한데 이런 오전에 어떻게 혼자서 창경원엘 오셨습니까? 혹시 직장 같은 데 나가지 않으십니까? 학생은 아니심에 분명하고."

그러자 그녀는 두 눈을 들어 그를 잠시 똑바로 마주 쳐다본 후 대답했다.

"저한테 그런 대답까지 해야 할 의무가 있나요?

동표는 싱그레 웃었다.

"아, 물론 의무는 없으시죠. 제가 괜한 질문까지 드렸나 봅니다. 전 다만 경림 씨가 아까 흰곰의 우리 안을 혼자서 들여다보고 서 계시던 모습이 하도 인상적이어서."

"제가 어떤 모습으로 서 있었게요?"

"글쎄, 뭐라고 할까요. 바라보고 있는 대상에 대해 전혀 아무런 탐욕도 없는 그저 방심한 모습 같았다고 할까요. 어떻든 무척 고요한 표정이었죠. 특히 옆모습이."

"그랬나요? 그래서 절 지금 여기까지 오게 만드셨나요?"

"하하, 결국 그렇게 되었다고밖에 대답할 수가 없겠군요."

그때 주문을 받기 위한 소녀가 다가왔다. 그들은 커피 한 잔씩을 주문했다. 그리고 주문한 커피를 기다리는 동안 동표가 다시 물었다.

"곰을 좋아하십니까? 흰곰 말입니다."

"아뇨, 그저 그 앞에 잠깐 서 있었을 뿐예요."

"특별한 이유 같은 건 없으시고요?"

"네, 별다른 이유 없었어요."

"아, 전 또 흰곰하고 경림 씨 사이에 무슨 사연이라도 있나 했죠. 이를테면 제삼자와 관련된. 전에 어떤 분하고 함께 오셔서 바라본 적이 있다던가 하는……."

"지나친 상상력을 가지셨군요."

"하하, 이거 거듭 죄송하게 됐습니다."

그때 주문한 커피가 날라져 왔다. 커피를 저으면서 동표는 다시 물었다.

"댁에서 가사를 돕고 계신가요? 이 역시 꼭 대답하실 의무는 없는 질문입니다만……."

"대답할 의무가 없는 질문엔 대답하지 않겠어요."

"하하, 여전히 저한테 적대감을 가지고 계시군요."

"그럼 호감을 갖길 바라시나요?"

"하하, 어찌 감히 호감까지야 바라겠습니까? 단지 적대감을 이젠 좀 누그러뜨려 주셨으면 하고 바랄 뿐이죠."

"그럴 만한 무슨 변화라도 있었나요?"

"하하, 우선 경림 씨하고 저하고 이렇게 마주 앉아 함께 차를 마시고 있지 않습니까?"

"알고 보니 무어든 기정사실화해서 그걸 이용하시려는 분이군요."

"아, 이건 호된 꾸중을 듣는데요. 결코 그런 의도는 아니었는데. 하지만 변명할 여지는 없게 됐군요."

"그걸 시인하신다면 차 어서 드시고 남은 필름이나 빨리 찍으세요."

"그럴까요?"

"공연히 저한테 쓸데없는 신경 쓰지 마시고요."

"알겠습니다. 그렇게 해 보도록 노력하죠. 하지만 전 원체 호기심이 많은 편이어서 잘 될는지 모르겠습니다. 우선 이른 오전에 혼자서 창경원에 오신 이유부터가 궁금하기 짝이 없고."

"어지간히 끈질긴 분이군요. 정 그렇게 궁금하심, 얘기해 드리죠. 그 대신 남은 필름을 빨리빨리 사용하신다는 조건 밑에서예요."

"아, 그건 약속드리죠."

그러자 그녀는 찻잔을 들어 조금 마시는 시늉을 하고 나서 내려놓았다. 그리고 조용히 말했다.

"그냥 잠깐 바람 쐬러 나왔을 뿐예요. 직장이 바로 이 근처예요."

동표는 싱그레 웃었다.

"아 역시 직장에 나가고 계시군요. 그럼 직장에서 무단이탈을 하신 셈인가요?"

"그런 셈이죠."

그리고 그녀는 비로소 조금 웃어 보였다. 동표는 이 기회를 놓치면 안 된다고 생각했다. 그녀가 모처럼 부드러움을 보였을 때 그것을 물고 늘어지지 않으면 안 된다고 생각했다. 내친김이니 말이다.

"아, 그래서 시간이 없다고 하셨군요. 하지만 이왕 무단이탈을 하신 김에 아주 느지막이 퇴근 무렵에 들어가시는 것도 재미있지 않을까요? 직장에선 경림 씰 찾느라고 아마 야단이 나겠지만 말입니다."

그러자 그녀는 다시 한번 조금 웃어 보였다.

어딘지 쓸쓸한 여운이 담긴 웃음이었다.

"글쎄요. 그렇다면 전 아마 내일부터라도 당장 직장을 그만둬야 하겠죠."

"그렇게 인색한 직장인가요? 그렇다면 더욱 한번 그래 봄 직한 일이군요."

"유혹하지 마세요. 그렇잖아도 다니고 싶어서 다니는 직장은 아녜요."

"그렇다면 전 더욱 유혹하고 싶은데요. 다니고 싶지 않으신 직장이라면야 더욱 문제 될 게 없지 않습니까?"

그러자 그녀는 다시 냉정한 표정으로 되돌아갔다.

"차 다 드셨으면 이제 어서 남은 필름이나 마저 사용하세요."

동표는 순간 더 이상 짓궂게 구는 것은 좋지 않겠다고 판단했다. 그리고 선선히 의자에서 일어났다.

"자, 그럼 귀찮으시더라도 절 좀 따라다녀 주시죠. 제가 도망치거나 하면 안 될 테니까요."

"네, 그러죠."

찻값은 동표가 치르려고 했으나 그녀가 먼저 재빨리 치러 버렸으므로 동표는 그녀를 위해 출입구를 열어 주는 수고밖에 할 게 없었다.

밖으로 나온 동표는 여기저기 함부로 셔터를 눌러 댔다. 마치 초보자가 필름이 든 카메라를 가졌다는 사실만으로 이것저것 닥치는 대로 찍어 보듯. 왜냐하면 오늘 창경원에 온 일은 그녀를 만났다는 사실 하나만으로도 그 값어치가 충분하다고 판단되었기 때문에. 더욱이 그녀의 모습을 한 장 담기까지 하지 않았는가.

남은 일은 이제 그녀와의 이 우연한 인연을 허사로 만들지 않는 일뿐이다. 왠지 그러고 싶지 않은 여성이다.

그녀는 시종 그가 닥치는 대로 셔터를 눌러 대는 모습만 말없이 지켜보고 있었다. 굳이 선행을 말리지는 않겠다는 표정으로.

마침내 필름을 다 사용하고 났을 때 동표는 말했다.

"자, 이제 나가실까요? 현상점까지 동행하시려면 어차피 함께 나가셔야 할 테니까요."

"다 찍으셨어요?"

"네, 오늘은 경림 씨 사진을 한 장 찍을 수 있었다는 사실로 만족하기로 했습니다."

"아무튼 그럼 현상점으로 가세요."

"그러시죠."

두 사람은 나란히 걸어서 창경원 밖으로 나왔다. 거의 정오 무렵이다 된 시간이었다.

동표는 택시 한 대를 세웠다.

"자, 타시죠. 제 단골 현상점이 여기서 좀 먼 편이라서요."

그러자 그녀는 얼굴을 똑바로 쳐들어 동표를 쏘아보았다. 동표는 짐짓 의아한 표정으로 물었다.

"왜, 함께 안 가시겠습니까?"

"정말 너무 엉터리 같은 분이시네요."

"왜 그러시죠? 이번만은 그 말을 감수할 수가 없는데요. 전 약속을 지키려고 하는 것뿐인데요."

그러자 그녀는 다시 한번 동표의 얼굴을 똑바로 쏘아본 다음 말했다.

"좋아요. 가세요."

그리고 그녀는 동표가 열고 선 도어 안으로 허리를 굽혀 올라탔다. 조금 켕기는 기분이었으나 동표도 곧 뒤따라 택시에 올랐다. 그리고 택시가 출발했을 때 동표는 말했다.

"충무로 쪽으로 갑시다. 대연각 뒤쪽."

그곳에 그가 장난감이나 다름없는 소형 캐논 사진기로 찍은 필름들을 가져다 맡기곤 하던 단골 현상점이 있었던 것이다.

운전사는 알아들었다는 듯 묵묵히 차를 몰았다. 요즘 운전사들은 자기가 귀먹지 않았음을 대구하지 않는 것으로 응변하는 매우 경제적인 습성을 지니고 있다.

동표는 곁눈질로 슬쩍 그녀의 표정을 살폈다. 그녀는 조용하고 싸늘한 표정으로 앞쪽만 바라보고 있었다. 잔뜩 노한 표정임에 분명했다. 그러나 그 노한 표정이 동표에게 한순간 몹시 아름답게 비쳤다.

동표는 잠시 말을 준비하고 나서 입을 열었다.

"필름을 마구 다 써 버린 것이 억울한 생각이 드는데요. 더도 말고 한 장만 남겼더라면, 비록 야단을 맞는 한이 있어도 지금 경림 씨의 그 모습을 담아 두겠는데요."

그것은 거의 동표의 진심이었다. 그러나 그것은 자칫 조롱으로도 들릴 수 있는 말이었다.

그녀는 미동도 않은 채 계속 앞쪽만 바라보고 있었다.

"결코 이건 경림 씨를 더 속상하게 하기 위한 말이 아닙니다. 전 지금 진심을 말하고 있는 겁니다."

"……"

"성을 낸 분의 모습이 그렇게 아름다워 보일 수도 있다는 걸 전 지금 처음으로 알았습니다."

"……"

"제 말이 믿어지지 않으십니까?"

"······."

"끝내 묵비권을 행사하시려는 모양이시군요. 그렇다면 저도 더 이상 성가시게 해 드리지 않기로 하겠습니다. 하지만 방금 전에 한 말만은 정말 진심에서 한 소리였습니다. 그 점만은 의심하지 말아 주십시오."

그리고 동표도 입을 다물었다. 더 이상 계속해서 지껄이는 것은 이롭지 못하다고 판단되었기 때문이다.

그녀는 지금 잔뜩 노해 있다. 그리고 이쪽을 믿지 않고 있다. 거기에 자칫 조롱으로 받아들여질지도 모를 말을 자꾸 지껄인다는 것은 일을 망치고 마는 결과를 초래하게 될 뿐인지도 모른다.

어떤 일에건 신중성이 필요한 법이다. 결코 서두르는 것만이 장땡은 아니다.

동표는 잠자코 택시의 전면 차창을 응시하기 시작했다. 계략 하나를 은밀히 마련한 채.

택시가 충무로에 도착한 것은 얼마 후였다.

택시에서 내려 현상점으로 향하면서 동표는 비로소 다시 입을 떼었다.

"자, 이제 다 왔습니다. 바로 저기 저 집입니다."

그러며 그는 손가락으로 'DP&E'라고 쓴 현상점의 간판을 가리켰다.

그러나 그녀는 동표의 손가락을 따라 힐끗 그쪽을 한 번 쳐다보았을 뿐 여전히 싸늘한 표정으로 잠자코 그의 곁에서 걸었다.

동표는 더 이상 아무 말도 하지 않았다. 그리고 현상점에 도착하여

문을 열고 그녀가 들어서기를 기다려 뒤따라 들어섰다.

현상점 주인이 동표를 향해 알은체를 해 왔다.

"어서 오십쇼. 오랜만이십니다."

"네, 안녕하셨어요?"

하고 동표는 마주 인사하고 나서,

"필름을 한 통 맡기러 왔는데 조건이 약간 까다롭습니다."

하고 카메라를 유리 진열대 위에 올려놓고 필름을 꺼냈다.

동표가 농담을 하고 있다고 생각했는지 주인은 입가에 웃음을 띠
며 물었다.

"어떤 조건이신데요?"

"네, 이 필름을 현상해 주시는데 이 속에 사람이 찍힌 건 꼭 한 장뿐
이거든요. 그거 한 장만 인화를 해 주시고 사진과 필름은 여기 이분
한테 드리세요."

하고 동표는 곁에 서 있는 그녀를 눈짓으로 가리켰다. 그러자 주인은
그녀 쪽을 힐끗 바라보며 영문을 잘 모르겠다는 표정으로 애매하게
웃었다.

"예, 그러죠."

"단, 사진과 필름을 드리는 시기는 제가 그 사진을 본 뒤라야 합니
다. 아저씨 보시다시피 이 새 카메라를 사서 제가 찍은 첫 번째 사진
이기 때문입니다."

"아, 참 카메라를 새로 장만하셨군요. 그렇게 하시죠, 그럼. 그야 뭐
어려울 거 있나요?"

"너무 쉽게 대답하지 마시고 제 말 명심하셔야 합니다. 사진과 필름을 이분한테 드리는데 그 시기는 반드시 제가 그 사진을 본 뒤라야 한다는 점, 아시겠어요? 이 필름은 본래 제 것인데 이분한테 양도해 드리는 거라는 걸 잊지 마시고."

주인은 계속 영문을 모르겠다는 표정인 채 두 사람을 번갈아 바라보며 애매하게 고개를 끄덕였다.

"예, 예, 알겠습니다."

그러나 그때 여지껏 싸늘한 표정으로 잠자코 서 있던 그녀가 동표를 똑바로 쏘아보며 말했다.

"끝내 이러시기예요?"

동표는 짐짓 의아한 표정을 꾸며 되물었다.

"뭐가 잘못됐습니까? 설마 절더러 사진의 결과조차 보지 말란 뜻은 아니시겠죠? 전 이만하면 약속은 최대한 지켜 드리는 거라고 생각되는데요."

"정말 어이가 없군요. 결국 이런 식으로 절 끝까지 조롱할 셈이었나요?"

"조롱이라뇨? 전 지금 성의를 다해서 약속을 지켜 드리려고 하는 중인데요. 현상이 된 뒤에 언제든 짬 나시는 대로 직접 오셔서 찾아가십시오. 물론 제가 사진의 결과를 본 뒤라야 하겠습니다만."

"좋아요. 그렇게 하죠."

그녀는 무슨 생각을 했는지 선선히, 그러나 날이 선 목소리로 응낙했다.

그리고 현상점 주인으로부터 사진의 인화권을 받아 가지고 두 사람에게 가볍게 목례만 보낸 다음 빠른 걸음으로 현상점을 빠져나갔다.

동표는 부지중 한 발짝 따라나서려다가 그만두고 그녀의 등 뒤에 대고,

"안녕히 가십시오."

라고만 인사했다. 그녀를 만날 기회는 미구에 또 있을 것이기 때문이었다.

현상점 주인이 물었다.

"어떻게 된 말인가요?"

"아, 네, 제가 좀 짓궂은 짓을 했죠. 지금 그 아가씨 사진을 허락 없이 한 장 찍었거든요."

그리고 동표는 웃었다. 그러자 주인은 그제야 모든 영문을 알겠다는 듯 사람 좋게 웃었다.

"아, 그렇게 된 일이군요."

"그런데, 아저씨 부탁이 하나 있습니다."

"예, 말씀하세요."

"다른 게 아니라 현상을 좀 빨리할 수 없을까요? 가능하면 이따 저녁 늦게라도 어떻게 안 될까요?"

"그렇게나 빨리요?"

"현상비는 그 대신 특별히 내죠. 실은 그 아가씨가 사진을 찾으러 오기 전에 제가 가져가려고 그럽니다."

"조금 아깐 사진을 보시기만 하고 그 아가씨 주신다더니……."

"네, 그건 그냥 해 본 소리구요. 그 아가씨가 사진을 찾으러 오면 여기 제 전화번호를 가르쳐 주세요. 사진을 꼭 찾고 싶으면 이리로 전화를 걸라구요."

그러며 동표는 아파트의 전화번호를 적어서 주인에게 주었다. 그러자 주인은 적이 흥미로워하는 표정으로 싱글싱글 웃으며,

"그럼 이따 저녁때 들르세요. 다른 거 다 제쳐 놓고 먼저 현상해 드리죠."

하고 사람 좋게 응낙했다.

필름 한 통을 새로 사서 카메라에 넣고 현상점에서 나온 동표는 다시 한번 커다랗게 심호흡을 했다. 이제 그녀를 다시 만나게 되는 것은 시간문제라고 생각되었다. 그 뒤의 일은 그때에 가서 생각하면 된다.

그때 동표는 문득 시장기를 느꼈다. 그럭저럭 점심시간이 지나 있었던 것이다. 그녀와 점심이라도 같이할 수 있었더라면 더 좋았겠다고 생각되었으나 그것은 지금으로선 좀 과한 바람이라고 고쳐 생각하고 동표는 혼자서라도 어디 가서 간단한 점심식사를 해야겠다고 생각했다. 그리고 무엇이 좋을까 잠시 궁리했다. 좀 기름지고 든든한 음식을 먹고 싶다는 생각이 떠올랐다.

마음을 정하고 그는 곧장 근처에 있는 한 경양식집을 찾아 들어갔다. 그리고 그곳에서 그는 비프스테이크 1인분을 달게 먹어 치우고 나왔다.

"자, 이제 어디 가서 커피나 한잔해야겠군. 커피나 한잔하면서 그녀가 전화를 걸어 올 경우에 대비한 생각이나 슬슬 좀 해 둬야겠군."

그리고 그는 미호와 가끔 들른 적이 있는 다방 금잔디로 향했다.

어쩌면 미호가 친구들과 어울려 그곳에 와 있을는지도 모른다는 생각도 들었다. 전에도 오후 강의가 휴강이 되었다면서 그랬던 적이 몇 번 있으니까. 그리고 그를 불러내어 찻값을 바가지 씌운 적이 있으니까.

그런데 동표의 그 무심결에 해 본 생각은 그대로 적중하였다. 미호가 그곳에 와 있었던 것이다.

뜻밖에도 그녀는 거기에 혼자 앉아 있었다.

"웬일이야? 혼자서."

하고 동표는 짐짓 뜻밖이라는 표정을 지으며 다가가 마주 앉자 미호는 잔뜩 볼멘 표정으로 눈부터 흘겼다.

"여기 온 지 오래됐어?"

"두 시간은 됐단 말야."

"두 시간이나? 두 시간 동안이나 여기서 뭘 했어?"

"말 안 해."

"왜 그래? 두 시간 동안 여기서 뭘 했길래 그래?"

"아이, 약 올라."

"오라, 날 기다렸구나."

"보기 싫어."

"나한테 전화했어?"

"아이, 약 올라."

"오라, 그랬구나. 나한테 전화 걸었구나. 미안, 미안. 그런데 학교 강의시간은 빼먹구?"

"몰라."

"야, 이거 단단히 미안하게 됐는데."

"어디 갔었어?"

"나?"

"그래. 회사에 전화 걸었더니 출근하자마자 사표 내놓고 나가 버렸다잖아?"

"아, 내가 사표를 정말 냈는지 안 냈는질 확인해 보기 위해서 전활 걸었었구나?"

"아이, 보기 싫어."

"그리고는 여기 앉아서 두 시간이나 내가 나타나길 기다렸단 말이지, 제가 가면 어딜 가 하구."

"어디 갔었어? 그건 왜 말 안 해?"

"응? 아, 몇 군데 좀 돌아다녔지. 이봐, 카메라도 하나 사구. 미호 예쁘게 찍어 주려구. 은행에 가서 돈도 좀 찾구."

"흥, 벌써부터 그러고 다녔구나."

"왜, 그럼 안 돼?"

"누가 안 된댔어? 혼자서 벌써 그러고 다녔다는 거지."

"미호가 여기 앉아 있는 줄 알았으면 진작에 달려왔지. 자, 아무튼 잘 만났어. 두 시간씩이나 기다리게 한 건 좀 미안하지만 그 대신 근사하게 한턱낼게. 점심 아직 안 먹었지?"

"안 먹었지만 생각 없어. 지금 같은 부글거리는 기분으론 뭘 먹어도 소화가 안 되겠어."

"그렇게 골이 났어?"

"생각해 봐, 두 시간씩이나 혼자 앉아 있었던 사람의 기분을."

"그래, 그래. 알 만해, 알 만해. 미안하게 됐어. 하지만 점심 정말 안 할 테야?"

"생각 없대두."

"좋아, 그럼 이따 저녁때 미호 늘 가고 싶어 하던 나이트클럽에나 데려가 주지."

"정말?"

그제야 그녀는 눈을 반짝한다.

"정말이구말구."

"아이 좋아. 그럼 나 골낸 거 다 풀게."

"진작 그 말을 할 걸 그랬군. 하지만 배진 떼고 가야 할 걸."

"떼지 뭐."

"좋았어. 그럼 저녁땐 나이트클럽엘 가기로 하고 어디 가서 사진이나 찍을까? 아주 예쁘게 찍어 줄 테니까."

"그리고 점심도 사 줘. 이젠 배가 고파졌어."

"좋았어."

그들은 곧 다방에서 나와 아까 동표가 갔던 그 경양식집으로 갔다. 그녀가 새우 요리를 먹고 싶다고 했기 때문이다. 동표 자기는 아까 바로 이 집에서 비프스테이크를 먹었다고 하자 그녀는 곱게 눈을 흘겼다.

그리고 그 경양식집에서 나온 그들은 곧장 덕수궁으로 향했다. 물론 사진을 찍기 위해서.

　동표는 묘한 날도 다 있다고 생각했다. 하루에 고궁을 두 군데씩이나 들르게 되는 날도 다 있다니. 그것도 각각 결과적으론 서로 다른 두 명의 여자를 사진 찍기 위해서.

　모두가 동표 자신에게 찾아온 행운의 덕택이 아니고 무엇이겠는가.

　미호는 여러 가지 포즈로 사진의 모델이 되어 주었다. 자신의 아름다운 얼굴을 자랑하는 활짝 핀 미소와 자세에 따라 바뀌는 여러 가지의 몸짓의 아름다움을 카메라 렌즈 앞에 드러내 주었고, 또 동표가 요구하는 자세, 요구하는 표정을 일일이 자신 있게 꾸며 보여 주었다.

　동표는 그녀를 고궁의 추녀 밑에 세우기도 했고 청동화로 옆에 서게도 했으며 갓 잎이 돋아난 나무 그늘 사이의 벤치에 앉히기도 했다. 그리고 가능한 한 그녀의 아름다움이 돋보이는 앵글을 잡아 셔터를 눌러 댔다. 사진을 거의 다 찍고 났을 때 두 사람은 빈 벤치 하나를 찾아 나란히 앉았다. 그리고 동표는 자연스레 미호의 어깨에 팔을 걸치면서 말했다.

　"오늘 렌즈를 통해 본 미호의 모습은 그 어느 때보다도 예쁘던데."

　"아이 좋아, 정말?"

　"응, 영화감독들이 어째서 아직 미호를 그냥 놔뒀을까 하는 생각이 들 정도야. 물론 아직 발견을 못 해서 그렇겠지만."

　"정말이야?"

　"정말이래두."

"피이, 괜히 그래 보는 거지? 나 어쩌는가 보려구."

"아냐, 아냐, 정말야."

"괜히 그러지 마, 나한테 뭘 얻어 내려고 그래?"

"얻어 내긴 뭘 얻어 내? 그냥 정직한 느낌을 말한 것뿐이지. 쓸데없이 사람을 불순하게 보고 그래."

"내가 그럼 오늘 정말 그렇게 예뻐?"

"글쎄 그렇대두."

"아이 좋아, 나 그럼 빨리 마저 찍어 줘. 필름 남았지?"

"응, 두 장쯤 남았을 거야."

"그럼 빨리 마저 찍어 줘."

그러다가 그녀는 무슨 생각이 났는지 손바닥을 딱 쳤다.

"어마, 나 좀 봐. 왜 그 생각을 못 했지? 동표 씨 그 카메라 사고 나서 나 지금 맨 먼저 찍어 주는 거지? 처음 사 넣은 필름 아냐?"

순간 동표는 얼핏 당황할 뻔했으나 곧 제정신을 차리고 거짓말을 했다.

"응? 아 물론이지. 아까 내가 얘기했잖아, 카메란 미호 예쁘게 찍어 주려고 산 거라구."

"어마, 그러니까 일종의 기념사진이잖아? 동표 씨 새 카메라 산 기념사진."

"기념작품이지."

"어마, 그 사실을 하마터면 깜빡 놓칠 뻔했네. 아이 좋아. 그럼 어서 마저 찍어 줘요."

동표는 내심 찔끔했으나 태연히 벤치에서 일어났다.

그리고 즐거워하는 미호에게 두어 가지 포즈를 더 취하게 한 다음 남은 필름을 마저 찍고 그곳에서 시간을 좀 더 보낸 뒤 그들이 덕수궁에서 나왔을 때는 오후의 햇빛도 다 기운 뒤였다.

"자, 이제 어디 가서 좀 앉았다가 저녁이나 먹고 슬슬 나이트클럽으로 진출을 해 볼까."

동표가 말했다. 그러자 미호는 동표의 팔짱을 가볍게 끼며 흥분을 감추지 못한 표정으로 나직이 외쳤다.

"아 신난다."

그들은 다시 금잔디로 갔다. 그리고 마주 앉아 차를 주문하고 났을 때 문득 생각났다는 듯이 동표는 말했다.

"아, 필름부터 맡기고 올 걸 그랬군. 미호 여기 잠깐 앉아 있어. 요 앞 현상점에 금방 갔다 올게."

그리고 그는 미호를 혼자 남겨 둔 채 현상점으로 향했다. 물론 새 필름을 맡기는 일보다는 아까 맡긴 필름의 결과가 궁금해서였다. 그리고 그것은 미호가 봐서는 안 될 물건이었기 때문이다.

동표가 들어서자 현상점 주인은 의미 있는 미소부터 지었다.

"아이구, 빨리두 오셨네."

"아직 안 됐습니까?"

"아뇨, 됐습니다. 초특급으로 뽑았죠. 자, 여기."

그러며 주인은 현상된 필름과 사진을 꺼내 놓았다. 동표는 성급히 사진부터 집어 들었다.

예상한 대로였지만 사진은 그다지 만족스럽지 못했다. 우선 피사체가 움직이고 있었기 때문에 초점이 정확하게 맞아 있지 않았다. 앵글도 엉망이었다.

그러나 카메라를 향해 힐책하는 시선으로 다가오는 그녀의 노한 표정만은 그런대로 또렷이 살아나 있었다. 뭐라고 항의하기 위해 입을 약간 벌린 모습까지도.

동표는 회심의 미소를 지었다. 사진 자체로서는 불합격품이었지만 사진의 효과로서는 오히려 그 이상 가는 것을 얻을 수 없다고 생각되었기 때문이다.

왜냐하면 그 사진은 사진을 찍을 당시의 상황 내지는 분위기마저를 여실히 드러내 주고 있었으므로.

"고맙습니다, 아저씨."

동표는 필름과 사진을 안주머니에 집어넣고 넉넉한 사례를 지불하며 말했다.

"그리고 아까 제가 한 부탁 잊지 않으셨죠? 그 아가씨가 사진을 찾으러 오면 제 전화번호를 좀 가르쳐 주십사 하는."

"예, 예. 알고 있습니다."

"사진과 필름을 꼭 찾고 싶으면 그 전화번호로 연락을 하라구요."

"예, 염려 마십시오."

동표는 새 필름을 꺼내 현상을 부탁하고는 곧 그 현상점에서 나왔다. 그리고 급히 미호가 앉아 있는 다방으로 다시 향했다.

동표가 미호와 함께 멀지 않은 곳에 있는 한 호텔의 맨 꼭대기 층에 자리 잡은 나이트클럽으로 들어선 것은 그로부터 얼마 후였다.

다방에서 좀 더 시간을 보내고 저녁식사까지 마친 뒤였지만 아직 이른 시간인지 클럽엔 아직 손님들이 얼마 없었다. 두어 군데의 테이블에만 손님들이 앉아 전면(前面)의 무대를 바라보고 있을 뿐이었다. 무대 위에선 여섯 명의 젊은 남자들로 구성된 밴드가 경음악을 연주하고 있었다.

그들은 테이블 하나를 차지하고 마주 앉았다.

곧 흰색 상의를 입은 청년 한 사람이 다가왔다. 청년은 두 사람을 향해 정중히 고개 숙여 인사하고 나서 말했다.

"어서 오십시오. 남태평양 클럽의 미스터 박이라고 합니다. 불편하신 점이 있다든지 할 땐 지체 없이 말씀해 주시고 하명하실 일이 있으시면 서슴지 마시고 불러 주십시오."

그리고 그는 명함 한 장을 꺼내 공순히 두 손으로 내밀었다. 동표는 한 손을 내밀어 명함을 받으면서 말했다.

"우선 맥주 몇 병하고 마른안주 좀 가져오시오. 참, 미호 뭐 다른 거 할래?"

"아니, 나도 맥주 마실래."

"그래, 그럼."

그리고 동표는 시선을 들어 다시 청년을 쳐다보았다.

"우선 지금 말한 것부터 가져오시오."

"예, 금방 올리겠습니다."

청년은 다시 한번 정중히 고개 숙여 인사하고 물러갔다.

청년이 물러가고 나자 미호가 물었다.

"동표 씬 이런 데 자주 와 봤어?"

"아니. 지금까지 모두 두 번째야. 한 번은 돈 많은 고등학교 동창생을 따라서 와 봤고. 자주가 다 뭐야? 술값이 비싸서 월급쟁이 신세론 엄두도 못 내지."

"그렇게 비싸?"

"몇 명 어울려서 하루 저녁 궁색하지 않게 올나이트하려면 웬만한 월급쟁이 한 달 봉급쯤 간단히 깨지고 말걸? 그 경우엔 물론 여자들 팁도 계산에 넣어야 하니까 그렇지만 말야."

"여자들이 많아?"

"이따 봐. 우리처럼 이런 동반손님은 하루저녁에 아마 한두 쌍 있을까 말까 할걸. 나머진 전부 남자들끼리 와서, 여기서 파트너를 제공받는다구."

"이뻐, 그 여자들?"

"글쎄, 그건 조금 있다 미호 눈으로 직접 확인해 봐."

그때 주문한 것들이 날라져 왔다. 동표는 두 개의 컵에 맥주를 가득가득 따랐다. 그리고 그중 하나를 집어 들면서 말했다.

"자, 들어. 미호의 호기심을 위해서."

미호도 컵을 집어 들었다.

"동표 씨의 새 카메라를 위해서."

"응? 하하."

그리고 그들은 각기 맥주컵을 입으로 가져갔다.

클럽이 활기를 띠기 시작한 것은 그로부터 얼마가 더 지나서였다. 차츰 빈 테이블들이 사람들로 메워지고 성장한 여인들이 여기저기 모습을 드러냈으며 무대 전면에 마련된 무도장(舞蹈場)에는 밴드의 연주에 맞춰 춤을 추는 사람들이 늘어 가기 시작했다.

밴드는 늦은 템포의 음악 한 곡과 빠른 템포의 음악 한 곡씩을 번갈아 가며 연주하고 있었다. 마악 블루스 한 곡이 끝나고 빠른 고고 리듬이 시작되었을 때 동표가 말했다.

"출까?"

미호는 상기한 얼굴로 고개를 까딱했다. 동표는 일어나서 미호를 앞세우고 플로어로 나갔다. 전에 고고 클럽에 함께 갔을 때 안 사실 이지만 미호는 고고를 아주 맵시 있게 출 줄 알았다. 결코 음악 이상 으로 고양되거나 음악 이하로 침체하는 법 없이. 그리고 지나친 몰두 나 과도한 방기(放棄) 없이.

그러나 동표는 어느 편인가 하면 서투른 편이었다. 그저 남들처럼 팔다리를 적당히 흔들어 대는 것이 고작이었다.

좀 맵시를 내서 추어 보려고 해도 자기가 지금 맵시를 내 보려고 하고 있다는 사실에 생각이 미치면 금방 쑥스러워지고 창피한 생각 이 들어서 몸짓은 더욱 엉망이 되고 마는 것이었다.

따라서 그는 지금(전에도 그랬지만) 거의 미호의 파트너가 되어 준다는 생각만으로 몸을 흔들고 있는 것이다. 그렇다고 물론 몸을 움 직이는 데 따른 쾌감이 전혀 없는 것은 아니지만. 특히 오늘은 거기 에 얼마간의 흥청거림까지 더한 터이긴 하지만.

곡이 끝나자 자리로 돌아왔을 때 동표는 물었다.

"오늘 집에 안 들어가도 돼?"

그러자 미호는 두 눈을 호동그랗게 떴다.

"어마, 왜 여기서 올나이트하게?"

"여기까지 온 김에 아주 올나이트해 버리지 뭐."

"그건 안 돼."

"왜?"

"집에 얘기 안 하고 나왔어."

"전화 걸면 되잖아?"

"뭐라구요?"

"뭐 적당히 친구 집에서 잔다든지."

"너무 자주 써먹었어."

"자주 써먹은 수법일수록 오히려 상대방을 안심시킨다는 거 몰라? 낯익은 수법이 오히려 의심을 안 산다구."

그러자 그녀는 잠시 망설이는 표정을 짓고 나서 물었다.

"지금 몇 시야?"

마치 지금이 몇 시인가에 따라서 자신의 태도를 결정하겠다는 듯이, 동표는 팔목시계를 들여다보고 나서 대답했다.

"10시 반."

"10시 반?"

"응, 정확하게는 10시 31분이야."

"오늘 나하고 꼭 올나이트하고 싶어?"

"응 여기 분위기 아깝잖아?"

"여기 분위기가 아까워서 그런 거야?"

"아니, 물론 그보단 미호하고 같이 있고 싶어서지."

"정말?"

"오늘 왜 이래? 내가 언제 미호한테 거짓말한 적 있어?"

"좋아, 그럼 전화 걸고 올게. 전화 어딨지?"

"요 바깥의 복도에 있을 거야. 같이 나갈까?"

"그냥 앉아 있어. 나 혼자 걸고 올 수 있어."

미호는 의자에서 일어나 출입구 쪽으로 나갔다.

동표는 순간 그녀가 그대로 집으로 가 버릴는지도 모른다고 잠깐 생각했으나 곧 그럴 리 없다고 고쳐 생각하고 컵에 맥주를 가득 따랐다. 그리고 그것을 달게 들이켰다.

잠시 후 미호는 돌아왔다. 그리고 의자에 앉으면서 말했다. 약간 상기한 얼굴이었다.

"자, 이제 우리도 블루스 한번 춰."

"그럴까."

동표는 다시 그녀를 일으켜 세우기 위해 손을 내밀었다. 그리고 그녀와 함께 다시 플로어로 나갔다.

동표의 가슴에 안긴 그녀의 몸은 귀엽고 작은 새처럼 따스했다.

쾌청

경림이라는 아가씨로부터 아파트로 전화가 걸려 온 것은 그로부터 사흘 후였다.

미호와 그날 밤 나이트클럽에서 올나이트을 한 이후 거의 외출도 삼간 채 전화통 근처에만 붙어 있다시피 하기를 사흘이나 한 뒤였고, 계략이 아무래도 빗나간 모양이라는 생각과 함께 그만둘 테면 그만 두라지 하는 일종의 오기 비슷한 감정까지 슬그머니 생긴 뒤였다.

그런데 나흘째 되는 날 아침 그가 늦잠에서 깨었을 때 전화벨이 울렸다. 아마도 전화벨 소리에 잠이 깬 모양이었다.

동표는 눈을 비비며 송수화기를 집어 들었다.

"네, 민동표입니다."

그러자 저쪽에서는 잠시 아무런 응답도 없었다.

순간 동표는 올 것이 왔구나 하는 직감을 느꼈다.

"여보세요?"

"……."

"누구십니까?"

"……."

"전화 잘못 받았나……."

동표는 짐짓 간접적인 위협을 했다. 송수화기를 금방 내려놓기라도 할 듯한 어조로.

그러자 저쪽에서 마침내 뾰족한 그녀의 목소리가 들려왔다.

"전화 끊지 마세요. 저 안경림이에요."

"아, 경림 씨군요. 그렇잖아도 기다리고 있었습니다."

"정말 뻔뻔하시군요."

"네? 아, 네, 제가 뻔뻔하다구요. 네, 사정이 좀 그렇게 됐습니다. 그런데 사진을 오늘 찾으러 가셨었던가요?"

"아뇨, 인화권에 쓰여진 날짜에 갔어요. 그저께요."

"그런데 왜 이제야 전화를……."

"정말 너무 뻔뻔한 분이군요. 사진 찾는 걸 포기해 버릴까 했었어요."

"한데 마음을 돌리셨군요?"

"길게 얘기하고 싶지 않아요. 어서 사진이나 돌려주세요."

"네, 물론 돌려드리죠. 한데 그렇게나 사진에 마음이 쓰이십니까?"

"끝까지 절 조롱할 생각이신가요?"

"아, 아뇨. 조롱이라뇨. 전 단지 사진 한 장에 그토록 마음이 쓰이시는가 해서."

"내 사진이 타인의 손에 가 있다는 생각은 참을 수 없어요. 더구나 그건 정상적인 상태에서 찍힌 사진도 아니구요."

"좋습니다. 그럼 사진을 언제 전해 드릴까요?"

"지금이 11시니까 점심시간에 주세요."

"아, 벌써 11신가요? 늦잠을 좀 잤더니. 점심시간에 어디서 뵐까요?"

"아무 데나 좋아요."

"그럼 이렇게 하시죠. 제가 사과 겸 점심을 대접하고 싶으니까 조선호텔 커피숍으로 나오시죠. 거기라면 간단한 식사도 대접해 드릴 수 있을 것 같은데."

"점심을 얻어먹고 싶진 않지만 좋아요, 그리 나가겠어요."

"12시 정각으로 할까요?"

"12시 10분으로 해요. 제가 직장에서 나가는 시간이 있으니까요."

"아, 그렇군요. 그럼 12시 10분에 조선호텔 커피숍에서 뵙겠습니다."

전화를 끊고 나서 동표는 회심의 미소를 지으며 자신의 어깨를 두 팔로 꽉 껴안았다. 계략이 일단 맞아떨어졌다는 승리감과 함께. 그러나 역시 만만한 상대는 아니라는 생각에서 비롯한 투지 비슷한 감정을 느끼며.

자, 이제 제2단계 계략을 써먹을 차례다.

동표는 욕실로 가서 대강 양치질을 하고 세수를 마쳤다. 면도도 했다.

그리고 욕실에서 나온 동표는 응접실에 걸린 벽시계를 쳐다보았다. 11시 15분. 조선호텔까지 가는 데 걸리는 시간을 계산에 넣더라도 아직 시간이 많이 남는다.

그는 천천히 제 방으로 향했다. 이젠 구태여 제 방이라고 할 것도 없지만. 왜냐하면 이제 그 아파트 전체가 그의 것이었으므로.

동표는 책상 위에 꺼내 둔 그녀의 사진과 필름 중 사진만을 집었다. 그리고 현상점 봉투 속에 든 사진을 꺼내 다시 한번 들여다보고 도로 넣었다.

일단 사진만 가지고 나가자. 그것이 그의 제2단계 계략 중 일부였다.

그는 사진이 든 현상점 봉투를 들고 다시 응접실로 나왔다. 그리고 옷장이 있는 안방으로 향했다.

회사에 입사하고 나서 새로 맞춘 양복으로 갈아입었다. 넥타이는 두 개뿐이었으므로 선택의 여지가 아주 적었으나 그날 창경원에 갔을 때 매지 않았던 것으로 매었다. 매고 보니 그 양복에 어울리는 것 같았다.

넥타이도 좀 몇 개 사야겠군, 하고 그는 생각했다. 그리고 사진이 든 봉투를 안주머니에 소중히 넣은 다음 다시 응접실로 나왔다. 다시 벽시계를 쳐다보려다가 팔목시계를 차지 않은 생각이 떠올라서 그는 다시 제 방으로 갔다.

팔목시계를 팔에 감으면서 시간을 보니 아직 5분밖에 더 지나 있지 않았다. 어쩔까 망설이다가 그는 그대로 나가기로 했다. 시간이 좀 남으면 버스로 가면 그럭저럭 엇비슷하게 도착할 수 있을 것이었기 때문이다. 그리고 조금쯤 기다리는 것도 나쁠 건 없다고 생각되었다. 어쨌든 그녀보다 먼저 도착해 있는 것이 어느 모로 보나 불리한 일은 아닐 테니까.

그는 곧장 응접실로 나와 현관으로 향했다. 그리고 구두에 발을 꿰었을 때 그는 구두 속에 무엇이 들어 있다는 걸 알았다. 열쇠였다.

열쇠를 잊고 그냥 나가는 일을 방지하기 위해 그 자신이 고안해 낸 방법이었다.

그는 구두 속에서 열쇠를 꺼내, 전에는 그 용도를 잘 알지 못했던 허리띠 밑의 조그만 주머니에 담았다. 그리고 현관을 나섰다.

그가 조선호텔 커피숍에 도착한 것은 그녀와의 약속시간으로부터 10분 전이었다. 그는 빈 테이블 하나를 차지하고 앉아 커피 한 잔을 시켜 놓고 그녀를 기다리기 시작했다.

그녀는 정확히 12시 10분에 나타났다. 창경원에서 만난 날과는 달리 엷은 보라색 계통의 투피스 차림이었다. 그날보다 한결 밝은 인상을 주는 차림이었다.

동표를 금방 알아보았는지 그녀는 곧장 동표가 앉아 있는 테이블 쪽으로 걸어왔다. 그러나 얼굴만은 싸늘하게 날이 선 표정으로.

동표는 짐짓 서양 사람들이 하는 식으로 일어나서 그녀를 맞았다.

"약속시간에서 1분도 어긋나지 않으시는군요. 앉으시죠."

그러자 그녀는 조용하고 싸늘한 태도로 의자에 앉았다. 동표도 따라 앉으며 말했다.

"역시 노하셨군요."

"……어서 사진이나 주세요."

"지금 말입니까?"

"네?"

"아, 지금 당장 달라는 말씀인가 해서요. 숨이나 좀 돌리신 후에……."

"지금 주세요."

"……그렇겐 안 되겠는데요. 지금 드리면 그걸 갖고 금방 일어서실 생각이시죠."

"제가 그럼 사진을 받고도 그냥 앉아 있길 바라시나요?"

"제가 점심을 대접해 드리겠다고 했는데요."

"전 점심을 얻어먹고 싶다고 하진 않았어요."

"그럼 더욱 안 되겠습니다. 제가 대접하는 점심을 드신 후라면 몰라도."

"정말 너무 염치없는 분이시군요."

"미인과 사귀려면 다소의 염치없는 것쯤은 무릅쓰는 게 상도 아닐까요?"

"점점 못 하시는 말씀이 없군요."

"전 경림 씨 같은 미인을 만나면 어떤 염치없는 짓을 해서든 꼭 붙잡으라는 저희 아버님의 가르침에 따르고 있는 겁니다. 저희 아버님이 바로 저희 어머님을 그런 식으로 붙잡으셨거든요."

"훌륭한 아버님이시군요."

"훌륭하지 않다는 뜻으로 하시는 말씀인가요?"

"미안해요. 그 말은 취소하겠어요."

"아, 뭐 괜찮습니다. 저희 아버님은 지금 여기 계시지도 않으니까요. 멀리 외국에 가 계시니까요. 자, 그건 그렇고 뭘 드시겠습니까? 여기 음식이 비교적 괜찮다고 듣고 있는데요."

"꼭 점심을 먹어야만 사진을 주시겠어요?"

"그렇게 하겠다고 말씀드렸습니다."

"하는 수 없군요. 한 번 더 양보하죠."

"뭘로 하시겠습니까? 앞에 메뉴가 있습니다."

"전 그럼 샌드위치로 하겠어요."

"아, 샌드위치보다 더 비싸고 좋은 음식들이 있을 텐데요."

"그냥 샌드위치로 하겠어요."

"정 그러시다면 하는 수 없죠. 저도 그럼 샌드위치로 하죠."

"저한테 구애받지 마시고 좋으신 걸로 하세요."

"아, 아닙니다. 저도 샌드위치로 하겠습니다."

동표는 웨이트리스를 손짓해 불렀다. 그리고 샌드위치 두 사람 분을 주문했다.

웨이트리스가 물러가고 나자 동표가 말했다.

"오늘은 혹시 무단이탈 하실 의향 없으십니까?"

"오늘은 점심시간을 이용한 공식 외출인걸요."

"점심시간이 지나도록 들어가지 않으시면 무단이탈이 되지 않겠습니까?"

"절 점심시간이 지나도록 붙잡아 두실 생각이신가요?"

"가능하다면 그러고 싶습니다만."

"정말 너무 터무니없는 분이군요."

"글쎄, 그건 저희 아버님의 가르침이십니다."

순간 그녀는 자신도 모르게 입을 가리는 시늉을 했다. 아마도 그런 일에 자기 아버지를 두 번씩이나 끌어들이는 것이 참기 힘들게 우스웠던 모양이다. 동표는 그러나 천연스런 표정으로 말했다.

"왜 제 말이 우스우십니까? 아니면 저희 아버님에 대해서 웃으시는 겁니까?"

그녀는 그러나 역시 영리했다. 입을 가렸던 손을 떼며 채 웃음기가 가시지는 않은 얼굴로 그러나 모멸기가 섞인 어조로 말했다.

"사람이 극도로 터무니없는 일을 당했을 때 나오는 게 웃음밖에 더 있겠어요?"

순간 동표는 져서는 안 된다고 생각했다.

"그렇다면 전 경림 씨를 얼마든지 더 웃겨 드릴 용의가 있습니다."

"그건 다른 말로 하면 저한테 앞으로도 얼마든지 더 이런 식의 염치없는 행동을 계속하실 작정이란 뜻인가요?"

"네, 그렇습니다. 제가 염치없는 행동을 할 때마다 웃어 주시기만 하신다면."

"웃지 않겠어요, 그럼."

"웃어 주십시오."

그러자 그녀는 어이가 없다는 표정으로 동표를 쳐다보았다. 마치 세상에 이런 불가사의한 사람은 처음 본다는 듯이.

동표는 소리 내어 웃었다.

"하하, 제가 너무 떼를 쓴 셈이 됐나요? 염려 마십시오. 그렇다고 아주 무지막지한 행동까진 하지 않을 테니까요. 이를테면 경림 씨를 납치한다든가 하는……."

"제가 납치당할 사람으로 보이기는 하구요?"

"그야 하려고만 든다면 아무래도 남자가 힘이 더 세지 않겠습니까?"

"그렇게 힘이 세세요?"

"경림 씨보다야 제가 아무래도 좀. 설마 태권도 유단자는 아니실 테고."

"태권도 유단자는 아니지만 이런 얘기 못 들어 보셨어요? 호랑이가 아내를 물어 갈 때 남편은 도망치지만 남편을 물어 갈 때 아내는 짚신짝이라도 들고 호랑이를 쫓아간다는."

"아, 그런 얘기가 있었던가요? 전 처음 듣는 얘긴데요."

"어렸을 때 할머니한테 들은 얘기예요. 실제로 그렇게 해서 기절한 남편을 되찾은 아내가 있었대요. 호랑이가 질려서 물고 가던 남편을 내버리고 달아났다나요. 위급할 땐 여자가 남자보다 강하다는 증거죠."

"하, 그 참 면목 없는 얘긴데요."

그때 주문한 샌드위치가 날라져 왔다.

"자, 드시죠, 그럼. 위급할 때 강함을 보이시려면 식사는 역시 제때에 해 두셔야 할 테니까요. 좀 값비싸고 좋은 걸 대접해 드리고 싶었는데."

"전 사진을 받으러 나왔어요. 점심 대접을 받자고 나온 건 아녜요. 하지만 아무튼 먹겠어요. 먹고 난 뒤라야 사진을 주시겠다니까요."

"네, 아무튼 드십시다."

그들은 그 서양식 도시락이나 다름없는 음식을 먹기 시작했다.

빵 조각을 베어 물면서 동표는 문득 이것이 야외의 풀밭에서라면 얼만 좋을까 하고 잠시 생각했다. 그리고 기필코 그 일을 한번 성취해 보리라고 결심했다.

그러나 그에 우선해야 할 일이 있었다.

그것은 물론 앞으로도 그녀를 계속해서 만날 수 있도록 아낌없는 노력과 공작을 해야 하는 일이었다.

그리고 그 첫 번째 시도가 사진을 미끼로 그녀로 하여금 전화를 걸게 만든 일이 아니었던가. 두 번째 시도는 그리고 지금 그의 가슴속에 있다.

식사를 마쳤을 때 마침내 그녀가 테이블 위로 손바닥을 내밀었다.

"자, 이제 사진을 주세요."

동표는 빙긋이 웃었다.

"여지껏 그 말을 하기 위해 모든 걸 참았다는 태도시군요. 물론 드리죠. 드리고말고요. 하지만 커피라도 한잔 마시고 난 다음에 드려도 늦는 건 아니겠잖습니까? 너무 그렇게 조급히 굴지 마시구요."

"……좋아요. 이왕 여기까지 나왔으니까 그럼 조금만 더 참죠. 하지만 커피 드신 다음엔 딴 말씀 안 하시기예요."

"네, 커피를 한 잔씩 마신 다음에 틀림없이 사진을 드리기로 하죠. 사진은 여기 틀림없이 가지고 나왔으니까요."

동표는 사진이 든 자기 가슴을 손바닥으로 어루만져 보였다. 그리고 다시 웨이트리스를 불러 커피를 주문했다.

커피가 도착하자 그녀는 거의 두어 모금 만에 잔을 비웠다. 그러나 동표는 음미하듯 천천히 커피를 마시기 시작했다. 잔에 입술을 대고 코로 향기를 음미하듯 천천히 한 모금 입에 물고는 입안에서 충분한 커피 맛을 즐긴 다음 목구멍으로 넘긴다는 식으로 그는 천연스레 능장을 부렸다.

그러는 그를 그녀는 말없이 쏘아보고 있었다. 동표는 그 시선에 질렸다는 표정으로 짐짓 투정하는 어조로 말했다.

"그렇게 지켜보고 계시니까 이거 통 커피가 제대로 목구멍으로 넘어가질 않는데요. 제가 커피를 마시고 있는 건지 사약을 마시고 있는 건지도 잘 모르겠구요."

"부러 능장을 부리고 계시는 것 같아서 그래요."

"능장을 부리다니요? 커피 한 잔 마시는데 능장을 부린다고 해서 제가 경림 씨를 한 시간을 더 붙잡고 있겠습니까, 두 시간을 더 붙잡고 있겠습니까? 전 다만 여기 커피가 입에 맞는 편이어서 맛을 아끼고 있는 것뿐입니다. 실은 아까 경림 씨 오기 전에도 혼자서 한 잔 들었죠."

"커피 기호가시군요."

"뭐, 기호라랄 것까진 없지만 즐기는 편이라곤 할 수 있죠. 경림 씬 커피 좋아하지 않으십니까?"

"전 그냥 관습에 따라서 마시는 것뿐예요. 다방엘 가면 커피를 마신다는 관습, 그걸 따를 뿐예요."

"그 말은 마치 흡빨난 기호를 가진 사람에 대한 다소간의 경멸이 포함된 것 같은데요. 제 말이 맞습니까?"

"글쎄요. 지금에 한해선 그 말이 맞다고 할 수 있을는지도 모르겠네요."

"하, 이거 피하지 않고 정면으로 나오시는 덴 도라 없는데요. 자, 그럼 경림 씨의 경멸을 받지 않기 위해서라도 후딱 마셔 버려야겠군요."

"마음대로 하세요. 아까 말씀처럼 커피 한 잔 가지고 듕장을 불러 보셔야 절 한 시간을 더 잡아 두시겠어요. 두 시간을 더 잡아 두셨겠어요?"

"하하." 그녀는 따서 한번 조금 웃어 보였다.

동표는 소리 내어 웃고 나서 남은 커피를 마저 마셨다. 그리고 양복 안쪽머니에서 사진이 든 봉투를 꺼냈다.

"자, 여기 있습니다. 마음에 드실진 모르지만, 한번 보시죠."

그리고 동표는 봉투째 그녀에게 건네주었다. 바치 행복 문서라도 내밀 듯.

그러자 그녀는 봉투를 받아 쥔 채,

"여기서 볼 생각은 없어요. 어차피 없애 버릴 사진이니까 없앨 때

자연히 보게 되겠죠."

"참, 확인을 해 봐야 되겠군요. 설마 딴 사진을 넣어 두셨을 린 없겠지만."

하고 봉투를 열어 속을 들여다보았다. 그리고 그녀는 천천히 고개를 쳐들었다.

"필름은 어디 있죠? 필름도 같이 주기로 하셨잖아요?"

동표는 순간 자기 머리를 쥐어박는 시늉을 했다.

"아차! 이런 놈의 정신 봤나. 필름을 갖고 나오는 걸 잊었구나."

그러자 그녀는 조용히 다시 앉아서 짜증한 표정으로 그를 쏘아보았다. 동표는 짐짓 몸둘 바를 모르겠다는 표정을 지었다.

"아! 이게 정말 미안하게 됐습니다. 정말 딴 의논 아닙니다. 필름을 함께 넣어 가지고 나온다는 걸 그만 깜빡 잊었습니다. 어떡하죠?"

"지금 저의 아파트에라도 함께 가서겠습니까?"

"정말 너무 끝까지 사람을 조롱하시려 드는군요."

"아, 아닙니다. 그렇게 노하시는 게 당연하지만 이번만은 정말 제 실습니다. 용서하십시오. 꼭 함께 넣어 가지고 나온다는 걸 그만 깜빡 잊었습니다."

"여전히 믿어치지 않으십니까?"

"여지껏 그 말이 믿어지도록 행동하셨나요?"

"그렇게 말씀하시면 정말 할 말이 없습니다. 하지만 어젯밤은 믿어 주십시오. 제 명예를 걸고 어젯밤은 정말 본의가 아니었습니다."

"자신의 명예를 존중하세요?"

"그런 힐책을 들어 마땅하고 싶습니다. 하지만 참도 자신의 명예를 그렇게 헌신짝처럼 여기진 않습니다. 두고 보십시오. 앞으로 제가 경림 씨 앞에서 두 번 다시 이런 실수를 저지르나.

여쩐히서겠습니까? 먼저 혹우 새차만 저와 함께 제 아파트로 가 주시겠습니까? 그게 가장 빠르고 편한 방법일 것 같은데요. 여기서 기다려서랄 수도 없고."

"······좋아요. 함께 가요. 그 대신 도착하는 대로 전 문밖에 서 있을 테니까 얼른 필름을 주셔야 해요."

"네, 그러죠. 여기서 택시로 10분이면 갈 수 있을 테니까 서두르면 직장까지 돌아가시는 데 그렇게 많이 늦진 않을 겁니다. 아무튼 정말 미안합니다."

그들은 곧 그곳에서 나와 택시를 탔다. 그리고 한강 변에 있는 동표의 아파트를 향해 달렸다. 달리는 차 안에서 동표가 말했다.

"이렇게 되고 보니 좀 염치없긴 하지만 제가 실수를 하길 잘했다는 생각도 드는군요. 어쨌든 경림 씨를 제 아파트까지 모시게 됐으니 말여죠."

켕기는 기분이었으나 동표도 곧 뒤따라 택시를 내렸다. 그리고 그는 그녀의 눈치를 살폈다.

"······"

그러자 그녀는 미동도 않은 채 앞만 바라보고 있었다.

택시가 동표의 아파트에 도착한 것은 10분쯤 후였다.

택시에서 내려 4층에 있는 동표의 아파트까지 층계를 걸어 올라가는 동안 그녀는 아무 말도 없었다.

그리고 층계를 다 올라와서 동표가 405호라고 쓴 자기 아파트의 도어를 열쇠로 열었을 때 그녀는 문밖에 선 채로 조용히 말했다.

"저, 여기서 기다리겠어요. 더 이상 시간 끌지 말고 빨리 주세요."

그러나 동표는 잠깐 그건 너무 야속하다는 표정을 지었다.

"아, 그건 너무하십니다. 여기까지 오셔서 문밖에 계시겠다는 건 절 사람으로 여기시지 않는다는 거나 다름없지 않습니까? 잠깐 들어오셨다 가셔도 시간이 그렇게 많이 걸리진 않을 텐데요. 집 안에 다른 사람이라곤 없구요."

그러자 그녀는 싸늘한 어조로 말했다.

"전 방문차 온 게 아녜요. 필름을 받으려는 단 한 가지 목적 때문에 여기까지 따라온 것뿐예요."

동표는 커다랗게 고개를 끄덕였다.

"네, 물론 알고 있습니다. 하지만 그렇더라도 잠깐 들어오셨다 가셔서 안 될 건 없지 않겠습니까? 제 아파트가 무슨 호랑이 굴도 아닌 바에야 말입니다."

"호랑이 굴이어서가 아녜요. 들어갈 필요를 느끼지 않아서죠."

"제가 청하는 데도 들어갈 필요를 느끼지 않으신다는 건 제 청 따위는 무시해도 좋다고 생각하신다는 증거가 아니고 무엇입니까? 그건 결국 절 역시 사람으로 여기지 않는다는 얘기와 마찬가지구요. 안 그렇습니까?"

"정말 끈덕진 분이군요. 좋아요, 그럼 잠깐만 들여다가겠어요."

"네, 누추하지만 잠깐만 들어오십시오."

그녀는 마지못한 표정으로 현관으로 들어섰다. 그리고 그를 따라 신발을 벗고 응접실 마루 위로 올라섰다.

"이쪽 소파에 잠깐 앉으시죠."

하고 동표는 그녀에게 소파를 권했다.

그녀는 다시 마지못한 표정으로 그가 권하는 소파에 앉았다. 그러나 곧 일어설 것을 전제로 하는 앉음새로.

그때 동표는 빙그레 웃었다. 그리고 장난기 있는 억양으로 말했다.

"혹시 〈콜렉터〉라는 영화 보신 적 있으십니까?"

"네?"

"아, 그 나비 수집하는 청년이 예쁜 아가씨를 납치하는 영화 말입니다. 꽤 여러 해 전에 상영됐었습니다만."

그러자 그녀의 얼굴엔 순간 경계의 빛이 스치고 지나갔다.

"지금 무슨 말씀을 하고 있는 거죠?"

"아, 문득 그 영화 생각이 나서요. 보셨습니까?"

"네, 봤어요. 하지만 그게 지금 무슨 상관이 있죠?"

"뭐 꼭 상관이 있어서가 아니라 그냥 문득 생각이 나는군요. 저도 사실은 콜렉터거든요."

"네?"

"아, 그렇다고 그 친구처럼 나비 수집가는 아니구요. 좀 변변찮은 걸 모으고 있죠."가 들어서기를 기다려 뒤따라 들어섰다.   "……"

"여차 사진이라도 모으고 있어요? 그럼 식으로 찍은……

"원, 천만에요. 찰영 하렵치 않으로만 생각하고 계세군요. 전 사람
들의 명함을 모으고 있죠. 사람들의 갖가지 이름과 가지각색 직업 또
는 직위가 쓰여져 있는 게 무척 재미나서요. 참, 경림 씬 혹시 명함 가
진 거 없으십니까?"

하고 그녀는 고개를 저었다.

"없어요, 전."

"요즘은 여자분들도 더러 명함을 가지고 다니는 분들이 있던데요.
물론 그럴 필요가 있는 분들에 한해서겠지만. 이를테면 잡지사 기자
라든지 모든 자기가 무엇을 직접 경영하는 분이라든지. 그중에서도
특히 되도록 많은 선전이 필요한 일을 경영하고 있는 분들이 대개 명
함을 가지고 다니더군요. 경림 씨가 다니는 직장은 명함을 필요로 하
는 직장이 아닌가 보죠?"

"요컨대 제 직장이 어떤 직장인질 알고 싶으신 거군요? 불필요한
호기심 갖지 마시고 어서 필름이나 줘요."

"눈치가 빠르시군요. 하지만 불필요한 호기심인지 아닌지는 경림
씨 혼자서 판단하실 일이 아니잖습니까? 그 호기심을 갖는 쪽은 전
데요. 그리고 저로선 매우 필요한 호기심이라고 생각하고 있는데요.
따라서 저희 아버님을 끌어들여서 죄송합니다만 저희 아버님의 가르
치심에 따라 경림 씨를 붙잡고 놓치지 않으려면 다소 염치없는 흠이
있더라도 경림 씨의 직장이나 또는 직장 전화번호라도 알아 둘 필요

가 있지 않을까요?"

그러자 그녀는 결연히 소파에서 몸을 일으켰다.

"어서 필름이나 주세요. 저 가야겠어요."

동표는 물러서선 안 된다고 생각했다.

"직장 번호를 가르쳐 주지 겠습니까?"

"그건 못 가르쳐 드리겠어요."

"그럼 저도 필름을 드리지 못하겠습니다."

"그래." 그때 여지껏 싸늘한 표정으로 잠자코 있던 것이 그녀는 기가 막힌 모양이었다. 한동안 말없이 동표를 쏘아보기만 했다.

동표는 한술 더 뜰 차례라고 생각했다.

"필름을 토해 잡지 못할 뿐만 아니라 여차직하면 전 경림 씨를 이곳에 가두어 둘 용의까지도 있습니다. 저 나비 수집가처럼 말입니다."

그러나 그녀는 싸늘한 표정으로 입을 열었다.

"결국 절 여기까지 오게 한 게 모두 계획적인 행동이었군요."

"아, 그건 아닙니다. 그건 아까 제가 제 명예를 걸고 실수였다고 하지 않았습니까. 그러나 경림 씨를 다시 만날 수 있는 아무런 판서도 없이 필름을 내드려야 한다는 생각을 하게 되니 전 절망감을 이길 수가 없습니다. 필름을 드리고 나면 그것으로 경림 씨와 저와의 만남이 완전히 없었던 일로 되돌아간다는 생각은 저로선 견딜 수가 없습니다. 경림 씨는 절망에 빠진 사람이 어떤 짓을 저지를지 모른다는 사실을 알고 계실 테죠?"

"이젠 협박까지 하시는군요. 좋아요, 협박이 무서워서는 아니지만 적장 전화번호를 가르쳐 드리겠어요. 전화하셔도 전 알 내가면 그만 아닐까요.

그리고 그녀는 6단위 숫자로 된 전화번호 하나를 말해 주었다. 동표는 그것을 재빨리 전화가 옆에 놓인 비망록에 옮겨 적었다.

"자, 이제 필름을 주세요."

"아참, 잠깐만."

하고 동표는 송수화기를 집어 들었다.

"용서하십시오. 확인을 좀 해 보겠습니다."

그리고 그는 그녀가 가르쳐 준 전화번호를 돌렸다. 그녀가 옆에서 말했다.

"의심이 많으시군요. 남에게 거짓말을 잘하는 사람들이 대개 그렇지만. 그렇게 된 일이군요."

"미안합니다. 결코 경림 씰 의심해서가 아니라 제가 적은 전화번호가 틀리지 않은가만을 확인해 보려는 것뿐입니다."

신호가 떨어졌다. 그리고 한 아가씨의 목소리가 수화기를 통해 들려왔다.

"감사합니다. S대학병원입니다."

그때 그녀가 옆에서 말했다.

"내과 접수부로 돌려 달라고 하세요."

동표는 얼른 송화기에 대고 말했다.

"저, 내과 부탁합니다. 내과 접수부요."

"네, 기다리세요."

그리고 아가씨의 목소리가 수화기에서 사라졌다. 수화기를 귀에 댄 채 송화기를 한 손으로 가리고 동표가 말했다.

"병원에 근무하시는군요. 혹시 의사이신가요?"

그녀는 덤덤하게 대답했다.

"간호사예요."

"아, 백의의 천사시군요."

"노동자예요."

"네? 노동자라구요?"

그때 수화기에서 다른 한 아가씨의 목소리가 들려왔다.

"네, 내과 접수분입니다."

"아, 저 안경림 씨 계신가요?"

"지금 잠깐 외출하고 자리에 없는데요."

"네, 그렇습니까? 알겠습니다."

"누구시라고 전할까요?"

"아, 저 민동표라는 사람이 전화했다고 좀 전해 주십시오."

"네, 알겠습니다."

송수화기를 내려놓고 나서 동표는 말했다.

"제가 역시 확인해 보길 잘했군요. 그러지 않았더라면 무슨 과에 계신 건지도 모를 뻔했고. 한데 방금 노동자라고 하신 건 무슨 뜻입니까?"

그러자 그녀는 조금엔 대꾸를 않고 정색하며 말했다.

"어서 필름이나 줘세요. 이젠 영말 가 봐야 있어요. 생태도 그랬 고. 설명은 다음에 듣기로 하죠. 오늘은 이 정도로도 더무 많이 귀찮게 해 드렸으니까요. 잠깐만 기다리세요. 필름을 가지고 나오겠습니다."

그러며 동표는 제 방 일로 향했다.

그런데 제 방으로 들어가서 마악 필름을 가지고 나오려는 순간 그에게 천광석화 같은 엄기응변책 하나가 스치고 지나갔다. 그는 차신을 횡단했다. 그러고 그 임기응변책을 실행에 옮기기로 했다. 군 대에서 배운 방법인데 그는 자신을 와콴 사람처럼 보이게 하는 능력을 가직 꿈 쥐 있었다. 그는 필름을 움궤 쥔 채로 호흡을 중단했다. 그러고 와차상태 작전개시 호흡을 억제했다. 얼굴에서 땀이 돌아나기 시작했다. 그러고 한순간 현기증이 왔다. 피가 얼굴로 모였다가 서서히 가시면서 자신의 얼굴이 창백해지는 걸 느낄 수 있었다.

이제 되었다고 생각했을 때 동표는 필름을 손에 쥔 채로 응접실로 나갔다. 그러고 한손으로 백을 짚을 면서 간신히 입을 열어 말했다.

"여기 있습니다. 오늘 정말 미안합니다."

그녀는 놀란 표정으로 그를 쳐다보았다.

"왜 그러세요? 어디 편찮으세요? 얼굴이 너무 창백하시네요." 하며 할켜본 부축이라도 할 듯 서너 발짝 그에게로 다가왔다.

"아, 아닙니다. 괜찮습니다. 곧 괜찮아질 겁니다. ⋯여기 필름 있습니다. 제 책장 마서코 예서 들어갈어보세요."

하고 동표는 벽을 짚고 있던 손을 애써 떼려 하며 지운 없는 목소리로 말했다.

"그렇게 될 겁니다."

그러자 그녀는 한순간 방설이는 표정이 되었다.

"정말 괜찮으시겠어요?"

"네, 곧 괜찮아질 겁니다. 제 걱정 마시고 어서 돌아가 보세요."

그러나 그렇게 말한 다음 순간 동표는 다시 벽을 짚었다. 그녀가 달려와 그의 팔을 붙잡았다.

"안 되겠어요. 소파에라도 누우셔야겠어요."

"아, 아닙니다. 금방 괜찮아질 겁니다. 현기증이 좀 날 뿐인걸요."

하고 동표는 그녀의 손에 붙잡힌 팔에 감미로움을 느끼면서 말했다. 그러나 여전히 고통을 참는 목소리로.

그러자 그녀는 단호하게 말했다.

"아녜요. 안 되겠어요. 너무 창백하세요. 이쪽으로 소파에 좀 누우세요."

그리고 그녀는 동표의 팔을 부축해 이끌었다.

동표는 거듭 자신의 임기응변을 칭찬하며, 그녀에게 부축당한 팔에 감미로움을 느끼면서 마지못한 듯 그녀에게 이끌려 소파로 가서 누웠다. 그리고 누운 채로 그녀를 쳐다보며 말했다.

"오늘 정말 너무 성가시게만 해 드린건요. 이제 금방 괜찮아질 겁니다. 제 걱정 마시고 그만 돌아가 보세요."

"아녜요. 어디 몹시 편찮으신가 봐요. 얼굴이 너무 창백하세요. 조금만 더 앉아 있다 가겠어요."

도 그녀는 그의 맞은편 소파에 앉아서 근심스런 표정으로 말했다.

"아닙니다. 별로 대단치 않습니다. 제 걱정 마시고 돌아가 보세요. 그러시다 정말 직장 쫓겨나시게 되면 어쩌려고 그러십니까?"

"조금 더 늦는다고 설마 쫓아내기야 하겠어요? 더욱이 전 지금 환자 옆에 있는 셈인데요. 이런 증세가 가끔 있으세요?"

"네, 이따금. 하지만 대단한 건 아닙니다. 이따금씩 현기증을 조금 느끼곤 할 뿐이죠."

"전 아주 건강한 분일 줄 알았어요. 그러신 줄도 모르고. 진찰은 받아 보셨나요?"

"아뇨, 뭐 그다지 대단치도 않은 것 같고 해서. 게다가 성미가 워낙게을러 놔서요."

"그래도 진찰은 받아 보셔야죠. 그리고 원인을 알아서 치료를 받으셔야죠."

"그럴까요? 그럼 언제 한번 경림 씨 계신 병원으로 진찰을 받으러 가 볼까요?"

"꼭 저 있는 병원 아니더라도 진찰받으실 병원이야 얼마든지 있잖아요?"

"그래도 기왕이면."

"그건 마음대로 하세요. 하지만 제가 무슨 도움이 돼 드릴 건 없을 거예요."

그때 동표는 다시 고통스런 표정을 지었다. 그리고 짐짓 간신히 입을 여는 시늉으로 말했다.

"미안하지만 저 물 한 컵만 갖다주시겠습니까?"

"네. 그런데 몹시 편찮으신가 봐요."

하고 그녀는 근심스런 표정으로 일어서며 말했다.

"아뇨, 괜찮습니다. 갈증이 좀 날 뿐입니다. 컵은 저기 부엌 찬장에 있을 겁니다. 미안합니다."

그녀는 부엌으로 가서 컵에 냉수를 받아 가지고 왔다. 그리고 그가 상반신을 비스듬히 일으켜 물 마시는 것을 도와주며 말했다.

"혹시 열이 있으신 거 아닌지 모르겠네요?"

동표는 냉수 한 컵을 다 마시고 나서 말했다.

"이제 됐습니다. 그만 돌아가 보십시오. 오늘 정말 너무 성가시게만 해 드렸습니다."

"왜요, 조금만 더 앉아 있다 가겠어요. 아무래도 열이 있으신 것 같아요."

"갈증이 좀 난다고 반드시 열이 있으란 법이 있답니까. 괜찮습니다. 돌아가 보세요."

"정말 괜찮으시겠어요?"

"네, 이제 현기증도 좀 가라앉는 것 같군요. 제 걱정 마시고 돌아가 보십시오."

그러나 그는 내심으론 그녀가 일어나지 말아 주기를 바랐다. 그리고 이마라도 짚어 보아 주기를 바랐다. 그러나 그녀는 잠시 망설이는 기색이더니 말했다.

"정말 괜찮으시다면 전 그럼 그만 가 보겠어요."

"네, 어서 풀어가 보십시오."

하고 봉표는 소파에서 몸을 일으키려 했다. 그러자 그녀는,

"그냥 누워 계세요. 편찮으신 분한텐 예의를 갖추실 의무가 없으세요. 저 혼자라도 갈 수 있어요."

하고 그를 만류하며 필름을 챙겨 핸드백에 넣었다. 그러나 봉표는 그녀의 만류를 듣지 않았다.

"아, 아닙니다. 이젠 괜찮습니다. 이 정도 가지고야 어떻게 누워서 배웅을 하겠습니까?"

그러며 그는 상반신을 일으켜 앉아 머리를 털듯 사동을 해 보고는 곧 소파에서 일어났다.

그녀가 근심스런 표정으로 그를 쳐다보았다.

"정말 괜찮으세요?"

"아, 네, 괜찮습니다."

"그만하길 다행이시네요. 아까 전 당장 쓰러지시는 줄 알았어요."

"네, 아까 사실 좀 현기증이 심했었죠. 하지만 정말 씨 덕분에 어쩐 아주 괜찮아졌습니다."

"제 덕분이라뇨? 제가 도와드린 건 아무것도 없는걸요. 어쨌든 다행이세요. 저 그럼 가 보겠어요. 약속 지켜 주셔서 감사해요."

그러며 그녀는 사진과 필름이 든 핸드백을 조금 쳐들어 보였다.

"아닙니다. 제가 미안합니다. 여태 가지고 생가시게만 해 드려서."

하고 봉표는 그녀를 따라 현관 쪽으로 걸어갔다. 물론 한발짝 한 발짝 매우 힘들이는 걸음으로, 그러나 마음속으론 오늘의 성과를 흐뭇

하면 대만족이라고 자평(自評)하면서 ┄에서 일어났다. ┄

물론 그녀가 좀 더 있어 주길 바란 건 사실이지만 그것은 지나친 욕심일 터이었다. 찍고 그곳에서 시간을 좀 더 보낸 뒤 ┄ 떡슈┄ 그녀를 배웅하고 난 뒤 동표는 다시 소파로 돌아와 벌렁 누웠다. 이제는 환자 시늉으로서가 아니라 승리를 목전에 둔 자로서, 그리고 자신의 계략과 연극이 훌륭하게 맞아떨어진 성취감에 취하여, 그 성취감을 그리고 음미하기 위하여. ┄동표의 팔짱을 가볍게 끼며 흥분을┄ 모든 것은 이제 순조롭게 풀려 차갈 것이 거의 확실했다. 왜냐하면 그녀는 이제 자신을 닫아 두었던 문을 어쨌든 열기 시작했으니까. 그 것이 그의 환자 시늉에 의해서 촉발된 간호사로서의 직업적 본능에 의한 것이었건 어쨌건 간에. 또는 그와 계략에 넘어간 결과였건 어쨌 건 간에 ┄름부터 맡기고 올 걸 그랬군. 미호 여기 잠깐 앉아 있다. "요 ┄어나, 그런 이유들보다는 역시 고통스러워하는 자 앞에서 매정스럽 게 돌아서지 못하는 그녀의 여성으로서의 본능이 작용한 탓일른래 ┄어쨌든 오늘의 결과는 만족 그 이상의 것이다. 남은 일은 이제 시 간과 그 자신의 노력 여하에 달렸을 뿐이었기 때문이다. ┄

동표는 소파에서 일어나 베란다 쪽으로 걸어갔다. 그리고 베란다 로 통하는 유리문을 활짝 열었다. 눈부신 햇빛이 시야 가득 들어찼 다. 아파트 동네 전체가 봄날 이른 오후의 햇빛 아래 고즈넉이 깨어 있었다. ┄었죠. 차, 여기." ┄

하늘을 쳐다보았다. 쾌청(快晴)이었다. 구름 한 점 없는 쾌청이었다. 동표는 커다랗게 심호흡을 한 번 하고 나서 유리문을 그대로 열어 둔 채로 다시 소파로 돌아왔다. 등받이에 몸을 편안하게 기대고 앉았다. 그리고 차, 이제 슬슬 다시 외출이나 해 볼까, 아니면 낮잠이나 한숨 잘까, 하는 생각을 마악 하고 있을 때였다.

전화벨이 울렸다. 그제야 그는 자기에게 또 한 명의 여자가 있다는데 생각이 미쳤다. 그렇다. 그에게는 또 미호가 있었던 것이다. 그는 송수화기를 집어 들었다. 아니나 다를까, 미호였다.

"지금 뭐 해?"

그녀는 다짜고짜 물었다.

"응, 나 지금 낮잠이나 한숨 잘까, 슬슬 외출을 해 볼까 망설이던 참이야."

"겨우 그런 거나 망설이고 있어?"

"겨우라니? 그게 얼마나 행복한 망설임인데."

"행복한 망설임? 나중엔 별게 다 행복하군. 그래 어느 쪽으로 결정했어? 낮잠 잘 거야? 외출할 거야? 아님 아직도 망설이는 중야?"

"이제야 망설일 여지가 있나. 미호가 전화를 했으니 나가 봐야지. 지금 어디 있어?"

"내가 전화 안 했음 그럼 낮잠 잤을 거야?"

"그야 모르지. 망설이던 중이니까. 낮잠을 자게 됐을는지 외출을 하게 됐을는지. 어디야, 거기?"

"응, 학교 앞 다방이야. 애들하고 앉아 있다가 따분해서 전화 걸었어. 오늘 강의가 일찍 끝났거든."

"그럼 진작 전화 걸지 그랬어? 실은 나도 약간은 따분하던 참인데.

어디로 나갈까? 금잔디로 나갈까?"

"좋은 대로 해. 그 대신 스케줄 근사하게 짜 가지고 나와야 해."

"좋았어. 그럼 금잔디에서 만나."

전화를 끊고 동표는 베란다의 유리문을 닫았다. 그리고 현관 쪽으로 마악 나서려는데 다시 전화벨이 울렸다.

동표는 다시 전화기 쪽으로 돌아섰다. 누굴까. 혹시 안경림 그녀일는지도 모른다는 생각이 얼핏 스쳐 갔다.

그는 송수화기를 집어 들었다.

"네, 민동표입니다."

"저예요. 안경림이에요."

그녀였다.

"아, 경림 씨. 염려가 되셔서 전화하셨군요."

"괜찮으세요?"

"아, 네. 이젠 아무렇지도 않습니다. 경림 씨 덕분이죠. 참, 그보다도 경림 씬 무사히 돌아가셨습니까?"

"네, 조금 전에 도착했어요. 정말 괜찮으세요?"

"네, 정말 이제 아무렇지도 않습니다. 경림 씨 가신 뒤로 조금 누워 있었더니 금방 괜찮아지더군요. 경림 씨가 이렇게 염려해 주신 덕분이겠죠. 아깐 정말 성가시게 해 드려서 뭐라고 사죄의 말씀을 드려야 할지……."

"사죄의 말씀은요. 편찮으신 분을 도와드리지 못하고 그냥 와서 제가 오히려 마음이 불안한걸요."

"원, 천만의 말씀이십니다. 제가 어디 죽을병에 걸리기라도 했나요. 그저 현기증이 좀 났을 뿐인걸요. 그리고 그것도 경림 씨 가실 무렵엔 거의 다 나았었구요."

"아무튼 그럼 이제 정말 괜찮으신 건가요?"

"제 목소리를 들어 보십시오. 어디 아픈 사람의 목소리 같은가."

"글쎄요. 아무튼 그러시담 다행이세요. 그럼 전화 이만 끊겠어요."

"아, 잠깐만. 전 경림 씨 덕분에 이렇게 아무렇지 않게 됐습니다만 경림 씬 저 때문에 너무 늦어서 무슨 잘못된 일이라도 없는지요?"

"네, 조금 늦긴 했지만 별일은 없었어요. 제 옆의 동료가 민동표 씨라는 분한테서 전화가 왔었다고 전해 준 것 외에는요."

"하하, 그랬군요. 그리고 참, 사진은 보셨습니까?"

"돌아오는 택시 안에서 잠깐 봤어요."

"불쾌하셨습니까?"

"유쾌하진 않았어요."

"말씀대로 정말 없애 버리실 건가요?"

"물론이죠."

"아, 그럼 절망인데요. 그건 경림 씨한텐 아무래도 유쾌한 사진이 못 되겠지만 저한텐 아주 소중한 사진이거든요. 어떻게 구제할 방법이 없을까요? 필름만이라도 없애지 말아 주신다거나. 이건 사진 찍는 사람의 심리를 모르면 이해하기 어려우실 테지만."

"글쎄요, 사진 찍는 분들의 심리가 어떤 건진 잘 모르지만 이것만은 양보해 드리지 못하겠어요."

"아, 이거 낭팬데요. 사진이 불쾌해서 그러십니까?"

"사진 자체가 불쾌하고 말고 해서가 아녜요. 처음부터 찍히길 원한 사진이 아니었기 때문이죠. 사진에도 그런 사정이 잘 나타나 있더군요."

"네, 실은 그래서 더욱 제겐 그 사진이 소중하다는 건데요. 사진을 찍을 당시의 상황이랄까, 분위기 같은 게 비교적 잘 기록이 된 셈이거든요. 경림 씨한텐 좀 죄송한 얘기가 되겠지만 말입니다. 어떻게 좀 보류라도 할 수 없겠습니까?"

"보류요?"

"네, 필름만이라도 좀."

"우선 시간이라도 좀 벌어 놓고 보시자는 얘기군요. 그리고는 차차 저를 설득해 보시자는."

"하하, 글쎄요. 뭐 꼭 그렇다기보다⋯⋯. 어떻게 좀 봐주십시오."

그녀는 잠시 사이를 두었다가 대답했다.

"좋아요. 그럼 생각해 보겠어요. 그리고 전화 이만 끊겠어요. 너무 오래 통화한 것 같아요. 아무튼 이젠 괜찮으시다니 다행이세요."

"네, 감사합니다, 여러 가지 의미에서. 그럼 수고하십시오."

송수화기를 내려놓고 나서 동표는 자신도 모르게 심호흡을 했다. 만사가 너무나 순조롭게 풀려 나간다는 기쁨 때문이었다.

그는 팔목을 들어 시간을 보았다. 좀 지체했으므로 미호가 금잔디에 먼저 도착해서 기다리게 하지 않으려면 서둘러야 할 것 같았다.

그는 서둘러 현관으로 향했다. 그런데 그때 누군가의 내방을 알리는 초인종 소리가 울렸다.

누굴까. 찾아올 사람이 없을 텐데 하고 동표는 고개를 갸웃하며 현관 도어를 열었다. 그리고 그는 순간 입이 딱 벌어지려는 걸 자제했다.

거기엔 누가 봐도 미인임을 부정할 수 없는 한 젊은 여성이 서 있었던 것이다. 아름다운 용모에 다소 어울리지 않는 좀 커다란 손가방 하나를 든 채. 물론 전에 어디서도 만난 기억이 없는 여성이었다.

"누굴 찾으시는지요?"

하고 동표가 묻자 그녀는 상냥한 미소를 입가에 띠며 말했다.

"저, 바쁘시지 않으시면 몇 말씀 드리고 갈까 하고 왔는데요."

"네? 저한테요?"

"네, 이 댁에 사시죠?"

"네, 제가 이 집 주인이긴 합니다만."

"바쁘시지 않으신가요?"

"글쎄요, 보시다시피 전 지금 마악 외출을 하려는 참입니다만."

"아, 그러시군요. 그럼 애기 엄마한테 몇 말씀 드리고 가도 될까요?"

그러며 그녀는 안쪽을 약간 기웃해 보는 시늉을 했다.

"아, 전 아직 미혼입니다. 이 집에 혼자 살고 있습니다."

"어마, 그러세요? 실례했습니다."

"아, 괜찮습니다. 한데 하실 말씀이 무언지……."

"네, 저희만 알고 있어선 안 될 사실을 전해 드리려고요. 하지만 바쁘시다면 다음에 다시 찾아뵙겠어요."

"혹시 교회에서 나오신 분인가요?"

그러자 그녀는 다시 상냥하게 웃었다.

"교회에서 나온 분들의 방문을 더러 받아 보셨나 보군요. 하지만 저희는 조금 달라요. 얼핏 같은 걸로 생각하시기 쉽겠지만 저희가 전해 드리는 말씀하고 일반 교회에서 가르치는 것하곤 차이가 많답니다. 말씀을 들어 보시면 자연 아시게 될 테지만."

"흥미있는데요. 언제 한번 꼭 듣고 싶군요. 다시 한번 꼭 들려 주시겠습니까? 근일 중으로 말입니다."

"네. 오늘은 그럼 팸플릿 몇 가지만 우선 드리고 가겠어요."

그리고 그녀는 들고 있던 손가방으로부터 그림이 곁들인 팸플릿 몇 가지를 꺼내 주었다.

그녀와 헤어져 미호를 만나러 가면서 동표는 야릇한 흥분을 맛보았다. 어쩌면 곧 제3의 여성과도 모종의 인연을 맺게 되는지 모른다는 기대 때문이었다. 더욱이 그녀는 미호나 안경림 못지않은 미인이 아니던가.

자, 이거 민동표가 자못 바빠질 모양이로구나, 하고 그는 스스로를 독려했다.

그리고 그가 '금잔디'에 도착했을 때 미호는 이미 거기에 와서 기다리고 앉아 있었다.

"뭐야? 사람을 번번이 혼자 앉아 있게 만들구."

그녀는 투정부터 하였다.

"미안, 미안. 그 대신 내 근사한 스케줄을 공개하지."

"말해 봐, 어디."

"가만, 숨이나 좀 돌리구. 차 안 들었지?"

그녀는 고개를 끄덕였다. 동표는 레지를 불러 커피 두 잔을 주문했다.

레지가 주문을 받아 가지고 돌아가자 미호가 뾰로통한 표정인 채 물었다.

"말해 봐, 어디. 근사한 스케줄이라는 게 뭔지."

동표는 빙긋이 웃었다.

"궁금해? 그럼 공개하지. 잠시 후에 우린 예행연습을 떠나는 거야."

"예행연습?"

"왜, 예행연습도 몰라? 졸업식이나 무슨 기념식 같은 걸 하기 전에 미리 한번 해 보는 거 있잖아."

"그런데 무슨 예행연습이냐구?"

"아, 무슨 예행연습이냐구? 그야 물론 신혼여행 예행연습이지."

"뭐어?"

"왜, 놀랐어? 미호 졸업하면 나하고 결혼하게끔 돼 있는 거 아냐. 졸업이래야 이제 1년도 못 남았구. 결혼하면 으레 떠나게 돼 있는 신혼여행을 미리 연습으로 한번 떠나 보자 이거야. 어때? 근사하지?"

그러나 미호는 평소의 그녀답지 않게 얼굴을 살짝 붉혔다. 그리고 눈을 흘기며 말했다.

"누가 자기하고 결혼한댔어?"

"어? 딴소리하고 있어. 그럼 나하고 결혼 안 할 거야?"

"어마? 누가 언제 자기하고 약혼이라도 한 것처럼 굴고 있어."

"이거 왜 이래? 미호답지 않게. 그럼 스케줄을 백지화할까?"

그제야 그녀는 평소의 그녀답게 침착성을 되찾았다.

"도대체 어디로 갈 건데 그래?"

"그야 신혼여행 예행연습이니까 둘이서 의논을 해 봐야지. 어디 나 혼자 일방적으로 결정을 할 수가 있나."

"그래도 마음속으로 정하고 나온 데가 있을 거 아냐."

"글쎄, 이건 어디까지나 예행연습이니까 꼭 멀리 갈 필요 없다는 생각은 했지만. 수원쯤이 어떨까?"

"피이, 고작 수원이야?"

"그럼 아주 부산쯤으로 할까? 오랜만에 바다 구경도 할 겸."

"그렇다면 또 몰라도."

"정말이야? 부산까지 갔다 와도 괜찮겠어?"

"이왕 예행연습을 할 바엔 부산쯤은 갔다 와야지, 뭐."

"좋았어. 그럼 부산으로 하자구."

그때 주문한 커피가 날라져 왔다. 그들은 서둘러 커피를 마시고 일어섰다.

다방에서 나왔을 때 동표가 물었다.

"집에 연락 안 해도 될까?"

"갔다 와서 적당히 둘러대지 뭐."

하고 미호는 약간 흥분 어린 목소리로 대꾸했다.

"좋았어. 그런데 비행기 편은 예약을 못 해서 곤란할 테고, 뭘로 할까? 기차로 할까, 고속버스로 할까?"

"고속버스로 해. 그게 편하잖아."

"어차피 비행기 편을 이용 못 할 바에야 그게 나을 거야. 이런 식으로 즉흥적인 발상만 아니었으면 비행기 편을 미리 예약해 두는 건데. 하긴 이건 예행연습이니까."

"그래, 고속버스로 가."

그들은 부산행 고속버스 터미널이 있는 곳으로 갔다. 그리고 두 장의 표를 사 가지고 잠시 기다렸다가 차례가 되어 버스에 올랐다.

그들의 좌석은 중간께에 있었다. 미호를 창가 쪽에 앉히고 동표는 통로 쪽으로 그녀와 나란히 앉았다.

버스가 출발한 것은 잠시 후였다. 동표가 가만히 말했다.

"자아, 이제부터 미호하고 난 예행부부야, 알겠어?"

"뭐? 예행부부?"

"그래, 예행부부. 정식 신혼여행 떠나기 전에 예행연습 떠나는 예행부부, 알겠어?"

"피이, 그런 게 어디 있어."

"어디 있긴 어디 있어? 여기 있지. 그러니까 그걸 또 나눠서 얘기하면 미호는 예행신부인 셈이고 난 예행신랑인 셈이지."

"괜히 말 갖고 기분 내지 마."

"야, 이거 무드 깨는데. 모처럼 제대로 기분 좀 내렸더니. 하지만 말이란 사실을 바탕으로 해서 생겨나는 거야. 우리가 신혼여행 예행연습을 떠나는 게 엄연한 사실이고 보면 우리가 예행부부라는 것도 따라서 엄연한 사실이라구. 우리가 지금 고속버스를 타고 부산으로 향하고 있다는 사실만큼이나 그건 엄연한 사실이라구."

"하지만 예행연습이 진짜 신혼여행은 아니니까 착각하진 말라구. 어디까지나 예행연습일 뿐이니까."

"그야 물론이지. 하지만 어떤 예행연습이건 그것이 충실한 예행연습이 되려면 마음가짐이나 태도에 있어서 본래의 의식에 조금도 다름없어야 한다는 점도 잊지 말라구."

"뭐? 지금 동표 씨 무슨 생각하고 있는 거지?"

"난 예행연습의 일반론을 말한 것뿐야. 그렇게 신경 곤두세울 필요 없다구."

"설마 무슨 엉뚱한 생각하고 있는 건 아니겠지?"

"천만에. 조금도 엉뚱한 생각은 하고 있지 않아."

"그 말 정말이지?"

"정말이구말구."

"약속해, 그럼. 절대로 엉뚱한 짓은 하지 않는다구."

그러며 그녀는 새끼손가락 하나를 펴서 내밀었다.

"약속하지. 절대로 엉뚱한 짓은 하지 않기로."

동표는 천연스런 표정으로 자기도 새끼손가락 하나를 펴서 그녀의 새끼손가락에 걸었다. 고속버스가 부산에 도착한 것은 밤 9시가 조금 넘어서였다.

고속버스 터미널을 빠져나오면서 동표가 물었다.

"미호는 전에 부산 와 본 적 있어?"

"응, 재작년 여름에 식구들하고 같이 해운대에 왔었어. 동표 씨는?"

"난 학교 다닐 때 두어 번 와 봤지. 친구들하고 어울려서. 배고프지?"

"응, 약간."

"그럼 우리 바로 호텔로 가지. 식사도 할 겸, 밤바다 구경도 할 겸. 해운대 쪽이 괜찮을 거야. 시내는 내일 나와 보기로 하구."

"그래, 그럼."

그들은 택시 한 대를 세워서 탔다. 그리고 해운대 쪽으로 가 달라고 부탁했다.

택시 안에서 미호는 다소 상기한 표정을 감추지 못했다. 그것은 그리고 동표 자신도 마찬가지였다.

택시가 해운대 K호텔 앞에서 멎은 것은 얼마 뒤였다. 동표가 그곳을 지목했던 것이다.

그들이 택시에서 내리자 붉은색 상의를 입은 호텔 종업원이 나와서 그들을 맞이해 주었다. 그리고 그들은 3층에 있는 한 객실로 안내되었다.

침대 두 개와 응접세트, 그리고 욕실이 딸린 방이었다.

동표는 방 안까지 따라 들어온 호텔 종업원에게 식사를 할 수 있느냐고 물었다. 종업원은 식당은 시간이 지났으나 주문하시면 방으로 날라다 드릴 수는 있다고 대답했다. 그리고 심부름시키실 일이 있으면 언제든지 불러 달라고 덧붙였다. 동표는 알았다고 대답하고 1000원짜리 지폐 한 장을 꺼내서 종업원에게 주었다. 종업원은 고개 숙여 인사하고 물러갔다.

두 사람만이 남았을 때 동표가 물었다.

"어때, 예행연습하는 기분이?"

"몰라."

미호는 짐짓 나무라는 시늉으로 대꾸했다.

"아쭈, 제법 신부티를 내는데? 좋았어. 그런데 저녁식사는 뭘로 할까? 아, 여기 메뉴가 있군."

그러며 동표는 탁자 위에 놓인 메뉴를 집어 들었다.

"미호, 연어구이 좋아해?"

"응, 괜찮아."

"좋아, 그럼 그걸로 하지."

동표는 탁자 위의 송수화기를 집어 들었다. 그리고 연어구이 두 사람분과 맥주 두 병을 가져다 달라고 부탁했다.

미호가 창 쪽으로 걸어갔다. 그리고 커튼을 조금 젖히고 바깥을 내다보더니 말했다.

"어마, 동표 씨. 이리 와 봐. 바다가 보여, 밤바다. 저 흰 거품 좀 봐."

동표도 그쪽으로 걸어갔다. 그리고 커튼을 활짝 열어젖혔다. 거리가 불과 얼마 안 되는 시야 아래 밤바다가 내려다보였다. 검은 거대한 물질이 모래 기슭에 닿아 흰 거품을 일으키고 있었다.

"재수가 괜찮은데. 바다가 보이는 방이 차례가 온 걸 보니."

그러며 동표는 가볍게 미호의 허리를 안았다. 미호는 저항하지 않았다.

"어때? 내 아이디어가 역시 좋았지?"

"피이, 그래도 내가 동의하지 않았으면 그만이었지, 뭐."

"아, 그야 물론이지."

주문한 식사가 날라져 온 것은 잠시 후였다.

식사를 마치고 맥주 한 잔씩을 나눈 다음 그들은 바닷가로 나갔다. 그럭저럭 10시가 넘어 있었다.

10시가 넘은 바닷가엔 그리고 인적이 거의 없었다. 그들은 어깨를 나란히 하고 축축한 모래사장을 걸었다.

검은 바다는 계속해서 작은 파도를 일으키며 밀려와 모래기슭에 흰 거품을 남겨 놓고 다시 밀려가곤 하였다. 마치 그것은 바다의 호흡운동 같기도 했다.

바다는 저런 식으로 숨을 쉬는구나 하는 생각을 동표는 문득 했다. 그리고 미호에게 넌지시 말했다.

"바다가 무얼 먹고 사는지 알아?"

"수수께끼야?"

그녀가 되물었다.

"응, 한번 맞혀 봐."

"글쎄, 무얼 먹고 살까? 바람을 먹고 살까?"

"제법 시적(詩的)이지만 틀렸어. 바다는 육지를 먹고 살아. 저 봐, 바다가 흰 이빨로 육지를 갉아 먹고 있잖나."

"어마, 그건 더 시적인데?"

"이래 봬도 고등학교 땐 시인 지망생이었다구. 도중에 포기하긴 했지만."

"어마, 동표 씨한테 그런 적이 다 있었어?"

"그런 적이 다 있었다니? 사람을 영 우습게 알고 있었구만."

"우습게 안 게 아니라 동표 씨가 언제 그런 면을 보인 적이 있었어야지."

"그랬었나. 하긴 사람이란 자기의 숨은 재능을 경망스러이 드러내지 않는 게 또한 미덕이기도 하니까."

"피이, 추켜 주니까 점점 더 으스댈려고 그래. 아까 그건 시적이긴 했지만 이미지가 좀 치졸했다는 걸 알아야지. 육지를 갉아 먹는 게 뭐야, 갉아 먹는 게. 바다가 그렇게 졸망스럽게밖에 안 보여?"

"야, 이거 섣불리 건드렸다가 호되게 한 방 먹는데. 미호가 비평안(批評眼)이 그렇게 높은 줄은 또 몰랐지."

"차라리 내 대답이 더 나았다구. 바다가 살아 있다는 걸 나타내 주는 게 뭐야? 파도지? 파도를 일으키는 건 뭐구. 바람 아냐? 그러니까 바람을 먹고 사는 거지."

"완전히 두 손 들었는데. 미호야말로 시인 될 소질이 농후하구만."

"괜히 또 그러지 마. 그런다고 내가 우쭐할 것 같아?"

"아니, 이건 진담이야."

"뭐가 갖고 싶어? 진담이니 어쩌고 슬슬 비행기를 태우게."

"미호가 갖고 싶다."

"뭐어?"

그러는 순간 동표는 날쌔게 그녀를 두 팔 속에 가두었다. 그리고 그녀의 입술을 자기의 입술로 막았다. 근처엔 아무도 그들을 보는 사람은 없었다.

그녀는 순간 조금 저항했다. 그러나 곧 동표의 힘에 갇혀 빠져나갈 수 없다는 것을 알자 못 이기는 듯 순종해 왔다.

동표는 그녀의 입술을 열었다. 그리고 그의 혀는 매끄러운 치열을 지나 그녀의 혀와 만났다.

한순간 그녀도 그를 마주 안아 왔다. 그리고 그들의 귀는 잠시 모래기슭을 치는 파도소리를 듣지 못했다. 아무 소리도 듣지 못했다.

얼마 후에야 그들은 다시 파도소리를 들을 수 있었다.

그리고 그들이 다시 호텔로 돌아온 것은 11시가 가까워서였다.

미호와 소파에 마주 앉아 동표는 남아 있는 맥주 한 병을 땄다. 그리고 두 개의 컵에 맥주를 따르면서 말했다.

"예행연습의 밤치곤 아주 멋진 밤인걸. 역시 내 아이디어를 칭찬하는 수밖에 없군."

"또 그 소리. 내가 동의하지 않았으면 어떻게 됐구?"

"하하, 그야 물론 미호가 동의해 준 덕분이기도 하지."

그러며 그는 아직도 약간 상기한 표정이 가시지 않은 그녀를 건너다보며 빙긋이 웃었다. 그리고 맥주가 가득 따라진 두 개의 컵 가운데 하나를 그녀 쪽으로 밀어 놓으며 말했다.

"자, 마셔. 그리고 모처럼 근사하게 시작한 예행연습을 충실히 마치도록 하자구."

미호는 맥주 컵을 집으려다 말고 언뜻 미심쩍은 표정이 되어 물었다.

"그게 무슨 소리지?"

동표는 천연스레 대답했다.

"무슨 소린 무슨 소리야. 모처럼 우리 두 사람이 행복한 합의를 본 이 예행연습을 충실히, 그리고 무사히 마치도록 하자는 다짐일 뿐이지."

"정말 그것뿐이지? 딴 뜻은 없는 거지?"

"이를테면 어떤 딴 뜻?"

그녀는 순간 얼굴을 붉혔다.

"몰라. ……정말이지 연습의 범위를 벗어나는 행동을 하면 가만 안 있을 테야."

"그건 또 무슨 뚱딴지같은 소리지? 난 예행연습을 충실히 마치자고 했을 뿐인데."

"그럼 됐어."

"나 원, 자 맥주나 마셔. 그리고 피곤할 텐데 간단히 목욕이나 해."

"목욕?"

"싫어? 싫으면 그만두구."

"술을 마시고 목욕을 해?"

"그까짓 맥주 한 잔쯤 무슨 상관이야. 하지만 뭣하다면 그건 내가 마셔도 좋구."

"그래. 그럼 이건 동표 씨가 마셔. 나 실은 약간 피곤해. 목욕이 하고 싶어. 하지만 그 대신 동표 씬 나 목욕하는 동안 여기서 꼼짝 말고 있어야 해."

"염려 마, 그런 건. 지루하게나 만들지 마."

"그래, 그럼 금방 할게."

그리고 그녀는 소파에서 일어나 욕실 쪽으로 걸어갔다.

그녀가 욕실 도어를 열고 안으로 들어가는 모습을 바라본 뒤 동표는 두 개의 컵을 가지런히 놓고 그중 한 개를 집어 입으로 가져갔다. 그리고 맥주의 싸드레한 향기를 코로 맡으며 그것을 천천히 마시기 시작했다.

욕실 쪽에서는 곧 욕조에 물 받는 소리가 들려왔다.

그 물소리를 들으면서 동표는 천천히 한 가지 결심을 굳혔다. 여지껏 그는 그녀와 두어 차례 이상이나 밤을 함께 보낸 적이 있었으나 그녀를 자기 것으로 해 본 적은 한 번도 없었던 것이다. 그 두어 차례의 경우가 모두 고고 클럽 아니면 나이트클럽 같은 장소였기 때문이다. 그리고 그곳들에서 나왔을 때는 그녀는 더 이상의 여유를 주지 않았던 것이다.

그러나 오늘만은 기필코 그 일을 성취해 보리라고 그는 결심했다.

예행연습이란 원래 그 본디의 의식에 준하는 법이며 가능한 한 그 본디의 의식에 방불할수록 좋은 것이니까.

동표는 그녀가 목욕을 하고 있는 동안 혼자서 두 개의 컵에 따라진 맥주를 다 마시고 병에 남은 것까지를 따라서 마저 비웠다. 그리고 천천히 소파에서 일어나 옷을 벗기 시작했다. 팬티 한 장 남기지 않고 모두 벗었다.

그리고 다시 소파에 앉았다.

마침내 욕실 쪽에서 들려오는 물 끼얹는 소리가 그쳤다. 그리고 한

동안 아무 소리도 들려오지 않았다.

　동표는 회심의 미소를 지었다. 그리고 천천히 담배 한 대를 꺼내서 피워 물었다.

　그때 욕실 문이 열리면서 뽀얀 수증기와 함께 발그레 상기한 얼굴로 미호가 걸어 나왔다. 동표는 소파에서 몸을 일으켰다.

　"무슨 목욕이 그렇게 오래 걸려?"

　순간 그녀는 동표 쪽을 힐끗 쳐다보고는 외마디 소리를 지르면서 다시 욕실 안으로 뛰어들었다. 그리고 안으로부터 다시 단단히 문을 닫았다.

　"아니, 도로 들어가면 어떡해? 난 미호 나오기만 기다리고 있었는데. 나오는 즉시 들어갈려고 옷까지 벗고 있었는데."

　그러자 욕실 안에서 울 듯한 미호의 목소리가 들려왔다.

　"난 몰라. 그런 법이 어딨어. 난 몰라."

　동표는 천연스레 대꾸했다.

　"뭘 갖고 그래? 나 옷 벗은 것 때문에? 그건 시간을 절약하기 위해서 그런 것뿐이라구."

　"거짓말 마, 거짓말 마."

　"나 이거 죽겠군. 그렇잖으면 내가 뭐 때문에 이러고 있었겠어? 내 육체미가 남달리 근사해서 미호한테 자랑하려고 그랬겠어?"

　"날 놀래 주려고 그런 거지? 나 무안 주려고 그런 거지? 그래 놓고 어쩌나 보려구."

　"나 이거야 원, 내가 미호를 놀래 주거나 무안을 줘서 나한테 돌아올 이익이 뭐가 있어? 자 어서 나오기나 하라구. 이러다 나 감기 들겠어."

"옷을 입음 되잖아. 동표 씨 옷 입기 전엔 난 여기서 한 발짝도 나가지 않을 거야."

"그런 불경제적인 처사가 어디 있어? 모처럼 시간을 절약하기 위해 벗은 옷을 다시 입으란 말야? 자, 어서 나오라구."

"동표 씨 옷 입기 전엔 한 발짝도 안 나갈 거라고 했잖아."

"좋아, 그럼 나도 고집이 있는 몸이라구. 밤새도록 이러고 있다가 감기가 들어서 콧물이 줄줄 흘러내리는 한이 있어도 절대로 옷을 다시 입는다든지 하는 비경제적인 행동은 하지 않을 테니까."

그러자 그녀는 애원하는 목소리로 말했다.

"제발 부탁이야, 응? 동표 씨, 옷 좀 입어. 팬티만이라도 입어."

동표는 한순간 마음이 약해지는 걸 느꼈으나 곧 자신을 독려하며 계속 굽히지 않았다.

"그렇겐 못 하겠어. 나도 고집이 있는 몸이라구. 정 그러면 미호가 눈을 감고 나오면 되잖아."

그러나 미호도 굽히지 않았다.

"좋아, 그럼 나도 이 속에서 밤을 새울 테야."

"어지간하군. 좋도록 해, 그럼. 하지만 좀 갑갑할걸."

동표는 결코 물러서지 않겠다는 뜻을 다시 분명히 밝혔다. 그러자 그녀는 다시 애원하는 어조가 되었다.

"정말 왜 그래, 동표 씨? 제발 팬티만이라도 좀 입어. 팬티 하나 입었다 다시 벗는데 무슨 시간이 그렇게 오래 걸린다고 그래?"

동표는 계속 우겨 댔다.

"안 보면 되잖아, 안 보면. 미호가 눈을 감고 나오면 되잖아."

"오늘 정말 동표 씨 왜 그래? 난 이해를 할 수가 없어. 동표 씨가 왜 그러는질."

"뭐가 이해를 못 하겠단 말야? 난 단지 시간 절약을 위해서 이러는 것뿐인데. 미호가 눈을 감고 나오면 모든 건 간단하잖아, 정 보기 흉하면 말야. 보기 흉할 것도 없지만."

그러자 그녀는 무엇을 망설이는지 잠시 아무 대꾸도 없었다. 그러더니,

"좋아, 그럼 이걸로 동표 씨하고 나하곤 마지막이야."

하고는 욕실 문을 열었다. 그리고 똑바로 걸어 나와 눈의 초점을 반대편 벽 쪽에 고정시킨 채 일직선으로 걸어서 소파 쪽으로 향했다.

동표는 한순간 당황했으나 곧 천연스러움을 되찾았다.

"나야말로 이해를 못 하겠군. 별걸 다 가지고 마지막이니 어쩌니 그러는군. 어느 나라에선 여자들 보는 잡지에 남자 누드도 싣는다던데."

그리고 그는 일단 욕실 안으로 들어갔다. 그러나 물론 정식으로 목욕을 할 생각은 없었다. 아니 목욕을 할 생각이 없었다기보다 그는 더 급한 일에 조바심을 내고 있었던 것이다.

그는 간단히 샤워만으로 목욕을 끝냈다. 그리고 온몸에 물방울이 뚝뚝 듣는 채 욕실 밖으로 나왔다.

"보라구. 나처럼 이렇게 좀 간단히 끝낼 것이지."

하고 그녀가 으레 거기에 앉아 있으리라고 짐작하고 소파 쪽을 바라보던 그는 자기 눈을 의심했다. 그녀가 거기에 없었던 것이다.

동표는 순간 낭패한 표정으로 방 안을 둘러보았다. 그때 어디선가 캐득캐득 웃는 소리가 들려왔다. 동표는 재빨리 웃음소리가 나는 쪽으로 시선을 돌렸다.

두 개의 침대 중 하나에 시트로 몸을 가린 그녀가 얼굴만 내밀고 누워 재미있다는 듯 캐득캐득 웃고 있었다.

"나 도망친 줄 알고 놀랐지?"

"후유, 정말 놀랐다. 이런 얌체 같으니라구."

하고 동표는 그녀가 누워 있는 침대 쪽으로 다가갔다.

"가까이 오지 마. 거기서 들어. 동표 씨가 날 놀라게 했으니까 나도 복수한 것뿐이라구. 처음엔 침대 밑에 들어가 숨어 있을까 했었어."

"왜, 그러지 그랬어?"

"그건 좀 궁상맞다는 생각이 들었어. 어마, 가까이 오지 마, 가까이 오지 마."

그러나 그때 이미 동표는 그녀가 누워 있는 침대가에 다 이르러 있었다. 그리고 그가 날쌔게 침대 위로 뛰어오른 것은 다음 순간이었다.

"예행연습을 충실히 마쳐야지."

하고 그는 그녀가 몸을 가리고 있는 시트를 들치고 자신의 몸을 밀어넣었다.

"어마, 싫어. 어마, 싫어."

그녀는 마치 벌레라도 기어 들어오는 것처럼 기겁을 하여 몸을 똘똘 뭉쳤다. 그러나 동표는 그녀가 더 피할 겨를을 주지 않고 그녀의 똘똘 뭉쳐진 몸을 자신의 두 팔 안에 가두어 버렸다. 그리고 자기가 벌레가 아님을 그녀에게 타이르기 시작했다.

"미호는 그러고 보니 아주 쑥배기군. 남자 나체 좀 봤다고 놀라고 남자가 침대 속에 좀 같이 들어왔다고 기겁을 하고. 더구나 다른 사람도 아닌 1년 미만이면 결혼할 사람인데 말야. 미호가 이런 쑥배긴 줄은 정말 몰랐어."

그러나 그녀는 아직도 그를 벌레라고 생각하는 몸짓이 역력했다. 그의 팔 안에서 벗어나려고 안간힘을 다하면서 가위눌린 목소리를 냈다.

"이거 봐. 이거 봐."

동표는 그러나 그녀를 놓아주지 않은 채 자기가 벌레가 아님을 다시 강조했다.

"예행연습은 원래 본디의 의식에 준하는 거라구. 본디의 의식에 가까우면 가까울수록 훌륭한 예행연습이 되는 거야. 결코 내가 무슨 엉뚱한 짓을 하려는 건 아냐. 보다 충실한 예행연습이 되게 하려고 이러는 것뿐이지. 미호는 기꺼이 내 제의에 동의해 줬잖아. 이왕이면 유종의 미를 거두자구."

그리고 그는 자기의 손이 벌레의 발과는 다르다는 것을 알려 주기 위해 그녀의 몸을 부드럽게 애무하기 시작했다. 그녀는 그가 벌레가 아니라는 사실을 알기 시작한 모양이었다. 몸의 경직이 조금은 완화 됐다. 그러나 여전히 거부의 몸짓만은 역연했다.

"하지만 연습은 어디까지나 연습으로 끝나야 할 거 아냐."

"글쎄, 연습이라구. 누가 연습 아니랬어. 자, 미호도 좀 협력해."

그러며 동표는 계속 그녀의 몸을 애무했다.

그러자 그녀의 몸은 조금씩 더 이완돼 갔다.

"정말이지? 정말 연습으로 그치는 거지?"

"글쎄, 그렇대두. 자, 좀 다소곳이 안겨 봐. 그리고 이 겉옷은 좀 벗어."

"정말 맹세하지? 절대로 연습 이상은 하지 않는다구."

"글쎄, 몇 번을 더 얘기해야 알아들어. 내가 언제 미호한테 거짓말한 적 있어? 자, 이건 좀 벗어."

그리고 동표는 그녀의 몸을 아직도 감싸고 있는 겉옷을 벗기기 시작했다. 그녀는 본능적으로 다시 몸을 도사렸으나 곧 무슨 결심을 했는지 저항하지 않고 그의 손길에 따랐다.

동표는 그러나 물론 겉옷을 벗기는 것만으로 만족하지는 않았다. 그는 다시 주장했다. 예행연습은 완벽한 상태에서 행할수록 더 좋은 것이라고. 그리고 그 주장을 관철하는 데는 그다지 오랜 시간이 걸리지 않았다. 그녀가 거기까지를 연습이라고 생각했는지 어땠는지는 확실치 않지만.

하긴 그녀인들 어찌 그것을 연습이라고만 생각했겠는가.

두 사람 모두 맨몸이 되자 그다음 일은 다소의 무리를 거치기는 했으나 어렵잖게 진행되었다. 동표는 그녀가 처녀임을 확인했다.

기묘한 동지

동표가, 안경림 그녀가 근무하고 있는 병원으로 종합진단을 받으러 간 것은 며칠 후였다.

물론 그녀를 만나기 위해서였고, 그것도 시일을 일주일씩이나 요하는 종합진단을 받기로 한 것은 그녀와 되도록 자주 만날 기회를 갖기 위해서였다.

동표가 진찰권을 끊어 가지고 2층 내과(內科) 접수구 앞에 이르렀을 때 그녀는 고개를 숙인 채 환자기록표 같은 것에다 무엇을 기입해 넣고 있는 중이었다. 검은 줄이 쳐진 흰 간호모에 흰 간호복, 그리고 그 위에 검정색 재킷을 걸친, 어느 종합병원에서나 흔히 볼 수 있는 간호사의 차림이었으나 그는 첫눈에 그녀가 안경림 그녀임을 알아볼 수 있었다. 그리고 무엇에 잠시 열중해 있는 그녀의 모습은 저 창경원 흰곰의 우리 앞에서 볼 수 있었던 방심한 듯한 표정의 그것과는 또 다른 아름다움을 지니고 있었다. 무어라고 할까, 일종의 엄격함을 지닌 아름다움이라고나 할까.

동표는 그 엄격함에 도전이라도 하듯 말없이 진찰권을 접수창구 안으로 밀어 넣었다. 그러자 그녀는 힐끗 진찰권을 한번 쳐다보더니 고개를 들어 접수창구 밖을 내다보았다.

"안녕하십니까?"

동표는 빙그레 웃으며 인사했다. 그녀의 얼굴에는 일순 당황한 듯한 표정이 스쳐 갔다.

"아, 오셨군요."

그리고 그녀는 앉았던 의자에서 일어섰다.

"네, 권유하신 대로 진찰을 한번 받아 볼까 하고 왔습니다."

동표는 천연스런 표정으로 대꾸했다. 그러자 그녀는 선 채로 무엇을 조금 망설이는 표정이더니,

"네, 그럼 조금만 기다리세요."

하고는 안쪽의 선반 같은 곳에서 새로운 종이 한 장을 꺼내 동표가 밀어 넣은 진찰권을 옆에 놓고 무엇인가를 옮겨 적기 시작했다. 아마도 새로운 환자기록표를 만드는 모양이었다.

동표는 접수창구 앞에 서서 그녀가 일을 마치기를 기다렸다. 그러자 그녀가 움직이던 손을 멈추고 동표를 내다보며 말했다.

"저쪽 의자에 가 앉으셔서 기다리세요. 먼저 오신 분들이 계시니까요. 차례가 되면 불러 드릴게요."

조용하고 담담한 어조였다. 동표는 일순 무안을 당한 기분이었으

나 곧 선선히 접수창구 앞에서 물러나 다른 환자들이 앉아서 대기하고 있는 긴 의자로 가서 앉았다.

그러고 보니 복도의 그 긴 의자에는 많은 다른 환자들이 기다리고 있었다. 부녀자들과 노인 그리고 동표 또래의 청년도 있었다.

동표는 천천히 담배 한 대를 꺼내서 피워 물었다. 그리고 세상엔 참 아픈 사람들도 많구나, 하는 한가한 생각을 잠시 했다.

얼마 후 그녀가 동표의 그것임에 틀림없을 환자기록표 한 장을 들고 나와서 진찰실들 중의 하나로 가지고 들어갔다. 그리고 그의 이름이 불려진 것은 다른 환자들이 모두 차례로 불려 들어갔다 나와서 뿔뿔이 가 버린 뒤였다.

간단한 문진(問診)과 상식적인 진찰을 마치고 났을 때 동표는 의사에게 말했다. 종합진단을 한번 받아 봤으면 좋겠노라고.

그러자 의사는 멀뚱히 그를 쳐다보며 대꾸했다.

"별로 이상한 덴 없는 것 같은데 왜 그러시죠? 아주 건강하신 것 같은데."

동표는 짐짓 낭패라는 표정을 지으며 말했다.

"글쎄 말입니다. 이렇게 겉보기에도 멀쩡하고 의사 선생님께서 진찰을 해 보시고도 별 이상 없다고 하시는데 실제론 그렇지가 못하니 어떡합니까? 조금 전에도 말씀드렸듯이 전 이따금 아주 기습적인 현기증에 시달리곤 하는걸요. 그것도 아주 참을 수 없을 정도로요. 이게 몸 어디에 이상이 없고서야 있을 수 있는 일이겠습니까? 그래서 종합진단을 한번 받아 봤으면 하는 거죠."

그러자 의사는 그렇다면 굳이 반대할 생각은 없다는 표정으로

"정 그러시면 종합진단을 한번 받아 보시는 것도 해롭진 않겠죠."

하고 나서

"그럼 어떡하시겠어요? 댁에서 내원(內院)하시면서 받으시겠어요, 입원을 하시겠어요? 내 생각엔 굳이 입원까지 하실 필욘 없을 것 같은데."

하고 동표를 쳐다보았다.

동표는 짐짓 무엇을 잠시 궁리하는 표정을 짓고 나서 말했다.

"하지만 역시 제대로 받아 보려면 입원을 하는 편이 낫겠죠?"

"그야 사정만 허락한다면 아무래도 그편이 낫겠죠."

"입원을 하는 경우 며칠이나 잡아야 할까요?"

"넉넉잡고 일주일이면 웬만한 조사는 다 해 볼 수 있을 겁니다."

"그럼 입원을 하는 것으로 해 주십시오. 전 그다지 시간에 쫓기는 편은 아니니까요."

"좋도록 하시지요."

의사는 선선히 응낙했다. 그리고 환자기록표에다 무어라고 짤막하게 기록해 넣었다.

입원 수속은 일사천리로 진행되었다. 왜냐하면 그는 입원 수속비로 필요한 돈을 미리 은행에서 찾아 가지고 왔던 터이므로.

동표는 곧 환자 두 사람이 쓰게 되어 있는 한 병실로 인도되었다. 그는 독실을 원했으나 비어 있는 독실이 없었기 때문이었다.

그리고 그는 나중에, 그때 비어 있는 독실이 없었던 사실을 무척

다행으로 여기게 되었다. 그가 들어간 병실에서 그는 그의 생애 가운데에서 빼어 버릴 수 없는 한 인물을 만났기 때문이었다.

그가 병실 담당 간호사의 인도를 받아 병실 안으로 들어서자, 양쪽 벽가에 나란히 마주 보고 붙어 있는 두 개의 침대 중 하나에 누워 있던 사내 하나가 상반신을 비스듬히 일으켜 세우며 그를 쳐다보았다. 얼핏 동표 또래의 나이로 보이는 사내였고 입원한 지가 상당히 오래된 것으로 보이는 얼굴이 종이처럼 흰 사내였다. 그러나 둥근 얼굴이 무척 낙천적인 인상을 주는 사내였다.

동표는 선참자에 대한 인사로서 그를 향해 고개를 약간 숙여 보인 다음 간호사를 따라 비어 있는 침대 쪽으로 걸어갔다. 간호사가 안고 온 환자복을 침대 위에 내려놓으며 말했다.

"갈아입으세요. 그리고 벗으신 옷은 이 캐비닛 안에 넣으세요."

그리고 침대 머리맡에 있는 철제 캐비닛을 가리켰다.

간호사가 돌아가고 난 뒤 동표는 환자복으로 갈아입으면서 문득 이상한 느낌을 받았다. 왠지 뒤통수 근처가 근질근질한 듯한, 누군가가 자기를 줄곧 바라보고 있다고 느낄 때 생기는 그런 느낌이었다.

동표는 슬쩍 고개를 돌이켰다. 그리고 병실의 그 선참자 쪽을 힐끗 쳐다보았다.

동표의 느낌은 틀린 것이 아니었다. 그가 아까와 거의 다름없는 자세로 동표를 쳐다보고 있었던 것이다. 그리고 줄곧 그래 왔다는 것을 숨길 의사가 없다는 듯 동표의 시선과 마주치고도 피할 생각을 하지 않았다.

동표는 순간 약간의 모욕감이 일었다.

"왜 그렇게 쳐다보시죠?"

하고 그는 목소리에 약간 항의를 담아서 물었다. 그러자 사내는 순간 동표를 향해 보기 좋은 미소를 지었다. 그리고 동문서답하듯 엉뚱한 소리를 꺼냈다.

"댁은 무척 야심가이신 것 같군요."

"예?"

"아니십니까?"

"무슨 얘기죠?"

"아, 난 어떤 사람이건 그 사람의 첫인상을 중시하죠. 그런데 댁은 앞으로 얼마 동안이 될 진 모르지만 나하고 한방을 사용할 동거인이 거든요. 그래서 좀 관찰해 봤는데 무척 야심가이신 것 같군요. 내 관찰이 혹시 틀렸나요?"

동표는 순간 사내의 병명을 물어 두지 않은 걸 후회했다. 그러나 설마 신경 계통의 환자와 한방을 쓰게 했을 리는 없다고 생각하고 이 번에는 이쪽에서 사내를 관찰하기 시작했다.

그러나 사내는 다시 그 보기 좋은 미소를 입가에 띤 채, 대답을 기 다리고 있는 표정으로 말없이 동표를 마주 쳐다보았다. 어디로 봐도 신경 계통의 환자 같지는 않았다.

그렇다면 이건 좀 심하지 않은가. 아무리 악의 없는 미소로 화해를 가장하고 있다곤 하더라도. 동표는 약간 화난 음성으로 말했다.

"군대나 교도소에선 더러 신고식(申告式)이 있다는 말을 들었지만 병원에도 있다는 얘긴 못 들었는데 혹시나 지금 신고시키는 겁니까?"

그러자 이번에는 사내 쪽에서 말귀를 알아듣지 못한 표정이 되었다.

"예?"

그러며 그는 미소를 거두고 눈을 깜박거렸다.

"아니면 뭐예요? 초면에 너무했다고 생각지 않습니까? 인사도 나누기 전에 사람을 야심가라느니 어쩌니, 또 사람을 마치 무슨 진기한 물건이라도 쳐다보듯 하질 않나."

"아, 화가 나신 모양이군요. 난 그럴 뜻은 없었는데……."

그는 몹시 당황한 표정이었다.

"그저 내가 관찰한 인상을 말한 것뿐이었는데……."

"아까부터 관찰, 관찰 하는데 도대체 기분 나쁘지 뭡니까? 그런 법이 어디 있어요?"

"화를 내시니 미안하군요. 미안합니다. 미안합니다."

그는 선망하게 사과해 왔다. 동표는 그의 태도를 종잡을 수가 없었다. 그러나 더 이상 화를 내고 있을 수도 없다고 생각하였다.

"아무튼 앞으로 좀 잘 지내 봅시다. 한 일주일 동안."

그러자 그는 다시 그 선망하고 보기 좋은 미소를 급히 지으며

"예, 친구가 되십시다. 한데 일주일밖에 안 계시게 되나요?"

하고 자못 서운한 듯한 표정으로 동표를 쳐다보았다.

동표는 소매와 바짓가랑이가 다소 짧은 환자복을 입은 채 침대 가

장자리에 걸터앉았다. 그리고 그를 마주 바라보며 말했다.

"예, 난 당장 어디가 아파서 입원을 한 게 아니라 종합진단을 받기 위해서 입원한 겁니다."

"아, 그러시군요."

"노형은 어디가 편찮으십니까?"

"예, 난 위에 구멍이 숭숭 뚫렸었는데 이제 많이 좋아졌다는군요. 얼마 안 있으면 나도 아마 퇴원을 하게 될 겁니다. 참, 우리 서로 인사나 나누죠. 나, 구양서(具良書)라고 합니다."

"아, 예, 난 민동표라고 합니다."

"아, 민 형이시군요. 한데 민 형은 가족이 없으십니까?"

"예?"

"아, 어쨌든 병원에 입원을 하시는데 따라오신 분이 한 분도 없으니 말입니다."

"아, 그야 뭐 어디가 당장 아파서 입원을 하는 거라야 말이죠."

"그럼 가족이 있으시군요. 난 또 나처럼 가족이 없으신가 해서."

"구 형은 그럼 가족이 없으신가요?"

"예, 난 이를테면 다 큰 고아인 셈이죠. 두어 해 전에 부모님이 모두 돌아가셨습니다. 시집간 누나가 하나 있어서 병원 비용이랑 대 주긴 하지만."

"누님이 부자이신 모양이군요?"

"예, 내 병원 비용을 댈 만큼은요. 하지만 별 볼 일 없는 여자죠. 돈 싸 들고 노름판에 부지런히 쫓아다니면서 동생 누워 있는 병원엔 열홀에 한 번도 올까 말까니까요. 나한텐 그게 오히려 편하긴 하지만."

"어떻게 여기 누워서 누님이 노름판에 쫓아다니시는 것까지 아십니까?"

"뻔한 일이죠. 나 여기 입원하기 전에도 그랬으니까요."

"여기 입원하시기 전엔 그럼 누님 댁에서 함께 사신 모양이군요."

"예, 따로 지내 볼까도 했지만 제일 문제가 우선 밥해 먹는 일이더군요."

"그럼 결혼을 하면 되지 않습니까?"

"그게 어디 그렇게 마음대로 되나요? 하긴 마음에 둔 여자가 없는 건 아니지만."

"한데 그쪽에서 말을 듣지 않나요?"

"웬걸요, 아직 이쪽 의사를 나타내 본 적도 없는걸요. 그 여자 쪽에선 아마 내가 자기를 마음속에 두고 있는 줄도 모를 겁니다."

"왜 마음속에 두셨다면서 의사표시를 하지 않으셨나요? 그럴 만한 무슨 특별한 이유라도 있나요?"

"특별한 이유는요, 내가 주변머리가 없어서죠. 워낙 여자 앞에선 숙맥이라서요."

"그럴 리가 있습니까? 겸사의 말씀이겠죠."

"아닙니다. 정말입니다. 난 여자 앞에선 제대로 말도 변변히 못 꺼내는걸요."

"정말 그러세요? 그럼 내가 좀 도와드릴까요?"

"정말이십니까?"

순간 그의 눈에선 어떤 정채가 반짝였다.

동표는 천연스레 대답했다.

"부탁하신다면 도와드릴 용의가 있습니다. 전 여자들을 그렇게 어려워하는 편이 아니니까요."

그러자 그는 기대에 가득 찬 얼굴로 말했다.

"그럼 정말 좀 도와주시겠어요. 그래 주신다면 평생의 은혜로 알겠습니다."

"그러실 필요까진 없구요. 내 도움이 구 형에게 꼭 플러스가 될지 어떨진 장담할 수 없지만 한번 해 보죠. 한데 어떤 여잔가요? 구 형한테 도움이 돼 드리려면 아무래도 사전 지식이 좀 필요한데."

그러자 그는 잠시 상상력을 동원하려는 듯 두 눈을 깜박였다.

"첫째, 아주 미인이죠. 내가 본 여자 중에선 가장 미인이에요. 콧날이 오뚝하고 두 눈이 신비스러울 정도로 아름다워요. 그게 만일 연못이라면 난 벌써 그 연못에 빠져 죽었을 겁니다. 시인들 말대로라면 말이죠."

"그리고요?"

"예, 둘째, 몹시 이지적인 여성입니다. 내 판단이 옳다면 말이죠. 헤프게 감정 따위를 낭비하는 그런 여성이 아니죠. 그 여자 옆에 있으면 난 내가 매우 바보라는 생각을 늘 갖게 됩니다. 딴은 그래서 여지껏 의사표시 한번 변변히 못 했는지 모르죠."

"그리고 셋째는요."

"예, 그 여자는 아주 건강합니다. 나처럼 이렇게 병원에 누워 있는 일 따윈 없죠."

"그리고요?"

"예, 넷째, 이건 순서가 좀 뒤바뀌었지만 그 여자는 마음씨가 아주 곱습니다. 벌레 하나라도 고통스러워하는 걸 보면 그대로 있질 못하는 마음씨를 가졌죠. 난 아직 그런 마음씨를 가진 여자를 본 적이 없습니다."

"모두 대단하군요. 그리고는요?"

"예? 더 필요하신가요? 이만하면 다 얘기한 줄 아는데요."

"아, 이를테면 학력이라든지, 직업이라든지, 가족사항, 연령 따위 말이죠. 그런 것도 미리 좀 알고 있는 편이 훨씬 도움이 되니까요."

"예, 나이는 스물다섯으로 알고 있습니다."

"학력은요?"

"대학을 졸업했구요."

"가족관계는요?"

"예, 양친 부모가 다 살아 계시고 손아래 남동생이 둘, 여동생이 하나 있는 걸로 알고 있습니다."

"아, 그러니까 4남매의 장녀로군요. 부친의 직업도 혹시 알고 계신가요?"

"예, 그다지 높지 않은 직위의 공무원이라고 알고 있습니다. 어느 체신부서에 근무하고 있다고 듣고 있습니다."

"듣다뇨? 그 여자한테서 직접 들으신 건가요?"

"웬걸요, 그 여자 주변 사람한테 들은 거죠. 그 여자가 어디 자기 집

안사정 같은 걸 말할 여잔 줄 아십니까?"

"예, 그만하면 대충 알겠습니다. 참, 방금 그 여자가 대학을 졸업했다고 하셨죠? 그럼 혹시 직업을 갖고 있나요? 아니면 집에서 가사를 돕고 있나요?"

"예, 직업을 갖고 있어요."

"어떤 직업인가요?"

그러자 그는 잠시 망설이는 표정이더니 얼굴을 약간 붉히며 대답했다.

"……간호사예요."

순간 동표는 묘한 기분에 사로잡혔다. 이 친군 어째서 나하고 비슷한 게 이렇게 많은가. 아까는 자기를 다 큰 고아라고 하더니 지금은 또 마음에 둔 여자가 간호사라지 않는가. 그러나 설마 안경림 그녀를 두고 하는 수작이야 아니겠지.

동표는 그러나 미심쩍은 기분도 없지 않아서 물었다.

"혹시 그럼 이 병원에 근무하는 간호사입니까?"

그러자 그는 얼굴을 조금 더 붉히며 대답했다.

"예, 어떻게 그렇게 잘 알아맞히십니까?"

동표는 내심 이 친구 봐라, 하였다.

"아, 그럼 바로 이 병원에 근무하는 간호사군요."

"예."

"그럼 혹시 아까 그, 이 병실 담당 간호사인가요?"

"아뇨, 아까 그 간호사 전에 이 병실을 담당했었죠."

동표는 점점 더 기분이 묘해 가는 걸 느꼈다.

"그럼 지금은 외래(外來)에 나가 있나요?"

"예, 정말 어떻게 그렇게 잘 아시죠?"

동표는 마음속으로 당황하기 시작했다. 그러나 성급히 그 간호사의 이름을 물어볼 수는 없었다. 왜냐하면 그러다가 자칫 자신의 정체를 그에게 의심받게 될는지도 모르기 때문이었다. 그리고 아직은 그가 말하는 그 간호사와 안경림 그녀가 동일인물이라는 확실한 근거도 없다. 그가 말하는 그 간호사는 외래에 나가 있는 다른 간호사일 수도 있으며 안경림 그녀가 외래에 근무하기 전에 반드시 이 병실을 담당했었는지의 여부도 아직은 모른다.

그러나 어쨌든 그대로 덮어 둘 수도 없는 노릇이었다. 동표는 물었다.

"그 간호사가 이 병실을 담당했던 기간이 길었나요?"

"내가 입원한 것이 6개월째고 그 여자가 외래로 나간 것이 두어 달밖엔 안 됐으니까 내가 입원한 이후로만 따져도 4개월은 되는 셈이군요. 그 여잔 내가 입원할 당시부터 이 병실 담당으로 있었으니까요. 그 이전엔 얼마나 오래 있었는지 모르지만."

"그 간호사가 외래로 나갈 때 구 형은 그럼 몹시 서운하셨겠군요?"

"두말하면 뭐 합니까. 벙어리 냉가슴 앓듯 했죠."

"그러셨겠군요. 그럼 그 간호사는 외래로 나간 후론 이쪽엔 이따금 들르지도 않나요?"

"예, 두어 달 동안 난 그 여자의 얼굴을 한 번도 보지 못했죠. 그래서 그 여자가 외래로 나간 후론 이 병실이 마치 사막처럼 느껴지는군요. 한데 그런데도 병이 나아 가는 걸 보면 신통한 일이죠? 대개 그런 경우엔 더 악화된다고들 하는데."

"아마 구 형이 자신을 갖고 있는 때문이겠죠. 말로는 엄살을 부리면서 속으론 은근히 자신을 갖고 있는 거 아니세요?"

"원, 천만에요. 엄살을 부리다뇨. 그럼 왜 내가 민 형한테 도와 달라는 부탁을 하겠습니까?"

"좋습니다. 그럼 마지막으로 한 가지만 더 묻겠습니다. 필요한 사항이니까요. 그 간호사의 이름이 뭡니까?"

그러자 그는 다시 얼굴을 약간 붉히며 망설이듯 대답했다.

"……안경림이라고 합니다. 편안 안(安)자, 경사 경(慶)자, 수풀 림(林)자, 안경림이요."

동표는 완전히 넋을 잃은 기분이 되었다. 그러나 그것을 내색할 수는 없는 노릇이었다.

꾹 참고 동표는 말했다.

"이름도 비교적 예쁜 편이군요. 알겠습니다. 구 형을 위해서 한번 힘써 보기로 하죠."

그러자 그는 환한 표정이 되어 그 일은 그럼 완전히 동표에게 일임하겠다는 듯 말했다.

"고맙습니다. 그럼 난 민 형만 믿겠습니다."

"그래서야 되나요. 구 형은 또 구 형대로 노력을 하셔야죠."

"아닙니다. 난 안 나서느니만 못합니다. 오히려 일을 그르칠 우려만 있을 뿐이죠. 아무튼 난 민 형만 믿겠습니다."

"허, 이거 큰일 났는데요. 그러다 성사가 안 되면 어떡합니까? 공연히 내가 큰소릴 친 모양인데요."

"아닙니다. 민 형이 나서 주시기만 하면 틀림없이 성사가 될 것 같은 예감이 듭니다. 난 예감을 아주 중시하죠. 내 예감이 틀린 적은 별로 없으니까요."

"글쎄, 그렇게 됐으면 좋겠습니다만."

"다만 한 가지 걱정되는 점은 민 형이 혹시 그 여잘 가로채 버리지나 않을까 하는 점이죠. 민 형도 그 여잘 한번 보면 적잖이 마음이 흔들릴 테니까요. 더구나 내가 아까 첫인상을 말했듯이 민 형은 대단한 야심가임에 틀림없으니까요."

동표는 내심 찔끔했으나 천연스레 대꾸했다.

"허허, 구 형도 별 농담을 다 하십니다."

"농담이 아닙니다. 하지만 민 형이 만일 가로채실 의향이 생기신다면 난 서슴없이 물러서겠습니다. 난 민 형의 적수가 될 자신은 도저히 없으니까요."

"허허, 웬 농담을 그렇게 좋아하십니까. 또 농담이 아니더라도 설마 그럴 리야 있겠습니까?"

"민 형은 지금 거짓말을 하고 있는 것 같습니다. 속으론 은근히 기대를 품고 계시기도 하시면서."

"허허, 그야 미인을 만나는 일인데 전혀 아무 기대도 없을 수야 있나요? 미인을 만나 본다는 사실 자체만으로도 가슴 설레는 일이죠.

하지만 염려 마십시오. 난 미인을 만나 본 그 사실만으로 만족할 테니까요."

"혹시 나중에 후회할 말을 지금 하고 계신 건 아닙니까? 되도록이면 그런 말은 안 하시는 게 좋을 텐데. 그 여자를 만나 보고 나면 곧 아시게 될 테지만."

"그 여자가 그렇게도 미인인가요?"

"단순한 미인이라서만이 아니죠. 아무튼 남자들이 한번 보면 자기한테 꼭 필요한 여자처럼 느껴지는 그런 여자죠. 뭐라고 할까, 자기 존재와 떼어서는 생각할 수 없는 그런 느낌을 갖게 하는 여자라고나 할까요."

"한데 구 형은 그럼 왜 방금 나한테 가로채이게 되는 경우 물러서겠다고 하셨습니까?"

"그야 자기 자신을 너무나 잘 알기 때문이죠. 도저히 민 형 같은 분과 경쟁을 할 처지가 못 되는……."

동표는 순간 그의 말을 액면 그대로 받아들여야 할 것인지 어떤지를 잘 분간하기가 어려웠다.

그의 표정으로 보아서는 진담을 하고 있는 것 같기도 했지만 처음 만나는 사내에게 그런 식으로 스스로를 비하한다는 것이 도저히 진담으로 믿어지지가 않았던 것이다. 더구나 여자 문제를 두고, 그것도 자기가 마음속에 간직해 온 여자를 사이에 두고서 말이다.

아마도 동표가 그녀를 가로채려 들는지도 모른다는 불안감을 느끼고 그것을 사전에 은근히 견제하려는 수작인지도 몰랐다.

그러나 어쨌든 동표는 그런 일에 신경을 쓰고 있을 겨를이 없었다. 문제의 초점은 지금 그와 자기가 한 여자를 마음속에 둔 채 같은 병실에 들어 있다는 사실이었다. 한쪽은 그 사실을 알고 다른 한쪽은 그 사실을 모르고 있다는 데 차이가 있을 뿐.

이런 경우를 두고 오월동주(吳越同舟)라고 하던가. 그러나 동표는 왠지 그가 적(敵)으로 여겨지지만은 않았다. 어쩐지 그와 자기는 동지(同志)일는지도 모른다는 생각마저 들었다. 어떻든 뜻을 같은 곳에 두었다는 의미에서는 그렇기도 하다. 안경림이라는 같은 공격목표를 지녔다는 점에서는. 그리고 그는 어딘지 적(敵)답지가 않다. 물론 아직 이쪽이 적이라는 사실을 모르고 있는 까닭인지도 모르지만. 그러나 그것을 감안하고라도 그는 어딘지 적답지가 않다. 적일 수 있는 자는 저렇듯 천진하게 개방적일 수가 없다.

그러나 어쨌든 그녀를 공유할 수 없는 한 그와 자기는 적이 될 수밖에는 없다.

동표는 천천히 물었다.

"그럼 구 형은 내가 정말 그 여잘 가로채게 되더라도 원망 안 하시겠습니까?"

물론 농담의 억양을 띠어서였다. 그러자 그는 다시 얼굴을 약간 붉히며 대답했다.

"그렇다고 가로채 달라고 부탁하는 건 아닙니다. 그렇게 되는 경우엔 내가 물러서겠다는 뜻이죠."

"글쎄, 그렇게 되는 경우엔 원망을 안 하시겠느냔 말입니다."

"좀 잔인하시군요. 네, 원망은 하지 않겠습니다."

"하하, 농담입니다. 설마 그럴 리야 있겠습니까. 자, 그럼 앞으로의 내 활약이나 기대하십시오."

그때 병실 담당 간호사가 들어왔다. 그리고 동표더러 따라 나오라고 말했다. 엑스레이 촬영을 비롯한 몇 가지 검사를 받을 시간이라는 것이었다.

동표는 그를 향해 한눈을 찡긋해 보이고 나서 간호사를 따라나섰다.

그리고 이리저리 꺾인, 미로(迷路)와 같은 병원의 복도를 간호사와 나란히 걸으며 앞으로의 병원생활이 미상불 심심치 않게 되었다고 생각했다.

엑스레이 촬영을 비롯한 몇 가지 검사를 마치고 동표가 다시 병실로 돌아온 것은 30분쯤 후였다.

구양서, 그는 소형 트랜지스터라디오를 배 위에 올려놓고 야구 중계방송을 듣고 있었다.

"아, 야구 좋아하시나 보죠?"

하고 동표가 묻자 그는

"아, 벌써 돌아오시는군요."

하며 라디오를 껐다.

"아니, 왜 끄세요? 나도 좀 듣게 그냥 켜 두시죠. 어디하고 어딥니까?"

"민 형도 야구 좋아하세요?"

그러며 그는 다시 라디오를 켰다. 그때 누군가가 병실 도어를 노크

했다.

"네."

동표는 문 쪽을 향해 대답했다. 그러자 도어가 열리며 안경림 그녀
의 모습이 나타났다. 간호사 차림이 아닌 외출복 차림이었다.

"어떠세요? 불편하지 않으세요?"

하며 그녀는 동표 쪽을 향해 걸어 들어왔다.

"아, 웬일이십니까?"

하며 동표는 재빨리 구양서 쪽을 훔쳐보았다. 그는 놀란 표정이 완연
했다. 어느새 껐는지 라디오 소리도 들리지 않았다.

"네, 퇴근하는 길에 잠깐 들렀어요."

하고 그녀는 무심결인 듯 구양서 쪽으로 눈길을 보내더니

"어마, 안녕하세요?"

하고 그에게도 인사했다. 구양서 그는 아직도 놀란 표정을 지우지 못
한 채 엉거주춤 상반신을 일으키며 우물쭈물 답례했다.

"아직 퇴원 안 하셨군요. 그냥 누워 계세요."

하고 그녀는 다시 동표 쪽으로 시선을 옮겼다.

"어떠세요? 전에도 병원에 입원해 본 적 있으세요?"

"아뇨, 이번이 처음입니다."

"좀 갑갑하실 거예요. 더구나 당장 어디가 못 견디게 불편하신 것
도 아니시니까요."

"괜찮습니다. 제가 자청한 거니까요. 그보다 이렇게 찾아와 주셔서
정말 감사합니다."

"그냥 퇴근할까 하다가 잠깐 들렀어요. 욕하실 것 같아서요."

"욕은요, 전혀 기대 밖인걸요. 정말 감사합니다. 괜찮으시면 근처 다방에라도 잠깐 나가실까요?"

"일단 입원을 하셨으면 입원환자답게 행동도 하셔야죠. 벌써부터 바깥출입을 하러 드시면 되세요?"

"하지만 전 아직 확정된 환자는 아니잖습니까. 환자인가 아닌가를 조사받기 위해서 입원해 있는 것뿐이지."

"하지만 입원 첫날부터 외출하시겠다는 건 좀 너무해요. 그리고 간호사가 환자하고 같이 외출하는 것도 좀 곤란하구요."

"그 환자가 친척인 경우에도 말입니까?"

"네?"

"아, 이를테면 외사촌 오빠라든가, 이종남매간이라든가……."

그러자 그녀는 웃었다. 그리고 곧 정색이 되어 말했다.

"입원하고 계신 동안은 병원생활에 충실하도록 하세요. 차는 퇴원하시는 날 제가 사 드릴게요."

"하, 이거 규율이 엄하군요. 그럼 여기에라도 좀 더 계시다 가십시오."

"그것도 안 되겠어요. 일찍 가 봐야 할 데가 좀 있어서요. 짬 있는 대로 또 들르겠어요."

"이대로 그럼 가시겠습니까?"

"네, 오늘은 이만 가 봐야겠어요. 안녕히 계세요."

그리고 그녀는 구양서 쪽을 향해서도 다시

"안녕히 계세요."

하고 인사한 다음 병실 밖으로 걸어 나갔다.

동표는 그녀를 문밖까지 배웅한 다음 돌아서서 구양서를 바라보았다. 그는 얼이 빠진 표정으로 상반신을 엉거주춤 일으킨 채 동표를 쳐다보고 있었다.

"하하, 미안합니다, 구 형. 잔뜩 궁금하신 표정이군요."

하고 동표는 그를 마주 쳐다보며 말했다. 그리고 자기 침대 쪽으로 돌아와 면회자용 의자를 끌어다 앉았다. 그는 여전히 얼이 빠진 표정인 채, 마치 자석에라도 이끌리듯 동표의 움직임에 따라 시선을 옮겨 왔다.

동표는 짐짓 딴청 하듯 말했다.

"어떻습니까? 구 형이 저 아가씨 얘길 한 지 불과 한 시간도 못 돼서 이곳에 척 나타나게 한 내 솜씨가."

"……."

"하하, 실토를 해야겠군요. 실은 저 아가씨, 내가 좀 아는 아가씹니다. 그렇다고 대단하게 아는 사이는 아니구요. 그 점은 안심하셔도 됩니다. 그저 우연한 기회에 인사 정도 나눈 사이에 지나지 않으니까요. 그런데 문제는 구 형이 얘기하실 땐 왜 그럼 시치미를 떼고 있었느냐 하는 건데, 지금 구 형이 잔뜩 배반당한 표정을 하고 계신 것도 그 때문일 테고……."

"……."

"이유는 간단합니다. 구 형한텐 좀 미안한 얘기지만 뭐라고 할까,

일을 좀 재미나게 연출해 보려고 그런 것뿐입니다. 이렇게 금방 탄로가 나 버릴 줄은 모르고. 어쨌든 구 형한텐 미안하게 됐습니다."

그러자 그는 비로소 입을 열었다. 아직도 충분히 제정신으로 돌아오지 않은 표정으로 두 눈을 깜박이며

"……일을 재미나게 연출해 보려고 하다니요?"

"아, 그건 일을 성사시키고 난 뒤에, 사실은 나도 약간 아는 아가씨였다, 하고 성공담 겸해서 고백을 할 생각이었다는 뜻이죠."

"정말이신가요?"

"왜, 믿어지지 않으십니까? 몹시 마음이 상하신 모양이군요."

"아뇨, 마음이 상했다기보다 하도 얼떨떨해서요."

그는 잠시 두 눈을 깜박이며 무언가 조금 망설이고 나서 다시 입을 열었다.

"우연한 기회에 인사 정도 나눈 사이라는 얘기도 사실인가요?"

"아, 물론 사실이죠. 구 형은 생각 밖으로 의심이 많은 편이시군요."

"그렇게 비난하실 줄 알았습니다. 하지만 조금 전에 두 분 얘기하시는 품으로 봐서는, 그런 정도의 사이론 보이지가 않던걸요."

"아, 그랬습니까? 그렇다면 그건 과히 언짢은 얘긴 아닌데요, 하하. 실은 나도 그 아가씨한테 약간의 호기심은 품고 있던 처지니까요. 실토하자면 하긴 그래서도 구 형이 그 아가씨 이름을 얘기했을 때 시치미를 떼게 됐는지도 모르죠. 그러나 안심하십시오. 난 그 아가씰 구 형처럼 그렇게 높이 평가하진 않으니까요."

순간 그는 얼핏 항의하려는 표정을 지었다. 그러나 곧 힘없이 말했다.

"……아무튼 내 예감이 맞는 것 같군요."

동표는 마음 한구석이 찔렸으나 천연스레 물었다.

"예? 예감이라뇨?"

"민 형이 어쩐지 날 도와주시는 것만으로 만족할 것 같진 않다는 예감이었죠."

"원, 구 형도. 그 점은 행여 염려 마십시오. 난 어디까지나 구 형의 협력자로서 만족할 생각입니다."

그는 여전히 반신반의하는 표정이었으나 더 이상 무어라고 말하진 않았다.

동표는 그를 안심시키는 조치로서 미호에게 전화를 걸어 면회를 오게 할까도 생각해 보았으나 그것은 모처럼 안경림 그녀에게 접근하기 위해 입원까지 한 마당에 짐짓 장애가 될 소지가 많다고 판단하고 그만두었다. 그리고 그가 의구심을 갖는 것이 굳이 나쁠 것도 없다고 생각하였다. 나중에 그를 덜 실망시키기 위해선 오히려 그편이 나을는지도 모른다는 생각마저 들었다.

그런데 저녁식사와 회진이 끝나고 두 개의 침대에 각각 나란히 누웠을 때, 그가 엉뚱한 얘기를 꺼냈다. 병실 유리창으로 어둠이 안을 엿보기 시작한 시간이었다.

"민 형은 인간을 어떻게 생각하십니까?"

"예? 인간을 어떻게 생각하다뇨?"

"오래 살아 봐야 100년밖에 살지 못하는 인간 말입니다."

"왜요, 요즘은 100살 이상 사는 사람들이 얼마든지 있는 모양이던데요. 왜, 해외토픽 보면 가끔 나오지 않습니까."

"그래 봤자 기껏 150살 정도겠죠. 결국 죽지 않을 수 없다는 점에선 마찬가지 아닙니까. 150살을 먹고 죽으나 단 50살을 먹고 죽으나."

"왜 갑자기 그런 얘길 꺼내십니까?"

"민 형은 인간이 유한한 존재라는 점에 대해서 생각해 본 적이 없으십니까?"

"그야 뻔한 일을 가지고 생각해 본들 뭐하겠습니까. 죽을 때 되면 죽는 거겠죠."

"죽는다는 문제에 대해서 공포를 느껴 본 적 없으십니까?"

"글쎄요, 난 아직 그런 걸 실감해 본 적은 없는데요. 이렇게 살아 있다는 사실만이 즐겁고 감사할 뿐. 구 형은 그럼 죽음이 두려워 본 적이 있으십니까?"

"네, 난 이따금 내가 죽어 있는 모습을 상상해 보곤 합니다. 부모님이 돌아가셨을 때 난 슬픔에 앞서 그분들의 돌아가신 얼굴을 자세히 관찰해 봤죠. 죽은 사람의 얼굴에도 표정이 있더군요. 그런데 그 표정이 조금도 변하질 않더군요. 산 사람들이 아무리 울부짖고 야단을 해도 말입니다. 무슨 가면 같았어요. 가면엔 표정은 있지만 감정은 없지 않습니까. 가엾고 추해 보였습니다. 그 후론 난 가면을 보면 가엾은 느낌이 들곤 합니다. 어쨌든 그다음부터 난 가끔 내가 죽어 있는 모습을 상상해 보곤 하는데, 그럴 때마다 난 나 자신이 가엾어서 견딜 수가 없어요. 다른 사람들이 아무리 울고불고해도 가면 같은 얼굴을 하고 가만히 누워 있는 모습을 한번 상상해 보세요. 그런데 인간은 결국 죽지 않을 수 없는 존재거든요. 예외 없이 말입니다."

"왜, 예외가 있죠. 죽었다 살아난 사람이 있지 않습니까."

"예수 말이군요. 민 형은 기독교 신자십니까?"

"아 아닙니다."

"그건 꾸며 낸 얘길 겁니다. 죽는 걸 두려워하는 사람들이 말입니다. 나도 한땐 그 얘길 믿고 싶어 했으니까요."

"그럼 구 형은 그 두려움을 어떻게 처리하십니까?"

그러자 그는 잠시 입을 다물었다.

그리고 천천히 다시 입을 열었다.

"실존주의자들의 책을 읽어 보면 살아 있는 동안에 인간답게 행동하는 것뿐이라고 쓰여 있더군요. 죽음은 바꿀 수 없는 전제(前提)니까 도리 없이 그대로 인정을 하고 살아 있는 동안의 일을 문제 삼자는 거죠. 옳은 말이죠. 하지만 그것만으로는 마음을 가라앉힐 수가 없군요. 저 불쌍한 가면 같은 얼굴이 될 나 자신의 주검에 대한 환각을 떨쳐 버릴 수가 없어요. 더구나 인간은 자기만의 고유의 영역이 있지 않습니까. 타인과 공유할 수 없는. 이를테면 감각이라든가, 의식 따위 말이죠. 그런 것들마저 완전히 소멸된다는 생각을 하면 더욱 견디기가 어렵죠. 즉 고유한 자기가 없어져 버리고 만다는 생각은, 허망한 바램이지만 자기를 지속할 수 있는 지옥이라도 있었으면 좋겠다는 생각마저 갖게 합니다. 천당은 그만두고 지옥이라도 말입니다. 하지만 그처럼 허망한 바램이 어디 있겠습니까."

"왜요, 자기는 천당에 갈 거라고 굳게 믿고 있는 사람도 얼마든지 있을 텐데요."

"결국 그럼 구 형은 죽음에 대한 두려움을 어떻게 처리해야 할지 아직 그 방법을 찾아내지는 못하셨단 얘기군요."

"네, 그렇죠. 어린아이 같은 생각을 하고 있다고 비웃지 마십시오."

"비웃다니요. 난 워낙 성격이 뻔뻔해서 그런 문젤 생각해 보지 않은 것뿐이지 그게 어째서 어린아이 같은 생각입니까. 인간이면 누구나 생각해 보지 않을 수 없는 문제겠죠. 하지만 난 이렇게 생각합니다. 깊이 생각해 본 결과는 아니지만, 인간으로 태어났다는 사실만으로 감사하게 여기고 기쁘게 살다 죽으면 그만 아닙니까?"

"부럽군요. 그렇게 생각하실 수 있는 민 형이. 하지만 난 그렇게 되지가 않는군요."

"연애를 하십시오, 연애. 연애를 하시면 아마 그런 생각은 쉽게 물러갈 겁니다. 과감하게 연애를 하십시오. 변변친 못하지만 나 같은 이런 협력자도 있지 않습니까."

"아닙니다. 연애를 하게 되면 더 깊이 그런 생각에 빠질 것 같아요. 그땐 나 혼자만이 아니라 두 사람의 죽음에 대해서 생각하게 될 테니까요. 그래서 실은 연애가 두렵기도 합니다. 또 다른 이유도 있지만요."

"다른 이유라뇨?"

"인간은 아무리 서로 가까워져도 최종적인 벽은 남지 않습니까. 상대방의 감각이나 의식 속까진 닿아 볼 수가 없지 않습니까. 이를테면 사랑하는 사람이 몸의 어느 부분에 고통을 느낄 때 연민이나 괴로움은 느낄 수 있을지언정 이쪽도 똑같은 고통을 느낄 수가 없잖습니까. 난 그 점이 두렵습니다. 사랑하는 사람 사이에도 벽이 남는다는 사실 말입니다."

"그야 어쩔 수 없는 일이겠죠. 인간의 몸이 따로따로 떨어져 있는 이상. 그러나 연애를 해 보십시오. 그런 생각들이 거의 기우에 지나지 않는다는 걸 아시게 될 테니까요."

"아닙니다. 난 자신이 없습니다. 아까 민 형한테 도움을 청하고 어쩌고 한 것도 사실은 잠깐 망상에 사로잡혔던 때문일 뿐입니다."

그는 대단히 풀이 죽어 있는 것 같았다. 아니면 자신의 생각에서 조금도 헤어나지 못하고 있는 것 같았다고나 할까.

동표는 그가 불쌍하다고 생각하였다. 젊은 나이에 어떻게 저토록 무기력해질 수가 있단 말인가. 아마도 오랜 병원생활 탓이겠지.

그러나 그의 애기 중에 경청할 대목이 없는 건 아니었다. 이 즐거운 삶을 두고 언젠가 죽어야 한다는 사실은 확실히 불행한 일이 아닐 수 없었다. 그리고 아무리 가까워져도 인간 사이엔 최종적으로 남는 벽이 있다는 사실도 확실히 기분 좋은 일은 아니었다. 그러나 그런 것들이 현재의 자기 삶을 결정적으로 흐려 놓거나 구속하진 못한다고 동표는 생각하였다. 왜냐하면 그는 지금 그런 것들의 방해를 받을 만큼 한가하지 않았으니까. 그에게는 여러 가지 즐거운 모험들이 차례를 기다리고 있었던 것이니까.

동표는 잠시 심각한 표정으로 그의 말을 경청하는 자세를 취하고 있다가 말했다.

"그렇다면 실망인데요. 구 형이 그렇게 사기가 저하해 있으면 난 어떻게 일을 추진하란 말입니까? 마치 지금 얘기는 아까 얘기를 취소한다는 거나 다름없지 않습니까?"

그러자 그는 괴로운 표정으로 대답했다.

"네, 아까 얘기를 취소하는 것으로 했으면 좋겠습니다. 잠깐 망상에 사로잡혔던 것뿐이니까요."

"원, 구 형도. 어찌 그리 사기가 없으십니까? 용기를 내십시오, 용기를. 조금 전에 구 형이 말한 실존주의자들 말마따나 바꿀 수 없는 전제, 즉 인간으로서의 한계랄까 조건은 인정을 하고 그 한계 안에서 최대한 충실한 삶을 사는 게 바람직하지 않겠습니까. 생각하기에 따라선 그러한 한계를 지닌 존재로서나마 인간으로 태어났다는 사실이 얼마나 고맙고 즐거운 일입니까. 난 날 낳아 준 부모가 얼마나 고마운지 모르겠습니다. 자, 생각을 바꿔 보도록 하시죠."

"아닙니다. 아까 한 얘기는 역시 취소하는 게 좋겠습니다. 역시 난 자신이 없습니다."

"난 그럼 할 일이 없어지잖습니까?"

"민 형은 본래 날 도와주시기 위해서 입원을 한 건 아니잖습니까."

"하지만 맡았던 일을 물려 놓으려니까 몹시 서운하군요. 무언지 허전해지는 것 같은 느낌도 들구요. 그러지 마시고 생각을 바꿔 보도록 하시죠. 이렇게 되면 아까 구 형 말마따나 그 아가씰 내가 가로챌 기회마저 없지 않습니까. 하하."

그러나 그는 여전히 풀죽은 목소리로 대꾸했다.

"아닙니다. 난 역시 자신이 없습니다. 싫지 않으시다면 그 아가씬 민 형이 어떻게 해 보십시오. 민 형이라면 능히 하실 수 있을 겁니다. 혹 내가 도울 일이 있다면 기쁘게 돕겠습니다."

"허, 이러다간 이거 처지가 완전히 뒤바뀌고 말겠는데요. 하지만 구 형, 아까 내가 말하지 않았습니까. 난 그 아가씰 구 형처럼 그렇게 높이 평가하지 않는다고."

"……"

"자, 다시 한번 생각해 보세요."

"아닙니다. 난 역시 자신이 없습니다. 용서하세요."

그는 끝내 풀 죽은 목소리로 그렇게 말했다.

동표는 일이 좀 싱겁게 되었다고 생각했다. 그리고 그는 그토록 풀 죽게 한 결정적인 요인은 아무래도 안경림 그녀가 나타났었다는 사실에 있는 것 같았다. 적어도 동표에게는 그렇게 생각되었다.

그러나 그가 그토록 고집스러운 태도를 취하는 이상 그를 달리 어떻게 더 설득해 볼 뾰족한 방법도 생각나지 않았다. 게다가 슬그머니 맥이 빠져 귀찮은 생각마저 들었다.

해서 동표는 다소 짜증 섞인 어조로 말했다.

"그쯤 해 둡시다, 그럼. 구 형이 정 그러시다면 나도 어떻게 더 권할 입장은 못 되는 것 같군요."

그러자 그는 다시 한번 사죄라도 하듯 말했다.

"미안합니다. 민 형한테 괜히 실없이 군 결과가 돼서."

"아, 괜찮습니다. 내가 맥이 좀 빠져서 그렇지. 자, 우리 그 구 형 라디오나 좀 틉시다. 음악이라도 좀 듣게."

"네."

그는 풀기 없이 대답하고 곧 머리맡에 놓여 있는 라디오를 집어서 틀었다. '주고 싶은 마음, 먹고 싶은 마음' 어쩌고 하는 아이스크림 광고가 흘러나온 뒤를 이어 곧 대중가요가 흘러나왔다. 정미조의 '불꽃'이라는 노래였다.

"구 형은 정미조 좋아하십니까?"

동표가 물었다 그러자 그는

"네, 좋아합니다.

하고 대답했다.

"나도 정미조를 좋아합니다. 들어 보십시오. 저 묘한 가성의 매력을. 서양 고전음악도 좋지만 때로는 우리 대중가요도 아주 들을 만하거든요."

"네."

"양희은도 좋아하십니까?"

"'아침이슬' 부른 가수 말이죠?"

"아시는군요. 어떠세요? 좋아하십니까?"

"네, 좋아합니다."

"아, 그런 점에서 우린 취미가 일치하는군요. 송창식도 좋아하십니까?"

"네."

"하하, 이거 우린 동호인(同好人)인 셈이로군요. 진작 라디오나 틀었으면 좋았을 걸 그랬습니다."

순간 그는 잠시 동표를 물끄러미 건너다보았다. 그리고 곧 무슨 말을 꺼내려는 눈치더니 갑자기 굳어지면서 한 손으로 입술을 틀어막았다. 구토를 참으려는 몸짓이 역력했다.

동표가 놀라 잠시 멍하니 그를 바라보는 동안 그는 거듭 상체를 앞으로 숙이는 시늉을 하며 손으로 입을 틀어막았다.

동표는 몸을 일으켜 침대에서 뛰어내렸다. 그리고 그의 침대로 달려가, 엉거주춤 엎드린 채 계속 구토를 참는 시늉을 하고 있는 그의 잔등을 쓸어 주었다. 그는 입술을 움켜쥔 채 거듭거듭 얼굴을 침대 시트에 틀어박는 시늉을 했다.

동표는 간호사를 불러야겠다고 생각했다. 그리고 마악 그의 잔등에서 손을 떼고 상체를 일으키려는 순간이었다.

그가 입술에서 손을 떼었다. 그리고 비스듬히 모로 누웠다. 구토증이 얼마간 가라앉은 모양이었다. 그러나 그의 눈언저리에는 눈물이 번질번질 내배어 있었다.

"괜찮으세요?"

하고 동표는 물었다.

그러자 그는 동표를 힐끗 올려다보며 대답했다.

"네, 미안합니다. 이제 괜찮습니다."

순간 동표는 자기를 힐끗 올려다본 그의 시선에서 야릇한 느낌을 받았다. 자세히 설명할 순 없으나 그의 그 구토증이 왠지 자기로 말미

암은 것이 아닌가 하는 느낌을 그 시선은 순간 갖게 했던 것이다. 그리고 알 수 없게도 그 느낌은 동표에게 강한 충격을 안겨다 주었다. 왠지 자기가 갑자기 오물이라도 된 듯한 느낌에 동표는 사로잡혔다.

동표는 잠시 시선을 바로 하지 못했다. 그리고 우물쭈물 말했다.

"……간호사를 부르지 않아도 될까요?"

순간 그는 다시 한번 구토증이 치미는 몸짓으로 입술을 틀어막았다가 떼며 말했다.

"……아니, 괜찮습니다. 조금 누워 있으면 괜찮아질 겁니다."

그리고 그는 침대 위에 몸을 반듯이 뉘었다.

동표는 자기가 왠지 평소의 자기답지 않다는 생각을 하며 머뭇머뭇 물었다.

"혹시 지금…… 나 때문에 그러신 거 아닌가요?"

그러자 그는 몹시 당황한 표정을 지었다.

"예? 아, 아닙니다. 그게 무슨 말씀입니까?"

"정말…… 아닙니까? 내가 혹시 비위를 역하게 해 드린 게 아닙니까?"

"별말씀을 다 하시네요. 그냥 가끔 있는 구토증상일 뿐입니다. 민 형이 비위를 역하게 하다니요."

동표는 입을 다물었다. 뭐라고 더 이상 추궁할 수도 없었거니와 그의 당황하는 태도로 미루어서 자신의 심증이 옳다고 생각되었기 때문이다. 그리고 자신의 심증이 옳다면 더 이상 추궁하는 것은 너무나 분수없는 짓이라는 자의식이 들었기 때문이다.

동표로서는 전에 없던 일이었다. 일찍이 그런 자의식 따위를 느껴본 일이 그에겐 없었던 것이다.

동표는 시무룩한 표정으로 자기 침대로 돌아와 누웠다. 그리고 편치 않은 심사로 생각하기 시작했다.

그렇다면 나의 어떤 점 때문에 그는 구역질이 났을까. 그는 분명 가수들 얘기를 나눈 끝에 구역질을 일으켰었다. 그렇다면 내가 대중가요 얘기와 그 가수들 얘기를 꺼낸 것에 그는 구역질을 느꼈을까. 그런 것 같진 않다. 왜냐하면 그 얘기엔 그도 별 저항 없이 함께 가담했던 것이니까. 그렇다면 무엇일까. 그가 구토증세를 보인 정확한 시간은 내가 진작 라디오나 틀었으면 좋았을 걸 그랬다고 말한 바로 뒤였다. 그리고 나를 잠시 물끄러미 바라보고 난 뒤였다. 그러면 그는 내가 꾸미고 있는 허위를 간파하고 그것에 구토증을 느낀 것일까. 나는 그때 분명 화제의 중심을 다른 데로 옮길 수 있게 된 걸 다행으로 생각했으니까. 적어도 다행으로 생각한다는 걸 노골적으로 나타낸 셈이 되니까.

생각이 거기에 미치자 동표는 갑자기 얼굴이 뜨뜻해 오는 걸 느낄 수 있었다. 그가 병자다운 예민한 직감력으로 자신의 허위를 간파했음에 틀림없다고 여겨졌기 때문이다.

그러나 동표는 잘못 판단하고 있었다. 잠시 후 구양서 그가 천장을 향해 누운 채 입을 열었다.

"무슨 오해를 하고 계신 모양이군요, 민 형답지 않게. 오해를 풀어드리기 위해서 조금 설명을 하죠. 난 이따금 방금과 같은 그런 구토증을 일으키곤 합니다. 문득 나 자신이 아무 소용 없는 일에 집착하고 있다는 느낌이 들 때가 있는데 그런 때 자신도 모르게 구토증을 일으키곤 합니다. 참 한심한 일이죠. 어떻게 돼먹은 인간이 뻔히 희망 없는 일인 줄 알면서도 집착을 버리지 못할 때가 많으니까요. 마치 자기는 어쩌면 죽지 않을지도 모른다는 맹랑한 희망에 집착하는 것처럼."

그러고 나서 그는 뜻밖에도 쿨쩍쿨쩍 울기 시작했다.

동표는 망연자실, 그를 멍하니 건너다볼 수 있을 따름이었다.

그는 계속해서 쿨쩍쿨쩍 울면서 말을 이었다.

"……실은 난 민 형이 가수들 얘길 할 때도 건성으로 대답하면서 그 여자 생각을 하고 있었답니다. 안경림 그 여자 말입니다. 조금 전에 민 형한텐 그 여잘 민 형이 맡아 주기를 바라는 것처럼 얘길 해 놓고 말입니다. 이 얼마나 가증한 집착입니까. 쿨쩍쿨쩍. 비웃지 말아 주세요. 난 이런 놈입니다. 쿨쩍쿨쩍."

동표는 그제야 자신이 좀 과민했었다는 걸 깨달았다. 그리고 전에 없이 그런 유약한 상태에 잠시나마 빠졌던 자신을 꾸짖었다.

그를 위로할 마음의 여유가 생겨났다.

"구 형, 너무 그렇게 자신을 나무라지 마십시오. 인간은 너나없이 그런 동물 아닙니까. 때로는 자신도 속이고 남도 속이고, 헛된 줄 뻔히 알면서 집착을 버리지 못하기도 하고 그런 거 아닙니까. 자신만이 그렇다고 비관하는 건 지나친 생각입니다. 더구나 구 형이 그 아가씨에 대해서 집착하시는 건 결코 헛된 집착은 아니라고 생각합니다. 난 오히려 구 형이 그 아가씨에 대한 집착을 아직도 갖고 있다는 사실이 반갑기 짝이 없습니다. 구 형하고 악수라도 하고 싶은 기분입니다."

그러자 그는 쿨쩍이던 것을 멈추었다. 그러나 여전히 풀기 없는 목소리로 말했다.

"아닙니다. 난 역시 구제받을 수 없는 놈입니다. 난 바랄 수 없는 것을 바라고 있어요."

"바란다는 사실 자체가 중요합니다. 무언갈 바란다는 것은 그 사람이 살아 있다는 증거니까요. 또 인간이 바랄 수 없는 것이란 뭐겠습니까. 죽지 않겠다는 것뿐 아니겠습니까. 그 외에야 바랄 수 없는 것이 뭐가 있겠습니까. 하물며 한 남자가 한 여자를 바라는 일쯤이야 뭐가 안 되겠습니까. 자, 기운을 내십시오. 난 오히려 지금과 같은 구 형의 태도에 인간미를 느낍니다. 자신을 한 번도 속여 보지 않은 사람이 세상에 어디 있겠습니까. 자, 이제 나도 할 일이 생긴 것 같아서 기운이 나는군요, 하하."

그러며 동표는 침대에서 일어나 앉았다.

"자, 낮에 한 약속을 우리 그대로 이행하기로 합시다. 그리고 그런 의미에서 우리 술 한잔할까요? 구 형만 좋으시다면 구내매점에 내려가서 한 병 사 오죠."

그러자 그는 힘없이 고개를 가로저었다.

구내매점에선 술을 팔지도 않을 뿐 아니라 자기는 술을 마실 수 없다는 것이었다. 의사가 엄격히 금하고 있다는 것이었다.

그리고 그는 조용히 눈을 감았다. 이제 그 얘긴 더 이상 그만두자는 의사의 표현 같기도 했고 피로해서인 듯도 싶었다.

동표는 더 이상 말하지 않았다. 그리고 다시 침대 위에 몸을 뉘었다. 더 이상 말하는 것은 그 어느 쪽이건 간에 그의 신경을 자극하는 결과밖에 가져올 것이 없다고 생각되었기 때문이다.

그런데 그 이튿날 아침 잠에서 깬 동표는 기묘한 장면을 목격하였다.

무슨 신음소리 비슷한 것을 듣고 잠에서 깨었는데 동표는 순간 그에게 무슨 일이 일어난 것으로 생각하였다. 그의 그 기묘한 자세가 그런 착각을 들게 했던 것이다.

그는 두 다리를 침대 위에 걸쳐 놓은 채 머리를 병실 바닥에 거꾸로 처박고 있었다. 그것도 엎드린 자세가 아니라 뒤로 넘어진 자세로. 자세히 보니 그의 얼굴은 붉게 상기돼 있었고 두 눈은 마침 동표쪽을 향해 뜨여 있었다. 그리고 두 손은 침대 가장자리를 붙잡고 있었다.

동표는 잠시 후에야 그것이 고의로 취한 자세임을 알 수 있었다. 동표와 시선이 마주치자 그는 황급히 상반신을 침대 위로 일으켜 올렸던 것이다.

"아니, 뭘 하고 계신 겁니까?"

하고 동표가 묻자 그는 숨을 몰아쉬면서 다소 계면쩍은 표정으로 대답했다.

"네, 운동을 좀 했습니다."

"네? 운동이라뇨?"

"네, 혈액순환에 좋다고 그래서요."

그제야 동표는 그것이 요가의 자세 중 하나일지 모른다는 생각이 떠올랐다.

"아, 그럼 요가를 하고 계셨던 모양이군요."

"요가는요, 그저 하루에 한 번쯤 몸을 거꾸로 하는 게 혈액순환에 좋다는 얘길 듣고 해 보는 것뿐이죠."

"매일 아침 그럼 그 운동을 하시나요?"

"시작한 지 며칠 안 됐습니다. 전에야 어디 해 볼래야 해 볼 기운이 있었어야죠. 요즘은 이만해도 몸이 좀 많이 나아졌으니까 그렇죠."

"효과가 있습니까?"

"모르겠어요. 그냥 해 보는 거죠. 괴상한 꼴을 보여 드려서 미안합니다. 딴에는 깨시기 전에 한다는 노릇이 그만……."

"아, 아닙니다. 효과가 있다면 내일 아침부턴 나도 한번 해 보고 싶은데요. 조금 전에 좀 놀란 건 사실이지만."

동표는 어쨌든 그가 우선 지난밤과 같은 저조한 기분에 사로잡혀 있지 않다는 사실만으로 다행이라고 생각했다. 어쨌든 그는 자기 자신의 건강을 도모하기 위한 운동을 하고 있었던 셈이니까.

"그리고 보니 내가 이거 방해를 한 셈이군요. 잠을 조금 늦게 깼더라면 좋았을걸."

"천만에요. 마악 끝내려던 참인걸요. 아직 체력이 모자라서 그런지 3분 이상을 견디기가 어렵군요."

그는 비교적 밝은 표정을 짓고 있었다. 지난밤과 비교한다면 그것은 놀랄 만큼의 변화였다.

그러나 그러한 변화의 원인이 무엇인지는 동표로서는 아직 짐작할 수가 없었다.

물론 동표 자신의 경험에 비추어 보면 사람의 어떤 기분이든 그렇게 오래 지속되지는 않는다. 하룻밤 사이에 기분이 달라지는 것은 다반사에 속한다. 더구나 저조했던 기분이 하룻밤을 자고 남으로써 씻은 듯이 가셔 버리는 건 동표 자신의 경험에 의하면 항용 있는 일이다.

그러나 그의 경우는 아무래도 좀 뜻밖이란 생각이 들었다. 그의 지난밤의 태도는 하룻밤쯤 자고 났대서 달라질 것으로는 도저히 믿어지지 않는 것이었기 때문이다.

그러나 어쨌든 다행이 아닐 수 없었다. 한방에 있는 사람이 내내 우거지상을 하고 있다면 그처럼 불편한 일 또한 없을 것이기 때문에.

다행은 다행이되 좀 미심쩍은 느낌이 없지는 않았다. 그가 혹시 무슨 딴 꿍꿍이속을 차리고 있는 것이나 아닌가 해서.

해서 동표는 슬며시 떠보았다.

"아무튼 운동을 하고 계셨다는 걸 알고 나니 나도 갑자기 건강해지는 것 같은 느낌이 드는군요. 그리고 그렇게 기분이 좋아지신 걸 보니 내가 다 힘이 나는군요. 역시 아침이란 사람의 기분을 밝게 하는 힘을 가졌나 보죠?"

그러자 그는 부끄럽다는 표정을 지었다.

"어젯밤에 내가 보인 추태를 은근히 꾸짖으시는군요. 그러잖아도 사과하려던 참입니다. 어젯밤엔 정말 너무 여러 가지 추태를 부렸던 것 같습니다. 초면인 민 형한테. 난 이따금 아주 분수없이 될 때가 있는데 간밤에도 그랬던 것 같군요."

동표는 펄쩍 뛰는 시늉을 하였다.

"원, 구 형도, 무슨 추태를 부리셨다고 그러십니까. 난 단지 간밤엔 무척 저조해 보였던 구 형 기분이 이만큼 좋아지신 게 다행스러워서 하는 소린데."

"아닙니다. 내가 좀 분수없이 군 건 사실이죠. 하지만 잊어 주시겠다면 나도 잊겠습니다."

"그럽시다. 어쨌든 간밤에 저조했던 기분은 말끔히 털고 오늘부턴 본격적으로 일을 추진해 보기로 하십시다."

"……."

"물론 구 형은 가만히 누워 계시기만 하면 됩니다. 가만히 누워서 마음속으로 나를 응원해 주시기만 하면 됩니다."

"……."

"왜, 아직 주저되십니까?"

"……정말 민 형은 날 도와주실 생각입니까?"

"왜, 나한테 맡겨 두시기가 불안해서 그러세요?"

동표는 웃었다. 그러자 그는 잠시 고개를 숙였다 쳐들었다. 그리고 동표를 잠시 똑바로 쳐다보고 나서 말했다.

"솔직히 말해 주십시오. 민 형은 정말 그 여잘 아무렇지 않게 생각하십니까?"

"하하, 몇 번을 더 얘기해야 알아들으십니까. 난 구 형처럼 그 아가씰 높이 평가하지 않는다고 이미 얘기하지 않았습니까."

"난 그걸 성실한 대답이라고 생각할 수가 없습니다."

"예?"

"바른대로 말해 주세요. 내 염려 마시고. 민 형이 바른대로 얘기해 주셔도 난 당황하지 않을 겁니다."

"……."

"난 그렇게 바보는 아닙니다."

동표는 뜻밖의 역습을 받고 잠시 당황했으니 곧 도리 없다고 생각했다.

"눈치가 빠르시군요, 구 형은. 그렇게까지 얘기하시니 더 이상 숨길 도리는 없군요. 솔직히 얘기하기로 하죠. 실은 나도 그 아가씰 탐내고 있습니다. 구 형처럼 그렇게 오래된 일은 아니지만."

"그러신 줄 알았습니다."

그는 고개를 끄덕였다. 그리고 나직이 한숨 비슷한 것을 토해 냈다.

"역시 내 짐작이 옳았군요."

동표는 다소 계면쩍은 표정으로, 그러나 염치없이 말했다.

"미안합니다. 하지만 이렇게 된 이상 우리 페어플레이나 합시다. 서로 적이라고 생각하지 말고 같은 공격 목표를 가진 동지라고 생각하십시다. 기연이라면 기연이겠지만 마침 방도 한방을 쓰게 됐으니 여길 본부로 삼아서 우리 그 아가씰 쳐부수는 데 힘을 합합시다. 서로 정보도 교환하고 지혜도 빌면서 말입니다."

그러자 그는 동표를 물끄러미 쳐다보았다. 어이가 없어 하는 표정이었다.

"왜 그러십니까? 내가 뭐 못 할 말이라도 했나요? 한 여자를 탐내는 두 남자라고 해서 반드시 서로 적이 돼야 한다는 법은 없지 않습니까. 또 설사 적이 된다 하더라도 페어플레이는 얼마든지 할 수 있는 거 아닙니까. 설마 기득권을 주장하시거나 하는 건 아니시겠죠?"

"민 형은 마치 그 여잘 무슨 물건 얘기하듯 하시는군요, 금이나 보석 같은. 차지하면 나눠 가질 수라도 있는 것 같은."

"하하, 물론 그럴 수야 없죠. 그러니까 내 얘긴 누가 먼저 성공하든 어느 한 사람이 성공할 때까진 서로 능력껏 돕자는 얘기죠. 그리고는 결과에 깨끗이 승복하자는 얘기죠."

"궤변이군요."

"그럴까요?"

"그리고 설사 그게 가능하다 하더라도 난 사양하겠습니다. 난 처음부터 민 형의 적수가 아니니까요."

"자신을 너무 과소평가하시는군요. 그럼 어떡하시겠습니까? 지금 이 자리에서 가위바위보라도 할까요?"

"그럴 순 없습니다. 그건 그 여자에 대한 불경죄가 됩니다."

"불경죄라, 하하. 구 형은 자기 자신은 지나치게 과소평가하는 반면 그 아가씨에 대해선 지나친 과대평가를 하는 경향이 있군요. 자, 그럼 어떻게 하는 게 좋겠습니까? 기왕 내 욕심을 밝힌 이상 싱겁게 물러설 수는 없고."

"그러시겠죠. 민 형은 내가 처음 본 대로 마음먹은 일에서 그렇게 쉽게 물러날 분이 아닙니다."

"잘 보셨습니다, 그 점은. 처음 구 형이 날 보고 야심가라고 했을 때 난 사실 속으로 깜짝 놀랐으니까요. 혹시 관상 보는 분이 아닌가 해서."

그는 잠시 입을 다물었다가 천천히 말했다.

"별수 없군요. 내가 민 형을 돕는 도리밖엔. 그렇다고 실제로 도움이 돼 드릴 게 있을는진 의문이지만 다만 약속 한 가진 받아 두고 싶습니다."

"무슨 약속 말인가요?"

"절대로 그 여잘 농락해선 안 됩니다. 약속하시겠습니까?"

동표는 선선히 약속했다.

구양서 그와 일주일을 함께 지내는 동안 동표는 그에게서 여러 가지 흥미로운 점들을 발견하였다.

그는 우선 동표가 바깥 사회에서 만난 어떤 사내하고도 뚜렷이 구별되는 점을 갖고 있었다. 그것은 어떤 미숙성이라고도 할 수 있는 것이었는데(적어도 동표의 판단으로는) 동표는 그 나이의 사내가 그처럼 어리숙하고 순진한 경우를 여지껏 본 적이 없었던 것이다.

그는 또 여러 가지 손재주도 갖고 있었다. 링거를 주사할 때 쓰는, 속이 빈 주입용(注入用) 플라스틱 줄로 투명하고 정교한 보석반지(수정반지라고나 할까)를 만들기도 했으며, 담뱃갑 속의 은박지를 접어 여러 가지 새나 동물의 모양을 만들기도 하였다.

그리고 그가 라디오를 갖고 있는 것은 주로 어린이 프로그램의 동요를 듣기 위해서라는 것도 동표는 알게 되었다. 그가 특히 좋아하는 동요는 '겨울나무'와 '낮에 나온 반달'이었다. 그 두 개의 동요만 흘러나오면 그는 거의 눈물을 글썽거릴 정도로 좋아하였다.

그는 또 어학의 천재였다. 그는 책벌레이기도 했는데 그가 읽는 책 중에는 영어로 쓰여진 책은 물론 프랑스와 독일어로 쓰여진 책들도 있었다. 그의 캐비닛 안에는 수십 권의 책들이 들어 있었다.

그러나 그 일주일 동안 동표는 막상 안경림 그녀와는 별로 접촉할 기회가 많지 않았다. 애초의 계획과는 달리 좀처럼 그럴 기회가 주어지지 않았던 것이다. 일과 중엔 그녀는 항상 바빴고(동표가 더러 구실을 만들어 그녀가 있는 외래병동으로 나가 보아도 그녀는 말 한번 제대로 붙여 볼 틈 없이 바빴다) 일과가 끝나면 그녀는 곧장 퇴근해 버리곤 했기 때문이다.

그런 중에도 비교적 수확이랄 수 있었던 것은 구양서 그로부터 그녀에 관한 몇 가지 정보를 얻을 수 있었던 점이었다. 그녀의 동료로부터 들은 사실이라면서 그가 일러 준 바에 의하면 그녀는 반가장(半家長) 노릇을 하고 있다는 것이었다. 체신 공무원인 그녀의 아버지의 수입만으로는 도저히 충당할 길 없는 생활비의 일부와 동생들의 학비 거의 전부를 그녀가 책임지고 있다는 것이었다.

또 그녀에겐 법관 연수 중이던 애인 한 명이 있었는데 이태 전에 원인 모를 병으로 죽었다는 것이었다. 바로 이 병원에서. 병원의 모든 장비와 지식이 동원되고서도 끝내 병의 원인을 찾아내지 못했을 뿐만 아니라 그를 죽음으로부터 보호하지도 못했다는 것이었다. 그리고 그때 그녀는 이 병원의 모체인 의과대학의 간호학과 학생이었다고 했다.

그런 얘기들을 구양서는 비교적 덤덤한 표정으로 들려주었다. 아끼거나 자랑하는 기색 없이. 이제 자기는 그녀를 완전히 단념했다는 태도의 천명인지 몰랐다.

일주일에 걸친 종합진단은 결국 별다른 이상이 없다는 결과로 나타났다. 약간의 기생충이 있을 따름이라는 것이었다. 기생충을 제거하기 위한 구충제를 받아 가지고 퇴원하면서 동표는 구양서에게 자기 아파트의 전화번호를 가르쳐 주었다. 퇴원하는 대로 한번 연락해 주기 바란다는 말과 함께. 그는 서운한 표정으로 웃으면서 그러마고 대답했다.

여자의 마음

퇴원수속을 마치고 병원에서 나온 동표는 부근의 다방으로 들어갔다. 그리고 안경림 그녀를 기다리기 시작했다. 그가 그녀의 퇴근시간에 거의 맞추어서 퇴원수속을 밟기도 했지만 그녀가 근무하는 외래 병동에 잠깐 들렀을 때 그녀는 곧 퇴근시간이라면서 그 다방을 지목해 주었던 것이다. 약속을 지키겠다면서.

약속이란 다름 아닌 그가 퇴원하는 날 자기가 차를 사겠다고 한 말을 이름이었다.

동표는 일주일 동안이나 커피를 굶었으므로 다방에 들어서자마다 코끝에 스미는 커피 향기를 그대로 참기가 어려웠으나 그녀가 사 주는 것을 마시기 위해 꾹 참고 기다렸다. 먼저 슬쩍 한 잔 마시고도 싶었으나 마시는 도중에 그녀가 나타난다면 몹시 조급한 남자라는 인상을 주게 될 우려가 있었기 때문이었다.

그녀는 거의 30분 가까이 기다려서야 나타났다. 단정한 외출복 차림이었다.

동표가 앉아 있는 곳을 발견하자 그녀는 곧장 다가오면서 미안한 표정을 지었다.

"미안해서 어쩌죠? 오래 기다리셨죠? 뒤처리하고 나올 일이 좀 있어서요."

동표는 그녀가 맞은편 의자에 앉는 모습을 바라보며 대답했다.

"천만에요, 괜찮습니다. 그보다 어서 커피나 사 주십시오. 경림 씰 기다리는 동안 무엇보다 참기 힘들었던 게 커피 마시고 싶은 걸 참는 일이었습니다. 일주일 동안이나 커피를 굶었으니까요."

"어마, 그러심 먼저 시켜 잡수시지 그러셨어요?"

"그래도 전 고지식하게 경림 씨가 나와서 사 주시기만 기다린걸요. 칭찬해 주시겠습니까?"

"커피 한잔 마시는 일에도 고지식하고 말고가 있나요, 칭찬을 해 드리게. 아무튼 그럼 커피 먼저 시키죠."

그리고 그녀는 레지를 손짓해 불러 커피 두 잔을 주문했다. 레지가 주문을 받아 가지고 돌아가자 그녀는 다시 동표를 바라보며 말했다.

"진단 결과는 별 이상 없으시다죠?"

"네, 부끄러운 얘깁니다만 기생충이 약간 있다는 것 말고는."

"다행이세요. 물론 진단 결과가 완벽한 것이라곤 할 수 없겠지만."

그때 동표는 그녀의 애인이었다는 남자 생각이 얼핏 떠올랐다. 그래서 슬쩍 떠보았다.

"완벽한 것이라고 할 수가 없다뇨? 그럼 진단 결과가 잘못일 수도 있단 말인가요?"

그러나 그녀는 속을 드러내 보이진 않았다.

"어떤 일도 완벽할 순 없잖아요? 무슨 일이건. 그런 뜻으로 말한 거지 민 선생님 경우가 반드시 그렇다는 얘긴 아녜요. 그렇게 겁내지 마세요."

"아, 난 또 뭐가 잘못되기라도 하는 줄 알았죠. 사람 겁 좀 주지 마십시오."

그러자 그녀는 웃었다.

그때 커피가 날라져 왔다. 동표는 그녀가 설탕을 넣어 젓기를 기다려서 그냥 블랙으로 잔을 집었다. 그녀가 물었다.

"설탕 안 넣으세요?"

"네, 오랜만이라 그냥 블랙으로 마시고 싶군요."

그러며 동표는 과장해서 코를 커피잔에 갖다 대는 시늉을 했다.

그렇게 썩 잘 끓인 커피가 아니었을 터임에도 불구하고 동표에게는 그 커피가 어느 일류 커피점의 커피보다도 맛있게 느껴졌다. 조금씩 아껴서 그는 잔 바닥을 핥다시피 다 마셨다. 그리고 그녀에게 말했다.

"한 잔 더 사 주시겠습니까?"

그러자 그녀는 놀랍다는 표정을 지어 보였다.

"그렇게 맛있으세요? 그럼 한 잔 더 드세요."

"고맙습니다."

이번에는 그가 레지를 불렀다. 그리고 커피 한 잔을 더 주문했다.

잠시 후에 커피는 다시 날라져 왔다. 동표는 새로이 날라져 온 커피를 다시 맛있게 마신 다음 그녀에게 말했다.

"자, 맛있는 커피를 두 잔씩이나 사 주셨으니 이젠 제가 경림 씰 대접할 차례군요. 어디 가서 저녁이나 함께하실까요?"

그러나 그녀는 가만히 웃으며 사양했다.

"아녜요. 저녁은 집에 가서 식구들하고 같이 먹겠어요. 그냥 여기 조금만 더 같이 있어 드릴게요."

동표는 짐짓 낭패라는 표정을 지었다.

"아, 이거 실망인데요. 전 사실 병원에 입원해 있는 동안 오늘만을 기다려 왔다고 해도 과언이 아닌데요. 웬만하면 함께 가시죠. 가족들하곤 매일 식사를 함께하시지 않습니까. 전 이거 가족도 없고, 어디 가서 썰렁하니 혼자 저녁을 먹어야 할 형편입니다."

"떼를 쓰시는 덴 선수시군요. 하지만 가족이 오늘 별안간 없어지신 건 아니니까 늘 혼자서 식사하셨을 거 아녜요. 오늘따라 썰렁하시진 않을 거예요."

"그렇지가 않죠. 사람이 처음부터 혼자 있는 것하고 누구와 함께 있다가 혼자가 되는 것하곤 사뭇 다르죠. 병원에선 구양서 씨와 일주일 동안 숙식을 함께 했고 게다가 지금 경림 씨와 함께 있다가 헤어져서 혼자 저녁을 먹으러 간다는 건 생각만 해도 을씨년스런 일입니다."

"정말 떼를 쓰시는 덴 남다른 재능을 갖고 계시군요. 하지만 저하고 같이 식사를 하시더라도 그 뒤에 댁으로 돌아가실 땐 결국 또 혼자가 되실 거 아녜요."

"아, 그 점에 대해선 염려 안 하셔도 됩니다. 혼자서 집에 돌아가는 것쯤은 얼마든지 참을 수 있으니까요. 들어가서 잠들면 그뿐이니까요. 하지만 식사를 혼자 하기는 너무 을씨년스러울 것 같군요."

"좋아요. 그럼 오늘만 함께 가 드리겠어요."

"정말이십니까? 고맙습니다."

"그 대신 또 무슨 떼를 쓰긴 없기예요."

"네에, 염려 마십시오."

그들은 곧 다방에서 나왔다. 아직 어둡기 전이었다.

동표는 택시 한 대를 세워 그녀와 함께 올라탔다. 그리고 그녀에게 물었다.

"우리말로 번역하면 '소나무 언덕'이란 음식점이 있는데 가 보셨나요? 비교적 비싸지 않은 대중음식점입니다만."

"안 가 봤어요. 하지만 전 아무 데나 괜찮아요."

동표는 운전사에게 종로 쪽으로 가 달라고 부탁했다. 그리고 그가 그녀에게 그녀 애인 얘기를 꺼낸 것은 그 음식점에 도착해서 식사를 거의 마쳐 갈 무렵이었다.

그들은 감자와 둥근파, 마늘 그리고 시금치 따위의 야채와 함께 철판에 굽는 쇠고기 요리를 시켜서 먹고 있었는데 철판 위에 고기가 몇 점 남지 않았을 때 동표는 짐짓 지나가는 얘기처럼 물었다.

"참, 경림 씨한텐 애인이 한 분 있었다죠? 미남이었습니까?"

그녀를 좀 더 붙들어 두는 데는 그 이상의 약이 없다고 생각되었기 때문이다.

그녀는 순간 표정이 약간 굳어졌으나 곧 얼굴에 웃음을 떠올리며 대꾸했다.

"괜히 넘겨짚지 마세요. 그런다고 제가 넘어갈 줄 아세요?"

"하하, 그렇던가요? 교묘하게 시치미를 떼는 기술을 갖고 계신데요. 아까 절더런 떼쓰는 재주가 있다고 하시더니."

"네? 지금 무슨 말씀을 하고 계신 거죠?"

그녀는 완전히 다시 긴장하는 표정이 되었다.

"하하, 그렇게 긴장하실 것까진 없잖습니까? 전 다만 법관 연수생이었던 한 남자에 대해서 여쭤보고 있을 뿐인데요."

"……어디서 무슨 얘길 들으셨죠?"

"드디어 실토를 하시는군요. 제 정보망에 놀라셨죠?"

"……누구한테 들으셨죠, 그 얘기?"

"아, 그건 좀 난처한 질문이신데요. 정보를 수집하는 사람은 자기 정보의 출처를 밝히지 않는 게 그 방면의 윤리니까요."

"……."

그녀는 순간 입을 다물고 동표를 똑바로 쏘아보았다. 준열한 시선이었다. 동표는 짐짓 그 시선을 피하듯 하며 말했다.

"제가 공연한 얘길 꺼냈나 보군요. 경림 씨 아픈 델 건드리려는 의도는 아니었는데……."

그녀는 다시 한번 물었다.

"……그 얘기 누구한테 들으셨죠?"

"글쎄, 그건……."

"병원에서 들으셨나요?"

"글쎄, 그건 정보 수집자의 윤리와 관계되는 문제라니까요. 제가 아무래도 괜한 얘길 꺼낸 것 같습니다."

"태환 씨가 병원에서 죽었다는 얘기도 들으셨나요?"

"아, 이거 아무래도 정말 공연한 얘길 꺼낸 모양인데요."

"들으셨나요?"

"네, 이름은 처음 듣지만 그렇게 됐다는 얘길 들었습니다. 경림 씨 마음 아파하실 얘길 제가 그만 주책없이 꺼내고 말았군요. 용서하십시오."

"……."

그녀는 잠시 입을 다물고 고개를 숙였다 쳐들었다. 그리고 조용히 의자에서 일어났다.

"저 그만 가 봐야겠어요."

순간 동표는 그녀의 두 눈에 알릴락 말락 내비친, 어떤 반짝거리는 액체를 발견했다. 동표는 낭패라고 생각했다.

그녀를 좀 더 붙잡아 두려고 한 노릇이 오히려 그녀로 하여금 빨리 일어서도록 만든 결과밖에 안 된 셈이었기 때문이다.

"아, 잠깐만. 제가 바래다드리죠."

하고 동표는 서둘러 그녀를 따라 의자에서 일어났다. 그러나 그녀는 대꾸도 없이 곧장 출입구 쪽으로 걸어 나갔다. 등을 똑바로 편 바른 걸음으로.

동표는 계산대로 달려가 서둘러 음식값을 치르고 그녀를 뒤따라 나갔다.

그러나 그가 뒤따라 나갔을 때는 그녀는 이미 저만큼 빠른 걸음으로 앞서가고 있었다. 그것도 하마터면 어둠과 행인들의 모습에 가려 발견하지 못할 뻔하였다.

동표는 달리다시피 걸음을 재촉해서 그녀를 따라잡았다. 그리고 그녀와 걸음을 나란히 하며 말했다.

"몹시 마음이 상하신 모양이군요. 제가 공연한 얘길 했습니다. 결코 경림 씨 마음을 상하게 해 드릴 뜻은 없었는데……. 아무튼 용서하십시오."

"……."

그러나 그녀는 잠자코 큰길 쪽을 향해 걸음만 재촉할 뿐이었다. 동표는 계속해서 말했다.

"정말 제가 주책없는 얘길 했습니다. 하지만 전 지난 일을 가지고 그렇게 마음이 상하실 줄은 미처 몰랐습니다. 그것도 몇 달 전 얘기도 아니고 2년이나 지난 얘기고 해서……. 하지만 아무튼 이렇게 용서를 빕니다."

"……."

그녀는 여전히 잠자코 걸음만 재촉했다. 동표는 뻔뻔스러움을 무릅쓰고 말했다.

"어디 근처 다방에 가서 차라도 한잔하고 가시죠. 그렇게 상심하신 채 가 버리시면 제가 자책감에 헤어날 도리가 없잖습니까? 또 그런 상심한 표정을 하신 채 댁에 돌아가시면 가족들도 걱정하실 테구요."

그제야 그녀는 고개를 돌이켜 동표를 쳐다보았다. 그리고 조용히 말했다.

"저 이대로 집에 가게 해 주세요. 더 이상 아무 말씀 마시고요."

동표는 잠시 생각했다. 그리고 곧 단안을 내리듯 말했다.

"……정 그러시다면 더 이상 아무 말도 하지 않겠습니다. 하지만 그 대신 댁까지 바래다드리게는 해 주십시오. 그냥 보내 드리기는 어쩐지 마음이 놓이지가 않는군요. 그건 허락해 주시겠습니까?"

그러자 그녀는 다시 조용한 목소리로 말했다.

"전 어린애가 아니니까 바래다주실 것까진 없으세요. 이대로 그냥 보내 주세요."

그러나 동표는 물러서지 않았다.

"그건 안 되겠는데요. 이대로 그냥 보내 드렸다가 만일, 만일에 말입니다. 혹시 무슨 사고라도 생기면 그건 전적으로 제 책임이 아닙니까? 댁 어귀까지만이라도 바래다드리겠습니다."

"글쎄, 그러실 필요 없대두요."

그녀는 다시 그렇게 말하고 그것을 행동으로 보여 주기라도 하려는 듯 보다 더 걸음을 빨리했다. 동표는 더 이상 말하지 않고 그녀의 걸음에 보조를 맞추었다. 말 대신 자기도 행동으로 자기 의사를 관철하려는 속셈이었다.

그리고 그는 곧 큰길로 나왔을 때 택시 한 대를 잡았다. 택시의 뒷

문을 열고 그녀에게 말했다.

"자, 타시죠."

그러나 그녀는 택시에 오르지 않았다.

"전 버스로 가겠어요. 민 선생이나 타시고 가세요."

"글쎄, 타십시오. 전 경림 씰 바래다드리고 가도 늦지 않습니다……."

그러나 그녀는 벌써 저쪽 버스 정류장을 향해 걸음을 옮겨 놓기 시작했다. 동표는 택시를 버려둔 채 다시 그녀를 뒤쫓았다.

"아, 경림 씨, 경림 씨!"

그녀는 그러나 뒤도 돌아보지 않고 곧장 버스 정류장을 향해 걸었다. 동표는 다시 부지런히 그녀를 따라잡았다.

"정말 왜 이러십니까? 너무 이러시면 제가 곤란하지 않습니까?"

그녀는 말없이 걸음만 재촉했다.

"꾸지람을 하셔도 좀 심하시군요. 이러시면 절 자책감 속으로 깊숙이 밀어 넣으시려는 거라고밖엔 생각할 수가 없잖습니까? 전 지금 제 혀를 빼어 버리고 싶은 심경입니다."

"……."

"끝내 용서를 못 해 주시겠습니까?"

그때 그들은 버스 정류장에 다다라 있었다. 그녀가 걸음을 멈추며 말했다.

"용서를 해 드리고 말고가 없는 일이에요. 민 선생님은 저한테 잘못하신 게 없으세요. 단지 전 지금 좀 혼자 있고 싶을 뿐이에요."

"……"

"절 이대로 좀 보내 주세요."

동표는 잠시 말없이 그녀를 쳐다보았다. 그녀의 두 눈은 호소하듯 그를 향해 열려 있었다.

동표는 그녀의 눈길을 피하듯 잠시 고개를 숙였다가 쳐들며 말했다.

"……아무튼 그럼 알겠습니다. 버스에 타시는 것만 보고 전 그럼 가겠습니다. 오늘 일은 정말 용서해 주십시오. 기회 봐서 병원으로 전화드리겠습니다."

그러자 그녀는 나직이

"네, 그렇게 해 주세요."

하고 대답했다. 그리고는 마악 도착한 버스를 향해 걸음을 옮기려는 몸짓을 하면서 그를 향해

"안녕히 가세요."

하고 인사했다. 동표도 얼른 맞받아

"안녕히 가십시오."

하고 인사했다.

그녀는 곧 버스에 올랐고 버스는 한두 사람의 승객을 더 태운 뒤 곧 출발했다. 그리고 그 버스는 다른 차량들 사이에 섞여 곧 보이지 않게 되었다.

동표는 잠시 그 자리에 서 있었다. 왠지 가슴 한구석이 텅 비는 듯한 허전함이 느껴졌다. 그와 동시에 자신을 나무라는 생각도 들었다.

그녀의 죽은 애인 얘기를 꺼낸 것은 결과로 보아 아무래도 경솔한 짓이었음에 틀림없었기 때문이다.

그러나 그는 곧 자신의 그 저조한 기분을 뿌리쳤다. 어쨌든 그것으로 그녀와의 관계가 완전히 망가져 버린 것은 아니었으니까. 그리고 그녀는 그가 전화를 걸겠다고 했을 때 그것마저 마다하지는 않았던 것이니까. 기회와 희망은 아직도 얼마든지 남아 있는 것이었으니까.

동표는 천천히 걸음을 옮겨 놓기 시작했다. 그러다가 문득 미호 생각이 떠올랐다. 소식도 없이 일주일 동안이나 자취를 감춘 자기에 대해 몹시 궁금해하고 있으리란 생각이 들었다. 어쩌면 잔뜩 볼이 부어 있을는지 모른다는 생각도 들었다.

동표는 부근에 공중전화 박스가 있는지 살펴보았다. 공중전화 박스는 그리 멀지 않은 거리에 있었다. 그는 그리로 걸어갔다. 그리고 박스 안으로 들어가서 주머니를 뒤져 5원짜리 동전 한 개를 찾아냈다.

송수화기를 들고 동전을 넣은 다음 다이얼을 돌렸다. 신호가 가는 소리에 뒤이어 동전이 떨어졌다. 귀가 열렸다.

"여보세요."

미호의 목소리가 들려왔다.

"아, 나야, 미호."

동표는 부드럽게 말했다. 그러자 수화기 속에선 곧 뾰족한 목소리가 뒤따랐다.

"흥, 뭐 때문에 전화 걸었지?"

"뭐 때문에 전활 걸다니? 미호 목소리가 듣고 싶어서 걸었지."

"뭐라구?"

"그래, 바로 그 뾰족한 목소리가 듣고 싶어서 걸었다구. 고양이 발톱 같은."

"뭐? 정말!"

"왜, 화났어? 하지만 거기선 날 할퀼 수가 없을걸. 할퀴고 싶으면 이리 나와."

"정말 약 올릴 거야?"

"미안, 미안. 아파트에 전화했었어?"

"몰라!"

"나 어디로 숨어 버렸나 하고 궁금했었지?"

"궁금하긴 내가 뭐 때문에 궁금해."

"야, 이건 섭섭한걸. 정말 궁금하지도 않았어?"

"내가 알 게 뭐야."

"야, 정말 너무한데. 내가 쥐도 새도 모르게 누구한테 납치를 당해 가서 어느 으슥한 구석에 있거나 시체로 버려졌거나 교통사고를 당해서 의식불명인 채 어느 병원에 일가친척 하나 없이 누워 있거나 해도 미호는 그럼 아무렇지 않단 말야?"

"흥, 내가 알 게 뭐야."

"화가 나긴 단단히 난 모양이군. 저, 나 실은 말야, 그동안 정신병원에 갇혀 있었어."

"뭐라구?"

"조금 전에 풀려나오는 길이야. 자세한 얘긴 만나서 해 줄게."

"정말이야, 그 얘기?"

"거짓말 같지? 나도 거짓말이었으면 좋겠어. 하지만 거짓말 같은 정말이야. 사실은 그래서 전화를 못 걸었어."

"어쩐지 냄새가 나는 것 같다."

"냄새라니?"

"거짓말 냄새. 둘러대는 것 같단 말야."

"그런 생각이 들 거야. 얘기가 하도 황당무계해 보이니까. 나도 지금 꿈을 꾸고 나온 거나 아닌가 하는 착각이 들 지경이야. 하지만 나와서 내 얘길 들어 보면 미호도 아마 거짓말이라곤 못할걸."

"그건 들어 봐야 알지 뭐. 지금 거기 어디야?"

"종로 2가 공중전화 박스야. 나올래?"

"종로 2가?"

"응, 그러니까 금잔디로 나와. 나도 오랜만에 거리 구경도 할 겸 슬슬 그쪽으로 걸어갈 테니까. 그럼 아마 미호 나오는 시간하고 비슷하게 맞아떨어질 거야."

"그래 그럼, 지금이 8시 20분이니까 40분까지 금잔디로 나갈게."

"그래, 조금 있다 봐 그럼."

동표는 송수화기를 걸어 놓고 공중전화 박스에서 나왔다. 그리고 천천히 충무로 쪽을 향해 걷기 시작했다. 일주일 만에 보는 밤거리는 일주일 전이나 다를 바 없었으나 일주일 만에 거리를 걸어 보는 기분은 확실히 일주일 전보다는 약간 신선했다. 게다가 그는 지금 멋진 거짓말을 준비해 둔 참이었다.

그는 가벼운 기분으로 다시 한번 준비해 둔 거짓말의 순서를 다듬으며 천천히 걸었다.

그리고 그가 금잔디에 도착하고 나서 5분쯤 지났을 때 미호는 나타났다. 그녀를 그를 발견하자 눈부터 흘기며 다가왔다.

동표는 그녀가 맞은편 의자에 앉기를 기다려서 말했다.

"남은 일주일 동안이나 정신병원에 갇혀 있다 나왔는데 위로의 말은 못 할망정 눈부터 흘기고 그래? 내 말이 정말 같지가 않아서 그래?"

그러자 그녀는 웃기지 말라는 표정으로 말했다.

"괜히 할 말이 없으면 잠자코나 있어. 엉뚱한 소리 하지 말구."

"뭐라구? 이거 왜 이래? 남의 얘긴 들어 보지도 않구."

"들어 보나 마나 뻔하지 뭐. 그런 일이 있을 수가 있어?"

"글쎄, 내 얘길 들어 보고 나서 말하라구. 엉뚱한 소린가 아닌가는."

그때 레지가 다가와서 무엇을 주문하겠느냐고 물었다. 그들은 각각 커피 한 잔씩을 주문했다. 그리고 주문을 받은 레지가 카운터 쪽으로 다시 사라졌을 때 동표는 엽차를 한 모금 마시고 나서 입을 열었다.

"내가 생각해도 이건 거짓말 같은 얘기야. 미호가 선뜻 믿으려 들지 않는 것도 무리는 아니라구. 모든 게 이 머리 때문이야."

그러며 그는 좀 긴 편인 자기 머리카락을 가리켰다.

"머리 때문이라구?"

"응, 그날 난 돈을 좀 찾으려고 은행으로 가는 길이었어. 그런데 은행으로 가는 도중에 파출소가 하나 있더군. 좀 조마조마했지만 마악 지나치려는데 입구에 서 있던 순경 한 사람이 날 부르더군. 갔지. 갔더니 안으로 좀 들어오라는 거야. 들어갔지. 그랬더니 신분증을 좀 보자면서 머리가 너무 길다는 거야. 안쪽을 봤더니 머리 긴 친구들 몇 명이 쭈그리고 앉아 있더군. 이크, 안 되겠구나 싶었지. 동시에 번개처럼 묘안 하나가 떠오르더군. 난 순경을 보고 히히 웃었어. 미친 사람 행세를 하기로 한 거지. 순경이, 이 사람 미쳤나, 웃긴 왜 웃어, 하더군. 난 다시 한번 히히 웃고 나서 표정을 싹 바꿔 가지고 위엄 있게 성을 냈지. 미치다니, 누굴 보고 하는 소리냐구. 그러자 순경은 어처구니없다는 표정으로 날 쳐다보더군. 난 다시 히히 웃었지. 그리고 순경의 머리에서 모자를 홱 벗겨서 내 머리에 썼어. 그리고는 쭈그리고 앉아 있는 친구들 앞으로 다가가서 호통을 쳤어. 야, 이놈들아, 여기가 어딘 줄 알고 들어와서들 앉아 있는 거야. 썩 꺼지지 못해, 하고 말야. 친구들 피식피식 웃더군. 순경이 달려와서 모자를 뺏더군. 그리고 내 뺨을 한 차례 때렸어. 난 뺨을 얻어맞고도 히히 웃었어. 그랬더니 순경은 날 끌어다가 쭈그리고 앉아 있는 친구들 옆에 강제로 앉히더군. 이 정도론 안 되겠구나 싶어 난 용단을 내렸지. 내친김이었고 말야. 허리띠를 풀고 바지를 벗었어. 그리고 파출소 바닥에다 오줌을 누기 시작했어. 그랬더니 그때까지 피식피식 웃던 다른 순경들까지 달려와서 막 난리더군. 순경 한 사람이 어딘가로 전화를 걸고, 한참 만에 어떤 사람들이 나타나서 날 강제로 차에 태워 가지고 어딘가로 데려갔어. 그리고 가 보니 거기가 공립정신병원이었어."

그리고 동표는 덧붙였다.

"머리 좀 안 깎으려고 꾀를 썼다가 더 큰 봉변을 당한 셈이지. 정신 병원에 도착해서 난 미친 사람이 아니라고 아무리 변명을 해 봤지만 곧이들어 주질 않는 거야. 결국 일주일 만인 오늘에야 인정을 하고 내보내 주더군."

미호는 그가 애기하는 사이에 날라져 온 커피를 저으면서 말했다.

"그래서 아까 나한테 전화 걸기 바로 얼마 전에 나온 거란 말이지? 어쩐지 곧이들리지 않는데."

동표도 커피를 저으려다 말고 말했다.

"글쎄, 나도 일주일 동안 꿈을 꾸다 나온 것 같다니까. 하지만 사실 이 아니라면 내가 뭐 하러 미호한테 그런 거짓말을 꾸며 대겠어?"

"모르지, 그야. 나한테 전화 안 한 핑계를 대느라고 그러는지. 아무 튼 그다지 곧이들리지 않는 얘기야."

"사람을 영 믿어 줄 줄 모르는군. 하지만 그 이상은 나도 어떻게 더 설명할 도리가 없어. 일어났던 일 그대로를 얘기했을 뿐야."

"정말이야?"

"글쎄, 믿을 테면 믿고 말 테면 마. 나도 더 이상 믿어 달라고 하진 않겠어."

"정말 동표 씨가 파출소에서 소변을 보고 그랬어?"

"글쎄, 그랬다니까."

"재밌어."

"사실이건 아니건 말이지?"

"그래, 사실이건 아니건 말야."

동표는 화제를 돌릴 때는 이때라고 생각했다.

"아파트에 전화 여러 번 걸었어?"

"말 마. 전화만 건 줄 알아? 두 번이나 가 보기까지 했다구."

"미안, 미안, 아파트 별일은 없었지?"

"별일은 없는 것 같았어."

"고마워, 내 그 대신 한턱 낼게."

"무슨 한턱?"

"글쎄, 뭐 좋을까? 영화 구경이나 갈까?"

"피이, 고작 영화 구경이야? 영화 구경은, 그리고 시간도 늦었어."

"그런가? 그럼 뭐가 좋을까? 나이트클럽에나 또 한번 가 볼까?"

"정말?"

"찬성이야? 그럼 좋았어. 나이트클럽으로 가자구."

두 사람은 서둘러 커피를 마셨다. 그리고 금잔디에서 나와 그들이 한번 가 본 적이 있는 그 나이트클럽으로 향했다.

그런데 나이트클럽으로 향하는 도중에 미호가 문득 엉뚱한 소리를 꺼냈다.

"동표 씨 나한테 혹시 부담감 같은 거 갖고 있지 않아?"

"갑자기 그게 무슨 소리지?"

"저번 그 일 있었다고 해서 만일 나한테 부담감을 조금이라도 느끼고 있다면 그럴 필요 없어."

"글쎄, 그게 별안간 무슨 소리야?"

"동표 씨가 나한테 연락도 없이 아파트를 비우고 어디로 없어진 걸 알았을 때 그런 생각을 잠깐 했어. 혹시 나한테 부담감을 느끼고 있는 게 아닌가 하구."

"별 뚱딴지같은 소리 다 하고 있네."

"아냐. 만일 그런 생각을 갖고 있다면 정말 그럴 필요 없어. 나 저번 그 일 있었다고 해서 동표 씨가 나한테 반드시 무슨 책임을 져야 한다곤 생각하지 않아."

동표는 웃었다.

"그건 책임을 지란 말보다 더한데?"

"아냐, 정말야. 그런 일 한 번 있었다고 해서 억지로 나 만나고 그럴 필요 없어. 나 만나는 거 재미없어지면 안 만나도 돼. 나도 동표 씨 만나는 거 재미없어지면 안 만날 거야."

"왜 갑자기 그런 얘긴 꺼내지?"

"동표 씨가 혹시 잘못 생각하고 있을까 봐. 그런 일 한 번 있었다고 해서 날 무슨 책임져야 할 상대로 생각한다거나 자기 소유물처럼 생각하는 엉뚱한 생각 갖고 있을까 봐."

"기분이 묘한데. 갑자기 자유스러워진 것 같기도 하고 허전해진 것 같기도 하고."

"거봐. 그런 생각 조금은 갖고 있었지? 남자들 버릇인가 봐. 아무튼 앞으론 그런 생각 하지 마. 요컨대 여자를 얕잡아 보지 말란 말야."

"알았어. 앞으론 존경할게."

"농담이 아냐. 노파심에서 하는 소리니까 귀담아들으라구."

"글쎄, 알았다니까. 나 원 별 뚱딴지같은 소릴 다 가지고. 요컨대 한눈팔지 마라 그 얘기지?"

"어마? 여태까지 얘길 귀로 듣지 않고 어디로 들었지? 딴소릴 하고 있게."

"딴소린 뭐가 딴소리야? 그게 그 소리지."

"기가 막혀. 여태까지 난 벽에다 대고 얘길 한 셈이었군."

"글쎄, 알았어. 미호 이외의 딴 여잔 쳐다보지도 않을 테니까 염려 말라구."

"어마? 어마?"

"왜, 싫어?"

"기가 막혀."

미호는 입을 벌린 채 동표를 쳐다보았다.

"왜, 내가 미호 속마음을 정확하게 집어내서 기가 막혀?"

"뭐라구? 그만둬. 말 상대로 안 돼."

"하하, 그래, 그만두자구. 그런 얘기엔 말 상대가 굳이 되고 싶지도 않으니까."

"정말 나 약 올릴 거야?"

"그 얘기 그럼 정말 진심에서 한 소리였어?"

"기가 막혀. 정말 말 상대도 안 돼. 내가 그럼 뭐 때문에 마음에 없는 소릴 한단 말야?"

"조금 아까 나보고 남자들 버릇인가 보다고 했지? 그게 여자들 버릇 아냐?"

"이러지 마. 난 그런 노예근성에 젖은 여자들하곤 달라."

"노예근성?"

"그래. 자기를 남자하고 대등하게 생각하지 못하고 항상 자기 자신을 낮추고 들어가는 그런 노예근성에 젖은 여자들하곤 난 다르단 말야. 내가 뭐 때문에 속에 없는 소리를 해? 그런 건방진 생각은 하지 말아 줬음 좋겠어."

"하, 이거 단단히 계몽을 당하는데. 알았어. 알았다구."

"그럼 나한테 부담감을 갖는다든지 하는, 자기가 무슨 우월한 입장에라도 있는 것 같은 생각은 안 할 거지?"

"그래, 그래, 알았어. 하지만 내가 미호를 사랑하는 걸 가지고 뭐라고는 않겠지?"

마지막 부분을 동표는 짐짓 속삭이듯 나직이 말했다.

미호는 순간 믿지 않게 눈을 흘겼다.

"어마, 능청."

"능청이라니? 이건 진심이야."

하고 동표는 두 눈을 짐짓 커다랗게 만들어 보였다.

"몰라. 아무튼 주제넘은 생각은 하지 마."

"알았어. 알았다구."

그들이 나이트클럽에 도착한 것은 잠시 후였다. 그곳에서 그들은 맥주 몇 병을 함께 마시고 고고와 블루스를 번갈아 추었다. 그곳까지 오는 동안에 벌였던 토론은 서로 말끔히 잊은 기분이었다.

블루스 몇 곡과 고고 몇 차례를 춘 뒤 다시 블루스를 추기 위해 플로어로 나갔을 때 동표는 미호의 허리를 안은 채 나직이 말했다.

"오늘 미호 정말 유난히 예뻐 보인다. 내가 행운아라는 사실을 재삼 확인하게 되는데."

미호는 짐짓 경계의 표정을 만들어 보이며 대꾸했다.

"그건 또 무슨 얘기를 꺼내기 위한 머리말이지?"

"머리말은 무슨 머리말. 그게 그냥 본론이야."

"정말?"

"그러엄. 그 대신 꼬리말이 있어."

"꼬리말?"

"머리말의 반대는 꼬리말일 거 아냐?"

"피이, 그럼 그렇지."

"오늘 집에 가야 돼?"

"그 소리 나올 줄 알았어."

"가야 돼?"

"응, 가야 돼."

"꼭?"

"음…… 꼭은 아냐."

"그럼 나하고 같이 있자."

"어디서? 여기서?"

"아무 데서나."

"싫어. 나 집에 갈 테야."

"안 가도 된다면서?"

"꼭 가야 하는 건 아니라고 그랬지 언제 안 가도 된댔어?"

"마찬가지 아냐?"

"난 마찬가지가 아닌걸."

"그러지 말고 같이 있자."

"그러기 싫은걸."

"글쎄 그러지 말구."

"싫어. 남자들 자기 기분대로만 하려는 버릇 좀 고쳐 놔야겠어. 자기 기분대로 안 될 때도 있다는 걸 깨닫게 해 주기 위해서도. 알겠어?"

"미혼 그럼 지금 기분이 안 좋아?"

"그저 그래."

"죽여 주는군. 자, 이래도 그저 그래?"

그러며 동표는 그녀의 몸을 바싹 끌어당겨 자신의 몸에 꼭 밀착시켰다. 그녀의 앞가슴의 부피가 힘 있게 가슴에 와 닿는다. 순간 그녀는

"어마, 씨!"

하는 나직한 외마디 소리와 함께 그의 어깨를 꼬집었다. 동표는 순간

"아!"

하는 약간 과장된 신음소리를 나직이 내질렀으나 그녀를 놓아주지는 않았다. 그리고 한술 더 떠 그녀를 더욱 힘 있게 당겨 안았다.

그러자 그녀는 재차 그의 어깨를 꼬집었다.

"아이, 이거 좀 놔!"

그러나 그녀의 몸은 조금도 저항하고 있지 않았다.

그날 밤 그들은 그 나이트클럽이 있는 호텔에 투숙했다. 그리고 이튿날 아침 느지막이 호텔에서 나와 조반과 차를 든 다음 헤어졌다.

헤어질 때 미호는

"내가 한 얘기 잊지 마. 우린 서로 자유롭다는 거."

하고 재차 다짐하듯 말했고 동표는 반건성으로

"알았다구."

라고만 대답했다. 그 문제로 더 실랑이를 하고 싶지가 않았기 때문이다. 그리고 무엇으로부터건 자유롭다는 게 나쁠 거야 없잖은가.

미호와 헤어진 후 동표는 만 8일 만에 아파트로 돌아왔다. 아파트는 정절을 굳게 지킨 색시처럼 조금도 변함없는 모습으로 그를 맞아주었다. 다만 그동안에 배달된 신문이 잉크 냄새를 묻힌 채 현관 바닥에 수북이 쌓여 있었을 뿐.

동표는 신문들을 집어 가지고 응접실로 들어갔다. 신문들을 탁자 위에 내려놓고 소파에 앉았다. 이렇게 비워 두었다가 돌아올 아파트가 있다는 사실이 여간 기특하게 여겨지지 않았다. 마음대로 비워 둘 수 있고 또 마음대로 돌아올 수 있는 집이 있다는 건 얼마나 다행한 일인가. 그것이 모든 자유의 기초가 되어 주고 있지 않은가.

그는 일어나서 창들을 가리고 있는 커튼을 열어젖혔다. 그리고 다시 소파로 돌아와 신문들을 훑어보기 시작했다. 그동안 세상은 저 나름대로 쉬지 않고 움직이고 있었다는 사실을, 신문들을 통해서 알 수 있었다. 신문들은 비슷비슷하지만 결코 똑같지는 않은 기사들을 가득가득 싣고 있었다.

그렇게 밀린 신문들을 훑어보다가 그는 신문들 사이에서 조그만 종이쪽지 하나를 발견했다. 누군가가 문틈으로 밀어 넣은 것이 그 위에 신문들이 겹쳐 쌓이면서 감추어졌었던 모양이었다.

동표는 반으로 접힌 그 종이쪽지를 펴 보았다. 종이쪽지에는 단정한 글씨로 다음과 같은 내용이 적혀 있었다.

'한 번 방문했던 사람입니다. 선생님께서 다시 한번 방문해 달라는 말씀이 계셨기에 오늘 들렀는데 계시지 않은 것 같아 그냥 돌아갑니다. 내일 다시 한번 오겠습니다. 하느님의 은혜가 함께하시기를.'

동표는 얼른 그 아래 적힌 날짜를 살펴보았다. 나흘 전 날짜가 적혀 있었다. 언젠가 현관 앞에서 잠깐 얘기를 주고받았던 그 여자가 분명했다. 자기들만 알고 있어선 안 될 사실을 전해 주려고 왔다던 그리고 무척 미인이었던 여자임에 틀림없다.

동표는 얼른 신문들을 다시 들춰 보았다. 그 쪽지에 적힌 대로 그 다음 날 그녀가 다시 방문했었다면 또 하나의 쪽지가 있을는지도 모른다는 생각에서였다.

그의 예측대로 또 하나의 종이쪽지가 신문들 사이에서 나왔다. 그 두 번째 쪽지엔 다음과 같은 내용이 적혀 있었다.

'오늘도 안 계시는군요. 어디 여행을 떠나신 모양이죠? 이웃 댁에 여쭤보니 며칠 동안 안 들어오시는 것 같다고 하더군요. 언제 다시 한번 오겠습니다. 하느님의 은혜가 함께하시기를.'

동표는 애석한 생각을 금치 못했다. 어쨌든 미인을 두 번씩이나 허탕 치게 만들었다는 건 그로선 서운하기 짝없는 일이었기 때문이다.

그러나 동표는 그 일에 오랫동안 마음을 쓰지는 않았다. 어쨌든 그녀는 다시 한번 방문해 올 것이며 무엇보다 그는 잠을 좀 자 두고 싶었던 것이다. 지난밤에 그는 불과 서너 시간밖에 자지 못했으므로.

그는 방으로 들어갈까 하다가 소파에 그대로 비스듬히 누웠다. 그리고 잠시 후 그는 달게 잠들었다.

그가 잠에서 깨어난 것은 얼굴에 비쳐 든 따가운 햇살과 그리고 전화벨 소리 때문이었다. 얼굴이 몹시 따갑다고 느끼면서 커튼을 그대로 열어 둔 채 잠든 탓이라고, 잠결에 자신을 나무라고 있을 때 전화벨 소리가 요란히 귀 가까이에서 울렸던 것이다.

그는 손을 뻗어 송수화기를 집었다.

그리고 누운 채로 전화를 받았다.

"여보세요?"

"민 선생님이세요? 저 안경림이에요."

"아, 경림 씨."

동표는 거의 반사적으로 소파에서 몸을 일으켜 앉았다.

"그렇잖아도 전활 드리려던 참인데요. 어젠 무사히 들어가셨습니까?"

"네, 어젠 정말 죄송했어요, 전화로라도 사과를 드려야겠어서……."

"사과라뇨, 별말씀을 다 하십니다. 사과는 제가 드려야 할 입장인데."

"아녜요. 제가 너무 저 위주로만 행동했던 것 같아요."

"아닙니다. 제가 공연히 주책없는 소리를 해서 경림 씨 마음을 상하게 해 드렸죠. 혼자 집으로 돌아오면서 얼마나 후회가 되던지요. 아무튼 다시 한번 사과드립니다."

"후회는 제가 했어요. 그렇게 속 좁은 꼴을 보여 드리는 게 아닌데 하구요."

"하하, 이러다가 서로 사과하기 경쟁이 되겠군요. 하지만 아무튼 발단은 제가 주책없는 얘길 꺼낸 데서 비롯됐으니까 원천적인 잘못은 저한테 있다고 해야겠죠."

"그렇지 않아요. 민 선생님은 단순히 호기심에서 꺼내셨을 수도 있는 얘기를 제가 너무 제 위주로만 받아들였어요. 그리고 속 좁은 꼴을 보여 드렸어요."

"하하, 정 그러시다면 이거 화해식(和解式)이라도 있어야겠군요."

"화해식이라니 민 선생님하고 제가 싸웠나요, 언제."

"하하, 어쨌든 서로 사과하면서 마시는 술을 화해주라고 하지 않습니까. 그런 의미에서 우린 화해주 대신 간단히 저녁식사나 다시 한 번 하면 되겠군요. 물론 화해주가 더 좋으시다면 화해주로 해도 좋구요."

"아녜요. 저 술은 마실 줄 몰라요. 하지만 어제 일 사과하는 뜻에서 제가 저녁식사를 대접해 드릴 순 있어요. 너무 비싼 건 못 사 드리지만요."

"아이구, 이거 복이 넘치는데요. 비싸고 안 비싸고가 무슨 상관이겠습니까?"

"그럼 이따 나오시겠어요?"

"나가다 뿐이겠습니까? 불감청이언정 고소원이죠. 몇 시쯤 어디로 나갈까요?"

"시간은 저 퇴근 후라야 하니까 6시 반에서 7시 사이가 좋겠구요, 장소는 민 선생님이 정하세요."

"네, 그럼 6시 반에서 7시 사이에 제가 병원 앞 어제 그 다방으로 가겠습니다."

전화를 끊고 동표는 시간을 보았다. 오후 2시가 조금 지나 있었다.

그러니까 소파 위에서 줄잡아 세 시간은 좋이 잔 모양이다. 온몸에 상쾌한 긴장감이 퍼져 왔다.

그는 상체와 팔을 최대한으로 신장해서 기지개를 켠 다음 소파에서 일어났다. 그녀와 만나기로 한 시간까지는 아직 네 시간 남짓이 남아 있었다.

목욕탕으로 가서 그는 욕조에 물을 받았다. 그리고 옷을 훌훌 벗어 던진 다음 몸을 물속에 담갔다. 목까지 물에 잠기도록 깊숙이 기대었다.

물은 알맞게 따뜻했고 몸은 기분 좋게 이완돼 갔다. 그는 눈을 감고 물과 자기 살갗과의 친화(親和)를 음미했다. 그러다가 그는 문득 자기가 지금 혼자서 욕조 속에 누워 있다는 생각을 했다. 눈을 떴다. 그리고 물속에 잠긴 자기 하반신을 내려다보았다. 물속에 잠긴 하반신은 평상시보다 사뭇 짧고 왜소해 보였다.

문득, 인간은 미구에 죽을 수밖에 없는 존재라던 구양서의 말이 떠올랐다. 자신의 죽은 뒤에 모습을 가끔 상상해 보곤 한다는 그의 말도 떠올랐다.

기분이 약간 언짢아졌다. 자신의 물속에 잠긴 벌거벗은 몸이 그의 말대로 언젠가는 아무런 움직임도 느낌도 없는 한낱 물체로 바뀌어 버리고 만다는 생각은 아무래도 기분 좋은 것일 수가 없었다.

하필 벌거벗고 있을 때 이따위 생각이 떠오를 건 뭐람 하고 그는 저조해진 기분으로 투덜댔다. 그러나 그것은 벌거벗고 있을 때 떠오른 생각이었다기보다 벌거벗고 있었기 때문에 떠오른 생각이 터이었다. 더구나 그는 지금 아무도 없는 공간 속에 혼자서 벌거벗고 있었기 때문에.

사람의 벌거벗은 육체란 때로는 스스로에게 자신감을 북돋워 주기도 하지만 때로는 그 육체가 갖는 적나라한 한계를 깨닫게 해 주기도 하는 것이다.

전에는 혼자서 목욕 중이라 하더라도 그런 따위 생각은 해 본 적이 없는데, 필경 구양서 그가 자기에게 다소나마 영향을 끼친 게 틀림없다고 생각되었다. 그러나 그는 오래 그런 기분에 젖어 있지는 않았다. 그에게는 지금 즐겁고도 요긴한 데이트가 기다리고 있었던 것이니까. 그리고 그 데이트 시간까지 단축하기 위해 그는 목욕을 시작했던 것이니까.

동표는 곧 욕조에서 나와 비누칠을 하기 시작했다. 처음 언짢았던 기분이 사라졌다. 그리고 그 대신 그녀를 만나서 꺼낼 화제가 장만되었다. 그것도 이쪽이 아주 진지한 사람으로 비쳐 보일 수 있는 화제가.

비누칠을 끝낸 그는 곧 머리 위로부터 샤워를 맞았다. 그러면서 그녀를 만나서 꺼낼 화제를 다듬기 시작했다. 목욕을 하기로 한 것은 아주 잘한 일이라는 생각이 들었다.

목욕을 마치고 그럭저럭 시간을 보낸 뒤 그가 아파트를 나선 것은 6시가 조금 지나서였다. 그리고 그가 병원 앞에 있는 다방에 도착한 것은 6시 반이 채 못 돼서였다.

그녀가 다방에 나타난 것도, 그리고 그가 도착한 지 불과 몇 분 지나지 않아서였다.

마주 앉아 서로 다시 어제 일을 사과하고, 커피를 주문하고 났을 때 동표는 물었다.

"경림 씬 혹시 장수하실 자신 있으십니까?"

그러자 그녀는 얼른 말귀를 알아듣지 못하는 표정이 되었다.

"네?"

"아, 오래오래 사실 자신 있으시냐구요?"

"그건 왜 갑자기……."

"네, 그냥 좀 궁금해서요."

"왜 그런 게 갑자기 궁금하시죠?"

"글쎄요, 별안간 여쭤보고 싶은 생각이 나는군요."

"……글쎄요, 사람이 오래 살면 얼마나 오래 살겠어요?"

"담담하시군요, 역시."

"민 선생님은 오래 사시고 싶으세요?"

"부끄럽게도 전 아직 그 미망에서 벗어나질 못하고 있습니다."

"그게 무슨 말씀이시죠?"

동표는 입을 다물고 잠시 슬픈 표정을 지어 보였다. 그리고 나서 천천히 입을 떼었다.

"……네, 실은 전 지난밤에 거의 한잠도 자지 못했죠. 경림 씨한테 주책없는 소리를 했다는 자책 때문에 처음엔 잠이 오지 않더니 차츰 평소의 제 고질인 불면증으로 변하고 말더군요. 불면증 경험해 보셨습니까?"

"……결국 저 때문에, 제가 속 좁은 꼴을 보여 드린 바람에 그렇게 되셨군요."

"아닙니다. 그런 얘기가 아닙니다. 불면증은 원래 제 고질인걸요. 전 지금 다른 얘길 하려는 겁니다. 제 불면증의 원인은 다른 데 있습니다. 뭐라고 할까요, 결국 죽고 싶지 않다는 부끄러운 미망에서 오는 거라고 할까요. 불면증 속에서 제가 겪는 건 저 자신의 죽은 뒤의 모습을 환각으로 보는 일이랍니다. 밤새 그 환각에 시달리곤 하죠. 그런데 어젯밤에 또 그 환각이 절 괴롭히더군요."

"……."

"몇 년 전엔가 전 한 친구의 죽은 모습을 본 적이 있죠. 아주 가깝던 친군데 함께 수영을 갔다가 그 친구가 그만 심장마비를 일으켜서 익사를 하고 말았죠. 그런데 모래사장에 끌어내어진 그 친구의 시체 가운데서 제게 가장 심한 충격을 준 것은 그 친구의 표정이었습니다. 조금 고통스러워하고 있는 듯한 표정이었는데 그 표정이 아무리 시간이 지나도 바뀌질 않는 것이었습니다. 전 그제야 사람이 죽는다는 게 어떤 것인가를 깨달았죠. 죽는다는 건 고정되는 것이더군요. 그 친구의 표정은 마치 가면 같았습니다. 가면의 표정이 바뀌는 걸 보셨습니까. 그 이후부터 전 거리를 지나다가도 가면 같은 걸 진열해 놓은 쇼윈도가 눈에 띄면 얼른 외면을 하곤 한답니다. 그리고 불면증이 시작됐죠. 저 악몽 같은 환각도 그때부터 보이기 시작했구요. 가면 같은 얼굴을 한, 제 죽은 뒤의 모습이 자꾸 눈앞에 나타나는 것이었습니다. 생각해 보면 부끄럽기 짝 없는 일입니다. 죽는 게 두려운 데서 오는 죽고 싶지 않다는 부끄러운 미망의 결과가 아니고 뭐겠습니까. 한데 담담하신 경림 씨 태도를 보고 나니 한층 부끄럽고 한편 부러운 생각도 드는군요."

그녀는 시종 조심스런 표정으로 있다가 나직이 말했다.

"어려운 싸움을 하고 계시군요. 전 쾌활하신 분인 줄만 알았더니……."

동표는 내심 구양서에게 감사하지 않을 수 없었다. 그다음은 그리고 자기 자신을 칭찬하지 않을 수 없었다.

그러나 그는 짐짓 겉으로는 쓸쓸한 웃음을 지으며 말했다.

"제가 공연한 소릴 했나 보군요. 모처럼 저녁까지 사 주신다는 복에 겨운 마당에……."

그러자 그녀는 조용한 표정으로 대답했다.

"아녜요. 잘 말씀해 주셨어요. 전 그런 어려운 일을 겪고 계신 줄은 모르고 있었어요. 제가 혹 도움이 돼 드릴 수 있다면 돕겠어요. 어떻게 도와드려야 할진 잘 모르지만."

동표는 애써 쾌활한 표정을 짓는다는 식으로 얼굴을 펴며 물었다.

"하하, 절 동정하시는군요. 이거 공연히 쓸데없는 소릴 꺼내서 경림 씨한테 동정까지 사고. 자 그 얘긴 그쯤 해 두죠."

그러나 그녀는 근심스런 표정으로 계속해서 말했다.

"동정을 해서가 아녜요. 그런 어려운 일을 겪고 계시다는 걸 안 이상 조금이라도 도움이 돼 드릴 수 있었으면 해서죠. 가족들도 안 계신데 혼자서 얼마나 힘드시겠어요."

동표는 내친김이라고 생각했다.

"그럼 정말 좀 도와주시겠습니까? 너무 염치없는 부탁입니다만."

"네, 제가 도움이 돼 드릴 수만 있다면 돕겠어요."

"저, 그럼 오늘 술 한 잔만 사 주시겠습니까? 술에 취한 날은 그럭저럭 그다지 힘 안 들이고 잠들 수가 있거든요. 그래서 전 이따금 혼자 술 취해 들어갈 때도 있습니다만."

"친구분이 안 계신가요?"

"부끄러운 고백입니다만 이렇다 할 가까운 친구 하나 없는 셈이죠. 그 친구가 죽은 후론. 인간성이 워낙 편협해서 그런 모양입니다."

"편협하신 것 같지 않아요, 제가 보기엔. 아무튼 그럼 술 드시겠어요?"

"정말 사 주시겠습니까?"

"네, 하지만 전 마실 줄 모르니까 사 드리기만 하겠어요. 그리고 많이 사 드리진 못하겠어요. 가진 돈이 넉넉지 않아서요."

"네, 경림 씬 그럼 맥주 한 병만 사 주십시오. 나머진 제가 자담하겠습니다."

"두 병까진 사 드릴 수 있을 것 같아요."

"좋습니다. 그럼 두 병만 사 주십시오. 그 대신 저녁값은 제가 내죠."

"아녜요. 저녁도 제가 사 드리기로 한 거니까 거기다 맥주 두 병만 더 사 드리겠어요."

"그럼 너무 부담을 시켜 드리는 게 되는데, 괜찮겠습니까?"

"저 월급 많이 받진 못하지만 그 정도가 그렇게 큰 부담은 아녜요. 너무 염려 마세요."

"네, 그럼 좋습니다. 기쁘게 얻어먹겠습니다."

그들은 다방에서 나와 한 대중음식점으로 가서 간단한 저녁식사를 마친 뒤 비어홀 한 군데를 찾아갔다. 제복을 입은 어린 소녀들이 심부름을 해 주는 곳이었다. 그리고 홀 안쪽에 마련된 조그만 무대에서는 얼굴이 낯익지 않은 여가수 한 사람이 무엇인가 노래를 부르고 있었다.

그리고 주문한 것들이 날라져 왔을 때 동표는 두 개의 빈 잔 중 하나를 그녀 앞에 밀어 놓고 맥주를 따르며 말했다.

"자, 꼭 한 잔만 드십시오. 더 권하진 않겠습니다."

그러자 그녀는 몹시 난처한 표정을 지었다.

"전 조금도 못 마시는걸요."

"언제 마시려고 해 보신 적은 있나요?"

"아뇨, 그런 적도 없어요."

"그럼 어떻게 마실 수 있는지 없는지를 아십니까?"

"아무튼 전 못 마셔요."

"한번 시험을 해 보시죠. 마실 수 있는지 없는지. 혹 저보다 더 주량이 세실는지도 모르잖습니까?"

"아녜요, 전 같이 있어 드리기만 하겠어요."

"정 그러시다면 따라만 놓겠습니다. 그냥 빈 잔만 놔두기도 뭣하고."

"……."

그녀는 그것마저 사양할 수는 없는지 가만히 있었다. 동표는 그녀의 잔에 따르기를 마치고 자기 잔에 맥주를 따랐다.

"자, 그럼 혼자서 고맙게 마시겠습니다."

그리고 잔을 들어 두어 모금 마시고 내려놓았을 때였다. 아까의 그 여자 가수가 다른 노래를 부르기 시작했다. 귀에 익은 노래였다.

동그라미 그리려다

무심코 그린 얼굴

내 마음 따라 피어나던

하아얀 그때 꿈을

풀잎에 연 이슬처럼 빛나던 눈동자

동그랗게 동그랗게

맴돌다 가는 얼굴

동그라미 그리려다

무심코 그린 얼굴

무지개 따라 올라갔던

오색빛 하늘 아래

구름 속에 나비처럼 날던 지난 날

동그랗게 동그랗게

맴돌곤 하는 얼굴

　자주는 아니지만 라디오나 텔레비전 같은 데서 이따금 듣고, 대중
가요치고는 꽤 아름다운 곡이라고 생각했던 노래였다. 노래가 끝났
을 때 동표는 말했다.

　"저 노래 좋아하십니까? 대중가요치곤 괜찮은 편이죠?"

　그러자 그녀는 두 눈을 동그랗게 만들었다.

　"어마, 저 노래 대중가요 아녜요. 가곡이에요."

　"네? 그렇습니까?"

　"유명한 분은 아니지만 심봉석(沈奉錫)이라는 분의 시에 신귀복(申
貴福)이라는 분이 곡을 붙인 가곡이에요."

　"아, 어쩐지 대중가요치곤 노래가 너무 맑고 깨끗하다 싶더니
만……."

　"네, 아름다운 노래예요."

　"미안합니다. 이거 큰 무식을 저질렀는데요. 한데 저 노래 무척 좋
아하시나 보죠? 작사자 작곡자 이름까지 알고 계신 걸 보니."

　"네, 좋아해요."

"혹시 무슨 사연이라도? 속된 질문입니다만."

"그냥 좋아하는 것뿐예요."

그러나 그렇게 대답하는 그녀의 얼굴엔 순간 어떤 그림자 같은 것이 얼핏 지나갔다.

동표는 그것을 놓치지 않고 보았다. 그녀의 죽은 애인하고 사이에 무슨 사연이 개재된 노래인지도 모른다는 생각이 들었다.

"단순히 그런 것만 같진 않은데요. 특별히 좋아하시는 무슨 까닭이라도 있을 것 같은데요."

그러자 그녀는 조용히 웃었다.

"민 선생님은 너무 호기심이 많으세요. 뭐든지 그냥 지나치는 게 없으시군요."

"하하, 그랬던가요? 이거 면목 없게 됐습니다. 하지만 솔직히 말해서 경림 씨에 관한 건 뭐든지 알고 싶으니 어떡합니까?"

"제가 그렇게 수수께끼가 많은 여자처럼 보이나요?"

"아, 그런 뜻이 아니라 경림 씨에 관해선 뭐든지 알고 싶다는 제 입장을 말한 거죠. 즉 경림 씨한텐 수수께끼가 많아서가 아니라, 제가 수수께끼를 많이 가지고 있다고나 할까요. 경림 씨에 대해서."

"무슨 말인지 잘 모르겠어요. 아무튼 제가 그 노래를 좋아하는 데 무슨 특별한 이유 같은 건 없어요. 그냥 좋아하는 것뿐예요."

"정말입니까?"

"네, 정말이에요."

"경림 씬 어렸을 때 교회에 다닌 적 없으십니까?"

"네? 그건 왜 물으시죠?"

"글쎄, 있으십니까? 없으십니까?"

"어렸을 땐 다녔어요."

"그때 교회 선생님이, 거짓말하는 게 착한 일이라고 하던가요. 나쁜 일이라고 하던가요?"

"어마, 제 말이 그럼 거짓말이란 뜻이세요?"

"아뇨, 전 다만 그때 교회 선생님이 거짓말에 대해서 어떻게 가르쳤는가만을 물었을 따름입니다. 착한 일이라고 하던가요?"

"……"

"하하, 바른대로 말씀하십시오. 무슨 사연이 있으시죠?"

"……정 그렇게 궁금하세요?"

"네, 경림 씨가 방금 절더러 호기심이 많다고 하시지 않았습니까."

그녀는 잠시 눈길을 내리깔았다가 쳐들며 말했다.

"죽은 태환 씨가 그 노랠 잘 불렀어요. 하지만 그것하고 제가 그 노랠 좋아하는 것하고 특별한 관계는 없어요. 전 노래가 좋아서 그냥 좋아할 뿐예요."

그녀의 표정은 담담하고 침착했다.

"아, 그랬었군요. 이거 또 제가 공연한 호기심을 일으켰던 모양인데요."

"아녜요. 저 어제같이 또 그렇게 속 좁게 굴진 않을 테니까 염려 마세요. 대단한 일도 아닌걸요, 뭐."

"그 태환 씨란 사람 노래를 잘 불렀나 보죠?"

"네, 노래를 잘 부르는 편이었어요. 집에서 반대하지만 않았으면 음악대학엘 들어갔을 거라고 그랬어요."

"테너였나요?"

"아뇨, 베이스였어요."

"경림 씨도 노랠 잘하실 것 같은데요?"

"아녜요. 전 못해요. 그냥 듣기만 좋아하죠."

그러며 그녀는 잔잔히 웃었다.

그 비어홀에서 동표는 그녀를 앉혀 놓은 채 밤늦게까지 술을 마셨다. 그리고 일부러 거의 인사불성이 되도록 취했다.

물론 속셈이 있어서였다. 그녀로 하여금 자기를 보호하도록 하자는 속셈이었다. 그리고 가능하다면 자기를 아파트까지 데려다주게끔 만들자는 꿍셈이었다.

그들이 비어홀에서 나온 것은 11시가 가까워서였다. 그리고 그때 동표는 비록 의식적으로 그렇게 된 것이긴 했지만 몸을 가누지 못할 정도로 취해 있었다.

그는 심하게 걸음을 헛디디면서 차도 쪽으로 나가 택시를 잡으려는 시늉을 했다. 그러자 그녀가 황급히 다가와 그의 팔을 붙들었다.

"위험해요. 이쪽으로 들어서세요. 택시는 제가 잡아 드릴게요."

"아. 아, 아닙니다. 제가 잡아 드릴 테니까 타, 타고 가십시오. 나 하나도 취하지 않았음다."

동표는 혀 꼬부라진 소리를 내며 계속 한 손을 허우적거려 달려오는 택시들을 세우려는 시늉을 했다.

"아녜요. 많이 취하신 것 같아요. 제가 잡아 드릴 테니까 이쪽으로 들어오세요."

그녀는 그의 팔을 놓지 않은 채 그를 인도 쪽으로 이끌었다. 그러나 동표는 계속 한 손을 허우적거리면서 버텼다.

"아, 아, 아닙니다. 내가 자, 잡아 드려야죠. 어이, 택시! 택시이!"

"글쎄, 이러지 마세요. 위험해요."

그녀는 안타까운 목소리로 그를 달래듯 하며 계속 인도 쪽으로 그를 이끌었다. 그때 동표는 짐짓 그녀의 이끌음에 발을 커다랗게 헛디디는 시늉을 하면서 땅바닥에 나뒹굴었다. 그리고는 꾸물꾸물 일어나려는 시늉을 하다가 다시 쓰러졌다. 그녀가 황망히 허리를 구부려 다시 그의 팔을 잡았다. 그리고 안타까운 목소리로 말했다.

"거 보세요. 많이 취하셨죠. 어디 다치지 않으셨어요?"

"아, 아, 아닙니다. 괜찮습니다. 괜찮아요."

하고 그는 다시 꾸물꾸물 일어나려는 시늉을 하다가 또 발을 헛디디는 시늉을 하면서 쓰러졌다. 그러자 그녀는 안타까운 몸짓으로 다시 그를 부축해 일으키려 했다.

"절 붙잡고 일어서 보세요. 너무 취하셨어요. 아무래도 제가 댁까지 모셔다드리고 가야겠나 봐요."

동표는 귀가 번쩍했다. 그러나 그녀의 팔에 간신히 매달리다시피 하여 엉거주춤 몸을 가누어서며, 그리고 다시 한번 쓰러질 뻔한 자세를 취하면서 계속 혀 꼬부라진 소리를 냈다.

"아, 아닙다. 이 정도로는 혼자 집에 못 갈 내가 아닙다. 난 이대로 내버려두시고 경림 씨나 댁으로 어서 돌아가십쇼. 아, 아, 아니 내가 택시를 잡아 드리겠음다. 어이, 택시! 택시이!"

그러며 그는 다시 한 팔을 허우적거려 택시를 세우려는 시늉을 했다. 그러자 그녀는 무슨 결심을 했는지 그의 팔을 꼭 잡으며

"아녜요. 아무래도 제가 댁까지 모셔다드리고 가야겠어요. 너무 취하셨어요."

하고는 달려오는 택시들을 향해 한 손을 쳐들었다.

그때부터 동표는 거의 인사불성인 체했다. 그리고 잠시 후 그녀에게 부축을 당해 택시에 오른 뒤에는 곧 시트에 쓰러져 코 고는 시늉을 했다. 그녀가 운전사에게 행선지를 말하는 소리가 들렸다.

동표는 계속 인사불성인 체했다. 택시가 아파트에 도착하여, 다시 그녀의 부축을 받으며 거의 자력에 의하지 않고 택시에서 내릴 때에도, 그리고 거의 같은 방식으로 아파트 층계를 오를 때에도.

두 계단 올라가고 다시 한 계단 내려오는 식의 느린 진행으로 층계를 다 올라와 현관 도어 앞에 이르렀을 때 그녀가 말했다.

"자, 이제 다 오셨어요. 저 그만 가 봐도 되겠어요?"

동표는 지금이 가장 중요한 순간이라고 생각했다. 눈을 게슴츠레 떠서 그녀가 누구인가를 알아보려는 시늉으로 물끄러미 쳐다본 후 뼈 없는 사람처럼 스르르 주저앉았다. 그리고 고개를 가슴에 처박고 다시 코 고는 시늉을 하기 시작했다.

그녀가 안절부절못하는 몸짓으로 잠시 망설이는 기색이 알렸다. 그러더니 그녀의 손이 어깨에 와 닿았다. 어깨가 가만히 흔들렸다.

"저, 열쇠 어디에 갖고 계셔요? 네?"

"……"

동표는 계속 코 고는 시늉만 했다. 그러자 이번에는 좀 세게 어깨가 흔들렸다.

"저, 열쇠 어디에 갖고 계시냐구요?"

동표는 그러나 내처 인사불성인 체했다.

그녀의 손이 어깨를 떠났다. 그리고 잠시 아무런 기척이 없더니 마침내 결심이 섰는지 조심조심 그녀의 선이 주머니를 더듬기 시작했다.

동표는 계속 인사불성인 체했고 그녀가 그의 바지 앞주머니에서 열쇠를 찾아낸 것은 한참 뒤였다.

그녀가 열쇠를 꽂아 도어를 여는 소리가 들었다. 그리고 그녀는 곧 다시 그를 부축해 일으켰다.

부축을 받으면서 동표는 비로소 다시 한번 게슴츠레 눈을 떠 그녀를 쳐다보았다. 이렇게 성가시게 하는 것이 도대체 누구냐는 듯이. 그리고는 다시 가물가물 의식이 몽롱해져 가는 표정으로 거의 그녀에게 껴업히다시피 현관 안으로 들어갔다.

그녀는 인내심 깊게 끝까지 그를 부축했다. 신발을 벗기고 그를 기어이 소파까지 부축해다 뉘었다.

동표는 소파의 등받이 쪽으로 몸을 오그려 누우면서 재빨리 팔목시계를 보았다. 12시 10분전이었다. 이제 그녀가 돌아갈 시간은 없었다.

아니나 다를까, 그녀도 팔목시계를 보는 동작이 알렸다. 그리고는 한참 동안 아무런 기척도 없었다. 시간이 너무 늦었음에 당황하고 있음이 분명했다. 그리고 망설이고 있음에 틀림없었다. 돌아갈 시간은 늦었고 그렇다고 아무 데서나 잘 수도 없는 기분일 것이었다.

그녀는 결국 하는 수 없다고 결심한 모양이었다. 동표의 맞은편 소파에 가만히 앉는 동작이 알렸다.

동표는 다시 코 고는 시늉을 했다. 그러면서 생각했다. 그녀를 오늘 밤 완력으로 정복해 버릴 것이냐, 아니면 그대로 곱게 놔둘 것이냐. 그리고 만일 완력으로 정복을 한다면 언제쯤 결행하는 것이 좋으며 그 반대의 경우 어떻게 이 유혹을 견딜 것이냐.

그러다가 그는 결론을 얻지 못하고, 자신도 모르게 잠들고 말았다. 그 자신 워낙 취해 있었기 때문이다.

그가 심한 갈증을 느끼고 잠에서 깬 것은 새벽 4시쯤이었다.

깨어 보니 그녀는 맞은편 소파에 앉은 채로 얌전히 잠들어 있었다. 전등은 그대로 켜진 채였다. 팔목시계를 보니 4시가 조금 지나 있었다.

그는 조용히 일어나 앉았다. 머리가 조금 무거운 듯했다. 그리고 몹시 목이 말랐다.

조용히 일어나 되도록 발짝 소리를 죽여 부엌으로 갔다. 조심조심 컵에 물을 받아 되도록 소리 안 나게 마셨다. 그리고 다시 조심조심 소파로 돌아왔다.

소파에 앉아 그녀의 잠든 모습을 바라보았다. 앉아서 새울 작정으로 있다가 잠이 든 것임에 틀림없어 보였다. 등받이 쪽에 한쪽 뺨을 대고 약간 비스듬히 앉은 채 그녀는 잠들어 있었다. 조금 불편해 보이는 자세였다. 그러나 그녀의 표정은 비길 데 없이 고요해 보였다.

문득 저와 같은 고요한 표정을 깨뜨리는 건 죄가 될 것 같은 생각이 들었다. 그로서는 거의 처음 경험해 보는 기분이다.

착잡한 느낌이 들었다. 여자 앞에서 그런 기분을 느껴 본 것은 생전 처음이었기 때문이다. 그것도 단 두 사람만이 있는 공간 속에서.

참으로 알 수 없는 일이었다. 그는 눈을 감았다가 떴다. 그리고 다시 그녀를 바라보았다. 그녀는 여전히 조용한 표정으로 잠들어 있었다. 그리고 그 표정은 여전히 깨뜨려선 안 될 그 어떤 것으로 바라보였다.

그는 거의 넋을 잃고 그녀의 잠든 얼굴을 계속해서 바라보았다. 도저히 그녀를 어떻게 해 본다는 것은 얘기도 안 될 것만 같았다.

한순간 그녀가 몸을 약간 옹송그리는 시늉을 했다. 조금 추운 모양이다.

그는 가만히 소파에서 일어났다. 그리고 자기 방으로 가서 비교적 깨끗한 담요 한 장을 꺼내왔다.

조심조심 그녀의 몸 위에 담요를 덮어 주었다. 그리고 다시 소파로 돌아와 앉으려는 순간이었다.

그녀가 담요를 좀 더 목 가까이로 끌어 올리려는 시늉을 하다가 이상한 느낌을 받았는지 문득 눈을 떴다. 그리고 깜짝 놀란 표정으로 그를 쳐다보았다.

"어마, 제가 깜빡 잠이 들었나 보군요."

그러면서 그녀는 담요를 끌어 내리며 자세를 고쳐 앉았다.

"아, 그대로 조금 더 주무십시오. 저 때문에 아마 댁에도 못 들어가신 것 같은데……."

하고 동표는 계면쩍은 표정을 지었다. 그러자 그녀는 완전히 고쳐 앉은 자세로 말했다.

"아녜요. 그만 깜빡 잠이 들고 말았나 봐요. 그런데 언제 일어나셨어요? 아깐 그렇게 인사불성이시더니."

"네, 방금 일어났습니다. 역시 제 짐작이 맞았군요. 저 때문에 댁에도 못 돌아가셨군요. 제가 혹 경림 씨한테 무슨 못 할 짓이라도 하지 않았나요?"

"절 집에 못 가게 하신 것 외에는 대체로 얌전하셨어요. 그리고 길바닥에 몇 번 쓰러지신 것 외에는요.

그리고 그녀는 나무라는 듯 가만히 웃었다. 동표는 계속해서 계면쩍은 표정을 지었다.

그리고 손을 머리로 가져가며 말했다.

"이거 정말 면목 없게 됐군요. 정말 미안합니다. 댁에서들 걱정하고 계실 텐데……."

"네, 걱정들은 하실 거예요. 날 새는 대로 곧 가 봐야죠. 참 지금 몇 시죠?"

하더니 그녀는 대답도 듣기 전에 자기 시계를 내려다보았다.

"어마, 벌써 4시가 넘었네요. 저 그럼 가 봐야겠어요. 아무튼 이렇게 깨나신 걸 보니 안심이에요."

그리고 그녀는 소파에서 일어섰다. 동표는 함께 소파에서 엉거주춤 일어나며 말했다.

"아, 지금 나가셔도 차가 아마 없을 겁니다. 조금 더 앉았다 가십시오. 차가 아마 5시 지나서야 있을 겁니다."

"택시도 없을까요?"

"네, 택시도 5시 지나서야 있을 겁니다. 조금만 더 앉아 계시다 가십시오. 정말 면목 없게 됐습니다."

그러자 그녀는 얌전히 다시 소파에 앉았다.

"그럼 조금만 더 앉았다 가겠어요."

"네, 그동안 제가 커피를 한 잔 끓여 드리겠습니다."

"아녜요. 저 커피 안 마셔도 돼요."

"잠깐만 앉아 계십시오. 금방 됩니다."

그러며 동표는 부엌으로 향했다. 그러자 그녀는 다시 소파에서 일어났다.

"그럼 제가 끓이게 해 주세요. 있는 데만 가르쳐 주시면 제가 끓일게요."

"글쎄, 경림 씬 가만 앉아 계십시오. 경림 씬 손님이십니다. 더구나 절 여기까지 데려다주시고 그 바람에 댁에도 못 돌아가신 분입니다. 커피라도 대접함으로써 책임을 조금이라도 덜려는 기분을 이해해 주십시오."

"어머, 그럼 더욱 안 되겠어요. 겨우 커피 가지고 빚을 갚으려고 그러세요? 제가 얼마나 힘들었는데."

그러며 그녀는 웃었다.

"네, 그럼 커피도 대접해 드리고 나중에 빚도 톡톡히 갚겠습니다. 잠깐만 앉아 계십시오."

그러며 그도 마주 웃어 보이고 나서 부엌으로 들어갔다. 그녀는 어떻게 생각했는지 더 이상 만류하지 않았다.

잠시 후 동표는 커피를 끓여 가지고 다시 그녀가 앉아 있는 응접실로 나왔다. 그리고 그녀와 마주 앉아 커피를 마시면서 말했다.

"어떻습니까? 새벽의 커피 맛이."

"네, 아주 맛있어요."

"이렇게 새벽에 커피 마셔 본 적 있으십니까?"

"처음이에요."

"그럼 제가 아주 못 할 짓만 한 건 아니로군요. 결과적으로 새벽 커피 맛을 가르쳐 드린 셈도 되니까요."

"네, 그래요. 뿐만 아니라 앉아서 자는 법까지 가르쳐 주셨으니까요."

"아, 이거 철퇴를 내리시는데요. 공연히 섣불리 공치사를 해 가지고."

"부끄러워하실 것 없으세요. 가르쳐 주신 건 가르쳐 주신 거니까요."

"아, 이거 점점……. 정말 미안합니다."

그때 그녀는 혼자만 아는 듯한 웃음을 가만히 웃었다. 동표는 멀뚱히 물었다.

"왜 웃으시죠?"

"생각나는 게 있어서요."

그리고 그녀는 다시 배시시 웃었다.

"생각나는 거라뇨?"

"저 처음 여기 왔을 때 일 말예요. 그때 저한테 협박하셨었죠?"

"협박을 하다뇨. 제가 뭐라고……."

"생각 안 나세요? 〈콜렉터〉란 영화 얘기를 하시면서 은근히 절 가
두어 버릴 수도 있다는 식으로 협박하시던 일?"

"아, 그랬던가요."

동표는 얼굴을 붉혔다. 그러자 그녀는 다시 배시시 웃으며 말했다.

"오늘은 그런 협박 안 하시네요. 그때보단 퍽 점잖아지셨나 봐요."

"아, 이거 계속 부끄럽게만 만드시는군요."

"그때는 낮이었지만 지금은 한밤중이나 다름없으니까 그런 협박
을 하시기엔 더 조건이 알맞을 텐데요."

그녀는 그를 지금 신뢰하고 있음에 틀림없었다. 그리고 그 신뢰를
바탕으로 한 농담을 하고 있음에 틀림없었다. 따라서 그것은 그를 시
험해 본다거나 농담 삼아 그를 유혹해 보련다거나 하는 것으로 결코
받아들일 수 없는 것이었다.

동표는 얼굴을 붉힌 채로 말했다.

"이거 너무 심하신데요. 그러시다가 제가 정말 그런 마음이라도 먹
게 되면 어쩌려고 그러십니까?"

"어마, 이젠 충고까지 해 주시네요."

"자꾸 그렇게 놀리지 마십시오. 정 그러시면 제 태도가 표변할지도

모릅니다."

동표는 아까 그녀의 잠든 얼굴을 바라보면서 느끼던 기분을 생각했다. 도저히 그 고요한 표정을 깨뜨릴 수는 없다고 느껴지던. 지금도 비슷한 기분이었다. 그녀의 그 신뢰감을 어쩐지 배신하지 못할 기분이었다. 그래서 자기 자신에게 던져 보듯 던진 말이었다. 그러나 그녀는 전혀 위험 따위는 느끼지 않는 표정이었다.

"그 역시 저한텐 협박이라기보다는 충고로 들리는걸요."

"정말입니까? 정말 그럼 태도를 표변해도 좋습니까?"

"좋다고 하면 표변하시겠어요?"

"그럴 지도 모르죠. 아니, 표변하겠습니다."

"어마, 그럼 충고를 받아들이겠어요."

"이제야 겁이 나시는 모양이군요."

"아녜요, 겁이 나는 건. 하지만 충고를 너무 안 들으면 화를 내실 거 아녜요?"

"그럼 겁은 정말 안 나십니까?"

"네. 민 선생님이 그렇게 무서운 분이 아니라는 걸 어제저녁에 전 안걸요."

"과연 그럴까요?"

"네. 전 제 눈을 믿어요."

"사람의 눈이란 사물의 표면밖에 볼 수 없다는 걸 모르진 않으실 텐데."

"하지만 그 사물이 사람인 경우, 대개 그 표면만 봐서도 알 수 있거든요."

"대개는 그렇다고 할 수 있을지 모르죠."

"그럼 민 선생님은 그 대개 속에 포함되지 않는단 말씀이세요?"

"예외는 어디에나, 그리고 언제나 있죠."

"어마, 저 그럼 무서워져요."

"하하, 이제야 진짜 겁을 내시는군요. 하지만 이제야말로 겁을 내
실 필요는 없습니다. 전 겁을 내시는 걸 보는 것만으로 족하니까요."

"어마, 나쁘세요."

"하하, 이제야 좀 몰리는 기분에서 벗어난 것 같군."

그날 동표는 아무 일 없이 그녀를 집으로 돌려보냈다. 스스로도 잘
믿어지지 않는 일이었으나 그는 그렇게 했던 것이다.

그로서는 특이한 체험이 아닐 수 없었다. 여자 앞에서 그런 정직한
기분을 맛보고 그러한 기분이 지시하는 바에 따라 정직하게 행동한
것은 적어도 성인이 된 후의 그에게는 처음 있는 일이었던 것이다.

알 수 없는 일이었다. 그녀의 어떤 점이 자기로 하여금 그렇게 하
게끔 만들었는지. 그녀의 의심 없는 거의 방심에 가까운 완벽한 무
방비 때문이었을까. 그 무방비의 근원이 되었을, 자신에 대한 전적인
신뢰의 감정 때문이었을까. 그 신뢰의 감정을 배신하기가 어려워서
였을까. 제아무리 망나니에게도 어쩌다 한 번씩은 정직해지는 순간
이 있다고 하는데 그러한 순간이 마침 그때 그 자신에게도 찾아왔던
것일까.

어쨌든 그녀는 5시가 넘자 소파에서 일어났고 그는 그녀를 자동차

가 다니는 큰길까지 배웅해 주었던 것이다.

그녀는 택시에 오르기 전에 말했다.

"민 선생님 때문에 밤을 꼬박 새워서 오늘 제대로 근무를 할 수 있을지 모르겠어요."

동표는 천연스레 대꾸했다.

"하루쯤 결근을 하시죠. 그래서 만일 해고라도 당하신다면 그땐 제가 모든 책임을 지죠."

"어마, 정말이세요?"

"물론이죠."

"아이, 든든해라. 하지만 염려 마세요. 책임을 지게 해 드리진 않을 테니까요."

"하하, 안녕히 가십시오."

"네, 안녕히 계세요."

그리고 그녀는 택시에 올라탔다. 동표는 그녀가 탄 택시의 차창을 향해 손을 들어 보였다. 그녀도 차창 안에서 마주 손을 흔들어 보였다.

그 일이 있은 후로 동표와 그녀 사이는 마치 오랜 친구 사이처럼 되었다. 그녀가 그런 신뢰의 태도를 계속 보내왔던 것이다. 그날 밤의 일로 그를 결정적으로 신임할 수 있다고 판단한 모양이었다.

동표로서는 내심 부끄러운 구석이 없지 않았으나 우선은 그녀의 태도에 맞추는 수밖에 없었다. 그리고 누군가로부터 신뢰를 받는다는 것이 미상불 싫을 까닭도 없는 일이었다. 또 그러한 그녀의 태도에 맞춰 나가는 동안 그는 차츰 사람과 사람 사이의 정직한 관계가 그렇지 않은 관계보다 반드시 재미없지 않다는 사실도 알게 되었다. 뭐라고 할까. 그로서는 최초로 사람과 사이의 정직한 관계에 대한 조그만 개안(開眼)을 한 셈이라고 할까. 물론 아직 지극히 제한된 그것이긴 했지만. 왜냐하면 그는 그제야 비로소 정직한 마음으로 누구를 사랑한다는 문제에 대해서 조금씩 생각해 볼 수 있게 된 데 불과하니까.

그런데 그에게 남은 의문은 그녀가 그녀의 죽은 애인에 관한 문제를 마음속에서 어떻게 처리하고 있는가 하는 것이었다. 전 같으면 그것은 그에게 있어 아무런 문제도 아니었다. 왜냐하면 그런 것은 기술적인 장애는 될지언정 실제로는 하등의 중요성도 없는 것이라고 그는 생각하고 있었기 때문에.

그러나 어쩌면 그녀를 정직한 마음으로 사랑하게 될지도 모르는 마당에 있어서는 결코 가벼운 문제랄 수는 없었다.

시간이 지남에 따라 그는 그녀를 어쩌면 정직하게 사랑하게 되는지도 모른다는 생각을 갖기 시작했던 것이다. 그녀는 그를 그렇게 만들 가능성을 충분히 갖고 있었다. 적어도 동표에게는 그렇게 생각되었다.

그러나 그녀의 죽은 애인에 관한 이야기를 동표 쪽에서 섣불리 다시 꺼낸다는 것은 적잖은 위험부담을 안는 일이었다. 왜냐하면 그것은 모처럼 그를 신뢰하기 시작한 그녀의 마음을 다시 자극할 우려가 다분했으므로. 요컨대 긁어 부스럼을 만들 소지가 다분했으므로.

그래서 그는 기회를 보기로 하고, 그 문제에 관한 성급한 궁금증 해소를 시도하는 것은 삼가기로 하고 있었다.

그런데 그 문제에 관한 실마리가 풀릴 날은 뜻밖에도 빨리 찾아왔다.

그날은 토요일이었고, 전화로 불러내서 그녀를 만난 동표는 그녀에게 그다음 날인 일요일의 등산을 제안했었다. 그러자 그녀는 잠시 망설이는 눈치더니 그것은 좀 곤란하겠다고 대답했다.

"왜, 등산엔 전혀 취미가 없으십니까?"

하고 동표는 좀 실망이라는 표정으로 물었다.

그녀는 몹시 난처해하는 표정으로 대답했다.

"그런 게 아니라…… 가 봐야 할 데가 있어서요."

"아, 선약이 있으신 모양이군요."

"선약은 아니지만 저한텐 약속이나 다름없어요."

"잘 못 알아듣겠는데요, 무슨 말인지. 어디 방문해야 할 데가 있으신가요?"

"방문……. 글쎄요. 그걸 방문이라고 할 수 있을진 모르지만 찾아가는 건 찾아가는 거라……."

"점점 모를 소리만 하시는데요. 방문이라고 할 수 있을진 모르지만 찾아가는 거라……."

그러자 그녀는 잠시 입을 다물었다가 조용히 말했다.

"네, 실은 내일이 태환 씨가 죽은 지 꼭 2년째 되는 날예요. 그래서 묘지엘 한번 가 보려구요."

뜻밖의 대답에 동표는 좀 놀랐으나 곧 천연스레 대꾸했다.

"아 그렇습니까? 그렇다면 제가 더 떼쓸 일은 못 되는 것 같군요."

"미안해요."

"미안하실 건 없습니다. 하지만 제가 혹 동행해도 괜찮다면 제가 한 제의가 아주 빗나간 건 아닐 수도 있겠는데요. 묘지가 어차피 산에 있을 테니까 결국 등산도 되는 셈일 테니까요."

"……."

"동행해도 되겠습니까? 물론 떼쓸 일은 아닌 줄 압니다만."

그녀는 잠시 무엇을 생각하는 표정이더니 얼굴을 똑바로 들며 대답했다.

"원하신다면 함께 가셔도 좋아요."

"정말이십니까?"

"네, 하지만 즐거운 일은 못 되실 거예요."

"아, 그 점은 염려 마십시오. 저도 뭐 특별히 등산에 취미가 있어서 등산 제안을 했던 건 아니니까요. 경림 씨하고 함께 어딜 간다는 사실만으로 전 만족합니다."

"아무튼 그럼 좋도록 하세요."

그 이튿날 오전 그들은 다시 만났다. 그리고 서울 근교에 있는 한 사설묘지로 함께 갔다.

제법 죽은 사람들을 위한 공원이라는 느낌이 들도록 꾸며진, 야트막한 구릉 하나로 이루어진 묘지였다. 전에 가 본 공동묘지처럼 무덤들이 촘촘히 들어앉거나 그다지 살풍경하지 않은, 그곳을 찾는 살아남은 가족이나 친지들의 마음에 고인을 크게 푸대접하진 않았다는 위안이 들 만큼은 비교적 조촐하고 아담하게 꾸며진 묘지였다.

길섶에 자잘한 들꽃들이 다투어 피어난 소로를 따라 그들이 찾는 무덤 앞에 이르렀을 때 그녀는 말없이 멈추어 섰다. 그리고 잠시 무덤을 향해, 언젠가 창경원에서 보였던 저 방심한 듯한 조용한 눈길을 보냈다.

동표는 얼핏 무덤 앞에 세워진 묘비명을 보았다.

'오태환이 스물다섯의 젊은 나이로 이곳에 잠들다. 197×년 6월 28일'이라고 적혀 있었다.

그러니까 살아 있다면 그는 동표와 동갑인 셈이었다.

동표는 물었다.

"가족들은 아직 안 왔나 보죠? 보이지 않는 걸 보니."

그제야 그녀는 무덤으로부터 눈길을 거두며 나직이 대답했다.

"네, 오실 분이 없을 거예요. 태환 씨한텐 늙으신 아버님과 형제분들이 계시지만 형제분들하곤 사이가 별로 안 좋았고, 아버님은 기동하시기가 어려우시다는 얘길 들었어요."

그리고 그녀는 들고 온 꽃묶음을 무덤 앞에 가만히 놓았다.

"작년에도 그럼 경림 씨 혼자 오셨었나요?"

"네, 저도 혼자 왔었어요."

"갑자기 저 안에 누워 있는 사람이 부러운 생각이 드는데요."

"네?"

"아, 농담입니다. 이렇게 매년 찾아와 주는 분이 있다는 걸 알면 저 안에 누워서도 얼마나 행복할까 하는."

"……."

"농담 조금만 더 할까요? 나라면 가족들이 찾아와 주는 것보단 경림 씨 혼자서 찾아와 주는 게 몇 배 더 행복하겠습니다. 그리고 지금 같이 따라온 자가 죽이고 싶도록 밉겠습니다."

"그만두세요, 농담."

"아, 이거 미안합니다. 농담할 장소가 아니라는 걸 깜빡 잊고."

그러며 동표는 손을 머리로 가져가는 시늉을 했다. 그러자 그녀는 무덤 앞의 잔디를 가리키며 조용히 말했다.

"좀 앉으세요. 다리 아프실 텐데."

"네, 경림 씨도 좀 앉으시죠"

하고 동표는 잔디 위에 엉덩이를 내려놓고 앉았다. 그녀도 동표 옆에 가만히 앉았다.

동표는 담배를 꺼내서 피워 물었다. 그리고 그녀의 표정을 살피듯 하며 조심스레 물었다.

"이 사람 얘기 오늘 좀 안 들려주시겠습니까? 묘비명을 보니 저하고 동갑이었더군요."

그녀는 잠시 아무 대답이 없었다. 그리고 한동안 방심한 표정으로, 그들이 걸어 올라온 묘지의 입구께를 바라보고 있다가 말했다.

"듣고 싶으시다면 해 드리겠어요. 언젠가 민 선생님이 얘기하신 것처럼 2년이나 전에 죽은 사람에 대한 얘기지만요."

동표는 잠자코 그녀의 다음 말을 기다렸다.

그녀는 잔디 위에 비치고 있는 햇빛에 눈이 부신 듯 잠시 미간을 찡그리고 나서 말을 이었다.

"태환 씬 좀 침울한 성격이었어요. 말수도 적은 편이었구요. 자기가 하고 있는 공부에 대해서도 별로 탐탁하게 여기는 것 같지 않았어요. 가족들의 기대를 저버리지 않기 위해서 하고 있을 뿐이라는 그런 태도였어요. 그러면서도 게으름을 피우거나 아주 그만두어 버리질 못한 걸 보면 자주성이 강한 성격은 못 됐던 것 같아요.

저하곤 우연한 기회에 알게 돼서 한 1년쯤 가깝게 지냈어요. 자주 만날 때는 매일 한 번씩 만나다시피 한 때도 있었어요. 지금 생각해 보면 태환 씬 가족들한테서 얻지 못한 사랑을 저한테서 보상받고 싶어 했던 것 같아요. 전 또 태환 씨의 그런 침울한 표정이 왠지 마음에 들었구요. 하지만 장래 약속 따위를 하고 만나고 그런 건 아녜요. 그런 문젠 그렇게 중요하게 생각되지도 않았고 또 그런 건 막연히 시간이 해결해 줄 문제려니 했었죠. 그런데 어느 날 갑자기 태환 씨가 아무런 연락도 없이 약속 장소엘 나타나지 않았어요. 약속을 어긴 적은 한 번도 없었는데. 집으로 전화를 해 봤더니 갑자기 피를 토하고 쓰러져서 병원에 입원을 했다는 거였어요. 깜짝 놀라서 병원으로 달려가 봤더니 태환 씬 죽은 사람처럼 창백한 얼굴로 누워 있었어요. 그러면서도 절 보곤 미안하다고 그랬어요. 금방 괜찮아질 거라고 하면서. 그런데 결국 병원에선 태환 씨의 병명도 알아내질 못했어요. 하루에 한 번씩 피를 토하는 증세도 막아 내질 못했구요. 병원의 온갖 장비와 지식을 다 동원하고서두요. 결국 태환 씬 입원한 지 일주일 만에 병원에서 죽고 말았어요. 전 그때처럼 병원이라고 하는 것이, 그리고 의사라는 사람들이 바보스러워 보이고 멍청하게 여겨져 본 적은 없었어요. 간호학과를 다닌다는 저 자신에 대한 배신감도 적지 않았지만요. 그때까지만 해도 전 인간의 지식에는 한계가 있다는 생각을 미처 못 하기도 했지만 그럴 만한 너그러운 마음을 가질 경황도 없었기 때문이겠죠. 인간의 생명이 그렇게 갑자기, 그렇게 아무런 보호도 받지 못하고 죽을 수 있다는 사실을 전 믿을 수가 없었어요. 그것도 무슨 사고를 당한 것도 아닌, 그리고 의당 보호받을 수 있을 거라고 믿었던 장소에서 말예요. 전 그때 다니던 학교를 그만둬 버릴까도 생각했었어요. 나중에, 흔하진 않지만 그런 경우도 간혹 있을 수 있다는 사실을 알고 나서야, 그리고 그렇지 않은 많은 경우를 위해서 사실은 병원이나 의사 그리고 간호사가 필요한 거라는 사실을 깨닫고 나서야 그 생각을 간신히 억누를 수가 있었지만요. 그리고 지금도 이렇게 병원에 근무하고 있지만요."

그리고 그녀는 잠시 사이를 두었다가 나직이 덧붙였다.

"하지만 어쨌든 민 선생님 말씀대로 이젠 2년이나 지난 얘기예요. 전 그때부터 나이를 두 살 더 먹고 이렇게 살아 있구 태환 씬 저렇게 아무 말 없이 무덤 속에 누워 있구요. 아마 우리 얘기 듣지도 못할 거예요. 제가 자기하고 동갑이 된 줄도 모를 거구요."

그리고 그녀는 고개를 들어 청명한 하늘에 떠 있는 구름 몇 송이를 힐끗 쳐다보았다.

또 한 명의 여자

그날 저녁 그녀와 헤어져 아파트로 돌아온 동표는 비교적 가벼운 기분으로 잠들 수 있었다. 그녀가 아직 그녀의 죽은 애인에 관한 애틋한 기억을 버리지 못하고 있음에는 분명하지만 그것이 그녀의 현실을 크게 간섭할 만한 정도는 아니라는 것을 알 수 있었기 때문이다. 적어도 동표에게는 그렇게 판단되었다.

왜냐하면 그녀는, 그것이 2년 전의 일이라는 사실을 부정하지 않을 만큼은 충분히 현실적인 분별력을 지니고 있는 것으로 믿어졌기 때문이었다. 그리고 그 애틋한 기억이라는 것도 동표에게는 일종의 연민에 불과한 것으로 해석되었다.

어떻든 그녀가 그녀의 죽은 애인에 관한 기억 때문에 자신의 현실을 2년 전의 과거 속에 매몰해 버리지 않으리라는 것은 확실해 보였다.

남은 일은 이제 그녀의 기억 속에서 태환이라는 이름을 가진 그녀의 죽은 애인의 영상을 지워 버리는 일뿐이었다. 물론 단시일에, 그리고 완전하게 지워 버린다는 것은 거의 불가능한 일일 터이지만.

그러나 서서히 그것을 극소화할 수는 있을 것이었다. 그리고 그것은 물론 그 자리에 다른 것을 채워 넣음으로써 가능할 터이었다.

동표는 서두르지 않기로 하였다. 서서히 그 다른 것을 채워 넣는 작업을 진행시키기로 하였다. 그 다른 것이란 물론 다름 아닌 동표 자신을 가리키는 것이었지만.

동표는 달게 잠들었다.

그런데 그다음 날 오후 동표는 묘한 방문객 한 사람을 맞이하였다.

늦잠(그에게 있어서의 늦잠이란 오후까지 자는 것을 말함인데)에서 깨어나 커피 한 잔을 끓여 마시고 마악 외출 차림을 하고 났을 즈음이었다. 얌전한 벨 소리가 두어 번 울렸다.

혹시 언젠가 전도하러 왔던 그 여자일는지도 모른다고 생각하며 동표는 현관으로 나갔다. 그리고 현관 도어를 열었다.

그러나 문밖에 서 있는 사람은 그가 처음 보는 여자였다. 화장기를 지우고 있었으나 평소에 화장을 많이 하는 여자라는 것을 첫눈에 알아볼 수 있었고 이쪽을 향해 오는 시선에 장난기가 담겨 있었다.

동표는 의아한 표정으로 물었다.

"누굴 찾으시죠?"

그러자 그녀는 장난기 있게 웃으며 대답했다.

"미안해요. 저 누굴 찾아온 게 아녜요."

"예? 그럼……."

"댁에 혹시 비워 두는 방 없으세요?"

"예?"

"비워 두는 방 있으면 세놓으세요. 전 지금 셋방을 구하러 다니는 중이거든요."

"예? 그런 문제라면 복덕방에 부탁을 하실 일이지 어떻게 이렇게……."

"복덕방에 부탁을 하면 돈이 들잖아요? 전 지금 한 푼이라도 아껴야 할 입장이거든요."

"하지만 아무리 그렇더라도 어떻게 이런 식으로……."

"그런 건 상관 마시고 저한테 세줄 수 있는 방이 있는지 없는지나 대답하세요. 지금 여기까지 아홉 집째 방문하는 중예요. 없으시담 딴 집으로 또 가 봐야죠."

"쓰지 않는 방이 있긴 하지만……."

그러며 동표는 그녀의 얼굴을 좀 찬찬히 뜯어보았다. 귀여운 얼굴이었고 화장기를 지운 얼굴이 독특한 매력을 지니고 있었다. 그것은 처음부터 화장을 하지 않은 얼굴과는 전혀 다른 얼굴이었다.

그 얼굴에 기대의 표정이 떠올랐다.

"어마, 쓰지 않는 방이 있으세요?"

"예, 있습니다. 하지만……."

"하지만 세를 놓으실 생각은 없으시단 말씀이세요?"

"그런 뜻이 아니라……."

"그럼 무슨 뜻이죠?"

"글쎄요, 뭐라고 할까, 좀 곤란한 의미가 있다고 할까요."

"어떤 곤란한 의민데요?"

"글쎄요, 선뜻 세 들어오시라고 말하기가 거북한 점이 있는데요."

"아, 부인께서 질투심이 많으신 모양이시군요?"

"전혀 그 반대의 사정입니다."

"그 반대의 사정이라뇨?"

"말씀드리죠. 전 이 아파트에 혼자 살고 있습니다."

그러자 그녀의 두 눈이 반짝 빛났다.

"어마, 그러세요? 그게 어째서 거북한 점이세요?"

"거북하지 않을까요? 부부가 아닌 남녀가 한집에 산다는 게."

"어마, 쓸데없는 걱정을 다 하시네요. 그건 제가 거북하면 했지 어째서 선생님이 거북하세요? 그런 점 때문이라면 조금도 걱정할 필요 없으세요. 잠깐 들어가 봐도 괜찮죠? 제가 쓸 방이나 한번 보게요."

그러며 그녀는 대답도 듣기 전에 현관 안으로 들어섰다. 동표는 무엇에 홀린 기분이었으나 잠자코 그녀의 행동을 지켜보았다. 물론 불쾌할 까닭은 조금도 없는 기분인 채.

그녀는 신발을 벗고 위로 올라서며 말했다.

"저쪽이 응접실인가요?"

"예."

"전화가 있군요."

"전화가 필요하십니까?"

"꼭 필요한 건 아니지만 없는 것보다 얼마나 좋아요?"

그리고 그녀는 응접실 쪽으로 들어와서 마치 이제부터 자기가 살 집을 살펴본다는 식으로 주위를 한번 둘러보고는

"어마, 남자 혼자 사시는 집치고는 너무너무 깨끗하군요. 성격이 몹시 깔끔하신 편인가 보죠?"

하고 동표를 신기하다는 표정으로 쳐다보았다. 동표는 빙긋이 웃으며 대답했다.

"칭찬해 주시니 고맙군요. 한데 정말 세를 들어오실 생각이십니까?"

"어마, 그럼 저 세 안 주실 생각이세요?"

"아니, 그런 뜻이 아니라 남자 혼자 사는 아파트에 정말 세를 드실 생각이시냐구요."

"혼자 사신다니까 오히려 더 잘됐지 뭐예요."

"예?"

"그렇게 생각 안 하세요?"

"글쎄, 무슨 뜻인지?"

"혼자 사시기 심심하지도 않으세요? 그리고 불편한 점 없으세요? 말하자면 식사를 손수 해 잡숫는 일이라든지 빨래를 해야 한다든지. 제가 오면 그런 문젠 쉽게 해결되잖아요?"

그리고 그녀는 가볍게 덧붙였다.

"저도 그러면 세든 기분도 별로 안 들어 좋구요."

동표는 짐짓 어이없다는 표정으로 물었다.

"그럼 방세는 얼마나 내시겠습니까?"

"어마, 방세를 꼭 받으려고 그러세요?"

"예? 방금 세를 들어오시겠다고 하잖았습니까?"

"어마, 인색하셔라. 그럼 방세도 받으시고 저한테 밥 짓는 일이랑 빨래랑 도맡기실 셈이세요?"

"방세 대신 그럼 그런 일들로 때우시겠단 얘깁니까?"

"가정부 한 사람 두신 셈 치면 되잖아요? 거기다 월급도 안 나가는……"

"……"

"가정부를 두시면 방 하나 안 주시겠어요?"

"하긴 그렇군요. 아무튼 좀 앉으시죠."

"아녜요. 제가 쓸 방부터 좀 보구요. 어느 방이죠, 안 쓰신다는 방이?"

"저 방이 비어 있긴 합니다."

동표는 동생들이 쓰던 방을 가리켰다. 그러자 그녀는 발걸음도 가볍게 그쪽으로 걸어가서 문을 열어 보고는 기쁜 듯이 외쳤다.

"어마, 아주 예쁜 방이군요. 제 마음에 꼭 드는 방이에요. 오늘 당장 이사를 와야겠어요."

동표는 어이가 없었으나 그렇다고 그러한 그녀의 거동이 싫지는 않았다. 커녕 오히려 귀여워 보였다고나 할까.

그녀는 다시 동표가 서 있는 쪽으로 되돌아오며 물었다.

"참, 선생님은 이름이 어떻게 되세요? 앞으로 함께 살게 될 텐데 서로 이름이나 알고 지내야 되잖아요?"

"민동표라고 합니다."

"어마, 멋진 이름이네요. 전 정미라고 해요, 박정미. 평범한 이름이죠?"

"천만에요. 아주 좋은 이름이군요."

"정말이세요? 아이 좋아라. 나이는 어떻게 되세요? 스물일곱? 아님 여덟?"

"스물일곱입니다."

"어마, 그럼 저보다 꼭 세 살 많으시네요. 앞으론 그럼 그냥 동표 씨라고 부르겠어요. 그게 친근감이 있고 좋잖아요? 선생님이라고 부르는 것보다."

"좋도록 하시지요."

"그 대신 전 그냥 정미라고 불러 주세요."

"글쎄요."

"참, 부엌도 한번 봐 둬야겠군요. 앞으론 내가 맡을 테니깐."

그리고 그녀는 부엌 쪽으로 걸어가서 안을 들여다보고는 호들갑스레 칭찬했다.

"어마, 깨끗하기도 해라. 남자분이 부엌을 어쩌면 이렇게 깨끗하게 쓰셨어요?"

"아마 자주 사용하질 않아서 그럴 겁니다."

"자주 사용하질 않다뇨? 그럼 외식을 주로 하셨나요?"

"예, 대체로."

"어마, 그러심 몸 축가셔서 안 되세요. 식사는 집에서 하셔야죠. 음식점 음식이 어디 살로 가나요? 앞으론 제가 식사를 지어 드릴 테니까 꼭 집에서 식사를 하세요. 저 이래 봬도 요리 솜씬 제법이니까요. 그리고 속옷 같은 것도 꺼리지 말고 벗어 놓으세요. 괜히 저 몰래 손수 빨거나 하지 마시구요."

동표는 뭐라고 적절히 대꾸할 말을 찾지 못했다. 해서 그저 사람 좋게 빙긋 웃고만 말았다.

그러자 그녀는 모든 것이 만족이라는 표정으로 다시 동표 쪽으로 걸어와서는 그제야 그가 외출 차림이라는 사실을 발견한 듯

"어마, 어디 외출하시려던 길인데 저 때문에 지체하고 계신가 봐요."

하고 조금 미안해하는 표정을 지었다.

동표는 짐짓 너그러운 표정으로 대답했다.

"네, 괜찮습니다. 조금 늦어도 상관없습니다. 급한 용무가 있는 건 아니니까요."

그녀는 순간 조금 의심스러워하는 표정이 되었다.

"직장 같은 데 안 나가시나 보죠? 월요일인데 이렇게 집에 계시고, 느지막이 외출 준비를 하신 걸 보니."

"네, 나가는 직장은 없습니다."

동표는 여전히 사람 좋게 웃으며 대답했다.

"그럼 장사하시나요? 하지만 그런 것 같지도 않으시구……."

"어디 한번 맞혀 보십시오."

"설마 실업자이실 리도 없구……."

"하하, 어째서 그럴 리가 없습니까?"

"어마, 그럼 실업자세요?"

"하하, 빨리 맞히시는데요."

"어마, 그럼 정말 실업자세요?"

"왜, 실업자면 안 됩니까?"

"아뇨, 하지만 실업자시면 생활비는 어떻게 하시죠?"

"왜, 걱정되십니까? 정미 씨한테 신세라도 지게 될까 봐."

"어마, 아녜요, 그런 뜻. 하지만 궁금하잖아요?"

"염려 마십시오. 정미 씨한테 제 생활비를 대라고 하진 않을 테니까. 이래 봬도 전 부잡니다."

"어마, 그러세요? 부모님한테 유산이라도 많이 받으셨나 보죠?"

"글쎄요. 뭐 그렇다고 해 두죠."

"어마, 그러시군요. 얼마나 좋을까. 직장에 안 나가고 놀면서도 생활비 걱정을 안 해도 된다는 건. 나도 한번 그래 봤음."

"아, 그럼 정미 씬 직장엘 나가시는 모양이군요. 어떤 직장인데요?"

"저요? 어차피 다 아시게 될 거니까 숨길 필욘 없지만……."

"세상에 숨길 필요가 있는 직장도 있나요?"

"말하고 싶지 않은 직장도 있죠, 뭐. 하지만 말하겠어요. 저 술집에 나가요."

동표는 전혀 뜻밖이란 느낌은 아니었으나 잠시 적절한 대구를 찾지 못했다. 그러자 그녀는 얼굴을 살짝 붉히며

"왜, 뜻밖이신가요?"

하고 동표를 반쯤 장난기 어린 시선으로 쳐다보았다.

"아, 아닙니다. 그저……."

"거 보세요. 제가 술집에 나간다니까 벌써 태도가 이상해지시잖아요."

"아, 그런 게 아닙니다. 그저……."

"그저 뭐예요, 그럼?"

"그저 적절한 대꾸가 떠오르지 않았을 뿐입니다."

"그게 다 뭔가 좀 꺼림칙하게 여겨지시기 때문이지 뭐예요. 아무튼 그렇다고 해서 저 방 안 주시겠다곤 않겠죠?"

"그야……."

그녀가 이사를 온 것은 그날 저녁때였다.

그녀가 서둘러 이사를 와야겠다고 했고 그도 그것을 만류하지 않았던 것이다. 따라서 동표는 그녀의 이사를 맞이하기 위해 외출도 포기해야 했다.

그녀의 이삿짐은 지극히 간단했다. 옷가지들이 들었음 직한 커다란 여행용 가방 하나와 네모진 화장 케이스 하나, 그리고 여자들의 외출용 손가방 하나가 전부였다.

그 간단한 이삿짐을 옮겨 놓고 나서 그녀는 조금 부끄러워하는 듯한 태도로 말했다.

"저 여지껏 친구한테 얹혀 지냈거든요. 그래서 아직 침구를 장만 못 했어요. 혹시 남는 이부자리 있으면 당분간 좀 빌려주시겠어요? 제가 장만할 때까지만요. 아무거나 요 하나하고 얇은 캐시밀론 이불 하나면 돼요."

동표는 선선히 승낙했다. 그리고 식구들이 쓰던 것 중에서 요 하나와 여름용 캐시밀론 이불 하나를 그녀에게 빌려주었다. 내친김인 만큼 그런 거에 인색할 필요는 없다고 생각되었기 때문이다. 물론 좀 어이가 없는 일이긴 했으나 그러한 그녀의 태도가 또한 그다지 밉지도 않았다.

그녀는 고맙다고 인사하고 자기가 저녁을 짓겠다고 부엌으로 들어갔다.

"쌀은 있지만 반찬거리가 없을 텐데."

하고 동표는 짐짓 못 이기는 체하며 그녀가 부엌으로 들어가는 것을 말리지 않았다.

"그럼 시장을 봐 와야겠군요. 무슨 반찬 좋아하시죠? 두부찌개 좋아하세요?"

그녀가 그를 돌아다보며 물었다.

"좋죠, 두부찌개."

"콩나물볶음도 좋아하세요?"

"아, 좋죠."

"그 밖에 또 좋아하시는 것 있음 말하세요. 시장을 봐 오게요."

"그 두 가지면 충분합니다."

"참, 김치도 없기가 쉽겠군요. 그렇죠?"

"네, 담그기가 귀찮아서."

"담글 줄은 아시구요?"

"하하, 아직 담가 보진 않았습니다."

"아무튼 그럼 김치거리도 좀 사 오겠군요. 돈 내놓으세요."

"아, 그러죠. 얼마면 되겠습니까?"

"2000원만 주세요."

"잠깐, 이러다 내가 정미 씨 식비까지 대게 되는 거 혹시 아닙니까?"

"어마, 그럼 제가 가정부 노릇 다 해 드리는데 밥도 안 먹여 주실 생각이세요?"

"하하, 그렇던가요. 좋습니다, 좋습니다. 방 드리고 식비까지 대고, 아무튼 좋습니다."

"왜, 손해 가시는 것 같아서 그러세요?"

"아, 아닙니다. 아닙니다. 좋습니다."

동표는 그녀가 요구한 반찬거리값을 꺼내 주었다. 그녀는 그것을 받아 가지고 현관으로 나서면서 물었다.

"참, 슈퍼마켓 이 근처에 있겠죠?"

"네, 내려가서 왼쪽으로 조금 올라가면 있습니다. 함께 갈까요?"

"그냥 계세요. 저 혼자 갔다 오겠어요. 시장을 함께 보러 가면 부부 지간으로 오해받을 염려가 있어요."

"하하, 그런가요?"

그녀는 대답 대신 생긋 웃음만을 남기고 밖으로 나갔다. 그리고 20분쯤 지나서 들어왔다. 반찬거리 봉지를 한 아름 안은 채.

그녀의 음식 만들기가 다 끝나서, 부엌에 마련된 식탁에 두 사람이 마주 앉은 것은 그로부터 다시 한 시간쯤 후였고 전등을 켜야 할 시간이었다.

그녀의 요리 솜씨는 그다지 훌륭한 편은 아니었다. 그런대로 먹을 만은 했고 비교적 깔끔한 편이었다.

동표는 두부찌개 한 숟갈을 입속에 떠 넣고 나서 그녀의 요리 솜씨를 칭찬했다.

"아, 이거 솜씨가 대단하신데요. 오랜만에 두부찌개다운 두부찌개를 맛보는 것 같군요."

"어마, 정말이세요?"

"아, 물론이죠."

"괜히 그러는 것 아니세요?"

"천만에요. 정말 오랜만에 제대로 맛보는 두부찌갭니다."

"혼자 해 잡수시다가 모처럼 여자가 해 주는 걸 잡수시니까 괜히 그런 느낌이 드시는 거겠죠, 뭐."

"아니, 왜 그렇게 겸손해하십니까? 아까 낮에는 스스로 요리 솜씨가 제법이라고 해 놓구서."

"그땐 그럴 수밖에 없었죠, 뭐. 이사 올 욕심에."

"하하, 그랬던가요? 하지만 아무튼 솜씨가 대단하신 것만은 틀림없습니다."

"칭찬해 주시니 다행이에요. 전 맛없다고 하시면 어쩌나 했는데."

"아니, 정말 맛있습니다. 한데 오늘은 직장을 쉬기로 하셨나요?"

"네, 오늘은 쉬기로 했어요."

"하루라도 쉬시면 지장이 많지 않습니까? 잘은 모르지만 단골손님 관계라든지."

"잘 모르시는 게 아니라 잘 아시네요. 빠지면 지장이 있긴 약간 있어요. 하지만 오늘 같은 경운 어쩔 수 없잖아요? 그런 걸 잘 아시는 걸 보니 술집 자주 다니시나 보죠? 약주 많이 드세요?"

"뭐 그렇게 자주 다니는 편은 아니지만 술은 약간 하는 편이죠."

"어마, 그럼 반주 하시게 소주라도 한 병 사 올 걸 그랬군요."

"가만, 냉장고에 맥주가 한 병쯤 남았을지도 모릅니다. 못 보셨습니까?"

"어마, 내 정신 좀 봐. 아까 보아 놓구서."

그러며 그녀는 의자에서 일어나 냉장고 앞으로 다가갔다. 그리고 냉장고에서 맥주병을 꺼내 유리컵 하나와 함께 식탁으로 가져왔다.

"잔을 하나 더 가져오시죠. 같이 한 잔씩 하게."

"아녜요, 전 안 하겠어요. 직장 이외의 곳에선 전 되도록 안 마시려고 해요."

"그래도 혼자 마시긴 좀……. 웬만하면 같이 한잔하시죠."

"그럼 꼭 한 잔만 하겠어요."

그녀는 유리컵 하나를 더 가져왔다. 그리고 병마개를 따서 동표의 잔부터 맥주를 따르기 시작했다.

동표는 자기의 잔에 맥주가 차기를 기다려서 그녀로부터 병을 넘겨받아 그녀의 잔에 맥주를 따랐다. 그리고 맥주가 담긴 잔을 그녀 쪽으로 조금 들어 보이며 말했다.

"자, 정미 씨의 입주를 환영하는 의미에서."

"전 그럼 동표 씨의 건강을 위해서."

그녀도 맥주가 담긴 잔을 들어 동표 쪽으로 조금 내밀었다. 그리고 그들은 두 개의 잔을 서로 가볍게 부딪쳤다.

그날 밤 동표는 잠자리에 든 뒤에도 쉬 잠들지 못했다. 그녀의 존재가 자꾸 신경에 걸려 왔기 때문이었다.

미호나 안경림이 아파트엘 방문해 올 경우 그녀의 존재를 어떻게 설명해야 할까도 문제였지만 그녀가 도대체 앞으로 어떻게 처신할 것인가가 자못 궁금한 일이 아닐 수 없었다.

단도직입적으로 말해서 자기가 만일 그녀를 범하려고 드는 경우 (그것은 충분히 예상할 수 있는 일인데) 그녀는 어떤 태도를 취할 것인가. 어떻게 나올 것인가.

서슴없이 자기가 취사와 세탁을 맡겠다고 나선 것처럼 그 일에도 선선히 응해 줄 것인가. 아니면 귀쌈이라도 때리면서 완강히 저항할 것인가.

그녀는 분명 방세 대신 취사와 세탁을 맡는다는 태도였는데 그 일도 혹 같은 범주 속에 포함시키고 있는 것은 아닐까. 돈을 아끼기 위해서라면 그녀는 돈 이외의 다른 것은 얼마든지 아끼지 않아도 좋다는 태도였으니까.

남자 혼자 사는 아파트에 그렇듯 뱃심 좋게 짐 싸 들고 이사 올 수 있는 용기도 다 그런 계산 밑에서 나온 것은 아닐까. 이를테면 그런 일쯤은 아무래도 좋다는 전제가 깔려 있는 것이 아닐까.

그러나 사정은 또 정반대일는지도 모른다. 다른 것은 다 아끼지 않아도 정조만은 굳게 지키겠다는 그런 여자일는지도 모른다. 우리네 여자들에게서 그런 예를 찾는 건 그렇게 어렵지 않은 일이니까. 물론 한 세대 전보다는 다소 어렵겠지만.

그녀는 직장 이외의 곳에서는 술을 안 마시기로 하고 있다지 않던가. 다시 말해 그것은 그녀가 자기 생활에 어떤 분별을 지니고 있다는 얘기도 된다. 그렇다면 그녀는 취사나 세탁 같은 범주 속에 정조만은 포함시키지 않고 있을 가능성도 충분히 있다.

자칫 섣불리 어물거리다가 귀쌈이나 얻어맞고 물러서게 되는지도 모른다.

그러나 어쨌든 그녀의 등장은 동표에게 흥밋거리가 아닐 수 없었다. 그리고 흥분을 겸한 가벼운 긴장마저 느끼지 않을 수 없었다.

미호나 안경림의 문제는 자연 조금 뒤로 처질 수밖에 없었고 눈앞의 현실에 그는 우선 주목하지 않을 수 없었다. 미호나 안경림이 아파트엘 방문해 오는 경우, 그리고 그녀의 존재를 의아하게 생각하는 경우 그것은 또 그때의 형편에 따라 적당한 임기응변책을 찾을 수 있을 것이었다.

그런데 그가 자못 궁금해하던 바에 의한 그녀의 태도를 확실히 알게 된 것은 바로 그다음 날 저녁이었다.

다음 날 저녁 그녀는 정성 들여 화장을 한 다음 직장엘 나갔고 12시가 가까워서야 술에 취해 발그레 상기된 얼굴로 돌아왔다. 동표는 사태를 관망하기 위해 일부러 외출도 하지 않은 채 그녀를 기다렸던 것인데 그녀는 돌아오자마자 대뜸 그를 향해 교태 어린 미소를 지었다.

"어마, 아직 안 주무시고 계셨군요? 착해라."

"!"

"이리 와요. 내 뽀뽀해 줄게. 나 혹시 안 돌아올까 봐 걱정했죠?"

그리고 그녀는 두 손을 뻗어 동표의 얼굴을 잡았다.

동표는 미처 피할 사이도 없이 그녀의 입술이 자기의 입술에 닿는 것을 느꼈다. 촉촉하고 술 냄새가 풍기는 입술이었다.

동표는 그런 경험은 처음이었으므로 잠시 아무런 동작도 일으키지 못하고 얼빠진 듯 멍하니 서 있을 뿐이었다.

그녀는 가볍게 입술을 한번 대었다 뗀 다음 동표의 얼굴을 놓아주었다. 그리고 다시 여선생처럼 말했다.

"정말 착하기도 해라. 이렇게 얌전하시고. 꼭 어린애 같으시지 뭐야."

동표는 순간 자신도 모르게 얼굴을 붉혔다. 그리고 우물쭈물 말했다.

"이거 어떻게 못 탈 상장을 탄 기분인데요."

그러자 그녀는 다시 신통한 학생 다 보겠다는 표정을 지었다.

"어마, 농담도 곧잘 하셔. 어째서 못 탈 상장이에요? 당연히 탈 만한 상장이지. 이렇게 늦게까지 안 주무시고 기다렸는데."

동표는 간신히 용기를 회복했다.

"그럼 매일 밤 이렇게 기다리기만 하면 그 상장을 꼬박꼬박 받을 수 있습니까?"

"그야 물론이죠. 착한 일을 하는 사람한테 왜 상장을 안 주겠어요?"

"그럼 매일 밤 이렇게 기다려야겠는데요."

"어마, 정말요?"

"정말이구말구요."

"정말 나한테 매일 밤 상장 받고 싶으세요?"

"지금 같은 상장이라면요."

"지금 상장, 그럼 기분 좋았어요?"

"두말할 여지 없죠."

"좋아요. 그럼 다시 한번 해 드릴게요."

그러며 그녀는 다시 동표의 얼굴을 잡으려고 했다. 그러나 이번에는 동표 쪽에서도 가만있지 않았다. 그녀의 손이 미처 닿기 전에 자기 쪽에서 먼저 그녀의 상체를 힘껏 껴안아 버렸다. 그리고 그녀의 입술 위에 자기 입술을 겹쳤다.

그녀는 한순간 뜻밖이라는 듯 몸을 움직이지 않더니 조금 뒤 입술을 살짝 비키며 말했다.

"어마, 이렇게 얌전치 못하게 상장 받는 학생이 어딨어요? 이건 받는 게 아니라 뺏는 거잖아요?"

"이 상장은 받는 것만으론 충분치가 않아서 그래요."

그러며 동표는 다시 그녀의 입술을 자기의 입술로 막았다. 그러나 그녀는 곧 다시 입술을 비켰다.

"정말 얌전치 못한 학생이시다. 내가 잘못 봤지 뭐야."

그리고 그녀는 주먹으로 동표의 가슴을 때렸다. 동표는 그러나 더 이상 뭐라고 대꾸 따위를 늘어놓을 한가한 기분이 아니었다. 다시 그녀의 입술을 덮고 그녀의 몸을 소파 위에 쓰러뜨렸다.

그녀는 한순간 조금 저항하는 듯했으나 그가 여유를 주지 않고 계속 공격하자 곧 말없이 그의 동작에 따랐다. 그리고 일단 그의 동작을 받아들이기 시작하자 그녀는 곧 적극적인 몸짓이 되었다.

동표는 곧 그녀의 입안 깊숙한 곳에 자기의 혀를 들여보낼 수 있었고 그녀의 혀의 마중을 받았다. 그리고 그녀의 알몸을 껴안을 수 있게 된 것은 조금 뒤였다.

그녀의 몸은 부드럽고 따뜻했으며 알맞은 탄력을 가지고 있었다. 그리고 그를 받아들이는 그녀의 동작은 수줍음 없이 격렬했다.

동표는 그러나 곧 위기를 느꼈다. 큰일 났구나, 일이 싱겁게 되고 말겠구나. 이거 낭패 났구나. 그러나 그는 위험에 대처할 겨를 없이 이미 둑이 무너져 버린 것을 알았다.

잠시 후 그가 패장처럼 조용해졌을 때 그녀는 아직도 고르지 못한 숨을 쌔근거리며 말했다.

"내가 얌전하게 굴 걸 그랬나 보죠?"

"……."

"미안해요."

"아니, 내가 미안해."

"아녜요. 내가 너무 야단스럽게 굴었나 봐요."

"아냐, 내가 부실했어."

"그렇지 않을 거예요. 내가 너무 야단스럽게 군 바람에 그렇게 됐을 거예요."

"아무튼 면목 없군. 창피 막심인데."

"어마, 싫어."

"……."

"일어나요, 우리. 그리고 조금 있다 다시 해 봐요."

"……."

"자요."

그러며 그녀는 그의 몸을 살며시 떠밀었다. 동표는 잠자코 그녀의 몸으로부터 떨어졌다.

그녀가 몸을 일으키며 말했다.

"목욕탕에 가 계세요. 조금 있다 내가 가서 등 밀어 드릴게요."

"……."

동표는 말 잘 듣는 학생처럼 그녀의 말에 순종했다. 패장에게는 순종할 권리밖에 없다는 듯.

목욕탕에 들어가서 잠시 기다렸을 때 그녀가 곧 뒤따라 들어왔다.

"어마, 뭐 하고 계세요? 씻지 않으시구."

그러며 그녀는 우두커니 서 있는 그를 나무라며 욕조에 물을 틀었다. 그리고 그의 몸에 물을 끼얹기 시작했다.

동표는 그녀에게 몸을 맡긴 채 계속 가만히 서 있었다. 모든 것을 그녀에게 한번 맡겨 볼 심산이었다.

그의 몸에 비누칠을 하면서 그녀가 말했다.

"어마, 꼭 무슨 투정하는 어린아이 같으셔."

"……."

"기분 나빠서 그러세요?"

"……."

"아이, 몰라. 나 그럼 목욕 안 시켜 드릴래요. 말 좀 해 보세요."

"……."

"어머?"

그녀의 비누칠하던 손이 멈추어졌다.

"정말 기분 나쁘신가 봐."

"……."

"정말 이러시기예요? 남자 대장부가 그만한 일 가지고 풀이 죽으시기예요?"

동표는 그제야 입을 떼었다.

"남자 대장부 노릇을 못 했으니까 그렇지."

"어마, 어쩌다 한번 그렇게 된 걸 가지고 뭘 그러세요? 실수로 그렇게 될 수도 있는 걸 가지고."

"나 그럼 우습게 보지 않겠어?"

"어머, 어머? 내가 그렇게밖에 안 보이세요?"

그러며 그녀는 두 눈을 동그랗게 떠 보였다.

그리고 그 표정을 바꾸지 않은 채로 덧붙였다.

"정 그러심 정말 대장부다운 면을 이제부터 다시 보여 주심 되잖아요?"

"!"

동표는 순간 거리낌 없이 솟아오르는 욕정을 느꼈다. 그리고 그녀의 몸을 와락 두 팔 속에 가두어 버렸다.

"어머? 어머?"

그녀는 엉뚱한 학생 다 본다는 투로 소리쳤다.

"이러는 데가 어딨어요? 비누거품을 잔뜩 묻힌 채."

그리고 그녀는 동표의 몸에 칠해진 비누거품을 이용하여 매끄럽게 몸을 빠져나갔다. 그리고 재빨리 그를 향해 물을 끼얹기 시작했다. 마치 물싸움을 거는 시늉으로.

동표는 그녀가 끼얹는 물속으로 말없이 돌진했다. 그리고 다시 그녀를 잡았다.

그녀는 잡힌 채로 다시 물을 떠서 그의 몸에 끼얹었다. 그러나 그것은 이제 그녀 자신에게도 끼얹는 결과가 되었다. 왜냐하면 그들은 이제 거의 한 몸이나 다름없었으므로.

그러나 그녀는 몇 번을 더, 제지하려는 동표의 손을 피하면서 그렇게 물을 떠서 끼얹었다.

그리고 마침내 그들은 완전히 물싸움으로 몸을 적셔 버린 형국이 되었다.

마침내 그녀는 동작을 멈췄다.

"이제 겨우 비누가 다 졌어요."

격렬한 운동 뒤의 다소 숨 가쁜 어조로 그리고 짐짓 나무라는 시늉으로 그녀가 말했다.

"……."

동표는 순간 말없이 그녀의 몸을 번쩍 안아 들었다. 그리고 곧장 욕실 문을 나섰다.

"어마, 기운 세셔라."

하며 그녀는 안긴 채로 동표의 목을 가볍게 껴안았다.

동표는 그녀를 곧장 다시 소파 위로 운반했다. 그리고 그녀의 몸을 소파에 내려놓으면서 자신의 몸을 그 위에 겹쳤다.

강하고 억센 자신이 몸의 일부에 느껴졌다. 그녀는 부드럽게 열려 있었다. 부드럽게 맞이하는 것과 강하게 공격하는 것 사이에 흥정이 이루어졌다.

그는 그 어느 때보다도 강한 공격력을 유지할 수 있었다. 그리고 자신이 강하며 잘 공격하고 있다는 기쁨을 맛볼 수 있었다.

그녀는 아까처럼 서두르지 않고 서서히 기쁨이 오기를 기다리는 자세였다. 그가 강하게 공격하면 그의 어깨를 좀 더 힘껏 껴안는 정도에 그쳤으며 그가 공격을 늦추면 얌전히 다음 차례의 공격을 기다리는 자세였다.

그러나 그의 공격이 한층 준열해지고 일사불란해지자 그녀도 마침내 더 이상 그런 여유 있는 태도를 유지하지는 못하였다. 그녀도 마침내 스스로 기쁨을 찾으려는 동작이 되었다. 그리고 그 동작은 차츰 동표의 공격 속도에 동화되었다.

마침내 두 개의 기쁨이 만나는 순간이 왔다. 마치 먼 곳으로부터 힘차게 굴러와 서로 만난 두 개의 공처럼 그것은 그리고 아득히 솟아 올랐다.

그녀가 현기증을 이기려는 듯 동표의 어깨를 세차게 껴안았다. 길게 기른 손톱이 그의 어깨에 생채기를 낼 정도로.

나중에 그녀는 동표의 어깨에 빨간 약을 발라 주면서 말했다.

"나 정말로 동표 씨 같은 사람은 처음이야."

그녀는 어느새 반말지거리로 변해 있었다. 동표는 그러나 조금도 불쾌하지 않았다.

"나도 처음이라구, 정미 같은 여잔. 여자한테서 상처를 입어 보기도 처음이구."

"어머머? 그게 다 누구 때문인데."

"어쨌든 내가 내 손톱으로 내 어깨에 상처를 낸 건 아니잖아?"

"그런 셈이지 뭐."

"그런 셈이라니?"

"유치한 농담 안 할래."

"해 봐."

"그땐 우린 한 몸이었으니까 그런 셈이지, 뭐."

"어떤 셈?"

"동표 씨가 동표 씨 손톱으로 동표 씨 어깨에 상처를 낸 셈."

"그런 엉터리가 어딨어?"

"그런 깍쟁인 어딨구?"

"깍쟁이?"

"그럼 깍쟁이지 뭐야. 자기 때문에 그렇게 된 걸 가지고 여자한테서 상처를 입어 보기는 처음이니 뭐니."

"처음이었으니까 처음이랄밖에. 내가 뭐 틀린 말 했나."

"……남은 가뜩이나 부끄럽고 미안해 죽겠는데."

"아, 그랬어?"

"몰라요."

"정미도 부끄럼을 다 타고 그래?"

"어머머? 날 숫제 염치도 없는 여잔 줄 알았나 봐."

"그렇지 않던가?"

"어마, 씨!"

순간 동표는 자신의 어깨 위에 다시금 날카로운 손톱 다섯 개가 통증을 가해 옴을 느꼈다.

"아, 아, 아냐, 아냐. 용서, 용서."

"또 그럴 테에요?"

"아니, 아니."

"한 번만 더 그러면 어깨에다 아주 밭고랑을 파 놓을 테에요."

"제발, 제발."

"좋아요."

그녀는 손톱을 회수하며 말했다.

"한 번만 봐주겠어요."

그러나 그녀의 손톱으로부터 자유로워진 동표는 미리 몸을 피할 준비부터 하며 다시 말했다.

"하지만 지구는 역시 돈다."

"뭐라구요?"

"갈릴레오가 한 말이야. 사형을 면하기 위해 거짓말을 하고 재판정에서 나오면서 한 말."

"어마, 그럼?"

그녀는 말뜻을 알아차리고 다시 손톱을 공격형으로 만들었다. 동표는 도망칠 자세를 취하면서 말했다.

"정민 그럼 자기 자신을 정말 염치가 있는 여자라고 생각해? 응? 이건 남자 혼자 사는 아파트에 쳐들어와서 공짜로 방 하날 점령하질 않나, 거기다 밥까지 공짜로 먹으러 들질 않나. 거기다 또 한술 더 떠서 얌전히 혼자 사는 남자 유혹을 안 하나."

"오라, 그랬군요. 하나하나 모두 그런 식으로 생각하고 있었군요. 모든 걸 돈하고 결부시켜서. 결국 돈 있는 사람 버릇을 나타내는군요."

그녀는 별안간 새침한 표정이 되어 말했다.

동표는 당황했다.

"이거 왜 이래? 농담하다 말구. 농담 아냐. 농담."

그러나 그녀는 새침해진 표정을 바꾸지 않았다.

"말속에 뼈가 있다고 농담 속에도 다 가시가 있어요. 하지만 난 거지는 아녜요. 이유 없이 방세를 안 내겠다거나 밥을 얻어먹겠다는 건 아니었어요."

"글쎄, 누가 뭐랬어? 농담한 걸 가지고 뭘 그래? 정민 그 대신 내 빨래해 주고 밥 지어 주고 그러기로 했잖아?"

"그리고 내가 동표 씰 유혹했느니 어쩌니 하는 것도 그래요. 내가 뭐 술집에 나간다고 창녀 줄 알아요? 내가 뭐 그것도 방세 대신, 혹은 밥값 대신 그런 건 줄 알아요? 난 단순히 남녀가 한집에 살면서 괜히 의뭉 떨고 그럴 필욘 없다고 생각했을 뿐예요. 그리고 그건 내 쪽에서 먼저 깨뜨려 버리기가 쉽다고 생각했을 뿐이구요. 사람 너무 우습게 취급하지 말아요."

"아, 글쎄 농담한 걸 가지고 뭘 그래? 우린 농담을 하고 있던 중이었잖아?"

"농담 핑계 대지 말아요. 난 그런 거 제일 싫어요. 괜히 농담 핑계 대고 어물쩍 넘어가려는 거."

"글쎄, 그런 게 아니라니까. 핑계가 무슨 핑계야."

"난 돈을 아끼긴 아껴야 해요. 그럴 수밖에 없는 입장예요. 하지만 거지나 창녀가 되고 싶은 생각은 추호도 없어요. 방세를 내라면 내겠어요. 밥도 따로 해 먹으라면 따로 해 먹겠구요."

"글쎄, 누가 그러랬어?"

"그리고 날 그런 식으로 본다면 앞으론 동표 씨한테 손가락 하나 안 대겠어요. 옷깃 하나 안 흩뜨리겠구요. 나도 얼마든지 요조숙녀 흉내는 낼 수 있어요."

"하, 나 이거."

"물론 나가 달라면 내일이라도 당장 옮길 집을 알아보겠구요."

"글쎄, 왜 이러는질 도무지 알 수가 없군. 멀쩡히 농담을 주고받다가 말야. 아무튼 내 사과를 하지, 그럼. 난 단순한 농담으로 한 얘기지만 정미한텐 그게 고깝게 들렸으면 용서해."

그러자 그녀는 말없이 욕실 쪽으로 걸어갔다. 그리고 문을 열고 들어가더니 곧 소리를 내며 세수하는 소리가 들려왔다. 코 푸는 소리도 들려왔다.

그녀는 울고 있는 모양이었다. 여자의 코 푸는 소리란 울고 있을 때가 아니면 좀처럼 들을 수 없는 것이니까.

동표는 자기가 아무래도 좀 지나친 농담을 한 모양이라고 생각했다. 마음 한구석이 조금씩 아파 오기 시작했다. 시계를 보았다. 새벽 2시가 훨씬 지나 있었다.

동표는 욕실 앞으로 다가갔다. 그리고 부드럽게 말했다.

"문 열어도 돼?"

"……열지 마세요."

"그럼 그냥 들어. 난 정말 아무 뜻 없이 한 농담이야. 고깝게 생각하지 말라구. 그리고 정식으로 사과해."

"……."

"지금 새벽 2시가 훨씬 지났어. 좀 자야지."

"먼저 주무세요."

그러며 그녀는 문을 열고 얼굴을 내밀었다. 말갛게 씻긴 얼굴이었으나 눈 주위가 붉었다. 그러나 그녀는 애써 상냥스레 웃고 있었다.

"미안해요. 변덕을 부려서."

동표는 순간 그녀의 얼굴이 몹시 아름다워 보였다.

"미안하긴, 내가 농담이 좀 지나쳤던 모양이야."

"아녜요, 내가 괜한 변덕을 부렸어요. 어서 먼저 주무세요."

그러며 그녀는 다시 한번 애써 상냥스런 미소를 지었다. 그러나 동표가 물러서지 않고 계속 그녀의 얼굴에서 눈을 떼지 않자 그녀는 잠시 두 눈을 깜짝이며 그를 쳐다보더니 마침내 결심한 듯 욕실 밖으로 나왔다.

"좋아요, 그럼 내가 자리 펴 드릴게요. 그럼 되죠?"

"아냐, 자린 나도 펼 수 있어. 난 정미가 걱정이 돼서 그래. 그만 좀 자야잖아."

"내 걱정 말고 어서 먼저 주무세요. 나 금방 잘게요. 나 이제 아무렇지 않아요. 괜히 한번 변덕을 부려 본 것뿐이예요. 자, 내가 자리 펴 드릴게요."

"아니, 나 잠이 올 것 같지 않아."

"어머?"

"지금 누워 봤자 괜히 마음만 싱숭생숭할 거야."

"나보곤 방금 그만 좀 자야 하지 않느냐고 하구서요?"

"그야, 시간이 늦었으니까 그렇지."

"어머? 시간이 왜 나한테만 늦었어요? 마찬가지지."

"그렇던가. 어쨌든 난 잠이 올 것 같지 않아."

"그럼 우리 앉아서 얘기나 해요. 하룻밤쯤 새우면 어때요."

"정미, 피곤하지 않아?"

"피곤하지 않아요. 그리고 앉아서 얘기하다 피곤하면, 자면 그만이죠, 뭐. 아침에 일찍 일어나야 하는 것도 아니구."

"그럴까 그럼? 우리 앉아서 얘기나 좀 더 하다 잘까?"

"그래요, 그럼. 참, 커피 한잔하시겠어요?"

"아, 같이 한잔했으면 좋겠군."

"잠깐 앉아서 기다리세요, 그럼. 금방 끓여 가지고 올게요."

그러며 그녀는 부엌으로 향했다. 동표는 소파에 앉아서 그녀가 커피를 끓여 가지고 나오기를 기다렸다. 기다리면서 생각했다. 그녀가 자기보다 한결 어른스럽다고. 한결 어른스럽고 한결 너그럽다고.

그녀는 곧 커피를 끓여 가지고 나와서 맞은편 소파에 앉았다. 그리고 찻숟갈을 설탕 그릇으로 가져가면서 물었다.

"설탕 몇 숟갈 넣을까요? 두 개?"

"아니, 그냥."

"어머, 블랙으로 하게요?"

"그게 뭐 그렇게 놀랄 만한 일인가?"

"보통이라곤 할 수 없죠, 뭐. 쓴 걸 그냥 마신다는 게."

"정민 모든 게 나보다 어른이면서도 커피만은 애들처럼 마시는 모양이군. 커피의 쓴맛을 아직 제대로 모르는 걸 보면."

"어머, 내가 어째서 동표 씨보다 모든 게 어른이에요?"

"그런 것 같아."

"모르겠네요. 아무튼 어서 드세요, 그럼."

동표는 커피잔을 집어 한 모금 마시고 다시 말했다.

"아, 좋군. 한데 정민 서울에 가족들이 안 계신 모양이지?"

그러자 그녀는 잠시 고개를 숙였다.

"궁금하세요?"

"글쎄, 뭐 꼭 궁금해서라기보다……."

"궁금하면 궁금하다고 솔직히 얘기하세요."

"글쎄, 전혀 궁금하지 않은 것도 아니구."

"……."

"가족들이 서울에 계시다면 정미가 이런 식 생활을 할 리가 없을 테니까 말야."

"안 계세요, 서울에."

그러며 그녀는 커피잔을 집어 한 모금 마시는 시늉을 했다.

"그럼 시골에 계신가?"

"네."

"농사지으셔? 미안해, 꼬치꼬치 캐묻는 것 같아서."

"괜찮아요……. 농사 안 지으셔요."

"그럼?"

"어머니가 동생들 데리고 그냥 살고 있어요."

"아버님은 그럼 안 계시구?"

"네, 돌아가셨어요."

"……동생들이 큰가?"

"남동생 하나가 고등학교엘 다니구 여동생 둘은 중학교에 다녀요. 하나는 중3, 하나는 중1."

"정미가 그럼 동생들 학비를 대고 있는 모양이군?"

"걔들은 내가 돈 많이 주는 회사에 다니고 있는 줄 알아요."

"……."

"재미없는 얘긴 그만하고 우리 딴 얘기해요. ……동표 씬 애인 없으세요?"

"애인?"

"네."

"글쎄."

"어마, 무슨 대답이 그래요? 있으면 있고 없으면 없는 거지."

"글쎄, 있다고 하면 앞으로 내가 정미한테 매일 밤 상장을 못 받을 테구 또 없다고 하면 날 우습게 알 테구 대답하기 썩 곤란한데."

"피이, 나 같으면 곤란할 것 하나도 없겠다."

"어째서?"

"첫째, 애인이 있는 것하고 상장하곤 아무런 상관이 없으니까. 둘째, 애인이 없다고 해서 그 사람을 우습게 볼 사람은 세상에 아무도 없을 테니까. 애인이란 생기기 전엔 없는 거니까."

"거 참, 정민 그럼 나한테 만약 애인이 있다고 해도 매일 밤 나한테 상장을 줄 수 있단 말이지?"

"물론이죠. 원하기만 한다면."

"과연 그렇게 될까?"

"무슨 상관이에요? 애인이 있는 것하고 상장하고가?"

"정말 그렇게 생각해?"

"어째 애인이 있는 모양이죠? 자꾸 다짐을 두는 품이. 염려 말고 대답하세요. 나 샘 안 낼 테니까."

"좋아, 그럼 대답하지."

"어서 대답해 보세요."

"나 말야, 실은 애인이 세 명이나 돼."

"어마, 그렇게 많으세요?"

"왜, 놀랐어?"

"놀랄 것까진 없지만 그렇게 많은 줄 몰랐어요. 어떤 여자 어떤 여자데요?"

"응, 한 명은 여대생이고 한 명은 간호사야."

"또 한 명은요?"

"또 한 명은 바로 지금 내 앞에 앉아 있는 사람이구."

그러자 그녀는 주먹을 쥐어 얼른 때리려는 시늉을 해 보였다.

"어마, 엉터리. 내가 어째서 동표 씨 애인이에요?"

"아냐, 그럼?"

"어마?"

"난 정미도 내 애인으로 생각하고 있는데?"

"웃기지 마세요."

"정말이라구."

"글쎄, 그런 말도 안 되는 소리 그만하고 어서 그 여대생 애인하고 간호사 애인 얘기나 해 보세요."

"어째서 말도 안 된다는 거지? 정미네 집안하고 우리 집안하고가 무슨 원수지간이라도 되나?"

"글쎄, 농담은 그만하고 어서 그 두 애인 얘기나 해 보세요."

"난 농담을 하고 있는 게 아니라니까."

"정말 그럼 나 화낼 거예요. 아까 나 화내는 거 보셨죠?"

"화내도 이것만은 할 수 없는데. 난 농담을 하고 있는 게 아니니까."

"정말!"

그러며 그녀는 약이 오른 듯 얼굴이 새빨개졌다. 동표는 황망히 두 손을 내저었다.

"아, 아, 아냐, 아냐, 그 얘긴 그럼 뒤로 미루지. 왜 그러는지 모르겠군."

"뒤로 미룰 게 아니라 그런 말도 안 되는 소린 다시 꺼내지도 마세요. 그리고 어서 그 두 애인 얘기나 해 보세요. 내가 혹시 도움 될 말이라도 해 줄 수 있을지 모르니까."

하고 그녀는 다시 평상시의 얼굴로 되돌아가며 말했다. 동표는 고개를 갸웃해 보였다.

"모르겠군. 아무튼 그럼 얘길 해 주지. 여대생이라고 한 한 명은 이름이 미호라고 하는데 명랑한 아가씨로서 별문제가 없고 문제는 간호사 쪽이야. 사귄 지 얼마 안 되는 아가씬데 문제는 이 아가씨한텐 죽은 애인이 하나 있다는 점이야."

"그 아가씬 이름이 뭔데요?"

"응, 경림이라고 해, 안경림. 그런데 그 죽은 애인에 대한 생각을 아직 잊어 먹지 못하고 있는 것 같거든. 그 점이 문제란 말야."

"그 애인이 죽은 지가 얼마나 되는데요?"

"2년이나 됐는데 말야."

"어마, 그 아가씨 어지간하다. 요즈음 아가씬 아닌 것 같은데."

"정미도 그렇게 생각해? 한데 묘한 건 바로 그 점이 그 아가씨의 매력이란 말야. 쉽게 흔들리지 않는 점 말야."

"그럼 그 아가씬 아직 애인은 아닌 셈이군요?"

"정확하게 말하면 그렇지."

"어마, 욕심도 많아라. 그런 아가씰 애인으로 삼으면 동표 씨가 혹 무슨 일을 당하더라도 동표 씰 영영 잊어 먹지 않을 거란 계산이군요?"

"그렇게 되나? 하지만 그런 계산까진 미처 못 했는걸. 그저 그런 점이 왠지 모르게 매력으로 느껴졌을 뿐이지."

"아무튼 욕심쟁이지 뭐예요. 애인을 둘씩이나 갖고 싶어 하는 것도 그렇구, 계산은 미처 못 했다지만 어쨌든 그런 참한 아가씰 애인으로 삼고 싶어 하는 것도 그렇구."

"게다가 정미까지 애인으로 삼고 싶어 하는 것도 그렇구?"

"어마, 또."

그녀는 눈을 흘기며 이빨로 아랫입술을 무는 시늉을 했다. 동표는 소리 내어 웃었다. 그리고 나서 말했다.

"아무튼 정미가 나타나기 직전까지의 내 당면과제는 그 아가씰 어떻게 하면 내 손안에 고스란히 집어넣는가 하는 거였다구."

"알고 보니 순 플레이보이군요. 나빠요. 그 여대생 아가씬 순진하게 그런 줄도 모르고 있을 거 아녜요?"

"물론 알 리야 없지. 하지만 마누라는 한 사람 이상 둬선 곤란하겠지만 애인은 숫자 제한이 있는 건 아니잖아? 뭐라고 할까, 많을수록 좋다고 할까."

"어마, 뻔뻔해라. 그런 데가 어디 있어요?"

"하하, 정민 그런 면에서 보수적인 모양이군?"

"꼭 그렇진 않아요. 하지만 많을수록 좋은 게 다 뭐예요? 많을수록 좋은 게. 여자가 뭐 수집품이라도 되는 줄 알아요? 우표나 동전 같은."

"하하, 그런 게 아니라 난 결혼하기 전엔 되도록 많은 애인을 사귀는 게 좋다는 뜻으로 한 얘기라구. 뭐라고 할까, 그게 인간성을 보다 풍부하게 하는 길이라고나 할까."

"둘러대기는 잘도 둘러대네요."

"하하, 아무튼 그 간호사 아가씨를 손에 넣긴 넣어야겠는데 말야. 정미가 조언 좀 해 주겠어?"

"문제점이 뭔데요?"

"글쎄, 그게 아직 분명치가 않단 말야. 성격이 좀 까다롭다는 점도 있고 죽은 애인 문제도 있긴 하지만."

"그런 막연한 얘기만 갖고 날더러 어떻게 조언을 하란 말예요? 앞으로 어떤 구체적인 문제가 생겼을 때, 그때그때 나한테 의논을 해 오면 모르지만."

"그럼 우선 그 아가씨의 죽은 애인에 관한 문제 어떻게 처리하는 게 좋을까? 죽은 지 2년이나 된 애인을 아직 잊지 못하고 있는 문제 말야."

"꼭 잊게 하고 싶으세요?"

"물론이지."

"아무튼 욕심도 많으셔. 그럼 제일 좋은 방법을 가르쳐 줄게요."

"어디."

"그 아가씰 죽이세요."

"뭐라구?"

"그게 가장 좋은 방법일 거예요. 그 외엔 방법이 없을 거예요."

"결국 내가 무리한 욕심을 부리고 있단 얘기로군."

"그래요. 2년이나 지나도록 잊지 못했다면 3년, 4년이 지나도 마찬가질 거예요. 물론 정도의 차이는 약간 있겠지만요. 그걸 완전히 잊어버려 주길 바란다는 건 어거지 욕심이에요. 하지만 그렇다고 해서 실망은 안 해도 될 거예요. 동표 씨가 그 아가씰 꼭 애인으로 삼고 싶기만 하다면요. 여자란 과거에 대한 집착도 강하지만 현실이 더 중요하다는 걸 대개는 잘 알고 있으니까요. 잘해 보세요."

"결국 내 성의에 달렸다 이런 얘긴가?"

"그래요. 너무 욕심만 내세우지 말고 성의를 다해 보세요."

"지극히 고전적인 연애론이로군."

"그 아가씨한텐 그런 식이 효과가 있을 거예요. 만나 보질 못해서 잘은 모르겠지만."

"아무튼 고마워. 새삼 용기가 나는데."

그들이 잠자리에 든 것은 새벽 4시가 가까워서였다.

그리고 그들은 다음 날 정오 가까이 되어서야 각각의 방에서 일어나 나왔다. 그녀가 잠만은 따로따로 잘 것을 제의했고(그런 점이 그녀의 어떤 분별력이었다) 동표도 그것에 동의했었던 것이다.

그녀는 늦은 조반을 지었고 동표는 밥이 다 되기를 기다려서 그녀와 함께 늦은 아침식사를 하였다. 조반이 끝나자 그녀는 설거지와 집 안청소를 말끔히 한 다음 그에게 밀린 빨래를 내놓으라고 하였다. 입고 있는 속옷도 갈아입으라고 하였다. 그리고 빨래를 시작하였다. 물론 그녀 자신의 세탁물도 포함해서.

그리고 그러한 그녀의 행동은 그 이후로도 일관해서 계속되었다. 말하자면 그녀는 자기가 매력 있는 젊은 여자라는 사실을 십분 이용해서 게으름을 피운다거나 하는 그런 여자가 아니었다. 자기가 맡겠다고 약속한 일은 어김없이 또박또박 해 나갔다. 그녀가 직장에 나가는 저녁시간까지 동표가 외출하지 않고 있는 날이면 그녀는 어김없이 저녁식사까지 지어 먹인 다음에야 직장엘 나가곤 하였다. 그리고 그녀는 그런 모든 일들이 자기의 의무라고 생각하고 있음이 확실해 보였다.

물론 그녀는 동표가 원하면 때때로 그의 섹스의 상대가 되어 주기도 하였다. 어디까지나 그건 방세와는 상관없는 일이라는 태도였지만. 젊은 남녀간의 자연스러운 욕망의 표현에 지나지 않는다는 태도였지만.

어쨌든 동표 혼자 지낼 때와는 비교도 안 되리만큼 아파트는 말끔해지고 사람 사는 곳다워졌다. 그동안 동표는 실제로 청소 한 번 올바로 한 적이 없었던 것이다.

그런데 그녀가 아파트로 이사 온 지 열흘쯤 되었을 때 드디어 우려하던 일 한 가지가 벌어졌다. 느닷없이 미호가 아파트에 나타난 것이었다.

일요일이었고 그들은 마악 늦은 아침식사를 마친 참이었다. 벨 소리가 울렸다. 동표는 다소 불길한 예감을 느끼면서 현관으로 나갔다. 그리고 현관문을 열었다.

미호가 짐짓 장난스런 표정을 꾸민 채 거기에 서 있었다.

"놀랐지? 이렇게 기습을 받아서."

동표는 당황결에 우물쭈물 말했다.

"어, 웬일이야?"

"응, 동표 씨 얼굴 본 지가 하도 오래돼서. 들어가도 돼?"

"응, 응…….. 들어와."

"어쩐지 반갑지 않은 것 같은데?"

"아냐, 아냐. 자, 들어와."

"뭔지 좀 수상한데. 안에 누구 있는 거 아냐?"

그러며 그녀는 현관 안으로 들어섰다.

"……."

동표는 우물쭈물 몸을 비켜 주는 자세만 취하였다. 미호의 눈길이 마침내 현관 바닥에 놓여 있는 여자 구두 한 켤레를 발견하고 잠시 못 박힌 듯 움직이지 않았다. 그리고 천천히 들어 올려져서 동표의 얼굴을 쳐다보았다. 순간적으로 배신감이 담긴 눈빛이었다.

동표는 황망히, 그러나 다소 침착성을 회복해서 말했다.

"그렇게 놀랄 건 없어. 들어와 봐. 소개할 사람이 있으니까."

그녀는 다시 한번 그 여자 구두를 내려다보았다. 그리고 동표의 얼굴을 뚫어져라 쏘아보았다.

동표는 재차 말했다.

"글쎄, 그렇게 놀랄 거 없다니까. 설명을 들어 보면 금방 알게 될 거야."

그러자 그녀는 동표의 얼굴에서 시선을 떼지 않은 채 무엇을 생각하는 눈빛이더니 곧 잠자코 마루 위로 올라섰다.

그때 부엌에서 정미가 나왔다. 설거지를 시작했던 모양으로 손에 물기를 묻힌 채로였다.

미호의 눈길이 그쪽으로 향했고 두 사람의 눈길이 잠시 서로 맞부딪쳤다. 먼저 가만히 목례를 보낸 것은 정미 쪽이었다. 그러나 미호는 답례하지 않았다.

동표가 서둘러 말했다.

"아, 서로 인사하지. 이쪽은 미호라구 내 친구고, 이쪽은 정미 씨라구 며칠 전에 세 들어 온 분이고."

그러자 정미가 미소를 지으며 상냥스레 대답했다.

"안녕하세요? 저 정미라고 해요."

그러나 미호는 냉랭한 표정으로 그녀를 향해 고개만 까딱해 보였다. 그리고 동표를 돌아보며 쌀쌀하게 말했다.

"언제부터 셋방을 놓고 그랬지?"

동표는 너그럽게 대답했다.

"아, 글쎄 설명을 들어 봐. 사정이 그렇게 됐다구."

그러나 미호는 쌀쌀하게 쏘아붙였다.

"들을 필요 없어. 나 갈 테야."

그리고 그녀는 냉랭한 몸짓으로 다시 현관으로 내려서서 뒤도 돌아보지 않고 도어를 열고 나가 버렸다.

"어, 미호! 미호!"

동표는 황망히 그녀를 부르며 현관으로 내려섰다. 그리고 현관을 나서기 전에 정미 쪽을 한번 돌아보자 그녀는 어서 따라가 보라는 표정으로 배시시 미소 짓고 있었다.

동표는 빠른 몸짓으로 현관을 나서서 벌써 저만큼 빠른 걸음으로 층계를 내려가고 있는 미호를 뒤쫓았다. 그가 따라 내려온다는 것을 알았음인지 그녀는 좀 더 걸음의 속도를 빨리했다. 해서 동표가 그녀를 따라잡은 것은 층계를 다 내려와 그녀가 아파트의 현관 밖으로 마악 나서려 할 즈음이었다.

동표는 그녀의 한쪽 어깨를 잡으며 말했다.

"이봐, 가더라도 내 말 좀 들어 보고 가. 사람의 말을 들어 보지도 않고 그러는 데가 어딨어?"

그러나 그녀는 잠자코 어깨를 뿌리쳤다. 그리고 휭하니 현관 밖으로 걸어 나갔다. 동표는 다시 그녀를 따라잡았다.

"도대체 뭐가 기분 나빠서 그래? 내가 그 여자하고 동거생활이라도 하는 줄 알고 그래?"

"말하기 싫어."

"글쎄, 왜 그러는 거야? 남의 말을 들어 보지도 않구."

"들을 필요 없다니까."

"들을 필요가 있는 얘긴지 없는 얘긴지는 얘기를 끝까지 들어 보고 나서 판단을 해야 할 거 아냐. 미호가 뭘 안다고 그래?"

"글쎄, 더 이상 알 필요도 들을 필요도 없어."

"나 이거 미치겠군. 제발 좀 내 얘길 끝까지 듣고 나서 화를 내도 내라구. 난 미호가 그렇게 속이 좁은 줄은 몰랐어."

"그래, 난 속이 좁아. 그러니까 더 얘기할 필요도 없어."

그리고 그녀는 다시 횡하니 걸음을 빨리해서 앞서가기 시작했다. 동표는 다시 걸음을 재촉해서 그녀를 따라잡았다.

"이거 정말 왜 이래? 미호답지 않게. 내 말 좀 들어 봐. 그 여잔 정말 셋방 든 여자에 불과하다구."

"흥."

"불쌍한 여자야. 군대 있을 때 같이 근무하던 친구 누이동생인데 이 친구가 제대하고 고향에 내려가서 얼마 안 있다 죽은 모양이야. 무슨 병인지에 걸려서. 게다가 홀어머니마저 아들을 잃고 난 뒤에 시름시름 몸져 앓다가 곧 뒤따라 죽었다는 거야. 저 아가씬 올데갈데없는 고아 신세가 된 거지. 오빠 수첩에서 내 주소 하나만 베껴 가지고 무작정 서울로 올라온 모양이야. 그 친구가 군대 있을 때 편지에 더러 내 이름도 들먹였나 봐. 아무튼 서울로 올라와서 물어물어 날 찾아온 거야. 그리고 취직이 되는 대로 방세는 낼 테니 제발 좀 같이 있게 해 달라는 거야. 그러니 난들 어쩌겠어? 내쫓겠어, 어쩌겠어?"

"거짓말 마. 시골에서 올라온 지 얼마 안 된 여자가 얼굴이 그렇게 세련됐어?"

"이거 왜 이래? 지방이면 다 농사만 짓는 덴 줄 알아? 저 아가씨 고향은 대전이라구. 게다가 자기 어머니 돌아가시기 전까진 직장생활도 했던 모양이구."

"하지만 아무리 오빠 친구라도 해도 남자 혼자 사는 아파트에 그렇게 천연스럽게 들어와 살 여자가 어딨어?"

"마음이 편하기야 하겠어? 세상이 하도 무서우니까 그나마 오빠 친구라도 한번 믿어 보자는 거겠지. 이를테면 자기 딴엔 날 보호자 역으로 생각한 거겠지."

"알 수 없지, 뭐. 얼굴이 반반하게 생겼으니까 자기가 붙잡아 둔 건지도."

"환장하겠군, 나. 사람 정말 그렇게 불순하게만 보기야?"

"어쨌든 친구 여동생이 자기 여동생은 아니잖아? 아무튼 나 더 얘기하고 싶지 않아. 더 말 시키지 마. 자꾸 이렇게 따라오지도 말구. 이럴 필요 없잖아?"

"끝내 정말 이럴 테야?"

"미안해. 너그럽지 못해서. 하지만 나 때문에 신경 쓸 건 없어. 내가 얘기했잖아? 나한테 부담 갖지 말라구."

"미호!"

"잘 있어."

그리고 그녀는 그가 미처 뭐라고 대꾸할 사이도 없이 다시 종종걸음을 쳐서 큰길 쪽으로 뛰어갔다. 빈 택시 한 대가 달려오는 모습이 보였다. 그녀는 손을 들었다.

동표는 몇 발짝 그녀를 쫓으려다 말고 제자리에 멈췄다. 더 이상 붙들어 봤자 오늘은 그녀의 기분을 돌이키기가 어렵다고 생각되었기 때문이다.

그녀는 곧 택시에 올랐고 택시는 금방 그의 시야에서 멀어져 갔다.

동표는 마음이 편치 못했으나 잠시 택시가 사라지는 모습을 쳐다보고 난 후 곧 걸음을 돌이켰다. 나중에 전화로라도 불러낼 기회는 얼마든지 또 있을 것이었기 때문이다.

그가 혼자서 돌아오는 모습을 보자 정미는 미안쩍어하는 표정을 지었다.

"어마, 끝내 붙잡질 못한 모양이군요."

그리고 그녀는

"어떡하죠? 나 때문에 이런 일이 생겨서."

하고 사뭇 걱정하는 표정이 되었다. 동표는 빙그레 웃으면서 말했다.

"정미가 책임을 지라구. 완전히 동거생활이라도 하는 줄 알고 삐쳐서 가 버렸으니까."

"어마, 저걸 어쩌죠? 잘 설명을 하지 그랬어요?"

"아무리 변명을 해도 막무가낸 걸 난들 어떡해? 아무튼 정미가 책임을 지는 수밖에 없다구."

"날더러 어떻게 책임을 지란 말예요?"

"간단해. 정미가 대신 애인 노릇을 해 주기만 하면 되니까."

"어마, 그런 게 어딨어요?"

"하하, 그 외엔 딴 방법이 없는걸?"

"어쩜 그렇게 태연하죠? 애인이 잔뜩 오해를 하고 가 버렸는데두?"

"그게 과연 오핼까?"

"어머?"

"오해라고 할 수 있을까?"

"지금 무슨 얘길 하고 있는 거예요?"

"사실을 얘기하고 있는 거지. 사실이 우린 동거생활을 하고 있는 거나 다름없잖아. 게다가 난 정미를 좋아하고 있구. 미호는 눈치가 아주 빠른 아가씨라구."

"어머? 그럼 결국 어쩌겠다는 얘기예요?"

"도리 없이 지금 생활을 계속할 수밖에 없다는 얘기지. 정미가 대신 내 애인이 돼 주는 수밖에 없다는 얘기구. 그렇잖아?"

"순 엉터리예요. 그럼 그 아가씬 어떡하구요?"

"가 버린 애인은 가 버린 애인대로 놔두는 거지 뭐."

"어마, 순 엉터리. 그런 데가 어딨어요?"

"하하, 그럼 안 되나?"

"말이라고 해요? 나중에라도 다시 만나서 오해를 풀어야죠."

"한데 그게 순전한 오해만은 아니니까 문제지."

"몰라요. 나 그럼 앞으로 동표 씨 요구에 응해 주지 않겠어요."

"아, 아, 그럼 안 되지. 내 그럼 큰맘 먹고 정미 권하는 대로 하지. 우린 절대로 이상한 사이가 아니라고 말야. 우린 절대로 셋방 주인과

세 든 사람의 관계에 지나지 않는다고 말야."

"몰라요 난."

"하하, 정민 걱정하지 않아도 돼."

그때 응접실 탁자 위로 전화벨이 울렸다. 동표는 그녀에게 눈을 끔적해 보이고 나서 전화기 앞으로 다가갔다. 미호로부터의 전화일는지도 모른다는 생각에서였다.

그러나 그것은 뜻밖에도 남자 목소리의 전화였다. 그가 송수화기를 들고 상대방을 부르자 저쪽에서는 대뜸,

"아, 거기 민동표 씨 댁입니까?"

하는 남자 목소리가 들려왔던 것이다.

"예, 그렇습니다만……."

동표는 목소리의 임자를 알아맞혀 보려고 하면서 대꾸했다. 그러자 저쪽에서는 곧 반색을 하는 목소리가 뒤따랐다.

"아, 민 형이시군요. 내 목소리 못 알아들으시겠습니까? 나 구양섭니다."

"아, 구 형. 언제 퇴원하셨습니까?"

동표는 그제야 그의 목소리를 알아듣고 반가이 물었다.

"네, 이삼일 됐습니다. 이삼일 집에서 쉬고 오늘이 마침 일요일이길래 전화드려 본 겁니다. 전화번호 가르쳐 주신 생각도 나고 한번 만나 뵐까도 해서요. 그동안 별고 없으셨죠?"

"예, 구 형 덕분에. 구 형은 그럼 이제 완쾌하신 건가요?"

"네, 담당의사 말로는 완쾌된 거나 다름없다구요. 자극이 심한 음

식만 아직 좀 삼가면 된다는군요."

"아, 이거 반갑습니다. 정말 기뻐해 마지않을 일이군요. 그래 지금 어디십니까? 전화하시는 데가."

"네, 누나 집입니다. 도리 없이 다시 누나 집으로 퇴원을 했죠."

"그러세요? 그럼 언제 한번 만나시죠. 오늘 만날까요?"

"선약 없으십니까?"

"예, 선약은 없습니다."

"그럼 오늘 좀 뵐까요? 그동안 하회도 궁금하고."

"하회라뇨?"

"시치미 떼시는 겁니까? 경림 씨하고의 일 말입니다."

"아, 하하, 그 일 말이군요. 아무튼 그럼 만나십시다. 어디로 나갈까요?"

"민 형 편하신 장소로 하십시오."

"그럼 광화문에 있는 '귀향'이라는 다방 아십니까?"

"네, 전에 두어 번 가 본 적이 있습니다."

"거기서 그럼 1시에 만나십시다. 지금이 12시 좀 지났으니까요."

"네, 1시에 그럼 그리로 나가겠습니다."

"예, 그럼 이따 뵙죠."

동표가 송수화기를 내려놓자 정미가 물었다.

"누구예요?"

"아, 전에 나 병원에 잠깐 입원했을 때 한방에 있던 사람."

"어마, 동표 씨가 입원을 한 적이 다 있어요?"

"왜, 난 입원을 하면 못 쓰나?"

"생전 감기 한 번 안 걸릴 것 같은 분이 언제 입원을 다 했었어요?"

"내가 그렇게 튼튼해 보여? 겉보기하곤 다르다구."

"아무리 그럴까."

"하하, 하긴 어디가 아파서 입원을 했던 건 아니구 딴 목적이 약간 있어서였다구."

"오라, 그 경림인가 하는 간호사 아가씨 때문이었군요? 그 아가씨가 근무하는 병원에 입원을 했었군요?"

"어떻게 그렇게 눈치가 빠르지?"

"동표 씨도 참 어지간한 분이군요. 간호사 아가씨 하날 꼬시기 위해서 입원을 다 하구."

"하하, 이제 내가 그 아가씰 손에 넣기 위해서 얼마나 온갖 노력을 다 했는지 알 만해?"

"알고도 남겠어요. 어지간하세요."

"여자 하나 꼬시기가 그렇게 힘이 드는 줄은 예전에 미처 몰랐다구."

"잘해 보세요."

그러며 그녀는 밉지 않게 눈을 흘겼다. 동표는 하하 웃고 나서 곧 외출 준비를 하였다.

그리고 그가 구양서와 만나기로 한 다방에 도착한 것은 1시 5분쯤 이었다. 그는 벌써 와서 기다리고 있었다.

구양서의 친구

동표가 다방으로 들어서자 그는 앉은 자리에서 손을 번쩍 쳐들어 자기 위치를 알렸다. 그리고 눈길이 마주치자 예의 그 사람 좋은 웃음을 지었다.

동표도 마주 웃으며 그가 앉은 좌석으로 다가갔다.

"이거 오랜만입니다. 아주 건강해지신 것 같군요."

그러며 동표는 손을 내밀어 악수를 청했다. 구양서도 엉거주춤 마주 일어서며 동표의 손을 잡았다.

"네, 이렇게 다시 뵙게 돼서 반갑습니다. 민 형도 아주 건강해 보이시는군요."

그들은 곧 탁자를 사이에 두고 마주 앉았다.

동표가 말했다.

"잊지 않고 전화 주셔서 고맙습니다. 그리고 뭐니 뭐니 해도 이렇게 완쾌하셔서 퇴원하신 모습을 보니 반갑기 짝이 없군요."

"민 형 덕분이죠. 민 형의 그 회의(懷疑) 없는 건강한 태도에 감화를 받은 덕분이죠. 그렇지 않았더라면 전 아직 병원 신셀 면치 못했을 겁니다."

"원 당치 않은 말씀을 다 하십니다. 저한테 감화를 받으시다뇨. 제가 구 형한테 배운 게 많죠."

"아닙니다. 비록 긴 기간은 아니었지만 전 민 형 태도에 적잖은 감화를 받았습니다. 그리고 그 감화가 병세를 호전시키는 데 결정적인 역할을 한 것 같습니다. 민 형 퇴원하신 후로 전 제 병세가 눈에 띄게 하루하루 호전돼 가는 걸 알 수 있었으니까요."

"모를 얘기군요. 아무튼 사실은 여부 간에 이렇게 완쾌하신 모습을 보니 제 일처럼 기쁩니다."

그때 레지가 다가와서 차 주문을 청했다. 동표는 커피를, 구양서는 홍차를 주문했다. 그리고 동표가 다시 말했다.

"한데 아까 전화로 궁금하다고 하셨지만 궁금하실 것 같아 미리 자백을 좀 해야겠습니다. 그 경림 씨라는 아가씨에 관한 문젠데 그게 면목 없게도 아직 이렇다 하게 보고드릴 만한 진전을 보지 못하고 있군요."

"아, 그렇습니까?"

"네, 이렇게 저렇게 시도는 계속해 보고 있습니다만 뚜렷한 성과는 아직 나타나지 않고 있군요. 뭐라고 할까요, 성격이 보통 까다로운 아가씨가 아니어서 접근하기가 여간 조심스럽지 않다고나 할까요."

"민 형한테도 난적(難敵)이 다 있는 모양이군요."

"하하, 네, 여간 어려운 상대가 아니더군요. 구 형 생각을 해서라도 빨리 성과를 좀 올려야겠는데."

"차차 성과가 나타나겠죠. 하지만 저하고 한 약속을 잊으셔선 안 됩니다."

동표는 순간 머리가 갑자기 아둔해지는 듯함을 느꼈다. 약속이라니, 그와 무슨 약속을 했었던가.

그가 의심 없는 맑은 눈으로 쳐다보며 물었다.

"왜, 생각이 안 나십니까?"

동표는 그제야 머릿속이 반짝 트이는 것을 느꼈다. 그 자신은 건성으로 한 약속이었지만 그녀를 절대로 농락하지 않겠다고 약속한 일이 기억에 떠올랐던 것이다.

"아, 하하, 생각이 안 날 리야 있습니까. 결코 잊지 않고 있습니다. 그 점만은 안심하십시오."

그러자 그는 다소 부끄럼을 타는 듯한 표정으로 말했다.

"민 형이 약속을 어길 분이라곤 생각하지 않습니다. 다만 노파심에서 말씀드린 것뿐입니다."

"하하, 이거 마음을 단단히 먹어야겠는데요. 자칫 실수하는 일이 없도록."

"그러실 린 없겠지만 한마디만 더 하겠습니다. 만일, 만일 말입니다. 민 형이 그 여잴 일시적인 농락의 대상으로 삼는 경우 전 무슨 짓을 해서든 민 형을 파멸시키고야 말겠습니다."

그의 눈은 그러나 원한 따위는 담기지 않은 맑은 눈빛이었다. 동표는 그 맑은 눈빛이 더욱 서늘하게 폐부에 와 닿는 듯함을 느꼈다. 그러나 동표는 천연스레 말했다.

"아이구, 이거 자칫 삐끗하는 날이면 구 형 손에 뼈도 남아나지 않겠군요."

"부끄럽습니다. 아무 힘도 없는 주제에 협박을 한 셈이 돼서."

"원, 구 형도. 협박은요. 다 절 생각해서 하신 말씀 아닙니까. 염려 마십시오. 결코 구 형하고 한 약속을 저버리진 않을 테니."

"제가 아무래도 안 할 얘길 한 것 같습니다."

"천만에요. 그렇게 주의를 환기시켜 주시는 것도 좋은 일 아니겠습니까. 사람이란 무슨 일에건 마음이 자칫 안이해지기 쉬운 동물이니까요."

"그렇게 들어 주시니 고맙습니다."

"자, 그건 그렇고 우리 어디 가서 점심이나 같이하실까요? 술을 한잔했으면 좋겠는데 대낮부터 술을 마실 수도 없고, 점심 안 하셨죠?"

"네, 아직 안 했습니다. 제가 사죠."

"사기야 누가 사든 가십시다. 참, 구 형 혹시 보신탕 하실 줄 아십니까?"

"아직 못 먹어 봤습니다."

"그럼 한번 시험해 보시죠. 병후 회복에 좋다고 의사들도 권하고 있는 모양이니까요. 잘은 모르지만 단백질 구조가 느슨해서 소화도 잘되고 체내 흡수도 빠르다던가요."

"……"

"생각 안 내키면 물론 그만두시구요."

"아뇨, 한번 먹어 보겠습니다."

"억지로 그러실 것까진 없구요."

"아닙니다. 한번 먹어 보겠습니다. 사람이 먹는 음식을 꺼릴 건 없겠죠."

"좋습니다. 그럼 일어서실까요."

그들은 다방에서 나와 동표가 여름이면 이따금 찾아가곤 하던 보신탕집으로 향하는 도중 동표는 자기의 보신탕 옹호론 일석을 폈다.

"사실 요즘 같은 세계적 식량난이 발등의 문제로 대두되는 시대에 한 가지라도 먹을 수 있는 것을 더 찾아내지는 못할망정 마치 보신탕 먹는 사람들을 무슨 야만인 취급하듯 하는 건 얘기가 안 되죠, 더욱이 먹을 고기가 모자라는 우리나라 같은 형편에선 말이죠. 그 사람들 얘긴 개는 사람과 감정을 나누는 가족이기 때문에 좀 곤란하지 않느냐는 얘긴데 우리가 고기의 대종으로 삼는 소는 어떻습니까. 소는 사람과 감정을 나누는 가축이 아닙니까? 물론 그렇다고 개는 얄미우니까 잡아먹자는 얘긴 아닙니다. 소도 우리가 잡아먹고 있는 이상 편견만은 갖지 말자는 얘기죠."

구양서는 그러나 막상 보신탕집에 들어서자 그곳 분위기랄까 하는 것에 다소 질리는 표정이었다. 그리고 동표와 마주 앉아 프로판가스 불꽃 위에 올려지는 즉석 고기냄비를 보자 선뜻 내키는 태도가 아니었다.

동표는 짐짓 모른 체하고 소주 한 병을 시킨 다음 그에게 잔을 권했다.

"자, 우선 한잔 듭시다. 보신탕에는 소주를 한잔 곁들여야 제격이랍니다."

그는 못 이기는 듯 잔을 받았다.

"한 잔만 주십시오. 아직 술은 마음 놓고 마셔선 안 된다는 의사의 지시였습니다."

"아, 그러세요? 그럼 꼭 한 잔만 하십시오."

그러며 동표는 그의 잔에 소주를 따랐다. 그가 병을 옮겨 받아 동표의 잔에도 소주를 따랐다. 두 사람은 각기 소주잔을 입으로 가져갔다.

이윽고 냄비가 끓기 시작했다.

"자, 좀 들어 보십시오. 뜻밖에 맛있는 음식이라는 걸 아시게 될 겁니다."

동표가 나무젓가락을 냄비 속으로 가져가며 말했다. 그러나 구양서는 젓가락은 집었으면서도 선뜻 그것을 냄비 쪽으로 가져오려고는 하지 않았다.

"자, 그렇게 주저할 것 없이 한 점 집어 보십시오. 한번 맛을 들이면 구 형도 앞으론 이것만 찾으실 겁니다."

그러며 동표는 고기를 한 점 집어 양념장에 찍어서 맛있게 입에 넣고 씹었다. 그러자 그는 마지못한 듯 그중 작게 썰어진 고기 한 점을 집어 동표가 한 대로 양념장에 찍어서 입으로 가져갔다. 그리고는 몇 번 씹지도 않고 그대로 목구멍 속으로 꿀꺽 넘겨 버렸다. 동표는 웃었다.

"하하, 마치 무슨 독이라도 삼키시는 것 같군요. 그래서야 어디 맛을 제대로 아시겠습니까?"

그러나 그는 끝내 동표가 소주 한 병을 다 비우고 냄비 속의 고기를 거의 혼자서 다 없애다시피 하는 동안 간신히 몇 점의 고기를 더 집었을 뿐이었다.

그리고 보신탕집을 나오면서 그는 부끄럽다는 듯 말했다.

"아무래도 전 아직 멀었나 본데요. 사람이 먹는 음식도 아직 제대로 못 먹겠으니."

"하하, 그야 처음이시니까 그렇겠죠. 이러는 저도 처음엔 사실 좀 꺼림칙했었답니다. 앞으로 차차 괜찮아지실 겁니다."

동표가 그렇게 마악 그를 격려했을 때였다. 누군가 뒤쪽에서 다가오더니 구양서의 어깨를 탁 쳤다.

"야, 이게 누구야? 양서 아냐."

순간 구양서가 움찔 놀라듯 하며 뒤를 돌아보더니 반가운 표정을 지었다.

"오, 너 광빈이구나. 오래간만이다."

"그래, 오랜만이다, 인마. 한데 네가 웬일이냐? 보신탕집에 다 오구."

그도 보신탕집에서 마악 나오는 길이던 모양이었다. 구양서 또래의 눈이 부리부리하고 키가 큰 사내였다. 부리부리한 눈에 술기가 약간 어려 있었다. 구양서는 난처한 듯 잠시 우물쭈물했다.

"어, 그냥……."

"자아식, 체질 개선했나 본데. 아무튼 반갑다. 어디 가서 차나 한잔 하자."

그리고 사내는 동표 쪽을 힐끗 쳐다보았다.

구양서가 약간 난처하게 됐다는 듯 말했다.

"응, 그런데 동행이 한 분 계셔서……."

그러자 사내는 다시 한번 동표 쪽을 힐끔 쳐다보고 나서, 문제 될 게 있느냐는 듯이 거침없이 말했다.

"같이 가시면 될 거 아냐. 그렇다고 너 근 1년 만에 만난 친굴 이렇게 길거리에서 따 버릴 셈이냐?"

동표가 구양서에게 말했다.

"오랜만에 만나신 모양인데 함께 가시죠. 전 그만 가 보겠습니다."

그러자 사내가 이번에는 동표 쪽을 향해 말했다.

"아, 이거 초면입니다만, 함께 어울릴 수 있을 분 같은데 같이 가시죠. 이 친구하고 저하곤 허물없는 사입니다. 이런 기회에 서로 알고 지내는 것도 좋은 일 아니겠습니까?"

구양서가 동표의 기분을 살피려는 듯 쳐다보았다. 동표는 대답했다.

"좋습니다. 그럼 함께 가시죠."

구양서의 표정이 안심하는 듯한 그것으로 바뀌었다.

세 사람은 곧 부근의 한 다방으로 들어갔다. 자리를 잡고 앉자 사내가 먼저 인사를 청해 왔다.

"김광빈이라고 합니다. 이 친구하곤 고등학교 때부터 가깝게 지내 온 사이죠."

"네, 민동표라고 합니다."

"아, 민 형이시군요. 앞으론 그럼 민 형이라고 부르겠습니다."

"네, 저도 그럼 김 형이라고 부르겠습니다."

"아, 좋습니다. 한데 민 형은 사람을 아주 잘 다루시는 모양이군요. 이런 소심해 빠진 친굴 보신탕집엘 다 따라가게 만드신 걸 보면. 이 친구 자청해서 나섰을 린 결코 없는데."

그리고 김광빈은 그렇지 않느냐는 듯이 구양서 쪽을 쳐다보았다. 구양서는 얼굴을 약간 붉힌 채 잠자코 있었다.

동표가 말했다.

"웬걸요, 아주 잘 드시던데요. 너무 그렇게 친구분을 얕잡아 보지 마십시오."

"아, 그랬습니까? 그건 놀랐는데요. 이 친구 학교 다닐 때 벌레 한 마리 못 잡던 친군데……."

그리고 그는 구양서 쪽을 향해 물었다.

"그런데 넌 그동안 어디 가 있었니? 소식도 없이."

구양서가 잠시 우물쭈물하다가 대답했다.

"응, 병원에 좀 있었어."

"병원에? 병원엔 왜?"

"응, 몸이 아파서 입원을 좀 했었어."

"1년씩이나? 무슨 놈의 몸이 어떻게 아팠길래 1년씩이나 입원을 하니? 게다가 연락도 없이."

"응, 그렇게 됐어."

"그렇게 되긴 인마, 그럼 연락이라도 해 줘야 할 거 아냐. 병문안이라도 가게."

"일부러 연락 안 했어."

"자아식, 또 오기 부렸구나. 하도 궁금해서 느이 누나네 집으로 전화 한 번 했더니 딴 사람이 받잖아. 그런 사람 모른다고 말야. 느이 누나네 이사했니?"

"응, 나 입원하고 나서 얼마 안 있다 이사했어."

"전화까지 팔구?"

"그런 모양이야. 그 전화번호가 재수가 좀 없대나 봐. 이사도 그래서 한 모양이구."

"빌어먹을, 삼박자가 아주 척척 맞는구나. 그래 지금은 다 나은 거야?"

"응, 다 나았어. 넌 잡지사에 그대로 나가니?"

"잡지사? 인마, 그만둔 지가 벌써 반년이 넘었어. 그만두고 뭐 하는지 아니?"

"……."

구양서는 눈만 끔벅거렸다. 그러자 김광빈은 동표 쪽을 호의 있게 한번 슬쩍 쳐다보고 나서 말을 이었다.

"너 같은 놈이 알면 아마 놀라 자빠질 거다. 말해 볼까?"

"뭘 하는데 그래?"

"포주 노릇 하고 있다, 포주. 너 포주가 뭔지나 아니?"

"뭐, 포주?"

순간 구양서는 아연실색, 벌린 입을 다물지 못하였다. 김광빈은 그런 그를 놀려 대듯 계속해서 말했다.

"자식, 어디서 들어 보긴 한 모양이구나. 놀라는 걸 보니. 그래, 인마 애들 한 서넛 데리고 색시장사하고 있어."

"뭐라구? 너 그게 정말이니?"

구양서가 믿어지지 않는다는 듯 눈을 커다랗게 뜨고 다시 물었고 동표도 부쩍, 흥미가 동해 그를 향해 물었다.

"아니, 김 형, 그게 정말이십니까?"

그러자 김광빈은 이번엔 동표 쪽을 향해 천연스레 말했다.

"하하, 민 형까지 놀라시는군요. 네, 아직 자본이 좀 달려서 애들을 많이 데리고 있진 못하지만 그런대로 데리고 있는 애들이 쓸 만해서 재미는 있는 편이죠. 더러 성가신 일이 있기도 하지만. 왜, 흥미 있으십니까?"

"농담이 아니시군요, 그럼."

"하하, 잘 믿어지지 않는 모양이시죠? 그렇다면 지금이라도 함께 가 보시겠습니까? 가셔서 우리 애들이랑 화투치기라도 하시겠습니까?"

그리고 그는 동표가 미처 뭐라고 대꾸할 사이도 없이 구양서 쪽을 바라보며 다시 말했다.

"어때? 같이 한번 가 볼 테냐? 너 같은 놈에겐 아마 좋은 인생공부가 될 거다."

"······."

구양서는 아직도 뭐가 뭔지 잘 모르겠다는 표정으로 멀뚱멀뚱 그를 쳐다보기만 했다. 그러자 그는 다시 동표 쪽을 향해 말했다.

"어떻습니까? 웬만하면 같이 한번 안 가 보시겠습니까? 이 친구 인생공부도 좀 시킬 겸. 가 보면 아시겠지만 애들이 비교적 쓸 만한 편이랍니다. 여기서 그닥 멀지도 않고."

동표는 미상불 흥미가 부쩍 당겼다. 해서 구양서를 돌아보며 물었다.

"어떻습니까? 구 형. 한번 가 보실까요?"

"글쎄요, 전 뭐가 뭔지······."

구양서는 아직도 납득이 잘 안 간다는 얼굴로 애매한 표정을 지었다. 동표는 다시 김광빈을 향해 말했다.

"한데 폐가 안 되겠습니까? 저희가 가도."

"천만에요. 장소가 좀 누추해서 그렇지 폐 될 건 조금도 염려 마십시오, 하하."

김광빈은 너그럽고 여유 있는 태도로 대답했다.

그들 세 사람이 차 한 잔씩을 마시고 그 다방을 나선 것은 잠시 후였다. 구양서는 그다지 내켜 하지 않는 태도였으나 동표가 적극성을 보이자 마지못한 듯 따라나섰다.

그리고 그들은 김광빈의 인도에 따라 부근의 골목 몇 개를 꼬불꼬불 지나서 한 주택가 어귀에 있는 허름한 2층 건물 앞에 다다랐다. 길 쪽으로 면한 아래층엔 약방 간판이 걸려 있는 허술하기 짝 없는 목조

건물이었다. 약방 한옆으로, 2층으로 통하는 듯한 조그만 출입구 하나가 보였다. 용변이 급한 사람이면 혹시 변소가 아닌가 하고 문을 열어 봄 직한, 그런 허술한 판자문이 달린 출입구였다.

김광빈이 그 출입구 앞으로 다가서서 판자문을 당겨 열며 말했다.

"자, 들어들 오시죠. 층계가 좀 가파릅니다."

그리고 그는 앞장서서 머리를 약간 숙이듯 하고 출입구 안으로 들어섰다. 동표는 곧 망설이는 표정의 구양서를 눈짓으로 독려하며 그의 뒤를 따랐다. 구양서도 마지못한 듯 동표를 따랐다.

출입구 안은 바로 가파른 나무층계로 이어져 있었다. 그리고 김광빈은 어느새 엉덩이를 이쪽으로 향한 채 저만큼 몇 발짝 올라가고 있었다. 동표는 잠자코 그의 뒤를 따랐다. 구양서도 마지못해 따르고.

층계를 다 오르자 또 하나의 판자문 같은 것이 있었고 그 판자문을 들어서자 바로 부엌 비슷한 공간이 나타났다. 연탄아궁이 같은 곳에 때 묻은 양은솥이 올려져 있는 모습이 보였고 한쪽 구석에는 찬장 같은 것도 있었다. 그리고 그 부엌 비슷한 공간을 향해 방문이 나 있었다. 창호지보다 신문지 조각이 더 많이 오려 붙여진 미닫이문이었다. 방문 앞 부엌 바닥에는 여자 구두 몇 켤레가 보였다.

김광빈이 드르륵 소리가 나게 방문을 열고 고개를 안쪽으로 집어넣으며 말했다.

"자식들 뭐 하고 있는 거야? 아버지 손님 모시고 오는 줄도 모르구. 어서 일어들 나."

그러자 안에서 부산스런 움직임과 함께 말대꾸하는 소리들이 들려

나왔다.

"어마, 누군데, 아버지?"

"아버지 친구분이유?"

"미남이유?"

밖에까지 들릴 것을 부러 개의치 않는 목소리들이었다.

"그래, 아버지 친구분들이고 미남들이시다. 모두 총각들이니까 알아서들 해. 시집가고 싶으면."

그리고 그는 고개를 빼내어 동표들을 돌아보며 말했다.

"자, 누추하지만 들어들 가십시다. 애들이 아주 대환영입니다."

그때 열린 방문 사이로 화장한 얼굴 서넛이 내밀어졌다. 모두 호기심에 반짝이는 눈들이었다. 그리고 그 입들이 말했다.

"어서 오세요."

"누추하지만 좀 들어오세요."

"아버지 친구분들 정말 미남들이시다, 애."

동표는 순간 얼굴이 화끈 달아오르는 것을 느꼈다. 그러나 곧 태연한 표정을 꾸며 그녀들을 향해 인사했다.

"처음 뵙습니다."

그러자 그녀들은 다투어 방문 앞을 틔워 주었다.

동표는 신발을 벗고 방 안으로 들어섰다. 구양서도 내키지 않는 동작으로나마 머뭇머뭇 따라 들어섰다. 그리고 김광빈도 따라 들어섰다.

방 안은 생각보다 넓은 편이었다. 길 쪽으로 면한 두 개의 창문이

보였고 오른편 벽 쪽으로 철제 캐비닛 하나가 놓여 있는 모습이 보였
으며 방바닥 한가운데는 전화기도 한 대 놓여 있었다. 방바닥은 담뱃
불에 탄 자국이 여기저기 나 있는 비닐장판이었고 캐비닛 이외의 가
구라곤 한쪽 벽에 달력과 나란히 걸려 있는 큼지막한 거울 하나뿐이
었다. 변두리 간이 이발소 같은 데 흔히 걸려 있는 그런 거울이었다.

"자, 방바닥이 좀 지저분하지만 앉읍시다."

하고 김광빈이 먼저 엉덩이를 내려놓으며 말했고

"앉으세요, 누추하지만."

"어떡하죠? 방석이 하나도 없어서."

하고 그녀들도 손바닥으로 방바닥을 쓰는 시늉을 하면서 말했다.

"아, 좋습니다."

하고 동표는 그녀들을 향해 짐짓 미소를 지어 보이며 방바닥에 앉았
다. 구양서도 못 이기는 듯 말없이 따라 앉았다.

김광빈이 말했다.

"자 너희들 아버지 친구분들한테 인사드려라. 이분은 민 선생님이
시구 이분은 구 선생님이시다."

그러자 그녀들은 거의 한꺼번에 고개들을 까딱대며 저마다 한마디
씩 했다.

"순애라고 해요. 잘 부탁합니다."

"옥희라고 합니다."

"안녕하세요? 민자라고 합니다."

"화자예요. 방년 22세랍니다."

모두 네 명이었다. 그리고 모두 비슷비슷한 연령으로 보였다. 화장들은 하고 있었지만 옷차림은 거의 잠옷 바람이라고 할 수 있는 차림이었다. 허벅지가 다 드러난 짧은 바지 차림의 아가씨도 있었다. 모두 체격들이 고른 편이었고 얼굴들도 예쁘장한 편들이었다.

구양서는 시종 눈 둘 곳을 몰라 쩔쩔매고 있었다. 동표가 그녀들을 향해 마주 고개 숙여 인사해 보인 다음 김광빈을 향해 물었다.

"그런데 김 형이 어떻게 이 아가씨들의 아버지가 되십니까? 아까부터 궁금했습니다만."

그러자 김광빈은 고개를 쳐들고 웃었다.

"하하, 이런 커다란 딸들을 두기엔 제가 아무래도 좀 젊다는 뜻인가요? 뭐라고 대답해 드리는 게 좋을까. 뭐 그저 양아버지 정도로 해두죠."

"수양아버지 말인가요?"

"글쎄, 그렇게 정직하게 물으시면 좀 곤란하고. 전에 제가 오입하러 다닐 때 더러 보면 아가씨들이 주인 아주머닐 보고 엄마라고 부르더군요. 엄마의 반대는 아빠 또는 아버지 아닙니까. 한데 아빠는 좀 간지럽고. 해서 아버지라고 부르도록 한 거죠. 이 애들도 그 호칭을 재밌어하고. 이제 의문이 풀리셨습니까?"

"아, 예 그렇게 된 거군요."

그때 한 아가씨가 말참견을 하고 나섰다.

"어마, 아버지도 오입을 다 하러 다니고 그랬어요?"

그가 짐짓 눈을 부릅떠 보이며 대답했다.

"그럼, 인마, 난 어디가 병신이라든?"

그러자 그녀들은 모두 까르르 웃어 댔다. 동표도 빙그레 따라 웃으며 말했다.

"하지만 그 호칭 때문에 불편하신 점도 많겠습니다. 지금 같은 경우처럼 그 호칭에 걸맞지 않은 행동을 하실 때라든지. 다시 말해 호칭에 어울리는 위엄 있는 태도를 유지해 나가셔야 할 테니 말입니다."

"하하, 민 형이 아픈 데를 찌르시는데요. 그러잖아도 위엄 있는 아버지 노릇을 못 해서 이 애들한테 늘 놀림을 당하곤 한답니다."

하고 김광빈도 웃었다.

"그래요, 우리 아버지 제일 큰 약점의 하나가 바로 그 위엄이 없다는 점이에요. 이름만 아버지지 우리랑 친구나 다름없는걸요, 뭐."

그녀들 중 이름을 옥희라고 했던, 얼굴이 갸름한 편인 아가씨가 장난기 있는 표정으로 생글생글 웃으며 다시 말참견을 했고

"네, 사실은 오빠라고 불러야 될 거예요. 그런데도 자꾸 고집이지 뭐예요?"

하고 짧은 바지 차림의, 이름을 화자라고 했던 아가씨가 맞장구를 쳤다. 그러자 그는 다시 짐짓 위엄 있는 태도로 목소리를 굵게 했다.

"에끼, 이 버르장머리 없는 자식 같으니라구. 손님 앞에서 애빌 망신시켜도 분수가 있지. 오빠라니?"

그녀들은 다시 까르르 웃어 댔다. 그도 다시 싱글싱글 웃었다. 동표는 순간 그들 사이에 어떤 우정 비슷한 것이 오가는 걸 느낄 수 있

었다. 물론 얼핏 스쳐 간, 지극히 막연한 느낌에 불과했지만.

구양서는 시종 바늘방석에라도 앉은 사람처럼 불편하고 불안한 표정으로 앉아 있었다.

그런데 그때 방바닥에 놓인 전화벨이 울렸다. 이름을 순애라고 했던 아가씨가 송수화기를 집어 들었다.

"여보세요? 네? 미스 리요? 네, 네네, 알았어요……. 글쎄 알았대두요. 금방 보낼게요."

그녀는 송수화기를 내려놓고 이름을 민자라고 했던 아가씨에게 말했다.

"애, 너 영진여관에서 오랜다. 10분 내로 오래. 빨리 가 봐야겠다."

"10분 내로?"

민자라는 아가씨가 반문했고

"그래, 며칠 전에 거기서 너 만난 사람이 또 와서 기다리고 있대. 누구니?"

하고 순애라는 아가씨가 말했다. 그러나 민자라는 아가씨는 고개를 갸우뚱해 보더니 곧 집히는 데가 있다는 듯 말했다.

"으응, 그 쪼다로구나. 나보고 살림 차려 준대나. 아무튼 나 그럼 갔다 올게."

그리고 그녀는 일어섰다.

"애, 너 그러다 팔자 고치는 거 아니니?"

라고 화자라는 아가씨가 놀려 대듯 하자 그녀는 캐비닛 쪽으로 걸어가며 말했다.

"웃기지 마, 야. 넌 살림 차려 준다고 하고 살림 차려 주는 치 봤니?"

그리고 그녀는 동표들 쪽을 향해 살짝 웃어 보이며 말했다.

"미안해요. 잠깐만 이쪽 좀 보지 마세요."

옷을 갈아입으려고 그러는 것 같았다.

그런데 그때 여지껏 불편하고 불안한 표정으로 앉아 있던 구양서가 엉거주춤 몸을 일으켰다. 그리고 얼굴을 붉히며 말했다.

"광빈아, 나 그만 가 봐야겠다. 민 형, 저 먼저 가겠습니다. 나중에 또 전화드리죠."

그러자 민자라는 아가씨가 눈을 동그랗게 만들며 말했다.

"어머, 나 때문에 그러시나 봐요?"

그리고 다른 아가씨들도 말했다.

"어머, 천천히 노시다 가세요. 쟤 옷 금방 갈아입을 텐데요, 뭐."

"잠깐만 쟤 쳐다보지 않으심 되잖아요."

"쟤 나간 뒤에 우리 같이 화투라도 치면서 재밌게 놀다 가세요."

그러나 그는 얼굴을 붉힌 채 그대로 일어나서 방문께로 향했다. 동표가 말했다.

"구 형, 가더라도 함께 가십시다. 같이 왔다가 그렇게 먼저 가시는 데가 어딨습니까."

그리고 그도 일어서려 했다. 그러자 구양서가 고개를 돌이키며 말했다.

"아닙니다. 민 형은 더 계시다 가십시오. 저 먼저 가겠습니다."

그때였다. 김광빈이 커다란 웃음소리를 터뜨린 것은.

"하하하, 세상에 별 촌놈 다 보겠구나. 저게 언제나 좀 사람 구실을 제대로 할까. 가엾다, 가엾어. 그래, 가 봐라, 가 봐. 너 같은 놈을 데려온 내가 잘못이다."

순간 동표는 그의 커다란 웃음소리 뒤에 감춰진 어떤 노여움을 힐끗 본 듯했다. 뭐라고 할까, 일종의 연민을 포함한 노여움이라고 할까. 연민의 대상에 대하여 그 연민을 노여움으로 바꾸어 터뜨리는 것 같았다고 할까.

구양서는 순간 얼굴을 더욱 벌겋게 붉힌 채 김광빈을 힐끗 바라보았다. 그리고는 말없이 돌아서서 방문을 열고 나갔다.

동표가 몸을 일으켰다.

"아, 구 형, 구 형."

그러나 그때 김광빈이 앉은 채로 동표의 팔을 잡았다.

"내버려두십시오. 저런 자식은 혼자 내버려둬야 합니다. 그래야 정신을 차릴 겁니다."

"……"

동표는 구양서를 따라 나가지도, 그렇다고 다시 앉지도 못하고 망설였다.

김광빈이 다시 말했다.

"자, 앉으십시오. 저런 자식 신경 쓰실 것 없습니다."

"하지만……"

"글쎄, 앉으십시오. 내버려두시고. 저런 자식은 누가 보호해 주면

줄수록 더욱 사람 구실 하는 게 늦어질 뿐입니다. 내버려둬서 아주 망가져 버리거나 저 혼자 깨닫게 해야 해요."

"……."

동표는 그의 말뜻을 잘 알아들을 수가 없었다.

그러나 그의 말에는 어떤 거역하지 못할 힘이 들어 있는 것 같았다. 그리고 더 이상 그렇게 엉거주춤 일어선 채로 망설이고 있을 수도 없었다.

못 이기는 듯 다시 방바닥에 앉았다. 그리고 그의 얼굴을 쳐다보았다.

그는 웃고 있었다.

"자, 우리 10원짜리 노름이나 하십시다. 난 애들하고 심심하면 한답니다. 민자야, 넌 그리고 어서 가 봐."

그날 저녁 동표는 그와 부근의 한 빈대떡집에 앉아 있었다. 빈대떡 한 접시와 소주 한 병을 시켜 놓고. 민자라는 아가씨가 옷을 갈아입고 나간 뒤 나머지 아가씨들과 띠에 10원짜리 화투치기를 얼마쯤 한 다음 저녁이 되자 그가 소주 한잔하지 않겠느냐고 청해 왔던 것이다. 그즈음부터 또 아가씨들에게는 전화가 걸려 오기 시작했다.

빈대떡 한 접시를 시켜 놓고 소주 한 잔씩을 나누고 났을 때 그가 물었다.

"어떻습디까? 우리 애들 쓸 만합니까?"

동표는 정색하고 대답했다.

"아가씨들이 모두 좋던데요. 막연히 생각하던 것보다 아주 명랑하고 밝구요. 또 뭐라고 할까, 숨기는 구석 같은 게 전혀 없구요."

"하하, 그렇게 보셨습니까? 애들이 들으면 좋아하겠는데요."

"아니, 빈말이 아닙니다."

"아, 예, 빈말이라는 게 아닙니다. 애들이 들으면 정말 좋아하겠다는 뜻이죠. 어떻습니까? 마음에 드는 애 있으면 한번 안 해 보시겠습니까?"

"하하, 김 형도. 무슨 농담을."

"아니, 왜? 그런 애들하곤 연애할 수 없다는 얘깁니까?"

"아니죠. 그런 뜻이 아니라 갑작스레 연애를 해 보지 않겠느냐고 하시니 하는 얘기죠."

"하하, 연애야 남자와 여자가 갑작스레 만나서 되는 거지 뭐 별겁니까. 마음에 드는 애가 없었나 보죠?"

"원, 김 형도. 자꾸 그런 농담을."

"농담 아닙니다. 마음에 드는 애가 있다면 중신할 용의가 충분히 있습니다. 애비 체면에 딸을 중매한다는 게 좀 뭣하긴 하지만, 하하."

"하하, 그럼 언제 다시 한번 가서 잘 좀 눈여겨봐야겠는데요."

"아, 그러니까 역시 마음에 드는 애가 없었다는 얘기군요. 연애란 첫눈에 들어야 성립이 되는 건데."

"반드시 그렇지는 않죠. 두고두고 눈에 들어서 연애가 성립되는 경우도 있죠."

"아, 그런가요. 그럼 자주 좀 놀러 오십시오. 그래서 마음에 드는 애가 생기면 채 가십시오. 아까도 말씀드렸지만 애들만은 모두 정말 좋은 애들입니다. 팔자가 좀 사나워서 그렇게 된 것뿐이죠. 보증할 수 있습니다. 그저 과년한 딸 가진 부모란 제격제격 임자 나타나서 채 가 주는 게 제일 큰 바램이죠, 하하."

"하하, 정말 딸 못 치워서 안달하는 아버지 같으시군요."

"아니, 절대 안달하는 건 아닙니다. 단지 좋은 임자 만나길 바라는 것뿐이죠. 만일 양서 같은 놈이 와서 달라고 하면 주지도 않겠거니와 발길로 차서 쫓아 보낼 겁니다."

"참, 구 형한텐 묘한 애증(愛憎) 같은 걸 느끼시는 것 같던데, 무슨 특별한 이유라도 있으십니까?"

김광빈은 순간 입을 다물었다. 괜히 얘기를 꺼냈다는 후회의 표정 같은 것이 그의 얼굴에는 잠시 떠올랐다.

"……그 친구 얘긴 하지 맙시다."

잠시 후 그는 그렇게 말하고 술잔을 들어 입으로 가져갔다. 그러는 그의 동작에는 씁쓸한 표정 같은 것이 떠돌고 있었다.

동표는 술잔을 들어 한 모금 마시고 나서 말했다. 되도록 조심스런 억양으로.

"뭔지 구 형에 대한 친구로서의 불만 같은 게 있으신 모양이군요. 하지만 아까의 구 형 태도만 가지고 얘기한다면 제가 아는 구 형으로서는 능히 그럴 만하다고 전 생각하고 있는데요. 구 형으로서는 그런 장면에서 더 이상 앉아 있기가 좀 어려웠을 겁니다. 물론 김 형이 더 잘 아시겠지만."

김광빈은 말없이 젓가락을 빈대떡 접시로 가져갔다. 그리고 빈대떡 한 조각을 떼어 잠시 외면하듯 그것을 입에 넣고 씹었다. 하기 싫은 이야기를 기어이 하지 않으면 안 되는가를 자문(自問)하는 듯한 태도였다.

이윽고 그는 입을 열었다.

"좋습니다. 민 형도 그 친굴 대강은 알고 계신 것 같으니 그럼 얘길 하죠. 그 친구하고 전 중학교 시절부터 가깝게 지내 온 사이죠. 고등학교, 대학교, 그리고 대학을 졸업한 뒤에도 마찬가지였구요. 성격은 서로 판이했지만 솔직히 말해서 전 그 친구의 어떤 결백성이랄까, 순수성 같은 걸 좋아했습니다. 그 친구도 절 별로 마다하지 않았구요. 뭐라고 할까, 성격 때문이겠지만 제가 항상 보호자 역 비슷한 걸 했는데, 그 친구도 그게 싫지 않았던 모양이에요. 물론 차차 커 가면서 전 그 친구의 그 결벽성이랄까 하는 점이 때로는 역겹게 느껴지기도 했죠. 철이 들어 가면서 그게 좀 지나치지 않나, 다시 말해 거의 병적인 정도가 아닌가 하는 의심이 들기 시작했던 거죠. 하지만 전 그 친구가 역시 좋은 친구임에 틀림없다는 생각을 버릴 순 없었습니다. 그건 아직도 어느 정도 사실이긴 합니다만. 한데 조금 철이 더 들자 역겨움보다는 이제 얄밉다는 생각, 더 나아가서는 미움 같은 감정이 생기더군요. 좀 전에 애증이라는 말을 쓰셨지만 적절한 표현이었던 것 같습니다. 친구를 버릴 기분은 아니면서도 그 얄밉다는 생각 내지는 미움의 감정을 떨쳐 버릴 수가 없었죠. 이런 기분이었습니다. 뭐라고 할까, 이 친구는 자기 혼자만의 결백, 나아가서는 자기 혼자만의 문제 외에는 세상엔 다른 아무런 문제도 존재하지 않는 것으로 생각하고 있지 않나, 또는 적어도 그런 건 자기하고 아무런 상관도 없는 일이라고 생각하고 있지 않나, 하는 그런 기분이었죠. 몹시 얄밉고 밉더군요. 전 그 무렵 세상엔 얼마든지 자기 자신을 더럽혀 가면서 사는 사람들이 있다는 걸 알기 시작했고, 개인의 결백 따위보다는 훨씬 더 중요한 문제들이 있다는 것도 조금씩 알기 시작했거든요. 하지만 전 성급하게 그 친굴 설득해야겠다는 생각은 하지 않았습니다. 그건 건방진 일이니까요. 그 친구 스스로 자기를 가두고 있는 껍질을 깨뜨릴 수 있으리라고 생각했습니다. 또 그러는 것이 바람직하다고 생각했구요. 만나면 그저 농담이나 하고 그랬습니다. 그러다가 그 친굴 별안간 만날 수가 없게 됐죠. 아까 그 친굴 그렇게 우연히 만나게 돼서 안 거지만 그동안 연락도 없이 병원에 입원을 했었더군요. 한데 근 1년 만에 그 친굴 다시 만나서 제가 확인한 건 그 친구가 조금도 변하지 않았다는 사실입니다. 아까 그 친구가 취한 행동이 바로 그 단적인 예죠.”

동표는 잠자코 그의 얘기를 들었다. 그리고 그의 얘기 내용을 완전히 납득했다곤 할 수 없는 대로 그들 두 사람의 관계를 대략 짐작할 수는 있었다. 아까 그가 보인(구양서에 대해) 태도도.

그러나 그의 얘기를 듣는 도중 동표는 그로부터 좀 뜻밖의 인상을 받았다. 그것은 그가 처음의 인상과는 달리 진지한 일면을 지녔다는 사실로부터 기인한 어떤 위화감 같은 것이었다. 동표는 처음에 그를 자기와 비슷한 유형의 인간으로 생각했었던 것이다. 다시 말해 자기와 비슷하지 않다는 점에 있어서는 그는 오히려 구양서와 어느 일면 더 닮아 보였다.

한데 한 가지 의문스러운 점은 그러한 그가 어떻게 그런 직업(동표로서는 도저히 진지한 직업이라곤 생각할 수 없는)을 가질 수 있는가 하는 점이었다. 만일에 포주를 직업이라고 할 수가 있다면 말이다.

동표에게는, 그 직업은 장난기로서가 아니면 어떤 방법을 써서든지 돈을 벌겠다는 악착스런 마음의 소유자만이 가질 수 있는 것으로 생각되었던 것이다. 그런데 그가 악착같이 돈을 벌기 위해 그 일을 하고 있다고는 생각되지 않았다. 동표는 그가 재미 삼아 그 일을 하고 있다고 생각했었다. 그런데 방금 그가 얘기하는 태도로 미루어 보아서는, 또 그와 같은 얘기를 할 수 있는 사람으로서는 장난삼아 또는 재미 삼아 그 일을 하고 있다고는 생각할 수 없었다. 적어도 동표에게는 그런 태도로 그와 같은 얘기를 할 수 있는 사람은 그런 직업을 갖지 않는 것이 마땅했다.

동표는 그의 얘기를 다 듣고 나서 말했다.

"김 형의 구 형에 대한 기분을 대강 알 것 같군요. 물론 전 머리가 좀 둔해서 완전히 이해했다고 할 수 없겠습니다만. 한데 이건 좀 멋쩍은 질문입니다만 잡지사를 그만두시고 지금 하고 계신 일을 택한 무슨 특별한 이유라도 혹 있으신가요? 저로선 막연히 재미있다곤 생각하고 있습니다만."

그러자 그는 빙그레 웃으며 다시 농담의 자세를 취하였다.

"특별한 이유는 무슨 이유입니까. 그저 재미로 하고 있는 거죠. 잡지

사 다니는 수입보단 이쪽이 수입도 낫고."

"그런데 어쩐지 그런 것만 같진 않아서 하는 말입니다. 무슨 중요한 이유가 있을 것 같은데요."

"하하, 그렇게 보입니까? 그렇다면 그건 민 형이 지나치게 보신 거겠죠. 포주 노릇 하는 데 무슨 특별히 중요한 이유가 있을 턱이 있습니까. 그저 재미 삼아 하고 있는 거죠. 돈도 벌 겸."

"하지만……."

"하하, 뭘 잘못 생각하고 계신 모양이군요. 제가 무슨 자선사업이라도 하고 있는 줄 아십니까? 고아원이나 양로원 같은?"

"글쎄, 그런 건 아닙니다만……."

"자, 술이나 드십시다. 오늘 이렇게 민 형 같은 분을 사귈 수 있게 돼서 정말 반갑습니다. 그런 의미에선 양서 이 친구한테도 감사를 해야겠군요."

"……."

동표는 말없이 그가 내미는 잔을 받았다. 그가 소주병을 기울여 술을 따르면서 덧붙였다.

"앞으로 종종 좀 만나십시다. 가끔 놀러도 오시구요."

동표는 더 이상 캐묻기가 좀 멋쩍어졌다. 해서 그 궁금증은 천천히 풀어 보리라고 작정하였다. 앞으로 그와 가끔 만나노라면 그런 기회는 얼마든지 있을 것이었다.

동표는 그와 몇 잔의 술을 더 마신 뒤 헤어졌다. 서로 전화번호를 상대방의 수첩에 적어 준 채. 그리고 그날 밤 아파트로 돌아온 동표는 구양서로부터 전화를 받았다. 구양서는 대뜸 미안하게 됐었다는 얘기부터 꺼냈다.

"아깐 정말 미안했습니다. 속으로 저 욕하셨죠."

"욕은요, 구 형 입장으론 그럴 수도 있다고 생각했습니다. 하지만 약간 당황한 건 사실입니다. 김 형하고 전 오늘이 초면 아닙니까."

"네, 정말 미안합니다. 뭐라고 사과를 드려야 할지 모르겠습니다. 하지만 전 아깐 정말 더 이상 앉아서 견딜 수가 없었습니다. 그런 곳은 처음이기도 하지만 여자가 옷을 갈아입는 장소에 앉아 있을 순 정말 없었습니다."

"하하, 이거 제가 욕을 얻어먹고 있는 것 같은데요. 전 그 장소에 그냥 앉아 있었으니 말입니다."

"아, 아닙니다. 민 형은 저하곤 또 다르시죠. 하지만 전 더 이상 앉아 있을 수가 없었습니다. 정말 미안합니다. 민 형이 그곳에 가신 건 결국 저 때문이라고 할 수 있는데 저 혼자 빠져나온 셈이 돼서 정말 미안합니다."

"하하, 괜찮습니다. 그 일 때문에 전화하신 건가요?"

"네, 집에 돌아와서도 통 마음이 편칠 않아서."

"그럼 이제 마음을 편하게 가지십시오. 전 그닥 언짢게 생각하지 않았습니다. 또 구 형 덕분에 재밌는 친구도 한 사람 사귄 셈이구요. 김 형 아주 재밌고 좋은 사람이더군요."

"그렇게 생각하셨습니까?"

"네, 아주 재밌고 좋은 사람이라고 생각했습니다. 구 형은 그렇게 생각하지 않으십니까?"

"아, 네, 저도 물론 좋은 친구라고 생각하고 있습니다. 하지만 지금 그 친구가 하고 있는 짓은 전 잘 모르겠습니다. 그 친구 전부터 본래 엉뚱한 짓을 잘하는 편이었지만……."

"좋은 친구가 할 만한 일이 못 된다는 뜻인가요?"

"전 잘 모르겠습니다. 하지만 아무튼 좋은 일이라곤 할 수 없지 않겠습니까?"

"글쎄요, 전 재미있다고 생각했는데요."

"네?"

"재미있지 않습니까? 젊은 사람이 그런 직업을 갖고 있다는 건. 우선 희소가치라는 면에서만 봐도……."

"……정말 그렇게 생각하셨습니까?"

"예, 저는……."

"민 형 생각을 잘 모르겠군요. 어떤 점이 재미있으시다는 건지."

"글쎄요, 전 재미있다는 느낌이 들더군요. 구 형 생각은 어떠신지 모르지만. 아무튼 나쁠 건 없지 않겠습니까?"

"글쎄요, 모르겠군요……. 아무튼 그럼 안녕히 주무십시오."

"네, 안녕히 주무십시오. 또 전화 주십시오."

동표는 송수화기를 내려놓고 잠시 전화통을 내려다보았다. 그는 김광빈의 직업을 못마땅하게 생각하고 있음이 틀림없었다.

그로서는 그럴 법한 일이었다. 그리고 동표 자기의 입에서 그런 대꾸가 나오리라고는 기대하지 않았음에 틀림없었다. 그의 잔뜩 실망한 표정이 전화통 저 너머에 보이는 듯했다.

그러나 동표는 더 이상 그렇게 전화통만 내려다보고 있진 않았다. 그는 곧 제 방으로 가서 다리를 뻗고 누웠다. 김광빈과 더불어 마신 술 탓이기도 하겠지만 좀 피곤했기 때문이었다.

정미는 아직 돌아와 있지 않았으나 그녀에게도 열쇠를 하나 나누어 주었으므로 그대로 잠이 든다 해도 걱정할 것은 없었다.

전신에 피로가 번지면서 달콤한 졸음이 엄습해 오기 시작했다. 미결된 일들투성이인데도 그런 것들은 조금도 그의 졸음을 방해하지 못했다. 그는 곧 편안하고 달콤한 잠 속으로 빠져들어 갔다.

동표는 여덟 명의 여자들 사이에 둘러싸여 있었다. 장소는 낮에 가본 김광빈과 그 아가씨들의 2층 방 같기도 했고 전혀 낯선 곳 같기도 했다. 여자들은 낯익은 여자들도 있는 것 같았고 생전 처음 보는 여자들도 있는 것 같았다. 낯익은 여자들이란 낮에 본 그 아가씨들 같았는데 어느 틈엔지 또 미호와 안경림과 정미의 얼굴로 바뀌기도 하였다.

그는 여자들의 한가운데 앉아 있었고 여자들은 저마다 그릇 한 개씩을 들고 있었는데 모두 음식이 담긴 그릇들이었다. 모두 훌륭하고 맛있어 보이는 음식들이었다. 여자들은 다투어 그에게 음식을 권했다. 술잔을 권하는 여자도 있었고 천년 묵은 복숭아라면서 과일 쟁반을 내미는 여자도 있었다. 여자들은 모두 세련된 현대 의상을 걸치고 있는 것 같았는데 어느 사이엔지 모두 아름다운 고대 의상으로 바꾸어 입고 있었다.

동표는 문득 자기가 『구운몽(九雲夢)』의 주인공임을 깨달았다. 아,

이 여자들은 다름 아닌 바로 팔선녀(八仙女)들이구나. 하하, 이것 참 꿈같은 일이로구나. 꿈인가 생신가 꼬집어 보자. 꼬집어 보았으나 아프지가 않다. 그러나 꿈이라는 생각은 들지가 않는다. 꼬집었으니까 꿈이 아니다.

동표는 곧 주인공답게 행동해야 한다고 생각했다. 코 앞에 들이밀어지는 음식 그릇들 가운데서 처음 구경하는 음식 한 점을 집어 점잖게 입으로 가져갔다. 술잔도 받았다.

여자들 중 하나가 거문고를 뜯기 시작했다. 여자의 손가락이 듣기 좋은 음률을 빚어내었다. 동표는 고즈넉이 귀를 기울였다.

거문고를 뜯는 여자는 미호의 얼굴이 됐다가 안경림의 얼굴이 되기도 하고 다시 정미의 얼굴이 됐다가 김광빈의 2층 방에서 본 아가씨들 중 하나가 되기도 했다.

여자들 중 하나가 이번에는 술잔을 건네지 않고 제 손으로 직접 동표의 입에다 대어 주었다. 동표는 못 이기는 체 그것을 받아 마셨다. 술은 향기롭게 혀끝에 닿았다.

그러다가 그는 갑자기 여덟 명의 여자가 모두 낯선 여자들로 바뀌어 있는 것을 보았다. 그리고 그녀들이 모두 하나같이 섬유 하나 걸치지 않은 나체들이라는 사실을 발견했다. 야, 이건 꿈이라도 좀 너무했구나, 너무했구나, 하고 감탄하며 그는 빙그레 웃었다.

그제야 그는 그것이 꿈이라는 생각이 들었던 것이다.

이튿날 아침 동표가 세수를 하러 나가자 부엌에서 정미가 고개를 내밀며 물었다.

"어젯밤엔 무슨 꿈을 꾸었길래 자면서도 그렇게 얼굴에서 미소가 떠나질 않죠?"

동표는 자기가 무슨 꿈을 꾸었는지 얼른 생각이 나지 않았다.

"꿈?"

"네, 무슨 꿈을 꾸었길래 자면서도 그렇게 싱글싱글 웃죠? 들어와서 뭘 하나 보려고 방문을 살짝 열어 보았더니 글쎄 대자로 누워서 눈을 감은 채 싱글싱글 웃고 있잖아요. 처음에 난 자지 않는 줄 알았어요. 내가 들어오는 걸 알고 장난치는 줄만 알았어요. 그런데 자세히 보니 그게 아니잖아요. 속은 생각을 하면 흔들어 깨우고 싶었지만 하도 좋은 꿈을 꾸고 있는 것 같아서 내버려뒀죠, 뭐."

그제야 그는 간밤에 꾼 꿈의 내용이 떠올랐다.

그는 빙그레 웃으며 말했다.

"아, 팔선녀 꿈을 꿨지."

"팔선녀 꿈이요?"

"암, 기가 막혔다구. 깨우지 않아 줘서 정말 고마워. 깨웠더라면 아마 화를 냈을걸."

"어마, 깨우지 않길 정말 다행이군요. 그런데 팔선녀 꿈이라는 게 뭐죠?"

"정민『구운몽』이라는 소설 읽어 봤어? 이조 때 소설."

"말만 들었지 읽어 보진 못 했어요."

"그 소설에 나오는 여덟 명의 선녀가 바로 팔선녀라구. 꿈에 내가 그 팔선녀들하고 놀았다구."

"어마, 얼마나 여자를 좋아하면 꿈에서까지 여덟 명씩이나 같이 놀까."

"하하, 그때 깨우지 않은 건 정말 잘한 일이야. 정민 역시 착해."

"그런 줄 알았으면 깨울 걸 그랬다."

"왜, 샘나?"

"샘은요, 여덟 명씩이나하고 같이 놀려면 힘이 들었을 테니까 그렇죠."

"하하, 역시 나 걱정해 주는 사람은 정미밖에 없군. 그런데 어떡하지? 그게 꿈속에서만 있었던 일은 아니니 말야."

"네? 그럼 현실에서도 그런 적이 있단 말예요?"

"현실에선 여덟 명이 아니라 네 명이었지. 그것도 바로 어제."

"어마, 어떻게 그럴 수가 있어요?"

"그럴 수가 있었으니 문제지. 물론 같이 화투 치고 논 데 지나지 않지만."

"어마, 어제 아주 재밌는 일이 많았던 모양이네요."

"재밌는 친굴 하나 만났어. 어제 처음 안 친군데 이 친구 직업이 포주였다구. 그래, 말하자면 그 친구 사업장엘 놀러 갔던 셈이지."

"젊은 사람인데요?"

"물론이지. 내 나이 또래밖엔 안 된 친구야."

"어마, 젊은 사람이 뭐가 할 짓이 없어서 그런 짓을 할까."

"왜? 얼마나 재미있어? 돈도 벌고 아가씨들도 옆에 있고."

"피이, 젊은 사람이 무슨 짓을 못 해서 그런 것으로 돈을 벌어요?

그것도 여자가 아닌 남자가."

"난 그 친구가 부럽던걸. 직업치곤 최고라는 생각이 들던데."

"잘해 보세요."

그러며 그녀는 말 상대도 안 된다는 듯 눈을 흘겼다. 동표는 소리 내어 하하 웃었다.

김광빈에 관한 좀 더 여러 가지 사실을 알게 된 것은 동표가 그와 몇 차례를 더 만나고 난 뒤였다. 그날 이후 동표는 자진해서 그의 2층 방을 찾기도 했고 그가 또 전화로 동표를 불러내 주기도 했던 것이다.

가장 놀라운 사실의 하나는 그가 우선 그 아가씨들과 한방에서 잔다는 사실이었다. 그 2층 방에서 말이다. 물론 아가씨들이 모두 그 2층 방에서 자는 날보다는 외박하는 날이 더 많다곤 해도 말이다.

그 사실을 알았을 때 동표는 물었다.

"김 형은 그럼 댁에서 아주 나와 계신 겁니까?"

그는 대답했다.

"에, 이 직업은 출퇴근하면서는 좀 곤란한 직업이라놔서요. 포주가 출퇴근하는 거 보셨습니까? 게다가 집이래야 사람 사는 집구석 같지도 않고."

"그게 무슨 말씀이십니까?"

"아, 뭐 그저 그 정도로 알아 두십시오. 왜, 가족이기 때문에 더 미운 경우도 있지 않습니까."

"네⋯⋯. 한데 그럼 김 형이 같이 주무시는 경우에 아가씨들이 혹

불편해하진 않나요?"

"걔들이야 뭐 외박하는 날이 더 많지만 더러 같이 자게 돼도 아무 상관 않습니다. 오히려 든든해하고 좋아하죠."

"그렇습니까?"

"하하, 민 형이 한번 대신해 보시겠습니까?"

"네?"

"하하, 농담입니다. 자금이 좀 넉넉하다면 방을 하나쯤 더 얻었으면 좋겠지만 그럴 형편이 못 되고, 애들도 오히려 재밌어하고 있답니다."

그는 또 아가씨들로부터 방세 비슷이 일정한 액수의 돈을 받고 있었는데 그것이 그가 잡지사에 다닐 때 받던 보수보다는 훨씬 적은 수입이라는 것을 동표는 알게 되었다. 그것은 동표가 아가씨들 중 하나에게 귀띔을 받아 알게 된 사실인데 그 아가씨는 그 사실을 귀띔해 주면서 이렇게 말했다.

"우리 아버진 말만 포주지 포주가 아녜요. 포주는 원래 우리 수입의 반을 가져가게 돼 있거든요. 방세를 받더라도 아주 비싸게 받구요. 그런데 우리 아버진 그렇지 않아요. 아마 우리한테서 받는 거 갖고는 방세 내고 전화요금 물고 나면 담뱃값도 잘 안 남을걸요. 식사는 우리하고 같이하시지만요. 말하자면 우리 아버진 포주라기보다 우리 보호자예요."

동표는 그때 물었다.

"김 형이 왜 그러는지 혹시 모르세요?"

"글쎄, 잘은 모르지만요. 우리 이 길에서 빨리빨리 발 씻고 나가게 하느라고 그러시는 거 아닌지 모르겠어요. 그런 내색은 전혀 안 하시지만요. 아무튼 우린 이제 빚도 없고 조금씩 저금까지 했거들랑요."

동표로서는 뭔지 알 것 같으면서도 모를 기분이었다. 그런 일은 그의 사고영역(思考領域) 밖의 일이었기 때문이다. 이를테면 김광빈에 대해서 조금씩 더 알게 됨에 따라 그에 관한 의문만 점점 더 늘어난 셈이라고나 할까. 그의 자기 집에 대한 얼마간 경멸 어린 태도가 그렇고 아가씨들에 대한 태도가 그렇다. 그러나 그런 것들을 성급하게 물어볼 수도 없는 노릇이었다.

그런데 그런 의문들이 풀릴 날은 뜻밖에도 빨리 찾아왔다.

그날은 비가 내리고 있었다. 아파트 창밖으로 빗줄기를 내다보고 있다가 동표는 문득 재미있는 착상이 떠올라 우산을 받고 거리로 나섰다. 오후였다. 재미있는 착상이란 비 오는 날과 여자라는 상투적인 발상에서 비롯한 것이었다. 그러나 그 대상(여자)에 착상의 재미나는 점이 있었다.

동표는 택시를 타고 김광빈의 그 2층 방이 있는 동네 부근으로 갔다. 그리고 근처에 있는 한 여관을 찾아 들어갔다. 간판에 온천(溫泉) 표지가 그려져 있는 여관이었다. 목욕을 겸할 수 있는 여관이란 뜻일 터이었다.

우산을 접으며 현관으로 들어서자, 아직 청년이라곤 할 수 없는, 그러나 머리를 길게 기른 표정은 어른이 다 된 소년이 상냥한 미소와 함께 어서 오시라고 인사하였다.

동표는 잠시 쉬어 갈 방이 있느냐고 물었다.

소년은 있다고 대답하고 자기를 따라오라고 말했다. 동표는 소년을 따라 2층으로 올라가서 어두컴컴한 복도의 끝에 있는 한 방으로 안내되었다. 침대가 있고 자기마한 욕실이 딸린 방이었다. 방 안도 어두워서 전등을 켜지 않으면 안 되었다.

소년은 선불을 요구했다. 동표는 금액을 묻고 그 금액에 1000원짜리 한 장을 더 얹어서 소년에게 주었다. 그리고 심부름을 한 가지 해 달라고 부탁했다. 소년은 기분이 몹시 좋아진 표정으로 무슨 심부름이냐고 물었다. 동표는 아무아무 번호에 전화를 걸어서 민자라는 아가씨를 이곳으로 좀 불러 달라고 말했다. 그리고 이쪽이 누구냐고 묻거든 잘 아는 사람이 여기서 기다린다고 말하라고 일렀다. 소년은 의미 있는 미소와 함께 잘 알겠다고 말하고 방에서 물러 나갔다.

동표는 담배를 한 대 피워 문 채 침대에 벌렁 드러누웠다. 그리고 기다렸다. 오늘은 민자라는 아가씨를 불렀지만 이런 식으로 하면 네 아가씨를 차례차례 모두 개별적으로 만날 수 있겠다는 생각이 들었다. 그는 자신의 착상을 칭찬하지 않을 수 없었다.

민자라는 아가씨가 나타난 것은 20분쯤 후였다. 방문에 똑똑 노크 소리가 났을 때 동표는 직감적으로 그것이 민자라는 아가씨의 노크 소리임을 알 수 있었다. 동표는 침대에서 몸을 일으켜 앉았다.

"네, 들어오세요."

방문이 살며시 열렸다. 그리고 민자라는 아가씨의 상반신이 문 안으로 가만히 들이밀어졌다.

"아, 어서 와요."

하고 동표는 빙그레 웃으며 말했다. 순간 그녀의 표정엔 놀라는 빛이
완연했다.

"어머."

"놀라긴, 자, 어서 들어와요."

"하지만……."

"하하, 너무 뜻밖의 인물이란 뜻인가? 상관 말고 어서 들어와요. 나
민자 양한테 물어볼 일이 좀 있어서 불렀으니까."

"……."

그제야 그녀는 말없이 방 안으로 들어섰다. 여전히 좀 미심쩍은 표
정을 지우지 못한 채.

동표는 그녀에게 의자를 권했다.

방 안에는 조그만 탁자 하나와 그 탁자 양편에 의자도 하나씩 놓여
있었던 것이다.

그녀가 의자에 앉기를 기다려서 동표도 그녀 맞은편 의자에 엉덩
이를 내려놓으며 말했다.

"그렇게 어색해할 것 하나도 없어요. 알겠지만 나 그렇게 어려운
사람 아니니까."

그제야 그녀는 다소 긴장이 풀어진 얼굴로 물었다.

"저한테 물어보실 말씀이 뭐죠?"

그러나 아직 미심쩍은 기분이 다 가신 어조는 아니었다. 동표는 웃
으며 말했다.

"아, 뭐, 그렇게 급할 건 없고, 또 뭐 그렇게 중요한 얘기도 아니에

요. 바쁘지 않으면 천천히 얘기합시다."

"하실 얘기가 있음 다방 같은 데서 부르셔도 되잖아요?"

"아, 왜 하필이면 여관에서 불렀느냐? 하하, 뭐라고 할까, 민자 양을 좀 은밀히 만나고 싶었다고 할까?"

"네?"

"하하, 아주 솔직히 얘길 해 버리지. 사실은 나 민자 양하고 연애를 좀 해 보고 싶어서."

"네에?"

"왜, 안 될까? 난 젊은 남자고 민자 양은 젊은 여잔데. 시간을 뺏는 값은 물론 낼 생각이고."

그러자 그녀는 한순간 동표를 똑바로 쳐다보더니 야릇하게 냉소하듯 웃었다.

"정말 이러시기예요?"

"왜, 이럼 안 되나?"

동표는 천연스레 그녀를 마주 쳐다보았다.

"나 참 기가 막혀서. 민 선생님은 의리도 없으세요?"

"의리가 없다니, 무슨……."

"친구간의 의리도 없냐구요? 날 지금 돈 주고 사시겠단 얘기 아녜요?"

"사다니, 무슨 그런 말을. 시간을 뺏는 값을 내겠다는 것뿐이지."

"그게 그 얘기지 뭐예요?"

"다르지. 어디 그게 같은 얘길 수가 있어? 또 조금 친구간의 의리라고 했지만 그것하고 민자 양하고 내가 연애하는 것하고 무슨 상관이 있어?"

"우리 아버지 다시 안 보실 거예요?"

"안 보긴 왜 안 봐? 이따가라도 나가서 볼 텐데."

"기가 막혀서. 그럼 나하고 여기서 어쩌고저쩌고했다고 우리 아버지한테 말할 수 있단 말예요?"

"그야 말할 필요가 없지. 아무리 친구지간이지만 그런 것까지 말할 의무야 있나. 이건 어디까지 개인의 비밀에 속하는 일인데."

"아무튼 알아드려야겠군요. 하지만 난 응할 수가 없어요. 아는 사람한테 몸을 팔아 본 적은 없으니까요."

"왜 자꾸 그런 식으로 말하지? 우린 그냥 연애를 하는 거고 난 귀중한 시간을 뺏는 대가만 치르겠다는 건데. 시간은 돈이라는 말이 있으니까 말야."

"눈 감고 아웅이지 뭐예요. 아무튼 나 그만 가겠어요."

"아, 가만, 그럼 내가 우습게 되잖아?"

"염려 마세요. 아무한테도 얘기 안 할 테니까."

그러며 그녀는 의자에서 일어났다. 동표는 이렇게 돼선 꼴이 우습다고 생각했다.

함께 의자에서 따라 일어나며 손을 뻗어 그녀의 팔을 잡았다.

"아, 잠깐만 앉아요. 이러면 내가 민자 양네 방에 다신 놀러 갈 수도 없다구."

그리고 그녀를 다시 의자에 끌어 앉혔다. 그녀는 힘에 못 이기는 듯 다시 의자에 앉았다. 그리고 그를 빤히 쳐다보았다. 동표도 다시 의자에 엉덩이를 내려놓으며 말했다.

"민자 양도 생각 좀 해 보라구. 이렇게까지 해 놓구서 내가 무슨 낯짝으로 민자 양네 방엘 다시 놀러 갈 수 있겠나."

"그러니까 애초에 이런 짓을 하지 말았어야죠."

"그런데 남자 대장부가 칼을 한번 뽑았으니 어떡해?"

"글쎄, 염려 마시라니까요. 아무한테도 얘기 안 한다고 했잖아요?"

"그게 얘기 안 한다고 되나."

"그럼 어떡하잔 말이에요?"

"이렇게 하지, 우리. 오늘은 민자 양이 내 청을 들어주고 다음에 민자 양이 무슨 청을 하든 내가 들어주기로."

"참, 어지간하시네요. 그렇게 나하고 같이 자고 싶으세요?"

"지금 미치겠어."

"그럼 나중에 정말 내가 무슨 청을 하든 들어줄 거예요?"

"무슨 청이든."

"정말요?"

"물론."

"정말 무슨 청이든지요?"

"글쎄, 정말이라니까.

"약속 지키는 거죠?"

"물론."

"좋아요, 그럼. 그 대신 약속을 안 지킴 나 무슨 짓을 할지 몰라요."

"좋다구. 날 죽여도 좋아."

"참, 어지간하시네요. 자, 그럼 마음대로 해 보세요."

"목욕 안 하겠어?"

"목욕하실래요?"

"했으면 좋겠는데."

"그럼 하세요."

"같이 안 하겠어?"

"그렇게 하세요, 그럼."

그러며 그녀는 의자에서 일어났다. 그리고 욕실 쪽으로 다가가 도어를 열고 들어갔다. 곧 욕조에 물 받는 소리가 들려왔다.

그녀는 곧 또 되돌아 나왔다.

"조금 기다리셔야 되겠어요, 욕조에 물이 차려면."

그러며 그녀는 침대 밑에 있는 슬리퍼를 꺼내서 바꿔 신었다. 그리고 아직 구두를 신은 채로 있는 동표에게도 슬리퍼 한 켤레를 가져다 주었다. 동표는 구두를 벗고 슬리퍼로 바꿔 신었다.

"웃옷 벗으세요. 저기다 걸게요."

하고 그녀는 벽에 걸린 옷걸이를 가리켰다. 동표는 윗도리를 벗어 그녀에게 주었다. 그녀는 그것을 받아 옷걸이가 걸려 있는 벽 쪽으로 다가갔다. 그리고 그것을 옷걸이에 걸쳐서 벽에다 걸고는 다시 그를 돌아보며 말했다.

"와이셔츠도 벗어서 이리 주세요."

동표는 그녀가 하라는 대로 했다. 그리고 러닝셔츠 바람으로 앉아서 담배를 한 대 피워 물었다. 뭔지 좀 야릇한 기분이었다. 뭐라고 할까, 억지 대접을 받고 있는 기분이라고나 할까. 그러나 그는 곧 그런 기분을 일소해 버렸다. 그런 기분은 쓸데없는 자의식을 불러일으키기가 십상이니까. 그리고 자의식이란 이런 경우 일을 재미없게 하는 데만 기여할 뿐이니까.

잠시 후 그들은 함께 목욕을 했다. 그리고 대강 몸의 물기만 훔친 다음 함께 침대 속으로 들어갔다.

그녀는 거의 사무적일 만큼 능숙한 태도로 동표의 몸을 받아들였다. 마치 그것은 무슨 교환(交換)에 응한다는 태도 같았다.

동표는 매우 서투르게 일을 끝냈다. 그러려고 하지 않았으나 그렇게 돼 버리고 말았다. 뭔지 억지 대접을 받는 것 같다고 할까, 선심을 입는 것 같다고나 할 기분이, 떨쳐 버리려곤 했으나 채 가시지 않는 때문인 모양이었다.

좀 찌뿌드드한 기분이었다. 해서 동표는 간단히 사후 처리를 한 다음 침대에 누운 채로 무료히 담배 한 대를 피워 물었다. 그리고 담배 연기를 천장을 향해 올려 뿜었다.

그러자 그녀가 옆에서 물었다.

"왜, 후회되세요? 기분이 안 좋은 것 같아요."

"아냐, 괜찮아."

동표는 담배 연기를 올려다보면서 대꾸했다.

"그런 것 같지 않은데요. 하지만 이제 후회해 봤자 소용없어요. 일은 벌써 저지르고 난 뒤니까."

"무슨 뜻이지?"

"이제 와서 약속한 걸 후회해 봤자 소용없다는 뜻예요. 설마 이제 와서 약속을 못 지키겠다고 발뺌하려는 건 아니겠죠?"

"그럴 리야 있나."

"좋아요. 그럼 지금 당장 청을 하나 하겠어요. 약속한 거 잊어 먹으시기 전에."

"좋아. 하지만 꼭 한 가지만 해야 돼."

"물론이죠."

"해 보라구, 그럼."

"무슨 청이든 들어주신다고 했죠?"

"물론. 하지만 한 가지에 한해서."

"좋아요. 한 가지 이상은 절대로 안 할 테니까 염려 마세요."

"해 보라구."

"저, 나하고 결혼해 주세요. 총각이시라고 했죠?"

"……."

"왜, 그것만은 안 되겠어요?"

"……."

"왜 대답을 못 하시죠? 무슨 청이든 들어주신다고 했잖아요? 내가 이런 요구를 할 줄은 미처 몰랐나요?"

"그건 정말 미처 몰랐는데."

"미처 몰랐으니까 안 되겠다는 거예요?"

"글쎄, 뭐 꼭 안 되겠다기보다 지금 당장은 대답하기가 좀……."

"좋아요. 그럼 언제 대답해 주시겠어요?"

"글쎄, 언제라고 꼭 날짜를 정하긴 뭐하지만……."

"멀지 않은 장래엔 대답을 할 수가 있다, 이건가요? 그만두세요. 남자 대장부가 뭐 그래요. 좀 솔직해 보세요. 그건 좀 곤란하다고 왜 솔직히 말 못 하세요? 약속을 금방 어기기가 좀 안 돼서 그러나요?"

"……."

"이것 보세요. 누가 민 선생님하고 정말 결혼하고 싶어서 이러는 줄 아세요? 난 단지 민 선생님 태도를 한번 떠본 것뿐예요. 민 선생님이 우릴 어떻게 생각하고 있날 알아본 것뿐예요. 딴 사람들하고 마찬가지겠지 하고 생각하면서두요."

동표는 완전히 풀이 죽었다. 이런 식으로 호되게 봉변을 당하리라곤 미처 생각지도 못했던 것이다.

그녀는 말을 이었다.

"우리가 뭐 남자들 약속 같은 걸 곧이곧대로 믿는 줄 알아요? 그리고 세상 사람들이 우릴 어떻게 보고 있는질 모르고 있는 줄 알아요? 천만에요. 우리 아버지 한 사람이 예외일 뿐예요. 그분만이 우릴 자기하고 동등하게 생각해 줄 뿐예요. 아시겠어요?"

동표는 부끄럽고 참담한 기분이 들었다. 그러나 이대로 당하고 있을 수만은 없다고 생각했다.

"너무 무안을 주는군. 난 그저 너무 예기치 못한 말이라 잠시 당황했을 뿐인데."

"웃기지 마세요. 그럼 평소에 우리 같은 애들하고 결혼할 수도 있다고 생각했단 말예요?"

"글쎄, 뭐 그런 생각을 꼭 해 본 건 아니지만……."

"아니지만 뭐예요? 그런 생각을 해 봤다면 우릴 결혼 상대자로 생각할 수도 있었단 말예요? 이러지 마세요. 괜히 한번 데리고 놀아 봤으면 좋겠다고 생각했으면 그랬다고 솔직히 얘기나 하세요. 돈을 주는 대신 뭐 사 달라는 물건이나 하나 사 주면 그만이라고 생각을 했으면 그랬다고 솔직히 얘기하구요. 안 그래요? 사람이 솔직하기나 해야죠."

"아, 이거 정 죽겠구만. 그럼 민자 양은 날 계획적으로 시험해 보기 위해서 나한테 응해 준 셈이 되는군?"

"그래요. 내가 그럼 무슨 반지 나부랭이나 옷 나부랭이 따위나 얻어 가지려고 그런 줄 알아요?"

"할 말 없구만. 한데 그럼 김 형은 아니 민자 양들 아버진 민자 양들 가운데 누구하고 결혼할 수도 있다고 생각한단 말인가?"

"물론이죠. 맘에 드는 애만 있으면 서슴없이 결혼하실 거예요. 친구분이시라면서 그런 것도 모르셨어요?"

"몰랐는데. 사귄 지가 얼마 되지 않기도 하지만."

"그럼 우리 아버지네 댁이 부자라는 것도 모르세요?"

"아, 그런가? 몰랐는데."

"영 아무것도 모르시는군요. 그러니까 친구분 생각을 알 턱이 없죠."

"굉장한 부잔가?"

"아버지한테 직접 들은 건 아니지만 어마어마한 부자래요. 수출품을 생산하는 공장만 해도 몇 개나 되는……."

"아, 그래서 그럼 민자 양들한테도 돈을 조금씩밖에 안 받는 건가?"

"그렇게 생각하면 큰 오해죠. 우리 아버진 집엘 통 가시는 일이 없으니까요."

"그건 어째서 그럴까? 나도 그런 얘긴 얼핏 들은 기억이 나는데."

"그건 직접 물어보세요. 내막은 우리도 자세힌 모르니까요. 하지만 우리한테 방세만 그것도 겨우 집주인한테 방세를 물 수 있을 정도만 받는 건 되도록 빠른 시일 안에 우릴 자립시키려고 그러시는 게 틀림없어요."

"자립이라는 건?"

"물론 이 길에서 발 씻고 나가는 걸 말하는 거죠. 아무튼 이제 그만 일어나요. 남의 영업시간을 방해했으면 미안하단 소리나 하구요."

"미안한데, 정말."

동표는 계면쩍은 표정으로 대꾸했다.

그날 저녁 동표는 전화로 김광빈을 불러내서 만났다. 그와 만나면 늘 가곤 하던 그 빈대떡집으로 갔다. 그리고 소주 한 병과 빈대떡 한 접시를 시켜 놓고 마주 앉아 소주 한 잔씩을 나누고 났을 때 동표는 물었다.

"알고 보니 김 형 댁은 굉장한 부자시라면서요?"

그는 갑자기 무슨 얘기냐는 듯이 두 눈을 껌벅거렸다.

"예?"

"아닙니까?"

"그건 갑자기 무슨……."

"글쎄, 사실입니까? 아닙니까?"

"누구한테 무슨 얘기를 듣고 이러시죠?"

"글쎄, 다 듣는 수가 있습니다. 사실입니까?"

순간 그는 미간을 약간 좁혔다.

"누구한테 들으셨죠?"

"아, 정보원(情報源)을 함부로 누설할 수야 있나요. 역시 사실이었군요?"

"우리 애들 중의 누가 그러던가요?"

"천만에요. 전혀 딴 방향입니다."

동표는 천연스럽게 잡아뗐다.

"그럼 양서 그 친구가 그러던가요?"

"하하, 글쎄 그 방면도 아닙니다. 어쨌든 정보원까진 얘기할 수가 없고, 아무튼 사실은 사실이죠?"

"……."

그는 미간을 찌푸리고 잠시 아무 말도 없이 탁자 위를 내려다보았다. 무언지 하기 싫은 생각을 하게 되었다는 표정이었다.

동표는 약간 머쓱해져서 물었다.

"제가 무슨 안 할 말이라도 혹?"

그러자 그는 고개를 쳐들었다.

"아, 아닙니다. 술이나 드십시다."

동표는 술잔을 잡아 그가 따라 주는 술을 받으며 말했다.

"……기분이 좀 언짢으신 것 같군요."

"아, 아닙니다. 생각하기 싫은 집구석 얘길 하시길래 그냥 잠깐 좀……. 뭐 괜찮습니다."

동표는 술이 따라진 잔을 제 앞에 놓고 제 앞에 놓였던 잔을 홀쩍 비워서 그에게 건네며 말했다.

"알 수 없군요, 저로선. 저번부터 사는 집구석 같지가 않다느니 생각하기 싫은 집구석이라느니 하시는 게."

그가 잔을 받으며 대꾸했다.

"정 궁금하시다면 얘길 하죠. 별로 하고 싶은 얘긴 아니지만."

"뭐 억지로 얘기하실 것까지야 있겠습니까."

"아닙니다. 여지껏 괜히 민 형을 제가 속여 온 것 같기도 하고 얘기가 나온 김에 해 버리는 게 편할 것 같습니다."

그러며 그는 술이 따라진 잔을 입으로 가져가 한 모금 마시고 나서 내려놓으며 말을 이었다. 약간 충혈된 듯한 눈빛을 쳐들며.

"어디서 들으셨는진 모르지만 방금 민 형이 말씀하신 대로 우리 집 구석이 세칭 부자인 건 사실입니다. 남들은 열 평 미만의 주택에서 사는 사람도 허다한데 집만 해도 건평이 백 평은 넘는 호화주택에서 살고 있으니까요. 그뿐인 줄 아십니까? 집을 둘러싸고 있는 대지는 천 평이 넘고 풀장, 간이 골프 연습장까지 있답니다. 아마 세금깨나 내고 있을 겁니다. 한데 문제는 부자라는 사실에 있는 게 아닙니다."

그는 동표의 표정을 살피듯 하고 나서 말을 이었다.

"자본주의 사회에서 정당한 방법으로 돈을 벌어 부자가 되는 건 아무도 탓할 수 없는 일 아니겠습니까? 그건 오히려 자본주의의 미덕으로 되어 있으니까요. 부자라는 사실 자체가 나쁠 건 하나도 없죠. 한데 그게 만일 도둑질로 얻은 부(富)라면 민 형은 어떡하시겠습니까. 자기 가족이 도둑질을 해서 부자가 되었다는 사실을 알게 되었다면 민 형은 어떡하시겠어요? 자기 가족이니까 덮어 두시겠어요? 남이 아니고 자기 가족이니까."

"……."

"물론 그렇다고 대답하실 순 없겠죠? 우리 대장은 도둑질을 해서 돈을 모은 사람입니다. 지금도 노골적으로 하진 못하지만 음성적으론 여전히 도둑질을 하고 있구요. 그런데 그걸 깨달았다고 할까, 알게 된 게 불행하게도 아주 늦었습니다. 제가 어리석었기 때문이죠. 집의 회사를 도우라는 걸 마다하고 무슨 생각에서였는지 제가 잡지사엘 들어가고 난 뒤니까요. 경쟁도 거치지 않고 집의 회사에서 일을 하게 된다는 게 좀 멋쩍은 느낌이 들어서였을 겁니다. 아무튼 잡지사에 들어가고 나서 전 그때까지 미처 몰랐던 여러 가지 사실을 알 기회가 생겼습니다. 현장취재도 하게 되고 여러 계층의 필자들도 만나고 하는 사이에 말입니다. 세상엔 여러 가지 삶의 형태가 있다는 것도 피부로 알 수 있게 됐고 그 중엔 인간으로서의 최소한의 대접도 받지 못하고 사는 사람들이 있다는 사실도 알게 됐습니다. 그리고 그 최소한의 인간적 대우도 받지 못하고 있는 사람들 중 대부분은, 물론 자신의 게으름이라든지 하는 이유들 때문에 그렇게 된 사람들도 있지만, 거개가 도둑맞은 사람들이라는 걸 알게 됐죠. 말하자면 그 사람들은 인간으로서 누릴 권리가 있는 최소한의 삶의 조건들을 모두 도둑맞은 사람들이었습니다. 그러면 당연히 도둑질해 간 사람들이 있어야 합니다. 우리 집구석이 바로 그 도둑질의 장본인 가운데 하나라는 걸 알게 된 것이 그때였습니다. 그것도 아주 악랄한 편에 속하는. 그리고 돈을 모으는 과정에서는 지금보다 더욱 악랄했었다는 사실도 그 뒤에 곧 알게 됐습니다. 무섭고 두려운 사실이었습니다. 요컨대 남들이 임금(賃金)을 100원 낸다면 우리 대장은 50원밖에 내지 않는 그런 사람이었습니다. 남들이 내는 그 100원조차도 결코 충분한 임금이라곤 할 수 없음에도 불구하고 말입니다. 그 외에도 우리 대장은 여러 가지 도둑질을 자행했습니다. 음성적인 탈세, 음성적인 밀수 등등. 어느 날 내가 대장한테 말했죠. 어떤 방법으로든지 도둑질한 것들을 본래의 임자들에게 돌려주라구요. 그리고 나서 다시 출발해도 얼마든지 정당한 방법으로 돈을 벌 수 있지 않겠느냐구요. 대장은 펄쩍 뛰며 노발대발했습니다. 딴 식구들도 모두 마찬가지였구요. 요컨대 애써서 도둑질한 것들을 왜 허사로 돌리겠느냐는 논리겠죠. 전, 그러면 그 일부라도 돌려주라고 했죠. 반응은 마찬가지였습니다. 전 더 이상 가망이 없다는 걸 알고 집구석을 뛰쳐나와 버렸습니다. 그동안 도둑의 밥을 먹고 도둑질한 돈으로 교육을 받은 내가 부끄럽기 짝이 없다고, 듣기에 따라선 불효막심한 소릴 남긴 채루요."

말을 마치고 나서 그는 쓸쓸히 웃었다. 그리고는 술잔을 들어 입에다 털어 넣은 다음 빈 잔을 동표에게 건네었다.

"자, 술이나 드십시다. 재미없는 얘긴 그만하고."

동표는 술잔을 받으며 조심스레 물었다.

"그럼 혹시 지금 하고 계신 일은 그 보상으로?"

"예? 그건 또 무슨 말입니까?"

"아니, 그저……."

"당치도 않은 말입니다. 보상이라뇨. 그저 이 일이 좋아서 하고 있는 거죠. 잡지사 그만둘 때 받은 약간의 퇴직금으로 셋방을 하나 얻고 또 그럭저럭해서 전화 한 대 놓고는 그걸로 호구지책을 삼고 있는 거죠. 이를테면 호구지책 겸 취미에도 맞는 일이라고 할까요. 전에 더러 오입질을 다니면서 이 직업이 부러웠었거든요."

"한데 제가 듣기론 아가씨들한테서 방세도 아주 조금씩밖에 받지 않으신다고 하던데."

"그런 건 또 언제 들으셨습니까? 하지만 그야 제가 떼돈을 벌 생각은 없으니까 그렇죠. 그렇게 떼돈을 벌 수 있는 직업도 아니지만 호구지책만 되면 되는 거 아니겠습니까?"

"아가씨들을 혹 빨리 자립시킬 의도로 그러시는 거 아닙니까? 그 길에 나선 목적을 되도록 빨리 이루게 해서 그만두게 하시려는……."

"이거 왜 이러십니까? 별걸 다 넘겨짚으려고 그러시는군요. 거듭 말하지만 전 이 짓이 좋아서 하고 있는 거구, 호구지책만 되면 되니까 그렇게 하고 있는 것뿐입니다. 딴 의도라곤 추호도 없습니다."

"정말이십니까?"

"물론이죠. 난 그 애들이 좋아서 같이 지내는 것뿐입니다."

"그럼 김 형은 그 아가씨들의 처지를 옳다고 생각하십니까?"

"묘한 말을 하시는군요. 처지가 옳다니."

"그 아가씨들의 그런 처지가 계속되어도 좋다고 생각하시느냐구요? 만일 그렇다면 그건 아까 하신 얘기하곤 서로 모순이 됩니다만, 왜냐하면 그 아가씨들이야말로 인간으로서의 최소한의 대접도 못 받고 있는 사람들 중의 하나라고 할 수 있을 테니까요."

"아, 드디어 아픈 델 찔러 오시는데요. 하지만 전 별다른 그런 뚜렷한 의식 없이 그저……."

동표는 화를 냈다. 왜냐하면 그가 거짓말을 하고 있음에 틀림없었기 때문이다.

"김 형은 날 놀리고 계시는군요. 그렇다면 난 이만 가 봐야겠습니다."

그러며 동표는 의자에서 몸을 일으키려고 했다. 그러자 그가 당황하여 동표를 붙들어 앉혔다.

"아, 민 형, 미안합니다. 결코 민 형을 놀리려던 건 아닙니다. 너무 노여워하지 마십시오. 난 다만 내 어쭙잖은 행동이 들키는 게 싫었을 뿐입니다. 자, 가더라도 남은 술이나 마저 드시고 가십시다."

"……."

동표는 말없이 그의 얼굴을 쳐다보았다. 그의 얼굴은 술기운 때문이기도 하겠지만 붉게 상기돼 있었다. 몹시 부끄러움을 느끼는 사람처럼.

김광빈과 헤어져 아파트로 돌아오는 도중 동표는 전에 경험하지
못한 야릇한 기분에 빠져 있었다. 그가 만난 인물로는 구양서도 특이
한 인물에 속했지만 김광빈은 그에서 한술 더 뜬 특이한 인물이 아닐
수 없었다. 적어도 동표의 이제까지의 경험에 비추어서는.

동표는 우선 자기 가족을 도둑으로 생각한다거나 자기 가족에게
도둑질을 당한 사람들이 있다고 생각하는 따위의 일은 상상도 할 수
없었을 뿐만 아니라 세상에 도둑질을 당하면서 살고 있는 사람들이
있다는 것 자체가 낯설기 짝 없는 얘기였던 것이다. 더구나 그러한
이유 또는 생각 때문에 얼마든지 팔자 좋게 지낼 수 있는 자기의 처
지를 엄밀히 말해서 시궁창과 다름없는 처지로 바꾸어 놓는 것은 쉬
납득할 수 없는 일이었던 것이다. 아무리 여자들과 지내는 일이 재미
있다손 치더라도 말이다. 또 그만한 처지라면 재미 볼 수 있는 여자
들을 달리 구하는 방법도 얼마든지 있을 터인데 말이다.

게다가 그런 일을 장난삼아서도 아닌, 매우 진지한 태도로 하고 있
는 그를 동표는 쉽사리 이해할 수가 없었다. 더욱이 그는 그녀들을
결국 자립시켜 내보내기 위해서 그 일을 하고 있다는 게 분명해지지
않았는가. 세상엔 더러 『상록수』의 주인공 같은 사람들이 있다는 얘
긴 들었지만 그가 바로 그러한 사람인가.

『상록수』치곤 좀 묘한 『상록수』라는 생각도 들었지만 마음은 왠지
그런 농담을 받아들여 주지 않았다. 왠지 무겁고 찌뿌드드하다. 뭔지
이쪽은 커닝을 열심히 하고 있는데 백지 답안지를 그대로 들고 나가
는 친구를 보는 듯한 기분이다. 소주도 그만하면 들어갈 만큼 들어갔

건만 좀처럼 술 취한 기분도 되지 않는다. 이상한 일이다. 세상엔 별난 친구도 다 있구나 하고 그냥 넘겨 버릴 수가 왠지 없다.

동표는 자동차를 탈 생각이 나지 않았다. 그냥 걸었다. 저녁 무렵에 뜸했던 비가 다시 내리기 시작했으므로 우산을 머리 위에 받은 채.

9월 초로 접어들었으니까 아마 가을을 재촉하는 비일 것이었다. 그는 우산을 쓴 행인들의 틈에 끼여 마주 오는 우산 모서리에 부딪치기도 하면서, 그러나 부딪치고 나서야 조심하지 않았음을 깨닫곤 하면서 내처 걸었다.

조금 전에 헤어진 김광빈의 존재가 계속 마음에서 떠나지 않았다. 그가 한 말들이 자꾸 귓가에서 맴돌았다. 그리고 시간이 갈수록 그것은 어떤 억압하는 힘이 되어 동표의 마음을 사로잡았다. 무언가 지금 내리고 있는 비와 같은 우울한 힘으로. 정체를 알 수 없는 우울한 힘으로.

그러나 동표는 아파트까지 끝내 걷지는 않았다. 아파트까지는 거리도 너무 멀었을 뿐만 아니라 비를 맞으면서 계속 걷는다는 것이 처량하고 궁상맞다는 생각이 들었기 때문이다. 또 그렇게 걸을수록 김광빈에 관한 찌뿌드드한 감정이 점점 더 강조되기만 하는 것 같았던 것이다. 언짢은 감정을 구태여 강조할 필요는 없는 것이다.

택시를 잡기가 힘이 들었으므로 그는 오랜만에 버스를 탔다. 그리고 비에 젖은 사람들로 가득 차 눅눅한 버스 속에 매달려 되도록 오늘 일은 잊어버리려고 애썼다. 그리고 마음은 쉽사리 가벼워지지 않았다.

사진작가

    김광빈의 일로 하여 찌뿌드드했던 기분이 다소 잊혀진 며칠 후 동표는 충무로에 있는 DP점 주인으로부터 전화를 받았다. 전에 동표가 가끔 현상을 의뢰하곤 했던 바로 그 DP점의 주인이었다. 그리고 바로 창경원에서 찍은 안경림의 필름을 맡겼었던.

    전화를 건 상대방이 그 DP점의 주인이라는 사실을 알고 나서야 동표는 그에게 전화번호를 가르쳐 준 사실이 생각났다. 역시 안경림의 사진 건(件) 때문이었다는 생각도.

    DP점 주인은 수인사가 끝나고 나자 대뜸 사진 전람회에 사진을 한 번 출품해 볼 의사가 없느냐고 물었다. 동표는 생각잖았던 일이었으므로 내력부터 물었다.

    "사진 전람회라뇨? 무슨 사진 전람흰데요?"

    "아, 네, 아마추어 사진작가들이 모여서 하는 전람흰데요, 민 선생님 같은 분도 한번 참가를 해 보시는 게 어떨까 해서 말씀드려 보는 겁니다."

"하하, 제가 뭐 그런 데까지 참가할 자격이 있나요? 그냥 취미로 조금씩 찍어 보는 건데요."

"네, 바로 그 취미로 사진을 찍는 분들이 모여서 하는 전람휩니다. 모두 다른 직업들을 가진 분들이고 사진은 취미 삼아 찍는 분들이죠. 그래서 제가 아마추어 사진작가들의 모임이라고 하지 않았습니까."

"하지만 저야 어디 전람회에 사진을 낼 정도의 수준이 돼야죠."

"원, 별 겸사의 말씀을 다 하십니다. 민 선생님 사진 솜씨는 거의 프로급이라는 걸 제가 알고 있는데 왜 그러십니까? 제가 어디 민 선생님의 사진을 한두 장 현상해 드렸나요?"

"칭찬해 주시니 아무튼 고맙습니다. 하지만 그게 어디 전람회에 낼 만한 사진이야 됩니까."

"글쎄, 겸사의 말씀이시라니까요. 아마 민 선생님의 솜씨 정도라면 이번 전람회의 특상을 차지하고도 남을 겁니다. 민 선생님 솜씬 제가 잘 아는걸요. 그렇지 않았다면 제가 굳이 이렇게 전화를 드리지도 않았을 겁니다."

"하하, 이거 뭔지 잘못 알고 계신 거 아닙니까? 전 통 자신이 없는데요. 또 설혹 지금 말씀하신 것이 모두 정말이라고 하더라도 저한테 지금 전람회에 낼 만한 사진이 있어야죠."

"그야 이제부터 찍으셔도 되죠. 사실은 아직 그렇게 급한 게 아니니까요. 전에 찍으셨던 사진들 중에서도 골라 보면 좋은 게 틀림없이 있을 거구요."

"글쎄요, 모르겠는데요. 아무튼 그럼 시일은 얼마나 남았나요?"

"앞으로 한 달쯤 남았으니까 시일은 넉넉하죠. 웬만하면 한번 참가해 보시죠."

"하하, 그럴까요, 그럼."

"한번 참가해 보십시오. 다른 분들하고 솜씨를 한번 비교해 볼 기회도 되고 좋지 않습니까. 혼자서 찍어 두기만 하는 것보다."

"좋습니다. 그럼 용기를 한번 내 보기로 하죠."

동표는 한번 참가해 보리라고 결심하였다. 참가하는 사람들이 모두 아마추어들이라는 사실에 마음이 놓인 까닭이기도 했지만 이번 기회에 본격적으로 사진을 한번 찍어 보고 싶다는 생각도 들어서였다. 그리고 안경림에 빼앗기다시피한 필름 생각도 났다.

이튿날 오후에 그는 안경림에게 전화를 걸었다. 그리고 퇴근 후에 좀 만나 달라고 부탁했다.

그녀는 오랜만이라고 하면서 선선히 응낙했다.

다방에서 그녀를 만난 동표는 그동안 바쁜 일이 좀 생겨서 전화도 하지 못했었다는 변명을 한 다음 대뜸 사진 얘기부터 꺼냈다.

"경림 씨 그 사진이랑 필름 아직 그대로 갖고 계시죠?"

"아 그 저한테 압수당하신 사진 말인가요?"

그러며 그녀는 웃었다.

"하하, 네, 제가 좀 없애 버리는 건 보류해 달라고 부탁했던 사진하고 필름 말입니다."

"네, 갖고 있어요. 없애 버리려고 했지만 하도 간곡히 부탁하시길래."

"감사합니다. 한데 사실은 또 떼를 좀 쓰려고 왔습니다."

"네? 무슨 뗀가요, 이번엔?"

"하하, 좀 골치 아파하실 뗍니다. 그 필름을 저한테 좀 돌려주십시오."

"네? 그건 또 왜요?"

"역시 놀라시는군요. 솔직히 말씀드리죠. 사실은 이번에 제가 어떤 사진 전람회에 초대를 받았습니다. 절더러 작품을 출품해 달라는 거예요. 한데 제가 여지껏 찍은 사진 가운데는 경림 씨의 그 사진이 제일 우수한 작품이라고 할 수 있거든요."

"네? 그러니까 그 사진을 전람회에 내시겠다는 얘긴가요?"

"그렇죠. 저한텐 그게 가장 우수하고 애착이 가는 작품이니까요."

"그건 안 돼요. 드릴 수 없어요."

그녀는 단호한 표정으로 잘라 말했다.

"네, 물론 그런 대답이 나오리라곤 예상하고 있었습니다. 그러니까 제가 처음부터 떼를 쓰겠다고 한 거죠. 그리고 떼를 쓰기로 한 이상 그렇게 호락호락 물러서진 않겠습니다."

"그럼 어떻게 하시겠다는 거예요?"

"어떻게 해서든 필름을 되돌려받고야 말겠습니다."

"마음대로 해 보세요. 하지만 그건 잘 안 될 거예요. 전 그걸 민 선생님한테 되돌려드릴 수도 없지만 더욱이 제 자신이 전람회 같은 데 전시되는 건 허용할 수 없어요."

"불명예스럽다고 생각하시기 때문인가요?"

"꼭 그런 뜻은 아녜요. 하지만 어쨌든 그건 안 되겠어요."

"하지만 사진은 경림 씨 자신이 아니잖습니까. 경림 씨가 전시되는 것이 아니라 경림 씨를 소재로 한 사진이 전시되는 것뿐이잖습니까. 즉 경림 씨가 객체가 되는 게 아니라 사진이 객체가 되는 것뿐이잖습니까. 사실 경림 씨가 그 사진과 필름을 압수하신 건 엄밀한 의미에서 일종의 약탈 행위라고 할 수 있습니다. 다시 말해서 한 예술가로부터 그의 작품을 약탈한 행위나 다름없다는 얘깁니다. 따라서 그 작품을 전시할 수 없게 한다는 건 예술가의 기본권리를 침해하는 행위나 마찬가지입니다. 제가 그것을 돌려달라는 건 당연한 권리주장이구요. 아시겠습니까?"

"그럴듯하네요. 하지만 전 풍경이 아니라 사람인걸요. 지금 얘긴 절 소재로 하는 걸 제가 허락한 경우에 한한 얘기죠. 안 그래요?"

"그럼 다른 사진을 몇 장 찍도록 허락해 주시겠습니까? 이를테면 누드라든가."

그러며 동표는 짓궂게 웃었다. 그러자 그녀는 어이가 없다는 듯 뾰족한 소리를 냈다.

"네?"

"하하, 뭐 그렇게 긴장하실 것까진 없구요. 전 그 필름을 정 돌려주실 수 없다면 그 대신 다른 사진이라도 몇 장 찍고 싶다는 얘깁니다. 이번엔 정식 허락을 받고 말입니다. 그 필름은 허가 없이 찍은 것이기 때문에 제 권리를 인정하지 않으시겠다니 말입니다."

"그런데 그 뒤에 뭐라고 하셨죠?"

"아, 누드 얘기 말입니까? 그야 허락만 하신다면 제가 찍고 싶은 사진 중엔 누드도 포함된다는 얘기죠. 사진작가라면 누구나 탐내는 소재니까요. 전 지금 어디까지나 한 사람의 사진작가로서 얘길 하고 있는 겁니다. 그러니까 말하자면 그 필름을 돌려주시거나 새로 몇 장을 다시 찍게 해 주시거나 양자택일을 해 달라는 얘기죠. 물론 누드를 찍게 해 주신다면 더 고마울 데가 없고."

"……."

그녀는 기가 막힌다는 표정으로 말없이 그를 쳐다보았다. 동표는 짐짓 진지한 표정을 꾸몄다.

"누드 얘기가 아무래도 신경에 몹시 거슬리는 모양인데 그렇게 언짢게 생각하지 마십시오. 누드란 아름다운 것입니다. 세속적인 선입관만 제거한다면 말입니다. 그리고 예술작품을 창작할 때나 감상할 때 가장 필요한 태도도 바로 그 세속적인 선입관을 제거하는 일이죠. 경림 씨도 미술작품 같은 걸 감상할 때 그걸 미술작품 이상으로 생각하신다거나 하는 일은 없잖습니까. 다시 말해 누드 같은 걸 감상할 경우에도 거기에 그려진 여인의 사생활이라든지 인격 같은 걸 고려에 넣진 않게 되지 않습니까. 그리고 그러한 태도는 작품 제작에 임하는 예술가의 경우에도 마찬가지죠. 예술가는 그때 다만 대상의 아름다움만을 추구할 뿐이니까요. 제 얘기 납득이 가십니까?"

그러자 그녀는 비로소 조금 웃었다.

"아무튼 그럴듯하게 둘러대시긴 하시네요. 하지만 전 응해 드리지 못하겠어요. 어떤 형태로든 전 제 사진이 전람회 같은 데 전시되는 건 바라지 않아요."

"그건 그러니까 필름도 돌려줄 수 없고 어떤 형태로든 새로 찍는 것도 허락할 수 없다는 얘긴가요?"

"네, 그래요."

"그건 좀 심하신데요. 전 그럼 절망입니다. 언젠가 얘기했지만 전 늘 죽음의 두려움에서 헤어나지 못하고 있습니다. 그걸 잠시 잠시 잊게 해 주는 게 제겐 유일하게 사진 찍는 일입니다. 그리고 이번 전람회에 초대받고 나서 전 상당한 희망까지 갖게 되었습니다. 이번 일에 전념하다 보면 그 두려움을 상당 기간 잊을 수 있게 될 테고 그러다 보면 그것에서 완전히 벗어날 수 있게 되는지도 모른다구요. 한데 경림 씨가 그 희망을 매정하게 꺾어 버리시는군요. 전 경림 씨가 절 도와주실 걸로 믿었는데요."

"어마, 그럼 저 아님 전람회에 참가하지 못하신다는 뜻이세요?"

"제 지금 기분은 그렇습니다. 전 경림 씨한테서 그 필름을 돌려받을 수 있거나 적어도 새로운 사진 몇 장은 찍을 수 있을 거라고 생각했었거든요. 경림 씬 절 이해해 주시리라 믿고……."

동표는 침통한 표정을 지었다. 그리고 그렇게 하는 게 반드시 그녀를 속이는 것이라고는 생각하지 않았다. 왜냐하면 그녀가 자기를 신뢰하고 있다고 생각한 것은 사실이었으므로, 그리고 그녀를 농락하기 위해서 자기가 지금 이러고 있는 것은 아니었으므로.

그녀는 잠시 맑은 눈빛으로, 그러나 조금은 근심스런 표정으로 동표를 바라보았다. 그리고 나직이 말했다.

"하지만 전 반농담으로 그러시는 줄 알았어요. 그리고 제가 그 필름을 돌려드린다고 해도 전람회에 사진 한 장만 출품하실 순 없잖아요."

"물론이죠. 다른 사진을 몇 장 더 만들어야겠죠. 하지만 그 필름을 돌려주신다면 전 상당한 자신을 갖고 전람회에 임할 수가 있죠. 그건 저로선 상당한 자신을 가질 수 있는 작품이니까요. 다른 작품은 들러리로 몇 점 낼 생각이었죠."

"하지만 전 제 자신이 전람회 같은 데 전시되는 건 정말 마음이 허락하지 않아요. 더구나 그 사진은요."

"하는 수 없죠. 그렇다면 제가 양보하는 수밖에요."

"어떡하죠, 그럼?"

"어떻게 하시겠습니까. 그런대로 해 보는 수밖에 없죠. 경림 씨가 그렇게 완강하게 거절하시는 이상 다른 시원찮은 사진이라도 몇 장 만들어서 출품하는 수밖에요."

"그렇게 말씀하심 제가 미안하잖아요."

"미안하시면 그 필름은 놔두고라도 다른 사진이나 몇 장 새로 찍게 해 주십시오."

"그렇게 제 사진을 꼭 찍고 싶으세요?"

"네, 찍고 싶습니다."

"그럼 전람회엔 내시지 않는다는 조건으로 찍으세요."

"하하, 전람회에 사진이 전시되는 게 그렇게 싫으십니까?"

"네, 그것만은 안 되겠어요."

"좋습니다. 그럼 저 혼자만 보고 보관해 둘 사진으로 찍죠. 하긴 저도 사실은, 솔직히 말해서 경림 씨 사진을 여러 사람이 보는 장소에 걸어 두고 싶은 생각은 없기도 합니다."

"어마, 그건 조금 전에 하신 얘기하곤 다르잖아요?"

"그런가요? 하하, 하지만 그건 어떡해서든 경림 씨 사진을 찍기 위한 구실이었죠. 미안합니다."

"어머, 그럼 제가 결국 민 선생님 계략에 넘어간 셈이네요."

"아니, 결코. 제 계략에 넘어가신 게 아니라 아량을 베푸신 거죠. 아무튼 감사합니다."

"좋아요. 그런 걸로 해 두죠. 하지만 설마 또 무슨 누드 같은 걸 찍겠다고 하시진 않겠죠?"

"글쎄요, 허락만 해 주신다면 찍고 싶긴 합니다만."

"어마, 그럼 모두 취소할래요."

"아, 아, 아닙니다. 허락만 해 주신다면이라는 단서를 제가 달지 않았습니까. 허락을 안 하신다면 물론 강요를 하진 않겠습니다."

"다시 그 얘긴 꺼내지 않겠다고 약속하세요."

"그러죠. 약속하죠. 그건 그렇고 우리 어디 가서 저녁식사나 같이 하시죠. 오랜만에."

그들이 다방에서 나온 것은 잠시 후였다.

그리고 그들은 음식점 한 군데를 들러서 저녁식사를 한 다음 영화관 한 군데를 찾아갔다.

동표가 제의했고 그녀가 조금 망설인 끝에 응낙한 결과였다. 그들이 찾아간 영화관에서는 마침 소문난 미국 영화를 상영하고 있어 암표를 사지 않으면 안 되었다. 동표는 암표상 아주머니로부터 암표 두 장을 사서 그녀와 함께 영화관 안으로 들어갔다.

영화는 기상천외한 속임수로 살아가는 사람들에 관한 이야기를 마치 중국소설 『수호지』와 같은 수법으로 풀어 나간 영화였다. 뭐라고 할까, 속임수 자체를 미덕쯤으로나 여기는 듯한 영화라고 할까, 속임수를 잘 쓰는 사람들끼리의 우정과 의리, 그들의 전설적인 만남, 그리고 그들의 다채롭고 기상천외한 속임수의 수법들을 매우 자랑스러운 태도로 흥미진진하게 펼쳐 보여 주는 영화였다. 속임수에도 미학(美學)이 있다고 한다면 바로 그 '속임수의 미학' 같은 걸 보여 주려는 영화 같았다.

오랜만에 하는 영화 구경이기도 했지만 동표에게는 매우 흥미진진한 영화였다. 그러나 영화가 끝나서 밖으로 나왔을 때 그녀는 기만을 당했다는 듯한 어조로 말했다.

"불쾌한 영화네요. 끝까지 관객을 속이는……."

동표는 웃으며 대꾸했다.

"재미있잖습니까. 그렇게 한바탕 속아 보는 것도, 어차피 속일 바에야 철저히 속이는 게 낫죠."

"하지만 속임수가 너무 비열해요."

"속임수야 원래 비열한 거죠. 고상한 속임수가 어디 있겠습니까. 아무튼 전 재미있게 봤는데요. 사람이란 어차피 다소의 차이는 있을 망정 속임수를 어느 정도씩은 사용하면서 사는 동물이니까요. 물론 경림 씨는 예외이겠지만."

"어마, 그럼 민 선생님도 속임수를 쓰세요?"

"안 쓴다고는 못 하겠는데요. 물론 자제를 하려고는 하지만."

"어마, 그럼 저한테도 속임수를 쓴 적이 있으세요?"

"벌써 잊으셨습니까? 제가 허락 없이 경림 씨 사진을 찍고 나서 그 뒤에 취한 행동을."

"참, 그러네요. 저한테도 속임수를 쓴 적이 있네요."

"하지만 그 뒤엔 맹세코 한 번도 없었습니다."

"정말이세요?"

"하하, 이제 의심이 나기 시작하는 모양이죠? 하지만 그 뒤엔 정말 맹세코 한 번도 없었으니까 안심하십시오. 앞으로도 없을 거구요."

"누가 알아요? 전람회에 안 내시겠다고 제 사진 찍어 가지고 저 몰래 슬쩍 내기나 하실지."

"하하, 이렇게 되면 이거 제가 공연히 영화 구경을 하자고 한 셈이 되는데요."

"정말 그런 일은 없으실 테죠?"

"물론이죠. 자, 그건 그렇고, 오늘은 시간도 늦었고 하니 제가 댁까지 바래다드리죠."

"아녜요. 저 혼자 가겠어요."

"아닙니다. 오늘은 제가 꼭 바래다드리고 가겠습니다. 그래야 제가 안심하고 잠을 잘 수가 있으니까요."

그리고 그는 무조건 택시 한 대를 잡았다. 그녀는 억지에 못 이기 듯 마지못해 택시에 올랐다.

그녀의 집은 미아리 부근에 있었다. 택시가 미아리 고개를 넘어 한 육교 근처에 이르자 그녀는 차를 세워 달라고 말했다.

운전사가 차를 세웠을 때 두 사람은 함께 택시에서 내렸다.

그녀가 말했다.

"저 이제 이 육교 건너서 조금만 들어가면 되니까 염려 말고 가 보세요."

"아무튼 육교를 함께 건너죠. 저도 어차피 건너가서 차를 타야 하니까요."

동표는 대꾸하고, 앞장서서 육교 쪽으로 걸어갔다. 그녀는 잠시 망설이듯 하더니 곧 그를 뒤따랐다.

그들은 함께 육교를 건넜다. 그러나 그들이 맞은편 보도 위로 내려섰을 때 그녀는 더 이상 움직이려고 하지 않았다.

"가 보세요, 이제. 전 저 골목 안으로 조금만 들어가면 돼요."

동표는 그녀가 눈으로 가리킨 골목의 입구를 힐끗 쳐다보며 대꾸했다.

"골목이 좀 어둡군요. 제가 아무래도 집 앞까지 바래다드려야겠는데요."

"아녜요, 어서 가 보세요. 전 조금만 들어가면 돼요."

"그렇다면 시간이 많이 걸리지도 않겠군요. 이왕 여기까지 온 김에 마저 바래다드리죠."

"그럴 필요 없으세요. 어서 가 보세요."

"시간 아직 넉넉한걸요. 자, 들어가시죠."

"글쎄, 그럴 필요 없으시다니까요."

"왜, 저한테 집을 가르쳐 주시는 결과가 될까 봐 그러십니까? 제가 나중에 혹 귀찮게 굴기라도 할까 봐?"

"그런 뜻 아녜요. 시간이 너무 늦었잖아요. 전 어린애도 아니구요."

"시간은 아직 넉넉하다고 방금 제가 말했잖습니까. 그리고 어린애만이 보호받아야 하는 건 아니죠. 젊은 여성도 밤에는 보호자가 있어야 합니다. 더욱이 저런 어두운 골목에서는요. 자 가십시다, 댁 어귀까지만 바래다드리겠습니다."

"글쎄, 저 혼자 가도 된다니까요."

"글쎄, 고집부리지 마시구요. 저 언젠가 술 취했을 땐 경림 씨가 제 보호자 노릇을 해 주셨잖습니까."

"그땐 민 선생님이 인사불성이었을 때죠."

"밤에 젊은 여성이 혼자서 어두운 골목으로 들어간다는 것도 인사불성인 상태와 마찬가지라고 할 수 있습니다. 자 가십시다, 밤새 절 여기에 세워 두지 않으시려면."

그러자 그녀는 빤히 동표의 얼굴을 쳐다보았다. 그리고 마침내 동표의 고집을 꺾을 수가 없다고 판단했음인지 걸음을 옮겨 놓기 시작했다.

"……하는 수 없군요. 그럼 제가 됐다고 할 때까지만 바래다주세요."

"진작에 그러셔야죠."

하고 동표는 그녀와 나란히 걷기 시작했다.

골목은 어둡고 좁고 길었다. 이따금 구멍가게의 불빛이 보이기도 했으나 그것은 오히려 골목을 더욱 어둡게 하는 데만 보탬이 되는 것 같았다. 시간이 늦어서인지 행인들의 모습도 드물었다.

환경이 사람을 만든다던가, 동표는 슬그머니 그녀를 안아 보고 싶은 충동이 일어났다. 그리고 마침 그럴 수 있는 기회가 왔다.

좁고 긴 골목이 이어지다가 그보다 좀 더 좁은 샛골목으로 꺾여들 무렵이었다. 그녀가 걸음을 멈추며 이제 이 샛골목만 지나면 바로라고 하면서 그만 돌아가라고 말했다.

동표는 순간 그녀를 따라 샛골목 안으로 한 발짝 들어서면서 재빨리 주위를 살폈다.

다행히 근처엔 아무도 지나가지 않았다. 그녀는 순간 어떤 위험을 느낀 표정으로 몸을 도사리려는 시늉을 했다. 동표는 경각을 지체하지 않고 그녀를 두 팔 속에 가두어 버렸다. 그리고 그녀를 골목의 담 쪽으로 밀어붙였다. 그녀는 세차게 저항했다.

"왜 이러세요! 이거 놓지 못해요!"

동표는 그러나 잠자코 그녀의 입술을 자기의 입술로 겨냥하여 덮쳤다. 그러나 그녀의 입술과 동표의 입술이 합쳐진 것은 잠시뿐이었다. 그녀가 곧 고개를 틀어 피해 버렸기 때문이다.

"정말 왜 이래요! 놓지 못해요!"

동표는 그러나 다시 잠자코 그녀의 입술을 덮쳤다.

"음……."

그녀는 입술을 완강하게 꼭 다문 채 다시 고개를 틀었다.

"이게 뭐예요……. 이러려고 바래다준다고 하셨어요?"

동표는 여기서 물러서서는 안 된다고 생각했다.

"용서하십시오, 경림 씨."

그렇게 재빨리 내뱉고는 다시 그녀의 입술을 자기의 입술로 덮었다. 그리고는 다시 그녀가 입술을 피해 버리지 못하도록 억세게 그녀의 머리를 껴안았다. 그녀는 이제 머리를 틀지 못하는 대신 입술을 완강하게 다물었다. 그리고 몸을 딱딱하게 굳힌 채 이 불유쾌한 일이 어서 지나가기를 기다린다는 자세를 취하였다.

동표는 여자의 입술이 이렇게 단단하게 다물어질 수도 있다는 사실을 처음 경험했다. 그것은 마치 댐의 수문(水門)처럼 완고했다. 입술처럼 부드러운 것이 그렇게 단단하고 대단한 힘을 가졌으리라곤 그는 미처 상상도 못 했었다.

동표는 마침내 더 이상의 공격을 포기하고 그녀로부터 물러섰다. 그리고 우울하게 말했다.

"미안합니다. 제가 그만 잠시 이성을 잃었었나 봅니다."

그녀는 이제 침착하고 냉정한 표정이 되어 있었다.

"절 보호해 주신다더니 이런 식으로 보호하시는군요."

"미안합니다. 정말 이럴 생각은 아니었습니다."

"아무튼 보호해 주셔서 감사해요. 안녕히 가세요."

그리고 그녀는 몸을 돌이켜 또박또박 골목 저쪽으로 걸어가기 시작했다.

"……."

동표는 낭패한 기분이었다. 뭐라고 더 말을 붙이기도, 그렇다고 뒤쫓아가 그녀를 붙잡기도 난처했다.

잠시 멍하니 그녀의 뒷모습을 바라보고 있는 동안 그녀의 모습은 마침내 그 샛골목 밖으로 완전히 사라져 버리고 말았다.

동표는 성급하게 군 자신을 꾸짖었다. 완전히 서툰 짓을 한 셈이었다. 그리고 평가절하만 당한 셈이었다. 이런 결과가 될 줄 알았더라면 애초에 시도를 하지 않았음만 같지 못했다.

동표는 낭패한 기분으로 발걸음을 돌이켰다.

그리고 그가 매우 저조하고 풀죽은 표정으로 아파트로 돌아왔을 때 그를 맞이해 준 것은 정미의 의아해하는 얼굴이었다.

먼저 돌아와 있다가(동표가 아파트에 도착한 것은 12시가 가까운 시간이었으므로) 문을 열어 준 정미는 그의 풀죽은 표정을 보자 매우 난해한 질문에 부닥친 여선생 같은 표정을 지었다.

"웬일이죠? 그렇게 잔뜩 풀죽은 표정을 하고. 더구나 이렇게 늦게."

그녀도 돌아온 지는 얼마 되지 않은 옷차림이었다. 술기운이 있었고 화장도 아직 지우지 않은 채였다.

"······게다가 술을 마신 것 같지도 않구."

동표는 씁쓸하게 웃었다.

"오늘은 일찍 들어왔군."

"일찍이 다 뭐예요. 지금 12시가 다 됐는데."

"그렇게 됐나."

그러며 동표는 신발을 벗고 마루 위로 올라섰다. 그녀가 다시 물었다.

"그런데 웬일이죠? 어디서 무슨 기분 나쁜 일이라도 있었어요?"

동표는 소파가 있는 쪽으로 걸음을 옮겨 놓으며 대꾸했다.

"말하기 창피한데 자꾸 그렇게 묻지 좀 말았으면 좋겠군."

"어마, 어디서 정말 단단히 기분 나쁜 일이 있었나 봐요."

"망신을 좀 당했어."

"어마, 누구한테요?"

"글쎄, 창피하다니까."

그러며 동표는 소파 위에 엉덩이를 내려놓았다. 그녀도 맞은편 소파 위에 엉덩이를 내려놓으며 자못 흥미롭다는 듯 동표의 얼굴을 마주 쳐다보았다.

"어마, 누구한테 망신을 당했을까. 누구한테 어떤 망신을 당했길래 이렇게 기운이 없으실까."

"글쎄, 그만 좀 하라구."

"아이, 재미있어. 동표 씨가 이러는 거 처음 보겠다. 누구예요? 상대방이? 남자예요? 여자예요?"

"약 올리지 말라구."

"여자죠? 그렇죠?"

"약 올리지 말라니까."

"오라, 경림이라는 그 여자군요? 그렇죠? 나한테 얘기해 봐요. 그 여자한테 어떤 망신을 당했는지. 들어 보고 내가 기분 풀어 줄 테니까."

"……창피해서 말 못 하겠어."

"어마, 사내대장부가 뭘 그래요? 어떤 망신을 당했는진 모르지만. 여자한테 당한 망신쯤이야 말해 버리면 그만일 텐데. 자, 나한테 죄다 말해 버리고 기분 풀어요."

"……창피해 죽겠는데, 정말."

"글쎄, 얘기해 보세요."

"……."

"얘기하고 나면 내 근사한 서비스 해 줄게요."

"서비스?"

"네, 근사한 서비스요."

"무슨 서비슨데?"

"근사한 서비스라잖아요? 자, 어서 얘기해 보세요."

"……키스를 하려다 실패했어."

"어마, 재밌어라. 어떻게요?"

"어떻게는 뭐가 어떻게야. 실패를 했다니까."

"어떻게 실패를 했냐 말예요. 어디서 어떻게?"

동표는 자초지종을 대강 얘기해 주었다.

얘기를 듣고 난 경미는 과장해서 측은하다는 표정을 지었다.

"어마, 가엾어라. 그래서 그렇게 잔뜩 풀이 죽은 모습으로 돌아오셨군요. 쯧쯧."

동표는 진지한 표정으로 물었다.

"그렇게 약 올리지 말고, 다음에 만나서 어떻게 하는 게 좋을까?"

정미는 생글생글 웃었다.

"그렇게 망신을 당하고서도 또 만날 용기가 있으세요?"

"글쎄, 약은 그만 좀 올리구. 그 여자가 또 만나 줄까? 안 만나 줄까?"

"쉽진 않을걸요."

"그럼 어떡하지?"

"아이, 재밌어. 동표 씨가 이렇게 쩔쩔매는 걸 보니 내가 그 여자라도 된 것같이 고소하다."

동표는 눈을 부릅뜨며 입술을 깨무는 시늉을 했다.

"정말 약 올릴 테야?"

"어마, 아녜요, 아녜요."

정미는 짐짓 겁난다는 표정을 지었다.

"약 안 올릴게요."

"정말이지?"

"네. 하지만 너무 서툴렀지 뭐예요? 분위기도 조성하지 않고 강제로 키스를 하러 덤비는 남자한테 고분고분 말을 들을 여자가 어딨어요? 안 그래요?"

"글쎄, 왜 그런 서툰 짓을 했는지 몰라."

"동표 씨답지 않았지 뭐예요. 플레이보이가 어째서 그런 것도 모르세요?"

"아하, 또."

"아무튼 그건 너무 서툴렀어요. 동표 씨한텐 일생일대의 실수지 뭐예요."

"그래, 일생일대의 실수야. 그 실수를 어떻게 만회해야 좋지?"

"앞으로 성실한 태도를 보이는 수밖에 없죠 뭐."

"어떻게?"

"어떡해서든 다시 만나서 사과부터 하고 그게 실수였다는 걸 상대방이 믿을 수 있게끔 행동해야죠 뭐."

"그러면 될까?"

그러자 그녀는 또 생글생글 웃었다.

"동표 씨, 그 여자 정말 좋아하나 보다."

동표는 얼굴을 붉혔다.

"……글쎄, 모르겠어."

"아이, 재밌어. 동표 씨가 수줍어하는 걸 다 보고. 맥주 한잔할래요?"

"있어?"

"냉장고에 한 병 남았을 거예요."

"그럼 한잔할까?"

"그러세요. 한잔하고 나면 기분이 좀 나아질 거예요."

그러면서 그녀는 소파에서 몸을 일으켰다. 그리고 부엌 쪽으로 걸어갔다.

잠시 후 그녀는 맥주 한 병과 컵 두 개를 가지고 돌아왔다. 그리고 두 개의 컵에 맥주를 따랐다.

동표는 그녀가 따라 놓은 맥주컵을 잡으며 말했다.

"아까 나한테 서비스한다는 게 이거였어?"

그녀도 맥주컵을 집으며 대꾸했다.

"아뇨."

"그럼?"

"다른 거였어요."

"뭔데?"

"왜, 궁금하세요? 하지만 그 서비스는 이제 해 드리기가 곤란해요."

그러며 그녀는 배시시 웃었다.

동표는 의아한 표정으로 물었다.

"그건 또 어째서?"

그러자 그녀는 가만히 눈을 흘겼다.

"어째서는 뭐가 어째서예요? 동표 씨가 정말 좋아하는 여자가 있다는 걸 알았으니까 그렇죠."

동표는 그제야 그녀가 무얼 의미하는지를 깨달았다.

"아하, 난 또 무슨 소리라구. 그게 그거하고 무슨 상관이야. 자, 이리 와."

"싫어요."

"어? 약속 안 지킬 테야?"

그러자 그녀는 생글생글 웃었다.

"거 보세요. 얘기하고 나니까 기분 다 풀렸죠. 그렇죠?"

"그래서 이제 약속은 안 지키겠다, 이거야?"

"기분 다 풀렸음 됐지 약속은 뭐 하러 지켜요?"

"아, 그럼 나 아직 기분 안 풀렸다구. 약속을 이행받아야 풀리겠는데."

그러며 동표는 정미가 앉아 있는 소파로 자리를 옮겼다. 그리고 그녀의 어깨를 껴안았다. 그녀가 어깨를 빼내려는 시늉을 하며 말했다.

"어마, 순 엉터리."

"엉터린 정미가 엉터리지 내가 왜 엉터리야? 자, 약속을 지키라구."

하며 동표는 피하려는 그녀를 꼼짝 못 하게 두 팔 속에 가두어 버렸다. 그러자 그녀는 안긴 채로 쿡쿡 웃었다.

"왜 웃지?"

"우습지 뭐예요. 종로에서 뺨 맞고 동대문에 가서 화풀이한다던가. 비유가 좀 틀렸을진 모르지만."

"끝까지 정말 이러기야?"

"왜, 끝까지 이러면 내쫓기라도 할 건가요?"

"그러지 말고 좀 봐줘. 오늘 정말 기분 좀 풀어야겠어. 이대론 도저히 찜찜해서 견딜 수가 없어."

"어마? 내가 뭐 동표 씨 기분 푸는 상댄가요?"

"글쎄, 그러지 말고 좀 봐줘. 얘긴 정미가 먼저 꺼낸 셈 아냐?"

"그건 얘길 듣기 전이죠 뭐."

"아무튼 좀 봐달라구."

그러자 그녀는 다시 쿡쿡 웃었다.

"좋아요, 그럼 봐드릴게요."

순간 동표는 치미는 욕망을 억제하지 못하였다. 그녀를 그대로 소파 위에 쓰러뜨렸다. 그리고 그녀의 입술을 더듬었다.

그녀는 이제 웃지 않았다. 그리고 동표의 입술을 힘 있게 받아들였다.

동표는 난폭하게 그녀를 다루었다. 그녀의 입술로부터 입술을 떼지 않은 채 옷을 벗기고 그녀의 맨몸을 안았다. 그녀는 그의 옷을 마주 벗겨 주었다.

동표는 곧 그녀에게 침입했다. 그리고 고지를 점령하기 위해 달리기 시작했다. 급하고 빠른 걸음으로.

그녀도 차츰 그의 보속(步速)에 따르기 시작했다. 그리고 힘겨운 걸음에 따르는 거친 호흡을 하기 시작했다.

동표는 자신의 건각(健脚)을 느낄 수 있었다. 힘찬 속도와 지치지 않는 각력(脚力)을 느낄 수가 있었다.

고지가 저만큼 바라보이기 시작했다. 그는 더욱 걸음의 속도를 빨리했다. 다리의 힘은 걸음의 속도를 빨리할수록 더욱 강해졌다. 그리고 마침내 고지의 정상이 가까워 왔다.

그녀도 그곳까지 함께 뛰어온 자의 가쁜 숨을 몰아쉬었다. 그리고 그들은 마침내 함께 고지에 다다랐다.

얼마 뒤 그들은 고지에서 내려와 평지에 나란히 누웠다. 뜀박질하기 위해 벗어부쳤던 것 중 쉽게 걸칠 수 있는 것만을 다시 걸치고.

소파는 옹색했으나 그런 대로 두 사람이 함께 누울 만은 했다. 그녀가 물었다.

"이제 찜찜한 기분 다 풀렸어요?"

동표는 그녀를 향해 팔꿈치로 머리를 받쳐 든 채 대답했다.

"응, 다 풀렸어, 완전히. 그런데 부탁할 게 또 하나 있어."

"뭔데요?"

"말하면 들어줄 테야?"

"들어 봐야 알죠."

"저 말야……."

"얘기해 보세요."

"실은 말야, 나 이번에 어떤 사진 전람회에 초대를 받았거든. 날더러 사진을 몇 점 출품해 달라는 거야."

"그런데요?"

"정미, 내 사진 모델 좀 돼 주겠어?"

"그야 어렵지 않죠 뭐. 어떤 사진을 찍을 건데요?"

"나체 사진."

"어머, 그래서 그렇게 뜸을 들였군요. 그건 좀 생각해 봐야겠는데요."

"내가 본 여자들 가운데선 정미 몸이 제일 아름답기 때문에 그러는
거야."

"괜히 비행기 태우지 말아요. 그런다고 내가 선뜻 응할 줄 알아요?"

"아니, 정말야. 정말 내가 본 여자들 가운데선 정미 몸이 제일 아름
답다구. 사진 모델로는 그야말로 일품이야."

"이거 왜 이래요. 비행기 탔다 떨어지는 기분은 방금 전에도 맛봤
다구요."

"글쎄, 비행기 태우는 게 아니라니까. 정말이라니까."

"그건 그럼 그렇다 치고 사진 전람회엔 꼭 나체 사진을 내야만 하
나요?"

"꼭은 아니지만 내가 내고 싶어서 그래. 사진 찍는 사람이면 누구
나 나체 사진 한 번쯤은 찍어 보고 싶거든. 뭐라고 할까, 그걸 한 번쯤
은 거쳐야 사진작가 구실을 제대로 하는 것 같거든. 게다가 정미 같
은 모델은 평생 가야 한 번 만날까 말까 하단 말야. 정말이라구."

"좋아요, 그럼. 그 대신 모델료는 톡톡히 내야 해요?"

"물론 내지. 톡톡히 내구말구."

"또 하나, 얼굴은 찍지 말기구요. 그 사진 전람회에 나 아는 손님이가 보거나 하면 곤란하니까요."

　"그건 조금도 염려 마. 얼마든지 기술적으로 얼굴을 안 나오게 할 수 있으니까."

　"좋아요. 그럼 언제 찍을래요?"

　"정미만 괜찮다면 내일이라도 같이 나가지."

　"나가요? 어디루요? 집에서 찍는 게 아니구요?"

　"아, 조명시설만 있다면 집에서 찍어도 좋은데 그렇질 못하니까 어디 야외 같은 데로 나가야 돼. 사람 없는 계곡 같은 데나 숲속 같은 데로 말야. 물론 집에서 굳이 하려면 안 되는 건 아니지만 조명시설이 없으면 사진효과가 신통치 못하거든."

　"그래요? 돈 생기는 일이 역시 그렇게 쉽진 않군요. 아무튼 그럼 좋도록 하세요."

　"오케이. 그럼 내일 당장 나가지, 소풍 겸 해서 말야."

　그러나 이튿날 아침 그들은 사진을 찍기 위한 소풍을 떠나지 못하였다.

　그날은 마침 일요일이기도 했는데 아침에 안경림으로부터 전화가 걸려 왔던 것이다.

　동표는 송수화기를 들고 상대방이 안경림이라는 사실을 알자 당장 절교선언이라도 떨어지는 것이라고 생각했다. 해서 그는 기어들어가는 목소리로 말했다.

　"아, 경림 씨. 어젯밤엔 정말 죄송했습니다. 제가 그만 미친 짓을 했

없습니다. 감히 용서해 달라고 할 염치도 없습니다."

그러나 저쪽에선 뜻밖에도 명랑한 목소리가 뒤따랐다.

"아녜요, 그런 얘기 듣고 싶어서 전화한 거 아녜요. 오늘 밖에 좀 안 나오시겠어요?"

동표는 자기 귀를 의심했다.

"네?"

그녀가 목소리를 꾸미고 있는지도 모른다고 생각했다. 그러나 그녀는 계속해서 명랑한 목소리로 말했다.

"함께 어디 소풍이라도 갔으면 해서요. 오늘 저 쉬거든요. 날씨도 맑구요."

"네? 그게 정말이십니까?"

"아침부터 거짓말을 뭐 하러 하겠어요. 나오실 수 있으세요?"

"네, 나가다뿐이겠습니까. 거기가 어디시죠?"

"집 근처 공중전화예요. 어제 만난 그 다방에 가서 기다리겠어요. 30분쯤 걸리면 나오실 수 있죠?"

"네, 그럼 30분 이내로 그 다방으로 나가겠습니다."

"기다리겠어요."

그리고 전화는 끊겼다. 동표는 부랴부랴 세수부터 했다. 그는 아직 세수도 하기 전이었던 것이다.

세수를 하면서 그는 손이 말을 잘 듣지 않는 것처럼 느꼈다. 그만큼 마음이 조급했던 것이다.

세수를 대강 마치고 다시 응접실로 나왔을 때에야 정미가 부엌에서 고개를 내밀며 물었다.

"무슨 전화예요? 무슨 전화길래 전화받자마자 세수부터 하죠?"

"응, 오늘 계획은 조금 뒤로 미뤄야겠어. 나 지금 좀 나가 봐야 할 일이 생겼어."

"아침식사도 안 하구요?"

"응, 좀 급해."

"도대체 무슨 전화길래 그래요?"

"그 여자한테서 전화가 왔어. 만나자는 거야."

"그 경림이라는 여자 말예요?"

"글쎄, 그렇다니까. 나 지금 무엇에 홀린 기분이야."

"만나서 괜히 뺨이나 얻어맞는 거 아녜요?"

"글쎄, 그런 눈치가 아니라니까. 그러니까 내가 무엇에 홀린 기분 이라는 거지."

"재밌는 여자네요. 아무튼 그럼 잘해 보세요. 괜히 또 서툴게 굴지 말구요."

"고마워. 명심할게."

동표는 서둘러 외출복으로 갈아입었다. 그리고 정미의 격려 섞인 배웅을 받으며 아파트를 나섰다.

햇살이 마악 퍼지기 시작한 신선한 아침이었다. 그는 거의 달음박 질치다시피 하여 택시 한 대를 잡았다.

그리고 그가 안경림과 만나기로 한 다방에 도착한 것은 15분쯤 후 였다.

그런데 그녀는 뜻밖에도 다방 입구에 서서 기다리고 있었다. 동표는 처음에 그 이유를 알 수 없었으나 곧 다방을 열기엔 아직 이른 시간이라는 사실을 깨달았다. 게다가 일요일 아침이었던 것이다.

택시에서 내린 동표는 곧장 그녀에게로 다가갔다.

"미안합니다, 기다리게 해서. 다방이 아직 문을 안 연 모양이군요."

그녀는 조용히, 그러나 맑게 웃었다.

"저 얼마 안 기다렸어요. 조금 전에 와 봤더니 글쎄 문을 아직 안 열었지 뭐예요."

"아무튼 미안합니다. 어제 일을 포함해서……."

동표는 얼굴을 붉히며 슬쩍 다시 그녀의 표정을 살폈다. 그러나 그녀는 여전히 같은 표정이었다. 여전히 조용하고 맑은 표정으로 그녀는 말했다.

"어제 일은 없었던 걸로 하세요. 그리고 우리 어디 소풍이나 가기로 해요."

동표는 무언가 불가사의한 일을 만난 듯한 느낌이었으나 천천히 대꾸했다.

"네……. 고맙습니다. 전 또 대단히 꾸지람을 들을 각오로 나왔습니다만. 아무튼 그럼 어디로 가실까요?"

"어디 교외 같은 데로 한번 나가 봤음 좋겠어요."

"그러시죠, 그럼."

"어디가 좋을까요? 전 별로 가 본 데가 없어서요."

"교외선을 한번 타 보시겠습니까? 교외선을 타고 가다가 적당한 곳에서 내려 보는 것도 괜찮을 것 같은데요."

"그래요, 그럼. 그런데 사진기를 안 갖고 나오셨군요."

"사진기를 갖고 나오란 얘기는 안 하셨잖습니까?"

"전 소풍 얘기를 하면 사진기도 갖고 나오시려니 했죠, 뭐."

"아, 그렇군요. 하지만 전 그런 판단을 할 겨를이 없었죠. 워낙 꾸지람을 들을 준비만 하고 있었던 터라……."

"지금 다시 갖고 나오실 순 없나요?"

"아, 물론 갖고 나올 수 있죠. 하지만 번거롭지 않으시겠습니까?"

"괜찮아요."

"그럼 제 아파트까지 잠깐 같이 가시죠. 제가 사진기를 갖고 나오는 동안 밖에서 잠깐 기다려 주시면 됩니다."

"그렇게 하세요, 그럼."

동표는 야릇한 흥분을 맛보며 택시 한 대를 세웠다. 그녀의 태도 변화가 불가사의하게만 느껴졌으나 어떻든 일은 그가 바라던 방향으로 풀려 나가고 있었던 것이다.

택시로 그들은 다시 동표의 아파트까지 왔다. 그리고 그녀를 잠시 아파트의 밖에 세워 둔 채 동표는 한걸음에 서너 단씩 아파트의 층계를 뛰어 올라갔다.

정미가 문을 열어 주며 놀란 표정을 지었으나 동표는 눈만 한 번 끔쩍해 보이고 나서 안으로 들어가 카메라를 들고나왔다. 그리고는 다시 바쁜 걸음으로 층계를 뛰어 내려갔다.

"갔다 올게."

라는 말만 남기고.

아파트 밖에서 기다리고 섰던 그녀는 그가 카메라를 들고 급히 뛰어나오는 모습을 보자 가만히 웃었다.

"미안합니다. 자, 가시죠."

하고 동표는 숨 가삐 말했다. 그리고 다시 택시를 잡기 위해 길 위쪽을 살폈다.

그들은 다시 택시 한 대를 세워서 타고 도중에 DP점 한 군데를 들러 카메라에 필름을 사 넣은 다음 곧장 서부역으로 향했다.

그리고 그곳에서 그들은 교외선 기차에 몸을 실었다. 승객의 대부분이 울긋불긋한 소풍 차림 내지는 등산복 차림인, 얼마간 들뜬 분위기의 기차 안에서 그들은 간신히 자리를 구해 앉았다.

동표가 말했다.

"이 교외선 처음 타 보십니까?"

그녀가 대답했다.

"네, 처음이에요."

"저도 아주 오랜만입니다. 기분이 괜찮군요, 오랜만에 타 보니."

"네, 저도 즐거워요. 늘 병원에만 있다시피 하다가 이렇게 건강한 사람들 사이에 끼어 있으니까요. 전에 수학여행 떠나던 생각도 나구요."

"여고 때 수학여행 말입니까?"

"네, 무척 즐거웠죠. 여행이라곤 그때가 처음이었으니까요."

"아, 그러셨군요. 그땐 어디로 갔었는데요?"

"경주요. 사진으로만 보던 불국사나 석굴암 같은 것도 그때 처음으로 실물을 볼 수 있었죠. 이상스럽게 커다란 옛날 임금님의 무덤이랑요. 그냥 커다랗기보다 그건 웬만한 산처럼 보이더군요."

"네, 저도 한번 가 본 적이 있지만 정말 대단한 규모더군요. 저도 임금님의 권위라는 것이 얼마만 한 것이었나 하는 걸 그때 비로소 실감할 수 있었습니다. 아, 임금님이란 정말 대단한 존재였구나, 하고 말이죠."

"저도 그 비슷한 느낌을 받았던 것 같아요. 하지만 한편으로 커다란 것이 아름답다는 생각이 들면서도 너무 크니까 아무리 임금님이지만 한 개인의 무덤으론 너무하다는 생각도 들었어요."

"아닌게 아니라 그런 생각이 저도 들더군요. 하지만 당시의 사정으론 그게 하나도 이상할 건 없었겠죠. 그렇게 하지 않는 게 오히려 이상했을지도 모르죠."

"그저 그런 생각이 들었었단 얘기죠, 뭐."

"저도 마찬가집니다. 옛날 임금님을 변호하려는 게 아니고 그저 그랬을 거란 얘기죠."

그때 그녀가 문득 생각났다는 듯이 물었다.

"참, 아침식사는 하셨나요?"

동표는 머리를 긁적이며 대답했다.

"못 했습니다, 아직. 전화 주셨을 때가 마악 일어난 참인걸요."

"어떡하죠, 그럼? 시장하셔서."

"이따 적당한 데 어디 내려서 사 먹으면 됩니다. 그건 걱정하지 마세요."

"식사하실 만한 데가 있을까요?"

"글쎄, 걱정하지 마시라니까요. 밥을 먹을 만한 덴 얼마든지 있을 겁니다. 또 없으면 어떻습니까. 한두 끼 굶는다고 해서 사람이 죽겠습니까. 전 오히려 지금 밥을 먹을 만한 데가 없어서 굶게 됐으면 좋겠습니다."

"네? 그건 어째서요?"

"그러기라도 해야 제가 어제 저지른 실수에 대해 조금 죗값이라도 하는 기분을 맛볼 것 같아서요."

"어마, 어제 일은 없었던 걸로 하기로 했잖아요."

"하하, 그저 한번 해 본 소립니다."

그들은 일영(日迎)에서 기차를 내렸다.

기차가 일영의 간이역으로 들어설 무렵 역 주위에 피어 있는 코스모스를 보고 그녀가 그곳에서 내리자고 했던 것이다. 그들 외에도 그곳에서 내리는 승객들은 적지 않았는데 모두 무리를 지은 소풍 차림의 젊은이들이었다. 기타를 가진 패거리도 많았다.

해는 이제 초가을 특유의 투명한 빛을 아낌없이 지상으로 내려보내고 있었고 역 주위에 무리져 핀 코스모스는 그 투명한 햇살을 받아 더욱 선명한 빛깔과 자태를 드러내고 있었다.

동표는 그녀와 나란히 간이개찰구를 빠져나와 사람들이 향하고 있는 유원지 쪽 길을 택했다. 도시에서는 이제 볼 수 없는, 왕모래가 섞인 맨 흙길이었고 길 좌우로는 역시 코스모스가 무리져 피어 있었다.

그녀가 코스모스 쪽으로 눈길을 주며 말했다.

"어렸을 땐 코스모스를 무척 좋아했었어요."

동표도 그녀와 눈길을 나란히 하며 대꾸했다.

"저도 좋아했습니다. 뭐라고 할까, 소녀처럼 연약한 모습에 마음이 끌렸다고 할까요. 예쁜 여학생을 볼 때처럼 괜히 가슴이 두근거리곤 했죠."

"예쁜 여학생을 보면 가슴이 두근거렸나요?"

"그러믄요. 지금은 이렇게 좀 뻔뻔해졌지만 고등학교 다닐 때까지만 해도 여학생 앞에서 변변히 말도 잘 못했는걸요."

"어마, 그런 시절이 다 있었군요. 재밌어라."

"그뿐인 줄 아십니까. 여학생이 말을 붙여 와도 대꾸도 변변히 못하고 부끄러움으로 눈물만 글썽거리곤 했답니다. 부끄러우면 왜 눈물이 나는지……."

"누구에게나 그런 순진하던 시절은 다 있는 모양이죠?"

"하하, 그런 모양이죠? 자, 그건 그렇고, 코스모스를 배경으로 한 장 찍을까요? 좀 소녀 취향인 것 같긴 하지만."

"네, 한 장 찍고 싶어요. 어린 기분으로요."

"자, 그럼 그쪽으로 좀 다가서세요. 편안한 표정으로 지난날을 회상하는 듯한 자세를 취하는 게 좋습니다."

그러며 동표는 카메라의 캡을 열었다. 그녀는 코스모스 쪽으로 몇 발짝 다가서서 이쪽을 향했다.

파인더를 통해서 바라보이는 그녀의 표정은 조용하고 맑았다. 마치 그녀의 배경을 이루고 있는 코스모스들 중의 한 송이처럼.

동표는 셔터를 누르고 나서 말했다.

"좋습니다. 사진 제목은 '코스모스와 여인'이라고 하면 적당하겠는데요."

그녀는 맑게 웃었다. 그리고 나서 말했다.

"전람회엔 안 내실 약속이었잖아요."

"아, 물론이죠. 만일 제목을 붙인다면 그렇다는 뜻이죠."

그러나 그때 그녀는 뜻밖의 말을 했다.

"……전람회에 내셔도 좋아요. 저 생각이 바뀌었어요."

"네? 그게 정말이십니까?"

"네, 제가 쓸데없는 고집을 부렸던 것 같아요. 내시고 싶으심 내세요. 저 상관 않겠어요."

그러며 그녀는 다시 맑게 웃었다.

동표는 도무지 그녀의 심경 변화의 원인이 어디에 있는지 알 수가 없었다. 어젯밤의 태도로 미루어 본다면 그것은 거의 기대조차 할 수 없었던 태도였기 때문이다. 그러나 그러한 심경 변화의 원인이 어디에 있는지에 대해 대놓고 물어볼 수도 없는 노릇이었다.

그는 다만 그 불가사의하게 호전된 사태를 기뻐하고 감사할 수 있을 따름이었다.

그런데 그들이 유원지에 도착하여 한 휴게소 비슷한 건물 안에 마주 앉았을 때 그녀는 더욱 놀라운 소리를 했다. 그곳에서는 마침 식사와 차를 팔고 있어서 동표는 식사를, 그리고 그녀는 차를 주문하여 마주 놓고 앉았을 때였다.

그녀가 찻잔을 두 손으로 감싸쥔 채 잠시 찻잔의 온도를 음미하듯 하더니 조용히 말했다.

"제 누드를 찍고 싶다고 하셨죠? 생각 안 변하셨음 찍으세요."

동표는 수저를 들려다 말고 놀란 표정으로 그녀를 쳐다보았다.

"네?"

그러자 그녀는 그의 눈길을 피하기 위함인 듯 찻잔을 입으로 가져 갔다. 그리고 한 모금 마시는 시늉을 하고 가만히 내려놓으며 말했다.

"저 응해 드릴 용의가 있어요."

동표는 무언가 지금 자기가 착각 속에 빠져 있는 게 아닌가 의심했 다. 그러나 그녀는 결코 실없는 소리를 하고 있는 표정이 아니었다. 동표는 긴장한 표정으로 물었다.

"지금 하신 말씀, 진정에서 하는 말씀인가요?"

그녀는 대답했다.

"네, 심사숙고해서 내린 결정이에요."

"······전 도무지 영문을 알 수가 없는데요. 왜 갑작스레 그런 결정 을 내리셨는지."

"갑작스레 내린 결정은 아녜요. 밤새 생각하고 난 결과예요. 저 지 난밤 한잠도 자지 못했어요."

"네? 그럼 밤을 새우셨단 말씀입니까?"

"네, 밤을 새웠어요."

"······."

"밤을 새우면서 저 자신을 꾸짖었어요. 아무짝에도 쓸모없는 옹졸해 빠진 계집애라고 저 자신을 꾸짖었어요. 민 선생님의 괴로워하실 모습이 자꾸 눈앞에 떠올랐어요. 어떻게 보면 병자라고도 할 수 있는 민 선생님의 작은 실수를 마치 무슨 큰 죄악이라도 대하듯 한 저 자신이 가증스럽고 미웠어요. 간호사라는 주제에 도저히 그럴 순 없었다는 생각이 들었어요. 그렇게 자신을 꼭꼭 닫아걸고 어떻게 남의 고통을 이해하고 보살펴야 하는 간호사 노릇을 할 수 있느냐는 생각이 들었어요."

"……"

"병원이라는 곳, 그리고 거기서 신 같은 대접을 받으면서 환자의 고통에는 아랑곳없이 지극히 사무적이고 기계적인 진료만을 일삼는 의사들에 대해 평소에 갖던 불신감이 고스란히 저 자신에게 되돌려져야 한다는 생각이 들었어요. 그동안 남의 흠만 커 보였지 자신의 흠은 돌아볼 줄 모르는 어리석은 계집애였단 생각이 들었어요. 어찌나 자신이 밉고 가증스러웠는지 몰라요."

"……"

"어서 식사하세요. 그리고 원하신다면 언제든지 제 누드 찍어도 좋아요."

말하자면 그녀는 자신의 어젯밤 태도에 대한 일종의 보상 행위로서 누드를 제공할 결심을 일으킨 모양이었다.

동표로서는 전혀 예기치 못한 일이었으나 (예기하기는커녕 그 정반대의 결과였으나) 어쨌든 일이 묘하게 풀려 나간다고 생각하였다.

묘할 뿐 아니라 전화위복이라는 낡은 말로는 설명이 불충분한, 일종의 은혜가 베풀어졌다는 느낌이었다.

그러나 기분이 결코 흥겹다고만은 할 수가 없었다. 마치 순결한 백지 앞에 먹물을 듬뿍 묻힌 붓을 들고 선 기분이라고나 할까. 무언가 덥석 붓을 갖다 대기가 조심스런 느낌이기도 했다.

그러나 어쨌든 이 좋은 기회를 그대로 놓쳐 버려서는 안 된다고 동표는 생각하였다. 그는 묵묵히 식사를 마쳤다. 그리고 나서 말했다. 식사 도중에 짐짓 심사숙고했노라는 표정으로.

"……아무리 생각해 봐도 이런 경우에 제가 어떻게 해야 할는지는 잘 모르겠군요. 경림 씨 누드를 찍고 싶다는 건 제 솔직한 바람이긴 하지만 그게 경림 씨 자의라기보다는 어젯밤 일에 대한 경림 씨의 지나친 자기 추궁 끝에 나온 일종의 보상 행위라는 느낌이 더 강하니까요. 그것도 저로선 결코 의당한 일이라곤 볼 수가 없는. 제가 할 수 있는 일은 이런 경우 부끄러워하는 일뿐인 것 같습니다."

동표 스스로가 생각해도 대견할 만큼 그럴싸하게 말이 되어 나왔다. 조용한 표정으로 그가 식사하는 모습을 바라보고 있던 그녀는 잠시 그를 마주 쳐다보고 나서 말했다.

"오늘은 이상하시군요. 다른 때 같았으면 오히려 떼를 쓰셨을 텐데."

동표는 짐짓 얼굴을 붉히는 시늉을 하며 대꾸했다.

"오늘도 떼를 쓰고 싶긴 하죠. 하지만 이건 너무 염치없다는 자의식이 생기는군요. 결코 자책을 느끼실 일도 아닌 걸 가지고 그걸 보상하려는 뜻으로 누드를 허용하시겠다니 말입니다."

그러자 그녀는 가만히 웃었다.

"단순히 그런 뜻만은 아녜요. 제가 그동안 자신을 너무 꼭꼭 닫아 맸었다는 것에 대한 반동의 의미도 있어요. 아무튼 민 선생님은 원하시던 일을 하시면 되잖아요?"

"그야 하고 싶죠. 하지만……."

"이상하시네요, 정말 오늘은. 제가 괜찮다는 데도 꽁무니를 빼시고. 어젯밤 일 너무 신경쓰지 마세요."

"좋습니다. 그럼 염치불구하고 경림 씨의 호의에 따르겠습니다."

그러며 동표는 짐짓 결심했다는 듯 입을 꽉 다물어 보였다.

그녀는 순간 눈길을 잠시 내려깔았다가 쳐들며 잔잔히 웃었다.

그들은 곧 그 휴게소를 나왔다. 그리고 그 휴게소 뒤쪽으로 흐르는 작은 계곡을 따라 걷기 시작했다. 물이 조금씩밖에 흐르지 않는 빈약한 계곡이었으므로 사람들의 발길이 별로 많지 않은 것 같았다. 아래쪽 어디선가 기타소리에 섞인 노랫소리가 멀리 들려왔다.

그들은 잠자코 계곡을 따라 걸었다. 점점 무성한 숲이 나타나기 시작했다. 아직 낙엽이 지기엔 이른 철이었으므로 숲은 진한 녹색을 띠고 있었다.

잠시 후 그들은 노랫소리가 아득히 들리는 꽤 깊숙한 숲속에 이르러 있었다.

계곡을 버리고 그들은 숲 쪽으로 들어섰다. 숲의 품이 깊고 아득해 보였기 때문이다.

곧 키 큰 활엽수들이 하늘을 가린 아늑한 숲의 품 안으로 그들은 들어섰다. 지붕처럼 머리를 가린 활엽수 잎새들 사이로 이따금 햇빛이 스며들어 여기저기 굵기가 다른 빛기둥을 세우고 있었다.

"이런 데 이런 아름다운 장소가 있을 줄은 미처 몰랐는데요."

하고 동표는 감탄하듯 그녀를 돌아보며 말했다. 그녀도 기쁜 표정이었다.

"네, 이런 곳이 있는 줄을 사람들이 왜 몰랐을까요?"

"하하, 그건 하느님이 사람들 눈을 가린 탓이 아닐까요. 우리에게 주시려고."

"어마, 아무리 그럴라구요."

"그렇지 않다면 이런 곳을 사람들이 그냥 놔둘 리가 없잖습니까."

"우연히 사람들 눈에 안 띈 거겠죠, 뭐."

"하하, 아무튼 하느님이 오늘 우릴 축복하고 계심에 틀림없는 것 같은데요."

"아무튼 아름다운 곳이네요. 제가 오늘 소풍 제의를 잘한 것 같아요."

"백번 잘하셨죠. 모두가 경림 씨 덕분입니다. 자, 여기서 한 장 찍을까요? 컬러 효과가 썩 괜찮을 것 같은데."

"네, 한 장 찍어 주세요."

"참, 여기서 누드를 찍어도 괜찮겠습니까?"

"여기서요?"

"네. 안 되시겠습니까? 누드를 찍기에 이보다 더 좋은 장소는 없을 것 같은데요."

"하지만 혹시 사람들이 오면 어떡하시려구요."

"사람들은 오지 않을 겁니다. 여긴 아주 깊숙한 곳인걸요. 근처에 사람의 기척이라곤 없지 않습니까."

"하지만……."

"제가 너무 성급하게 구는 걸까요?"

"아녜요, 그런 건 아니지만……."

"그렇다면 역시 옷을 벗기가 좀 곤란하신 모양이군요."

"……."

"그만두죠, 그럼."

"아녜요, 저……."

"……아닙니다. 다음 기회로 미루죠."

"아녜요, 여기서 꼭 찍고 싶으심…… 찍으세요."

"아닙니다. 장소가 탐나긴 하지만 마음이 내키지 않는 걸 억지로 그러실 필요까진 없습니다."

"……아녜요. 저 괜찮아요. 찍으세요."

"정말 괜찮으시겠습니까?"

"네, 찍으세요. 저 옷 벗겠어요."

"……."

"……잠깐 눈만 좀 감고 계세요."

동표는 잠시 고개를 숙이고 무언가 결심하는 시늉을 하다가 그럼 사양하지 않겠다는 듯 그녀로부터 눈을 감고 돌아섰다.

잠시 아무 소리도 들리지 않더니 마침내 가만히 그녀가 몸을 움직이는 소리가 들려왔다. 자그맣게 옷 스치는 소리도 들려왔다.

동표는 심장이 멎는 듯한 긴장을 느꼈다.

마침내 그녀의 자그만 목소리가 들려왔다.

"다 됐어요. 이제 돌아서서도 돼요."

동표는 순간 터질 듯한 긴장 속에 몸을 돌이켰다.

그리고 눈을 떠 그녀의 몸을 바라본 순간 그는 거의 심장이 멎는 듯한 충격을 맛보았다. 초록의 숲과 그것을 헤치고 내려온 빛기둥을 배경으로 한 그녀의 몸은 그것 자체가 하나의 눈부신 빛기둥이었다. 그렇게 투명하게 흰 피부와 아름다운 균형을 일찍이 그는 본 적이 없었던 것이다. 그것은 생명의 존귀함과 아름다움 그 자체였다.

그는 거의 두려움 비슷한 감정을 느꼈다. 그리고 더 이상 그녀를 쳐다본다는 것은 용서받지 못할 죄를 저지르는 것과 같다고 생각되었다.

그는 거의 두려움에 잠긴 목소리로 말했다.

"그만, 그만 옷 입으세요. 빨리 옷 입으세요."

그녀의 눈에는 알릴락 말락 이슬 같은 것이 맺혀 있었다. 그 이슬 맺힌 눈이 그를 향해 영문을 몰라 하는 표정을 지었다.

동표는 그 시선을 피하듯 그녀로부터 몸을 돌이켜 세우며 말했다.

"빨리, 빨리 옷 입으세요. 난 나쁜 놈입니다. 난 경림 씨 사진을 찍을 자격이 없어요. 부탁입니다. 빨리 옷을 입어 주세요."

그러나 그녀로부터는 아무런 움직임도, 소리도 들려 오지 않았다. 아직도 영문을 몰라 하고 있음에 분명했다. 동표는 거의 부르짖다시피 다시 말했다.

"제발, 어서 옷을 입으세요. 날 더 이상 나쁜 놈으로 만들지 않으시려거든 어서 옷을 입으세요. 그리고 제 말을 들으세요."

그제야 그녀는 조그만 목소리로 말했다.

"제가 뭐 잘못되기라도 했나요?"

"아닙니다. 그런 게 아녜요. 아무튼 어서 옷부터 입으세요. 그리고 제 말을 들으세요."

"……"

그제야 그녀는 몸을 움직이는 소리를 냈다. 가만가만 옷 입는 소리가 났다. 동표는 돌아선 채 눈을 즈려감고 기다렸다.

마침내 그녀가 말했다.

"다 입었어요. 이제 돌아서세요."

동표는 천천히 몸을 돌이켰다. 그리고 그녀의 시선을 피하듯 하며 말했다.

"미안합니다. 그저 미안하단 말밖에 할 말이 없습니다."

"갑자기 왜 그러시는 거죠?"

"모르겠습니다. 왠지 경림 씨의 몸을 보는 순간 겁이 났습니다."

"무슨 뜻인지 모르겠어요."

"나 같은 나쁜 놈이 쳐다보면 안 될 분 같았습니다. 용서하십시오. 그리고 다시는 나 같은 놈한테 누드 같은 걸 찍으라고 하지 마십시오. 전 경림 씨의 누드를 찍을 자격이 없습니다. 전 거짓말쟁이고 야비하고 성실치 못한 인간입니다."

"모를 말이에요."

"아닙니다. 전 여지껏 경림 씨를 성실한 마음으로 대해 본 적이 거의 한 번도 없습니다."

"그럴 리 없어요."

"아닙니다. 사실입니다. 전 아주 비열한 놈입니다. 그렇게만 알아 두시면 됩니다. 자, 그만 내려가시죠."

"아녜요, 잠깐만요. 우리 여기 잠깐 앉아요. 그리고 제가 무엇을 잘못했는지 말해 주세요."

아직도 그녀는 자기에게 무슨 잘못이 있는 것으로 오해하고 있는 모양이었다.

동표는 비로소 눈길을 똑바로 들어 그녀를 쳐다보았다.

그녀의 맑은 시선이 호소하듯 그를 향해 열려 있었다.

동표는 힘주어 말했다.

"아직도 제 말을 믿지 않으시는 모양이군요. 다시 말하지만 경림 씨한텐 절대로, 절대로 아무 잘못도 없습니다."

"그럼 왜 그렇게 화를 내세요?"

"아, 아닙니다. 제가 화를 내다뇨. 화를 내는 게 아닙니다. 처음으로 비로소 경림 씨한테 솔직한 사실을 말씀드리는 것뿐입니다. 더 이상 경림 씨한테 죄를 지을 수가 없었을 뿐입니다."

"잘 모르겠어요. 왜 제 몸을 보신 뒤에 갑자기 그런 말씀을 하시는지 잘 모르겠어요."

"……경림 씨가 너무나도 아름다웠기 때문입니다. 겁이 날 만큼. 더 이상 죄를 짓기가 겁이 날 만큼……. 마치 더러운 것이 깨끗한 것 앞에 섰을 때 비로소 자기가 더럽다는 걸 깨닫고 그 깨끗한 것 앞으로 가까이 가기가 겁이 나는 것처럼."

"모를 말이에요. 그럴 리 없어요."

"어떻든 저는 더 이상 드릴 말이 없습니다. 제가 할 수 있는 말은 다 한 셈이니까요. 전 다만 저 따위가 경림 씨의 소중하고 아름다운 몸을 잠시나마 보았다는 사실이 두렵고 죄스러울 뿐입니다. 용서하십시오."

"……"

그녀는 입술을 깨물었다. 그리고 잠시 자기 발치를 내려다보았다. 그리고 나서 다시 천천히 고개를 쳐들었다.

"……뭐가 뭔지 전 잘 모르겠어요. 하지만, 아무튼 그럼 내려가기로 해요."

"네, 그러시죠."

하고 동표는 앞장서 걸음을 떼어 놓으려 했다. 그때 그녀가 다시 나직이 말했다.

"저 손 좀 잡아 주세요."

동표는 흠칫 놀라듯 하며 그녀를 돌아보았다. 그녀가 가만히 그를 향해 손을 내밀고 있었다. 조용하고 신뢰에 찬 듯한 표정이었다.

"저 힘이 들어서 그래요."

동표는 그러나 선뜻 그녀의 손을 잡지 못했다. 아직도 그녀의 벗은 몸을 바라본 데 대한 죄스러움이 남아 있었기 때문이다. 그 손은 그녀의 아름다운 몸에서 뻗어 나온 것이었기 때문이다.

머뭇거리는 동표를 보자 그녀는 다시 말했다.

"저 팔 아파 죽겠어요."

그리고 그녀는 숲 사이로 비쳐 드는 햇빛에 눈이 부신 듯 웃었다. 동표는 용기를 내어 그녀에게로 다가갔다. 그리고 머뭇머뭇 그녀의 손을 잡았다.

따스하고 부드러운 손이었다. 그 손이 힘을 주어 그의 손을 꼭 잡았다. 한순간 동표는 따스한 어떤 전율을 경험했다.

그녀가 말했다

"자, 이제 가요."

동표는 그러나 그녀의 손을 쥔 채로 움직이지 못했다. 그녀의 손에서 전해 받는 따스한 전율이 그를 한 발짝도 움직일 수 없게 하였다.

그녀가 맑은 눈으로 그를 쳐다보았다. 무엇이든지 다 용서해 주겠다는 너그럽고 맑은 시선이었다. 동표는 고통에 찬 눈길로 그녀의 시선을 마주 받았다.

그녀의 맑은 눈동자가 천천히 그에게로 다가왔다.

그리고 바로 그의 얼굴 앞에서 멈추어졌다. 그녀의 가느다란 호흡이 얼굴 가까이 느껴졌다. 따스하고 달콤한 입김과 더불어 그녀의 나직한 목소리가 들렸다.

"원하심 저 입 맞춰 주세요."

동표는 더 이상 참지 못하고 그녀를 부둥켜안았다. 그리고 그녀의 입술에 제 입술을 포개었다. 꽃잎처럼 촉촉하고 부드러운 입술이었다.

그녀도 곧 그를 마주 안았다. 서투른 포옹이었다. 그러나 성의를 다

한 포옹이었다.

동표는 더욱 세차게 그녀를 부둥켜안았다. 그리고 정신없이 그녀의 입술을 열었다. 그녀의 입술은 서투르게, 그러나 저항 없이 열렸다.

단단한 치열 뒤에 감추어졌던 그녀의 혀가 서투르게 마중 나왔다.

동표는 정신없이 그녀의 입술과 혀를 탐했다. 그녀의 몸 안으로 자신을 밀어 넣듯이 탐했다.

순수한 희열이, 거의 욕정을 동반하지 않은 희열이 전신에 가득 차 왔다. 몸 안의 혈관들이 맑게 씻기는 듯한 희열이 온몸에 퍼져 왔다.

자신이 지금 어디에 있는지조차 알 수 없었다. 다만 그녀와 함께 있다는 감각만이 전신에 충일해 있었다. 마치 그녀와 함께 어디 허공에 떠 있는 느낌이었다.

그리고 그것은 그녀를 더욱더 세차게 껴안는 이유가 되었다. 추락하지 않기 위해서, 추락하지 않기 위해서는 그녀를 더욱더 세차게 껴안지 않으면 안 되었다.

그녀는 마치 그가 추락하는 것을 막아 주려는 듯이 그를 꼭 붙잡아 주었다.

계속해서 그 순수한 희열의 몇 분간이 흘렀다. 그리고 그가 마침내 그녀를 놓아주었을 때 그녀는 숨을 몰아쉬며 말했다. 얼굴을 사과빛으로 물들인 채.

"정말 너무 힘이 세셔요. 전 꼭 부서지는 줄 알았어요."

투정하듯 하는 억양이었다. 동표는 말없이 그녀의 눈동자를 들여다보았다. 그녀는 피하지 않고 그의 시선을 받았다. 그리고 말했다.

"저 서툴렀지요?"

동표는 그녀의 눈동자로부터 시선을 떼지 않은 채 가만히 고개를 끄덕였다. 그녀는 눈을 깜박거리며 부끄럽다는 듯 웃었다.

동표는 말했다.

"하지만 능란한 어떤 여자한테서보다도 전 행복했습니다."

"어마, 정말이세요?"

"네, 전 지금 이 행복을 잃어버릴까 봐 두려워하고 있습니다."

"정말이심 저 민 선생님 곁에 자주 있어 드릴게요."

"자주 말입니까?"

"네, 제가 병원에 근무하고 있는 이상 항상 같이 있어 드릴 순 없잖아요."

"그렇군요."

"하지만 원하신담 제가 낼 수 있는 시간은 모두 민 선생님한테 드릴게요."

"정말이십니까?"

"네, 저도 민 선생님과 함께 있는 시간이 기쁠 것 같아요."

"경림 씨!"

"자, 이제 우리 그만 내려가기로 해요."

"……네."

그들은 곧 나란히 숲을 내려오기 시작했다.

유원지로 내려와서 그들은 몇 장의 사진을 더 찍었다. 그리고 그들이 다시 상행하는 교외선 열차에 몸을 실은 것은 해가 오후로 기운 뒤였다.

그러나 소풍객들이 돌아갈 시간은 아직 일렀으므로 기차 안은 그다지 붐비지 않았다. 그들은 여유 있게 자리를 잡고 나란히 앉을 수 있었다.

기차가 출발한 뒤에 그녀가 물었다.

"사진, 그 정도로도 전람회에 출품하실 수 있겠어요?"

동표는 전람회쯤 대수로운 일이 아니라는 듯 대답했다.

"뭐 꼭 전람회에 참가해야 하는 건 아닙니다. 정 뭣하면 기권해 버리면 그만이죠."

"하지만 하시려던 일인데 하셔야죠."

"꼭 해야 하는 건 아닙니다. 하게 되면 하고 말게 되면 말죠, 뭐."

"어머, 왜 갑자기 그렇게 전람회에 대한 성의가 없어지셨어요?"

"왠지 별로 중요하다는 생각이 안 드는군요. 이제야 말이지만 전 본래가 사진을 그렇게 잘 찍는 편도 못 되거든요. 게다가 제게 닥친 행복에 비하면 전람회 같은 건 허황하게만 느껴집니다."

"어마, 그러심 어떡하세요. 하시려면 일은 하셔야죠."

"그럼 하죠, 뭐."

"어머, 꼭 남의 일 얘기하듯 하세요."

"아, 그럼 열심히 한번 해 보죠. 경림 씨가 그렇게 권한다면."

"네, 하시려던 일이니까 해 보세요, 꼭. 제가 거들어 드릴 일이 있으면 언제든지 거들어 드릴게요."

"고맙습니다. 그렇게 권해 주시는 것만으로도 제겐 큰 힘이 될 수 있습니다. 특별히 도와주실 일은 별로 없어요. 오늘 모델이 돼 주신 것만으로도 충분합니다."

"원하심 어떤 식의 모델이라도 더 돼 드릴게요."

"아닙니다. 필요하다면 모델은 다른 데서도 구할 수 있습니다. 더 이상 신경 쓰지 마세요."

"전 혹시 저 때문에 포기하실까 봐 그래요."

"염려 마세요. 경림 씨가 그렇게 권하는 이상 절대로 포기하지 않을 테니까요. 나중에 전람회 시작하면 구경이나 오세요. 제가 열심히 했나 안 했나도 보실 겸."

"네, 꼭 갈게요. 그리고 참, 전에 창경원에서 찍으신 사진도 드리고 싶어요. 전람회에 내시고 싶음 내세요."

"아, 그건 그냥 가지고 계세요. 그건 저도 아끼고 싶으니까요."

"전람회에 아끼는 작품을 내는 게 아닌가요?"

"반드시 그렇진 않죠. 어떤 화가는 자기의 정말 아끼는 작품은 절대로 전람회에 내놓지 않는다는 얘기도 들었습니다. 그건 자기 혼자 아끼고 본다는 거예요."

"어머, 그건 너무 이기주의 같아요."

"예술가들이란 정도의 차이는 있겠지만 대개는 이기주의자들일 겁니다."

"하지만 정말 좋은 예술가는 그렇지 않을 거예요."

"그럴 테죠. 하지만 저는 예술가는 못 되니까 그 사진은 아끼고 싶군요."

"어머, 엉터리예요, 순."

그들은 유쾌하게 웃었다. 그리고 그들이 다시 서울에 도착한 것은 해가 완연히 오후로 기울어진 뒤였다.

동표는 아침에 그들이 그리로 통과했던 서부역 개찰구를 빠져나오면서 그녀에게 가까운 다방에라도 들러 잠시 쉬어 갈 것을 청했다. 그녀는 선선히 응하고 동표를 따랐다.

그들이 찾아 들어간 역 부근의 다방은 일요일이어선지 매우 한산했다. 꽤 널찍한 다방이었는데 손님이 두어 테이블밖에 보이지 않았고 차 나르는 여자들이 한가롭게 카운터 주변에서 서성거리고 있었다.

동표는 조용한 구석 자리를 택해 그녀와 마주 앉았다. 그리고 반가이 다가온 레지에게 차를 주문한 다음, 잠시 레지가 날라다 놓은 엽차잔을 내려다보고 있다가 고개를 쳐들며 말했다.

"여기 이렇게 와 앉아 있으니까 왠지 무슨 꿈을 깬 것 같은 기분이 드는군요. 일영에서 있었던 일들이 마치 꿈속에서 일어났던 일 같은. 하지만 설사 그게 꿈이었다 하더라도 전 평생 잊어버릴 수가 없을 것 같습니다."

그녀는 가만히 동표를 마주 보았다. 그리고 조금 사이를 두었다가 말했다.

"갑자기 저랑 다시는 안 만나실 것 같은 말씀을 하시네요. 전 조금도 꿈에서 깬 것 같은 기분이 아니에요. 꿈을 꾼 것 같은 기분도 아니구요. 전 일영에서나 지금이나 마찬가지 기분예요."

"그런 뜻이 아닙니다. 제가 평생 잊어버릴 수 없을 것 같다고 한 건 경림 씨를 계속해서 만날 수 있게 되건 그렇지 못하건에 상관없이 그렇다는 얘깁니다."

"그럼 왜 갑자기 그런 얘기를 하세요?"

"뭐라고 할까요. 이렇게 서울로 돌아오니까 뭔지 현실로 다시 돌아온 것 같은 기분이랄까요. 아까 일영에서 있었던 일은 마치 꿈속에서 있었던 일 같은, 마치 깨어나기 싫은 꿈에서 깨어난 것 같은, 오래오래 잊을 수 없는 꿈을 꾼 것 같은, 그래서 저절로 나온 소립니다. 그것이 꿈이었을까 봐 겁이 나서······."

그러자 그녀는 조용히, 그러나 확신 있게 말했다.

"우린 꿈을 꾸지 않았어요. 다시 서울로 돌아오긴 했지만 원점으로 돌아온 건 아녜요. 우린 변해서 돌아왔어요. 변한 채로요. 적어도 전 그래요."

동표는 순간 완전한 기쁨이 어떤 것인가를 체험하는 듯한 느낌이었다.

"네, 저도 변한 건 사실입니다. 틀림없이 변했지요. 하지만 절 변하게 한 게 꿈이었을까 봐 겁이 났던 겁니다. 그런데 이제 꿈이 아니라는 게 확실해졌군요. 전 경림 씨의 그 대답을 듣고 싶었던 겁니다."

"절 변덕쟁이로 생각하셨나 보죠?"

"아, 아닙니다. 경림 씰 의심한 게 아닙니다. 제가 만난 이 믿기 어려운 행운을 의심한 것뿐입니다. 그리고 이제 그 의심도 사라졌습니다."

그러자 그녀는 맑게 미소 지어 보였다. 그리고 조용히, 농담 섞인 어조로 말했다.

"웅변가는 거짓말쟁이래요."

"네? 아……."

하며 동표는 손을 머리로 가져갔다. 그리고 부끄럼 타는 소년처럼 겸연쩍게 웃었다.

그녀도 마주 보고 웃었다. 티 없이 맑고, 우정 어린 미소였다. 상대방에 대한 신뢰의 감정이 가득 담긴.

그날 저녁 늦게까지 동표는 그녀와 함께 있었다. 함께 저녁식사도 하고 낯선 골목길을 나란히 걷기도 했으며 그러다가 낯선 주택가 어귀에 있는 조용한 맥줏집에 마주 앉아 맥주를 한 잔씩 나누기도 했다.

그리고 밤 10시가 넘어서야 그녀와 헤어졌다.

그녀는 전날 밤 동표가 그녀를 바래다주었던 곳까지 그가 바래다주는 걸 허용했는데 바로 전날 밤 그가 실수를 저질렀던 그 샛골목에 이르렀을 때 말했다.

"저 여기서 다시 한번 안아 주세요. 어젯밤의 복수를 하는 셈 치고요."

"복수요?"

"아이, 어서요. 누구 오기 전에요."

그러며 그녀는 어둠 속에서도 완연히 알리는 맑은 눈을 치떠 동표를 재촉했다. 순간 동표는 솟아오르는 기쁨을 누르지 못한 채 그녀를 세차게 껴안았다. 그리고 그녀의 입술에 오래오래 입 맞추었다.

그녀는 그의 어깨를 꼭 안은 채 그의 입술을 받아들였다. 그리고 입맞춤이 끝났을 때 어둠 속에서 하얀 이를 보이며 맑게 웃었다.

"안녕히 가세요. 그리고 전람회 준비 열심히 하세요."

"안녕."

동표는 그녀를 놓아주며 말했다. 그녀는 다시 한번 그를 향해 맑게 웃어 보인 다음 몸을 돌이켜 또박또박 걸어가기 시작했다. 그리고 샛 골목 저쪽으로 빠져나가기 직전 다시 한번 그를 돌아보고 웃었다.

동표는 다시 한번 저 온몸의 혈관이 깨끗이 정화되는 듯한 기쁨을 맛보았다. 그리고 그 기쁨을 안은 채 골목길을 되돌아 나왔고 택시를 탔고 아파트로 향했다. 세계가 오늘 하루로써 완전히 전의 세계와는 달라진 것 같았다. 마치 먼지 낀 창을 깨끗이 닦아 내고 바라보는 세계처럼. 또는 비 내린 뒤에 맑게 씻긴 밤의 도시처럼.

아파트로 돌아온 동표는 채 흥분이 가라앉지 않은 떨리는 손으로 도어에 열쇠를 꽂아 돌렸다. 그리고 현관 안으로 들어섰을 때 그는 응접실 쪽에 불이 켜져 있는 것을 보았다. 아직 정미가 돌아왔을 시간은 아닌데, 하고 의아해하며 그는 마루 위로 올라섰다.

그때 응접실 안에서 정미가 걸어 나왔다.

"지금 오세요?"

"응, 웬일이야? 난 아직 안 돌아온 줄 알았어."

"오늘 일 안 나갔어요."

"왜, 나 때문에 기분 잡쳐서?"

"아뇨, 그냥요."

"미안해."

"아녜요. 그냥 몸이 좀 피곤해서 안 나간걸요. 하지만 샘이 약간 나긴 났어요. 동표 씨 카메라 가지고 나간 뒤에 창으로 몰래 내려다봤더니 그 아가씨 굉장히 미인이던데요."

"하하, 그랬군."

"모든 게 다 잘된 모양이죠? 얼굴이 아주 환한 걸 보니."

"그래 보여? 잘 맞혔어. 모든 게 기대 이상이었어. 하지만 정미한텐 미안해."

그러자 정미는 너그럽게 웃었다.

"난 괜찮아요. 동표 씨만 잘됐으면 됐어요."

동표는 그러는 그녀가 몹시 고마웠다.

그리고 자신이 여지껏 그녀를 한 사람의 인격으로 올바른 대우를 했던가 잠시 반성하고 미안감을 가졌다. 그러나 그녀는 조금도 섭섭한 표정을 짓지 않았을 뿐 아니라 오히려 동표의 일을 기뻐해 주었다. 마치 오랜 우정을 나누어 온 사이처럼.

동표는 더욱더 진한 고마움을 그녀에게 느꼈다. 그리고 차후로는 그녀를 절대로 정직하게 대해야 한다고 생각했다.

이튿날부터 그리고 그는 전람회 준비에 착수했다. 카메라를 들고 거리로 나가 바쁜 행인들의 발걸음을 찍기도 하고, 시장의 잡담 속에서 아기 업은 행상 여인의 삶에 지친 표정을 담기도 했으며, 증권시장에 가서 이익을 위하여 다투는 사람들의 노한 표정에 렌즈를 맞추기도 했다. 그리고 강변으로 나가떨어지는 해가 아파트 창들에 비쳐 마치 불타오르는 듯한, 대화재(大火災)가 일어난 듯한 모습을 컬러에 담기도 했다.

안경림의 사진은 전람회에 내지 않을 작정이었다. 그것은 앨범 속에 고이 간직해야 할 사진이지 결코 전람회 같은 데 낼 사진이 아니라고 생각했기 때문이다. 물론 정미의 누드도 찍지 않았다. 그것이 정미에 대한 예의라고 생각했기 때문이다. 그리고 자신을 위해 옷을 벗어 준 안경림에 대한 예의이기도 하다고 생각했기 때문이다.

전람회 날짜는 점점 가까워져 왔다. 동표는 충무로의 DP점 주인과도 만나고 전람회를 준비하는 아마추어 사진작가들과도 만났다. 그리고 그들과 함께 전람회로 쓰일 장소에도 가 보았다. 돈을 받고 빌려주는 사설 전시장이었다. 아담하고 비교적 궁색하지 않은 전시장이었다.

그리고 마침내 전람회의 날이 왔다. 동표는 컬러 한 점과 흑백 두 점을 출품했는데 출품자들끼리의 투표에서 '노을'이라는 제목을 붙인, 석양에 불타는 아파트군(群)의 창들을 컬러로 찍은 것이 특선으로 뽑혔다. 그리고 다른 두 점의 흑백사진, 아기 업은 행상 여인의 표정을 담은 것과 증권시장의 풍경을 찍은 것도 각각 호평을 받았다.

안경림이 전람회장에 온 것은 첫날 점심시간 때였다. 그녀는 고운 보랏빛 일색의 도라지꽃으로 만든 꽃바구니를 들고 나타났다.

동표는 반가이 그녀를 맞이하면서 말했다.

"아, 와 주셨군요. 한데 꽃은 웬……."

"그냥 빈손으로 오기가 좀 부끄러워서요. 마침 꽃가게에 들러 보니까 이 도라지꽃이 예쁘길래요."

그러며 그녀는 밝게 웃었다.

"원, 경림 씨도 이러면 제가 부끄럽잖습니까. 사진이라고 변변치도 못한 걸 가지고……."

그러며 동표는 꽃바구니를 옮겨 받아 전람회장 입구에 내려놓은 다음 그녀를 전람회장 안으로 안내했다.

그녀는 동표의 인도에 따라 사진들을 둘러보다가 동표의 사진 앞에서 걸음을 멈추었다.

"어마, 특선이시네요."

동표는 얼굴을 붉혔다.

"부끄럽습니다. 회원들이 점수를 후하게 준 거죠."

"그렇지 않은 것 같아요. 제가 보기에도 사진이 몹시 아름다운걸요."

동표는 순간 그 사진이 특선으로 결정되었을 때보다 몇 곱절 더 기뻤다.

"정말이십니까?"

"네, 전 저녁놀을 이렇게 아름답게 찍은 사진은 처음 보았어요. 아파트의 창들이 이렇게 아름다워 보일 수도 있다는 사실도 처음 알았구요."

"아, 이거 기분이 나쁘지 않은데요."

"공연한 치사 아녜요. 정말 아름다운 사진을 찍으셨어요."

"아무튼 감사하군요. 좋게 봐 주셔서."

"감사한 건 저예요. 이런 아름다운 사진을 보게 해 주셔서."

"아, 이거……."

동표는 머리로 손을 가져갔다. 그때 그녀의 눈길이 그 컬러 작품 바로 옆에 전시된 행상 여인의 사진을 발견한 모양이었다.

"어머, 이 사진……."

하고 그녀는 나직이 탄성을 발했다. 동표는 머리에 손을 얹은 채로 말했다.

"아, 그건 흔한 소재죠. 사진 찍는 사람들이 흔히 한 번씩은 찍어 보는."

그러나 그녀는 그 사진에서 눈길을 떼지 않은 채로 말했다.

"아녜요. 너무너무 이 아기 엄마의 표정이 생생해요. 아기의 표정도 그렇고요. 꼭 우리들을 욕하는 것 같아요."

"네? 그건 무슨?"

"……잘 모르겠어요. 하지만 왠지…… 그런 느낌이 들어요. 뭔지 우리를 심하게 나무라는 것 같은."

"글쎄요, 그건 아마 경림 씨가 마음씨가 너무 곱기 때문이겠죠. 저 행상 아주머니에 대한 동정심 때문에 그런 느낌이 드는 거 아닐까요."

"그렇지 않아요. 이 아기 엄마는 분명 우릴 꾸짖고 있어요. 아기랑 함께요. 저 표정 좀 보세요……. 마치 언젠가 병원으로 남편을 입원시키러 왔다가 입원비가 모자라서 아기를 업은 채 되돌아서던 어떤 부인네의 표정 같아요. 우리를 심하게 꾸짖는 것 같던……."

"거 보세요. 역시 동정심 때문이죠."

"아녜요. 동정심 따위가 결코 아녜요. 굳이 그런 식으로 말한다면 수치심이라고 할 수 있을지 몰라요. 거짓을 지적당했을 때 받는 수치심 같은……."

"……."

동표는 순간 자신도 모르게 얼굴을 붉혔다. 자신의 무지와 무감각이 한꺼번에 드러난 듯한 느낌이었다. 그리하여 자신의 뒤통수를 쥐어박는 느낌이었다. 그는 얼굴을 붉힌 채로 말했다.

"……무슨 말씀인지 이제야 알 것 같군요. 부끄럽습니다. 자신의 허위에 대한 아무런 자각도 없이 전 그저 상투적인 감각에 의존해서 사진을 찍었을 뿐이니까요. 그저 형식적으로……. 저 행상 아주머니의 삶에 대한 아무런 뚜렷한 이해도 없이……."

그러자 그녀는 조용히 그를 돌아보며 말했다.

"그렇지 않을 거예요. 이 사진은 사진을 찍은 사람의 마음이 잘 드러나 있어요. 결코 자신을 꾸짖는 마음 없이 이런 사진이 나올 리 없어요. 자신에 대한 정직하고 가혹한 마음 없이는……."

"……아, 이거 정말 부끄러운데요."

동표는 정말 부끄러웠다. 방금 그 자신이 말한 대로 그는 거의 상투적인 감각에 의존해서 그 사진을 찍었을 따름인 것이다. 그 행상 여인을 단순한 사진의 소재 이상으로는 조금도 생각하지 않았던 것이다. 다시 말해 그것은 하나의 모방행위에 지나지 않았던 것이다. 전에 그가 본 사진들의 한 유형에 따른.

그러나 그녀는 끝내 그의 말을 인정하지 않았다. 뿐만 아니라 이렇게 덧붙이기까지 하였다.

"……또 설혹, 그럴 리도 없지만요, 민 선생님이 아무런 생각 없이 이 사진을 찍으셨다고 해도 민 선생님은 무의식중에 이 아기 엄마의 말 없는 항의에 공감하신 걸 거예요. 그리고 자신을 꾸짖는 마음이 우러났을 거예요."

"……"

동표는 부끄러움으로 더 이상 아무 말도 못 했다. 그리고 그녀가 나머지 사진들을 마저 둘러보고, 병원으로 돌아가 봐야겠다면서 전람회장을 나설 때 겨우 이렇게 말할 수 있었을 따름이었다.

"……아무튼 오늘 여러 가지 의미에서 정말 고마웠습니다."

그러자 그녀는 잔잔히 웃으며 말했다.

"아녜요, 고마운 건 저였어요. 좋은 사진들을 보게 해 주서서요. 안녕히 계세요."

그리고 그녀는 돌아갔다. 동표는 햇빛 속으로 걸어 나가는 그녀의 뒷모습을 부끄러운 시선으로 바라볼 수 있었을 따름이었다.

전람회는 사흘 동안 계속되었다. 그동안 신문의 단신(短信)을 보고 알았다면서 구양서도 한 번 다녀갔고 김광빈도 다녀갔다. 구양서는 놀에 비친 아파트 창들을 찍은 컬러 작품 앞에서 이런 놀라운 사진 솜씨를 가진 줄은 미처 몰랐노라고 찬탄을 금치 못하는 표정을 지었고, 김광빈은 아기 업은 행상 여인의 사진 앞에 오래 머물면서 남다른 느낌을 받는 표정을 지었다. 그러면서 구양서는 인간의 고독을 이렇게 간접적인 방법으로 적나라하고 아름답게 표현한 사진은 처음 본다고 동표를 칭찬해 마지않았고, 김광빈은 언제 자기가 데리고 있는 아가씨들 사진도 한번 찍어 달라고 부탁했다.

그리고 사진을 얼마나 잘 찍었는지 보고 싶다면서 정미도 한 번 다녀갔고 그리고 마지막 날 뜻밖에도 미호가 찾아왔다.

미호는 자기 또래의 남자 대학생과 함께 찾아왔다. 마치 지나던 길에 우연히 들렀다는 표정으로.

　동표를 발견하자 그녀는 냉랭하게 뜻밖이라는 표정을 지었다. 동표는 약간 당황했으나 곧 반가이 그녀를 맞이했다.

　"어, 미호 웬일이지? 오래간만이군."

　그러자 미호는 냉랭한 어조로 대꾸했다.

　"동표 씨야말로 웬일이죠? 난 친구랑 지나가다가 우연히 들렀지만."

　"아, 그럼 모르고 왔군. 나 이 전람회 멤버야."

　"그래요? 몰랐군요. 언제부터 사진작가가 됐죠?"

　"이번부터."

　"그렇군요. 아무튼 그럼 축하해요."

　그리고 그녀는 냉랭하게 동표로부터 돌아서서 함께 온 남자 친구와 시위하듯 천천히 사진들을 돌아보기 시작했다. 분명 이쪽을 의식하고 있는 뒷모습이었다. 그러나 한 번도 뒤를 돌아보지는 않았다. 함께 온 그 남자 친구만이 이따금 신경이 쓰이는 듯 힐끔힐끔 동표 쪽을 돌아볼 뿐이었다.

　동표는 그녀가 마음에 걸렸으나 잠자코 있는 도리밖에 없었다.

　미호는 그 남자 친구와 함께 천천히 전람회장을 한 바퀴 돈 다음 동표 쪽은 거들떠보지도 않고 나가 버렸다. 마치 그곳에 아는 사람은 아무도 없다는 듯이.

(하권에 계속)

조해일 연보

1941 중국 하얼빈시 근처에서 아버지 조성칠과 어머니 김순희 사이에서 장남으로 출생. 본명 조해룡.

1945 가족들을 따라 귀국. 이후 서울에서 성장.

1950 6·25를 서울에서 겪음.

1951 1·4후퇴 시 부산으로 피난. 이때 바다를 처음 봄.

1954 서울로 돌아옴.

1961 보성고등학교 졸업. 경희대학교 국문과 입학.

1966 경희대학교 국문과 졸업. 육군 입대.

1969 육군 제대.

1970 단편 「매일 죽는 사람」이 『중앙일보』 신춘문예에 당선되어 등단. 단편 「멘드롱 따또」(『월간중앙』), 「야만사초」(『월간문학』), 「이상한 도시의 명명이」(『현대문학』) 발표.

1971 단편 「통일절 소묘」(『월간중앙』), 「방」(『월간문학』) 발표.

1972 단편 「대낮」(『현대문학』), 「뿔」(『문학과지성』), 「전문가」(『문학사상』), 「항공 우편」(『월간중앙』), 중편 「아메리카」(『세대』) 발표.

1973 경희대학교 대학원 졸업. 단편 「심리학자들」(『신동아』), 「임꺽정 1」(『현대문학』), 「내 친구 해적」(『월간중앙』), 「무쇠탈 1」(『문학과지성』), 「1998년」(『세대』) 발표. 숭의여전 강사로 출강.

1974 첫 소설집 『아메리카』(민음사) 출간. 단편 「애란」(『서울평론』), 「할머니의 사진」(『여성중앙』), 「임꺽정 2」(『한국문학』) 발표. 중편 「어느 하느님의 어린 시절」(『세대』) 발표. 중편 「왕십리」(『문학사상』) 연재.

1975 단편 「임꺽정3」(『문학과지성』), 「나의 사랑하는 생활」(『문학사상』) 발표. 중편 「연애론」(『서울신문』, '반연애론'으로 개제), 「우요일」(『소설문예』) 발표. '겨울여자'를 『중앙일보』에 연재. 소설집 『왕십리』(삼중당) 출간.

1976	단편「순결한 전쟁」(『문학사상』) 발표. 장편『겨울여자』(문학과지성사) 출간. '지붕 위의 남자'를『서울신문』에 연재.
1977	단편「무쇠탈 2」(『문학과지성』),「임꺽정 4」(『문예중앙』) 발표. 단편집『매일 죽는 사람』(서음출판사), 중편소설집『우요일』(지식산업사), 장편『지붕 위의 남자』(열화당) 출간.
1978	콩트·에세이 집『키 작은 사람들』(삼조사) 간행, '갈 수 없는 나라'를『중앙일보』에 연재.
1979	「자동차와 사람이 싸우면 누가 이기나」(『창작과비평』) 발표. 장편『갈 수 없는 나라』(삼조사) 출간.
1980	단편「도락」,「비」,「낮꿈」(『문학사상』),「임꺽정 5」(『문예중앙』) 발표.
1981	'X'를『동아일보』에 연재. 단편「임꺽정 6」(『한국문학』) 발표. 경희대학교 국어국문학과 교수로 재직.
1982	『엑스』(현암사) 출간.
1986	「임꺽정 7」(『현대문학』) 발표.『아메리카』(고려원),『임꺽정에 관한 일곱 개의 이야기』(책세상) 출간.
1990	단편집『무쇠탈』(솔), 중편집『반연애론』(솔) 출간.
1991	장편『겨울여자』(솔) 개정판 출간.
2006	경희대학교 국어국문학과 교수 퇴임. 경희대학교 명예교수 위촉.
2017	「통일절 소묘 2」 발표(손바닥 소설집『이해없이 당분간』, 김금희 외 21명, 걷는 사람).
2020	6월 19일 경희의료원에서 지병 치료를 받던 중 이날 새벽 별세.

출전(저본) 정보

『지붕 위의 남자』(경미문화사, 1980)

조해일문학전집 7권

지붕 위의 남자 상

1판 1쇄 인쇄 2024년 6월 7일
1판 1쇄 발행 2024년 6월 14일
—
지은이 | 조해일
—
기획 | 조해일문학전집 간행위원회
책임편집 | 강동준

발행처 | 죽심
발행인 | 고찬규

신고번호 | 제2024-000120호
신고일자 | 2024년 5월 23일

주소 | (04029) 서울특별시 마포구 양화로 7길 84 영화빌딩 4층
전화 | 02-325-5676
팩스 | 02-333-5980

ISBN 979-11-985861-9-3 (04810)
ISBN 979-11-985861-2-4 (세트)